LES GARDIENS DU PONANT

DES MÊMES AUTEURS
CHEZ POCKET

LA GRANDE GUERRE DES DIEUX

LES PRÉQUELLES (*Collection Rendez-Vous Ailleurs*)

1. Belgarath le sorcier
   Les années noires
2. Belgarath le sorcier
   Les années d'espoir
3. Polgara la sorcière
   Les années d'enfance (1999)
4. Polgara la sorcière
   Les temps des souffrances (1999)

LA BELGARIADE (Collection Pocket S.-F.)

1. Le pion blanc des présages – N° 5357
2. La reine des sortilèges – N° 5356
3. Le gambit du magicien – N° 5419
4. La tour des maléfices – N° 5424
5. La fin de partie de l'enchanteur – N° 5425

LA MALLORÉ (*Collection Pocket S.-F.*)

1. Les gardiens du Ponant – N° 5482
2. Le roi des Murgos – N° 5481
3. Le démon majeur de Karanda – N° 5519
4. La sorcière de Darshiva – N° 5522
5. La sibylle de Kell – N° 5523

LA PIERRE SACRÉE PERDUE

LA TRILOGIE DES JOYAUX (*Collection Pocket S.-F.*)

1. Le trône de diamant – N° 5555
2. Le chevalier de rubis – N° 5577
3. La rose de saphir – N° 5631

LA TRILOGIE DES PÉRILS (*Collection Rendez-Vous Ailleurs*)

1. Les dômes de feu
2. Ceux-qui-brillent
3. La cité occulte

SCIENCE-FICTION
Collection dirigée par Jacques Goimard

DAVID EDDINGS

Chant I de la MALLORÉE

LES GARDIENS DU PONANT

Traduction : Dominique Haas

POCKET

Titre original :
Guardians of the West

Cette traduction a été publiée
avec l'accord de Ballantine Books,
département de Random House, Inc.

Si vous souhaitez recevoir régulièrement
notre zine « **Rendez-vous ailleurs** », écrivez-nous à :

« Rendez-vous ailleurs »
Service promo Pocket
12, avenue d'Italie
75627 PARIS Cedex 13

PRESSECO
PAPIER RECYCLÉ
NATURE PROTÉGÉE

ISBN 2-266-05107-5

Pour Judy-Lynn

Que fleurisse et se fane la rose,
sa beauté et son parfum demeureront
à jamais dans nos mémoires.

ROYAUMES DU PONANT ET TERRITOIRES ANGARAKS
Jarviksholm
CHEREK
Val d'Alorie
Golfe de Cherek
Barre de Cherek
MER DES VENTS
ILE DES VENTS
Riva
Sendar
Medalia
Sulturn
Erat
SENDARIE
Grand'Route
Camaar
La Camaar
Muros
Forêt d'Arendie
Vo Wacune
L'Astur
Vo Astur
Nez d'Arendie
GRANDE MER DU PONANT
ARENDIE
ULGOLANDE
Prolgu
Grand'Route de l'Ouest
Vo Mimbre
L'Arend
Futaie de Vordue
TOLNEDRIE
Tol Vordue
La Nédrane
Tol Honeth
Tol Horb
Tol Borune
Tol Rane
Sylve des Dryades
Rivière de la Sylve
Jungle des Hommes-Serpents
Sthiss Tor
Serpentine
NYISSIE

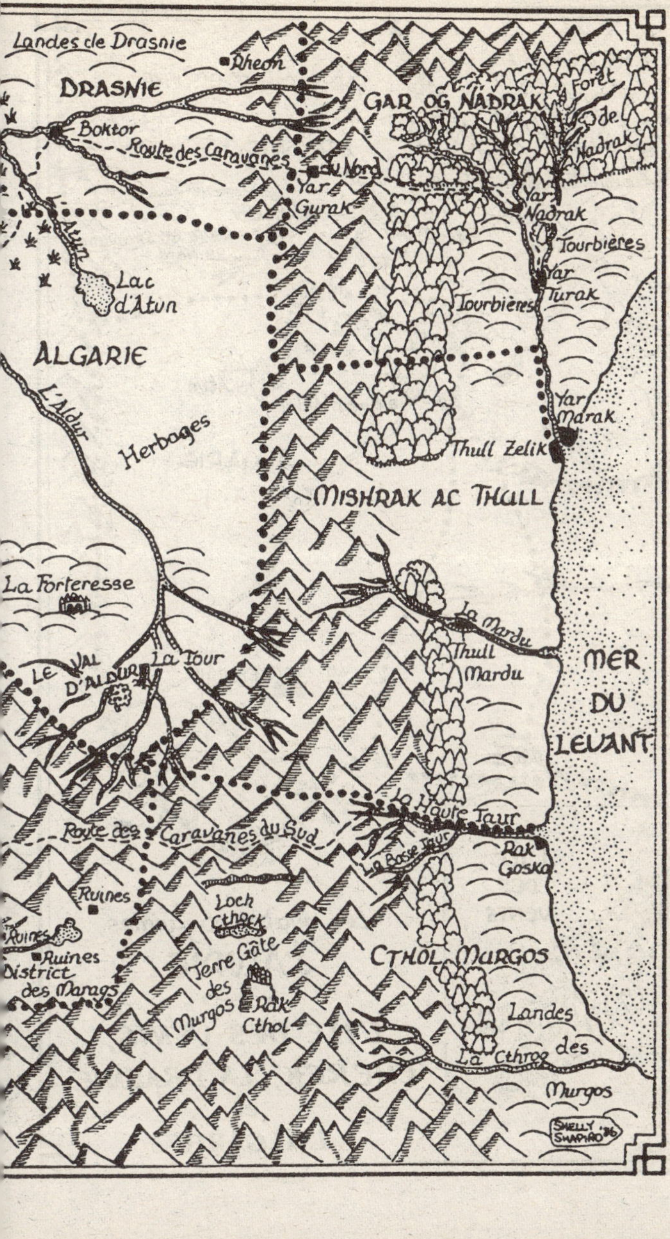

Landes de Drasnie
Rheon
DRASNIE
GAR OG NADRAK
Forêt de Nadrak
Boktor
Route des Caravanes du Nord
Yar Gurak
Yar Nadrak
Tourbières
L'Atun
Lac d'Atun
Yar Turak
Tourbières
ALGARIE
L'Aldur
Yar Marak
Herbages
Thull Zelik
MISHRAK AC THULL
La Forteresse
La Mardu
Thull Mardu
Le Val d'Aldur
La Tour
MER DU LEVANT
La Haute Taur
Route des Caravanes du Sud
La Basse Taur
Rak Goska
Ruines
Loch Cthock
Ruines
Ruines
District des Marags
Terre Gâte des Murgos
Rak Cthol
CTHOL MURGOS
Landes des Murgos
La Cthrag
Shelly Shapiro '86

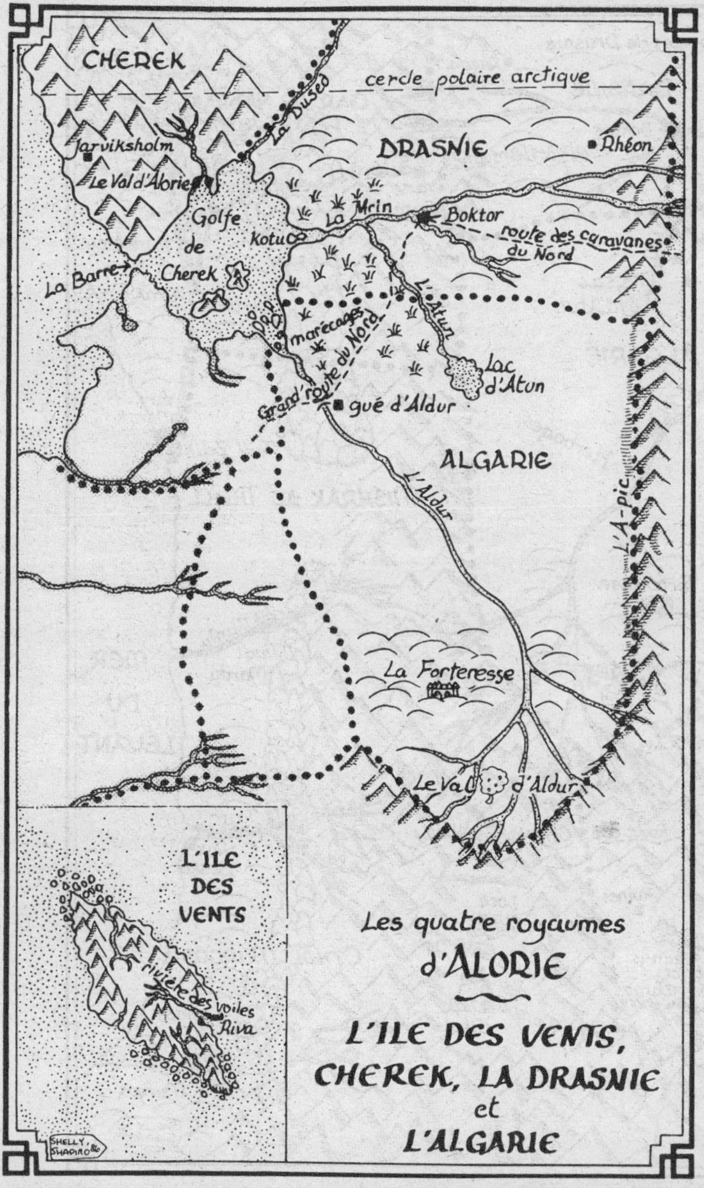
CHEREK
cercle polaire arctique
La Dused
DRASNIE
Rhéon
Jarviksholm
Le Val d'Alorie
Golfe de Cherek
La Mrin
Boktor
route des caravanes du Nord
Kotu
La Barre
L'Atun
marécages
Grand'route du Nord
Lac d'Atun
gué d'Aldur
ALGARIE
L'Aldur
L'A-pic
La Forteresse
Le Val d'Aldur
L'ILE DES VENTS
rivière des voiles
Riva
SHELLY SHAPIRO 86
Les quatre royaumes d'ALORIE
L'ILE DES VENTS, CHEREK, LA DRASNIE et L'ALGARIE

PROLOGUE

Où l'on apprend comment Belgarion accéda au Trône de Riva et tua Torak, le Dieu maudit.
D'après l'Introduction aux *Légendes d'Alorie.*

On dit qu'après avoir créé le monde, les sept Dieux vécurent dans la paix et l'harmonie parmi les hommes qu'ils avaient choisis. UL, le père des Dieux, garda ses distances jusqu'à ce que Gorim, qui menait les Sans Dieu, l'importune sans relâche du sommet d'une montagne. Alors UL se laissa fléchir. Il éleva Gorim et lui promit d'être son Dieu et le Dieu de son peuple, les Ulgos.

Le Dieu Aldur, qui enseignait le pouvoir du Vouloir et du Verbe à Belgarath et à ses autres disciples, insuffla un jour la vie à une pierre ronde, grosse comme le cœur d'un enfant. Cette pierre au prodigieux pouvoir, que les hommes nommèrent Orbe d'Aldur, était l'incarnation d'une Nécessité existant depuis le commencement des âges.

Une Nécessité adverse s'était imposée à Torak, le Dieu des Angaraks, qui convoitait la souveraineté et la domination sur toutes choses. Grand fut son trouble en apprenant l'existence de l'Orbe, car il redoutait qu'elle s'oppose à son dessein. Il vint trouver Aldur et l'implora de renoncer à la pierre, puis, devant son refus, le frappa et s'enfuit avec l'objet du litige.

Alors Aldur fit appel à ses autres frères, et leurs

peuples assemblés prirent les armes contre Torak. Se voyant vaincu, le Dieu des Angaraks utilisa l'Orbe pour fendre le monde, et la mer s'engouffra dans la faille, le séparant de ses ennemis.

Assoiffée de vengeance, la pierre où palpitait la vie déchaîna son feu sur Torak, lui calcina le flanc senestre et lui emplit l'œil gauche de son flamboyant courroux.

En proie à une douleur inextinguible, le Dieu maudit mena ses hommes dans les étendues désolées de Mallorée. Ils y fondèrent une ville appelée Cthol Mishrak, la *Cité de la Nuit*, car Torak la dissimula sous un nuage immuable. Là, dans la plus haute chambre d'une tour de fer, le Dieu mutilé tenta en vain, pendant deux mille ans, d'apaiser la haine de l'Orbe.

Puis Cherek Garrot-d'Ours, le roi d'Alorie, et ses trois valeureux fils, Algar Pied-léger, Riva Poing-de-Fer et Dras Cou-d'Aurochs, allèrent au Val d'Aldur annoncer à Belgarath le Sorcier que la route du Nord était ouverte. Belgarath se changea en loup et les mena en Mallorée par les marches du Nord. Ils profitèrent de la nuit pour se glisser dans la tour où Torak dormait d'un sommeil agité. Riva Poing-de-Fer, qui avait le cœur pur, prit l'Orbe dans le foudre d'acier où elle était enfermée, et ils repartirent comme ils étaient venus.

Sitôt réveillé, Torak découvrit la disparition de la pierre et se lança à leur poursuite. Il dut battre en retraite, terrorisé par l'ardente colère du joyau vivant que Riva brandit vers lui. Les ravisseurs fuirent la Mallorée et regagnèrent le Ponant.

Belgarath divisa l'Alorie en quatre Etats. Sur trois de ces trônes, il plaça Cherek Garrot-d'Ours, Algar Pied-Léger et Dras Cou-d'Aurochs, puis il envoya Riva Poing-de-Fer dans l'Ile des vents et le chargea, ainsi que sa descendance, de veiller sur l'Orbe à jamais.

Avec deux étoiles que Belar, le Dieu des Aloriens, avait fait choir sur Terre, Riva forgea une puissante épée. Il enchâssa l'Orbe sur le pommeau et la scella au mur de la salle du trône, dans la Citadelle, afin qu'elle garde le Ponant contre Torak jusqu'à la consommation des siècles.

En rentrant chez lui, Belgarath eut la douleur d'apprendre que sa femme, Poledra, était morte en donnant le jour à deux filles qu'il appela Polgara et Beldaran. Quand elle eut l'âge voulu, il donna Beldaran en mariage à Riva Poing-de-Fer afin qu'elle engendre la lignée de Riva. Il garda Polgara près de lui et lui enseigna l'art de la sorcellerie.

Ulcéré par la perte de l'Orbe, Torak détruisit la Cité de la Nuit et dispersa les Angaraks aux quatre vents. Il exila les Murgos, les Nadraks et les Thulls dans les terres incultes qui bordaient la Mer du Levant. Il confia aux Malloréens la mission d'asservir le continent, laissant à ses prêtres Grolims le soin de châtier les moins zélés et de lui offrir des sacrifices humains.

Des siècles passèrent. Puis Zedar l'Apostat, un serviteur de Torak, trama un complot avec Salmissra, la reine des Serpents. Des émissaires partirent pour l'Ile des Vents afin d'y tuer Gorek, le descendant de Riva, et sa famille. On dit qu'un enfant isolé échappa au carnage ; mais nul n'osait en jurer.

Torak enhardi par ce succès leva une armée et envahit le Ponant pour réduire ses peuples en esclavage et recouvrer l'Orbe. Les hordes angarakes rencontrèrent les armées du Ponant à Vo Mimbre, dans la plaine d'Arendie. La bataille faisait rage quand Brand, le Gardien de Riva, qui portait l'Orbe sertie sur son bouclier, défia Torak en combat singulier et le vainquit. Démoralisés, les Angaraks perdirent pied et furent anéantis. Mais la nuit, alors que les rois du Ponant célébraient leur victoire, Zedar l'Apostat subtilisa le corps du Dieu maudit. Et le grand prêtre des Ulgos, que son peuple appelait Gorim, comme tous ses prédécesseurs, révéla que Torak n'était pas mort mais dormait d'un profond sommeil d'où il sortirait le jour où un roi issu de Riva gravirait à nouveau les marches du trône.

Les rois du Ponant croyaient qu'il ne s'éveillerait jamais, car la lignée de Riva passait pour irrémédiablement éteinte. Mais Belgarath et sa fille Polgara savaient qu'un enfant avait survécu au massacre de Gorek et de sa famille. Ils avaient veillé sur lui et sur sa descendance en attendant l'heure du retour du roi de Riva, annoncé par d'anciennes prophéties.

Le torrent des siècles emporta le monde parmi ses remous. Dans une cité sans nom, à l'autre bout de l'univers, Zedar l'Apostat rencontra un enfant innocent. Il l'emmena en secret à l'Ile des Vents où sa pureté lui permit de prendre l'Orbe d'Aldur enchâssée sur l'épée du roi de Riva, puis Zedar et son jeune protégé gagnèrent l'Orient avec la pierre.

Polgara la Sorcière vivait à l'insu de tous dans une ferme de Sendarie, avec un jeune orphelin qui l'appelait tante Pol. Le garçonnet, prénommé Garion, était le dernier descendant de Riva, mais il l'ignorait.

Sitôt informé de la disparition de l'Orbe, Belgarath convia sa fille à partir en quête de Zedar et de la pierre où palpitait la vie. Polgara ne voulut pas se séparer de Garion, et le jeune garçon suivit aussi Belgarath, qu'il prenait pour un vieux conteur nomade.

Durnik, le forgeron de la ferme, insista pour venir avec eux. D'autres les accompagnèrent, tels Barak de Cherek et Kheldar de Drasnie, que d'aucuns appelaient Silk. Ils furent bientôt imités par Hettar, le Seigneur des Chevaux d'Algarie, Mandorallen, un chevalier mimbraïque, et Relg, un fanatique Ulgo. La princesse Ce'Nedra de Tolnedrie, qui ignorait tout de leur quête, se joignit à eux après une querelle avec son père, l'empereur Ran Borune XXIII. La compagnie prophétisée par le Codex mrin était complète.

Dans la Sylve des Dryades, leur route croisa celle d'Asharak, un Grolim murgo qui espionnait Garion depuis longtemps. Mais la voix de la Prophétie parla au jeune garçon et celui-ci frappa Asharak de sa main et de son Vouloir, le faisant périr par le feu. Ainsi Garion apprit-il qu'il avait le don de sorcellerie. Grande fut la joie de Polgara. Elle lui annonça qu'il porterait dorénavant le nom de Belgarion, comme il convenait à un Sorcier, et qu'il était l'héritier du trône de Riva, ainsi qu'il était écrit.

En fuyant devant Belgarath, Zedar l'Apostat commit l'erreur d'entrer dans le domaine de Ctuchik, le grand prêtre des Grolims du Ponant, aussi dévoué à Torak que pouvait l'être son visiteur. Les deux hommes se vouaient une haine séculaire. Lors d'une embuscade dans les montagnes désolées du Cthol Murgos, Ctuchik ravit à Zedar l'Orbe d'Aldur et l'innocent qui pouvait la toucher sans craindre son mortel courroux.

Belgarath était toujours sur la trace de Zedar quand Beltira, un autre disciple d'Aldur, lui apprit le vol de la pierre et l'enlèvement de l'enfant. Ses compagnons avaient pris la piste de Nyissie, où la reine Salmissra fit enlever Garion. Polgara le libéra et changea Salmissra en serpent, forme sous laquelle elle devait à jamais régner sur son peuple.

Ils furent alors rejoints par Belgarath qui les entraîna dans un un périlleux voyage, suivi d'une pénible escalade, jusqu'à la cité ténébreuse de Rak Cthol, érigée au sommet d'un pic, dans la Terre Gâte des Murgos. Ctuchik les y attendait de pied ferme avec l'Orbe et son jeune porteur. Belgarath provoqua son adversaire en un duel de sorcellerie. Poussé dans ses derniers retranchements, celui-ci lança un sort prohibé et fut frappé par un choc en retour d'une telle violence qu'il se désintégra.

La conflagration ébranla Rak Cthol qui s'écroula. Garion et ses compagnons profitèrent de la confusion pour s'enfuir avec la pierre et l'enfant. Les hordes de Taur Urgas, le roi des Murgos, les poursuivirent jusqu'en terre algaroise, où les clans des hommes-chevaux les mirent en déroute. Belgarath put enfin ramener l'Orbe à l'Ile des Vents dont elle n'aurait jamais dû sortir.

A Erastide, l'enfant si confiant qu'ils appelaient Mission remit la pierre à Garion, dans la Cour du roi de Riva. Quand il monta sur le trône pour la replacer sur le pommeau de la grande épée, l'Orbe s'embrasa et la lame lança une flamme bleue, glacée. A ces signes, tous reconnurent en lui l'héritier légitime et Garion fut acclamé roi de Riva, roi des rois du Ponant et Gardien de l'Orbe d'Aldur.

Conformément aux accords de Vo Mimbre, le garçon qui était venu d'une humble ferme de Sendarie pour ceindre la couronne fut fiancé à la princesse Ce'Nedra. Mais avant la célébration du mariage, la voix de la Prophétie qui lui parlait intérieurement le pressa d'aller dans la bibliothèque et d'y prendre un exemplaire du Codex mrin.

Cet antique parchemin lui apprit qu'il était destiné de toute éternité à partir avec l'épée pour affronter Torak : le Dieu maudit avait été dérangé dans son sommeil par son couronnement, et devait le tuer ou mourir de sa main, ce qui déciderait du sort du monde. Garion pouvait, il le savait, lever une armée et envahir l'Orient à la tête de ses troupes. Mais bien qu'il eût le cœur glacé de terreur, il décida de relever seul le défi. A l'aube, accompagné de Silk et de Belgarath, il se glissa hors de la Citadelle de Riva et entreprit le long voyage vers le nord et les ruines ténébreuses de la Cité de la Nuit où l'attendait le Dieu mutilé.

Pour permettre à Garion de passer sans encombre, la princesse Ce'Nedra entraîna les rois du Ponant dans une manœuvre de diversion. Aidée de Polgara, elle traversa la Sendarie, l'Arendie et la Tolnedrie, et le peuple la suivit comme un seul homme. Son armée rencontra les Angaraks devant la cité de Thull Mardu. Prises en tenaille entre les forces de l'empereur 'Zakath de Mallorée et celles de Taur Urgas, le roi dément des Murgos, les troupes de Ce'Nedra étaient perdues. Mais Cho-Hag, le Chef des Chefs de Clan Algarois, abattit Taur Urgas, après quoi Drosta lek Thun, le roi des Nadraks, changea de camp, leur donnant le temps de se retirer.

Ce'Nedra, Polgara, Durnik et le jeune Mission furent capturés et amenés devant 'Zakath, qui les envoya à Cthol Mishrak, où Zedar devait juger de leur sort. Zedar tua Durnik. Garion arriva juste à temps pour voir Polgara pleurer sur son corps.

A l'issue d'un duel sans merci, Belgarath emprisonna Zedar dans les entrailles de la terre. Puis, Torak étant réveillé, les deux Destinées qui s'étaient opposées depuis le commencement des âges s'affrontèrent dans la Cité de la Nuit. Et dans l'obscurité des ruines Garion, l'Enfant de Lumière, défit Torak, l'Enfant des

Ténèbres, avec son épée embrasée, et la Prophétie de l'ombre s'anéantit dans un gémissement.

Quand UL et les six Dieux vivants vinrent chercher le corps de Torak, Polgara les implora de ramener Durnik à la vie. Ils finirent par y consentir. Et comme il n'eût point convenu qu'elle fût dotée d'un pouvoir infiniment supérieur à celui du forgeron, ils le dotèrent du don de sorcellerie.

Tous repartirent pour la cité de Riva. Belgarion épousa Ce'Nedra et Durnik prit Polgara pour femme. L'Orbe retrouva sa place de gardienne du Ponant. Au bout de sept mille ans, la guerre des Dieux, des rois et des hommes avait pris fin.

C'est du moins ce que croyaient les hommes.

Première partie

LE VAL D'ALDUR

CHAPITRE I

Le printemps était bien avancé. La saison des pluies était venue et repartie, et le givre avait déserté le sol. Les champs bruns, gorgés d'humidité, émergeaient de leur sommeil hivernal sous la douce caresse du soleil. Il était tôt et il faisait encore frais, mais la journée promettait d'être radieuse. Le petit Mission et sa famille sortaient d'une auberge, dans un quartier tranquille de Camaar, la plus importante cité portuaire du sud de la Sendarie. Mission n'avait jamais eu de famille auparavant, et tout lui paraissait coloré, presque à l'excès, par le sentiment nouveau d'appartenir à un groupe étroitement uni par l'amour. Le but de leur voyage était à la fois très simple et très important : ils rentraient chez eux, au Val d'Aldur. Mission n'avait jamais été chez lui nulle part, il n'avait jamais vu la chaumière qui était leur destination, mais il était aussi pressé d'y arriver que si chacun de ses buissons et de ses pierres étaient gravés dans sa mémoire depuis le jour de sa naissance.

Une averse capricieuse, arrivée de la Mer des Vents vers minuit, avait débarbouillé les rues pavées de pierres grises et les grandes maisons au toit de tuiles qui resplendissaient sous le soleil matinal. Ils suivaient lentement les rues dans les voitures que Durnik le forgeron avait achetées deux jours plus tôt, après une inspection minutieuse. Niché entre les sacs de ravitaillement et de matériel, Mission humait l'odeur salée du port et scrutait au passage les ombres bleutées des bâtiments. Durnik tenait les rênes avec son assurance coutumière, et l'on eût dit que, par ces lanières de cuir, il transmettait aux chevaux la sensation rassurante qu'il avait la situation bien en main et savait ce qu'il faisait.

La bonne grosse jument de Belgarath ne partageait manifestement pas la confiance et la tranquillité de l'attelage. Le vieux sorcier, la veille au soir, s'était attardé dans la salle de l'auberge et ce matin-là il ne se souciait guère de l'endroit où il allait. La jument, qui était d'acquisition récente elle aussi, n'avait pas eu le temps de s'habituer à son nouveau propriétaire, dont elle percevait l'indifférence presque agressive avec un certain malaise. Elle roulait des yeux blancs, comme pour voir si la masse inerte affalée sur son dos souhaitait ou non qu'elle suive la voiture.

La fille de Belgarath, que le monde entier connaissait sous le nom de Polgara la Sorcière, était assise à côté de Durnik, son époux depuis quelques semaines. Elle considérait d'un regard d'acier l'état semi-comateux de son père, gardant ses commentaires pour plus tard. Elle portait une cape à capuchon sur une simple robe de laine grise. Elle avait mis de côté les bijoux, les robes de velours bleu et les riches capes bordées de fourrure qu'elle portait ordinairement à Riva, et retrouvé cette sobre tenue avec un sentiment voisin du soulagement. Polgara ne détestait pas la toilette quand les circonstances l'exigeaient, et elle pouvait être plus royale que toutes les reines du monde. Mais elle avait un sens aigu de ce qui convenait à chaque situation et avait pris un indicible plaisir à revêtir les vêtements ordinaires qui s'accordaient avec ce à quoi elle aspirait depuis tant de siècles.

Belgarath, quant à lui, se souciait uniquement de son confort. S'il portait des bottes dépareillées, ce n'était ni pauvreté ni indifférence mais choix délibéré : il avait une paire dont la botte gauche lui allait parfaitement alors que la droite était trop juste, et une autre dont la botte droite était très confortable alors que sa consœur lui faisait mal au talon. Le reste de sa tenue allait à l'avenant. Les pièces qui ornaient les genoux de son pantalon le laissaient indifférent, il se fichait pas mal d'être l'un des rares hommes au monde à utiliser un bout de corde en guise de ceinture et il était très à l'aise dans sa tunique, tellement froissée et constellée de taches de graisse que personne n'en aurait voulu comme serpillière.

Les énormes portes de la cité étaient grandes ouvertes ; la guerre qui avait fait rage sur les plaines du Mishrak ac Thull, des centaines de lieues à l'est, n'était plus qu'un mauvais souvenir. Les hommes de la prodigieuse armée levée par la princesse Ce'Nedra étaient rentrés chez eux, et la paix était revenue sur les Royaumes du Ponant. Belgarion, le roi des rois du Ponant, régnait à Riva, où l'Orbe d'Aldur avait retrouvé sa place, au-dessus de son trône. Le Dieu mutilé des Angaraks était mort ; la menace millénaire était à jamais abolie.

Mission et sa famille franchirent les portes de la ville sous le regard indifférent des gardes. Durnik mit l'attelage sur la route impériale qui menait droit vers l'est, jusqu'à Muros et aux cimes enneigées séparant la Sendarie de l'Algarie.

Des oiseaux filaient dans l'air limpide, planaient, les ailes frémissantes de curiosité, vers les chevaux qui peinaient dans les montées, ou décrivaient des arabesques au-dessus d'eux en pépiant comme s'ils les saluaient. Polgara leva son visage parfait dans la lumière pour les écouter.

— Que peuvent-ils bien raconter ? s'émerveilla Durnik.

— Ils gazouillent. Les oiseaux n'arrêtent pas de gazouiller, répondit la sorcière de sa voix chaude. Ils glorifient le matin, le soleil qui brille, ils expriment leur joie d'avoir fini leurs nids et surtout, ils parlent de leurs œufs. Les oiseaux adorent parler de leurs œufs.

— Ils doivent être heureux de te voir, aussi ?

— J'imagine.

— Tu crois que tu pourrais m'apprendre leur langage ?

— Si tu veux, fit-elle avec un bon sourire. Mais ce n'est pas très utile.

— Ça ne peut pas faire de mal d'apprendre une chose inutile de temps en temps, déclara-t-il avec le plus grand sérieux.

— Oh ! mon Durnik ! s'esclaffa-t-elle en posant affectueusement sa main sur la sienne. Tu es un trésor, tu sais ?

Mission sourit. Il se sentait inclus dans leur affection chaleureuse, assez nouvelle pour lui. Il avait été élevé, si l'on peut dire, par Zedar l'Apostat, qui l'avait trouvé dans une sombre ruelle d'une cité perdue et emmené dans un but précis. Cet austère gardien s'était contenté de le nourrir et de le vêtir en lui répétant toujours la même chose : « J'ai une mission pour toi. » C'était la seule parole connue de l'enfant quand les autres le rencontrèrent. Et ne sachant quel nom lui donner, ils l'avaient appelé Mission.

Ils s'arrêtèrent au sommet d'une haute colline pour laisser souffler les chevaux. Confortablement blotti entre les sacs, les caisses et les outils que Durnik avait si méticuleusement choisis à Camaar, Mission regardait les champs entourés de murets qui offraient leurs pousses vert tendre aux rayons obliques du soleil matinal. Il se retourna pour considérer les toits rouges de Camaar et son port aux eaux d'émeraude que sillonnaient les navires d'une demi-douzaine de royaumes.

— Tu n'as pas froid ? lui demanda Polgara.

— Non merci, ça va, fit l'enfant en hochant la tête. Il ne parlait pas beaucoup, mais les mots lui venaient quand même plus facilement.

Affalé comme un sac sur sa selle, la prunelle un tantinet vitreuse, Belgarath se grattouillait machinalement la barbe.

— J'aime bien partir en équipée sous le soleil. Je trouve que ça augure bien de la suite. Mais il n'a pas besoin de briller comme ça, grommela-t-il en fronçant les sourcils comme si la lumière lui faisait mal aux yeux.

— Alors, Père, on est un peu patraque, ce matin ? susurra Polgara d'un ton lourd de sous-entendu.

— Allez, Pol, vas-y, ronchonna le vieux sorcier. Je suis sûr que tu te sentiras bien mieux quand tu l'auras dit.

— Comment ça, Père ? reprit-elle en le gratifiant d'une remarquable démonstration de feinte innocence. Qu'est-ce qui te fait penser que j'ai quelque chose à dire ? Oh, tu peux toujours grogner. Tu te rends bien compte que tu as trop bu hier soir. Tu n'as pas besoin que je te mette le nez dedans, hein ?

— Je ne suis pas d'humeur à entendre ce genre d'insanité, riposta-t-il sèchement.

— Oh, le pauvre cher vieux chou, railla-t-elle. Je vais te préparer quelque chose, ça va te retaper.

— Merci, mais j'aime autant pas. Le goût de tes mixtures reste dans la bouche pendant des journées entières. Je préfère encore avoir mal à la tête.

— Si on veut que *ça* marche, il faut que *ça* ait mauvais goût. Je t'avais prévenu, Père, conclut-t-elle implacablement en repoussant le capuchon de sa cape.

Ses longs cheveux presque noirs étaient ornés d'une mèche blanche juste au-dessus du sourcil gauche.

— Ecoute, Polgara, reprit le vieux sorcier en grimaçant, tu ne pourrais pas laisser tomber les « je te l'avais bien dit », pour une fois ?

— Enfin, Durnik, tu m'as bien entendu l'avertir ? demanda Polgara à son mari, qui réprimait une furieuse envie de rire.

Le vieil homme poussa un soupir à fendre l'âme, plongea la main dans sa tunique, en ressortit un petit flacon plat, le déboucha avec ses dents et but longuement.

— Oh non, Père ! s'exclama Polgara, écœurée. Tu n'en as pas eu assez hier ?

— Eh non, pas si la conversation doit s'éterniser sur ce sujet. Durnik ?

— Non merci, Belgarath. Il est encore un peu tôt pour moi.

— Pol ? ... Oh, bon, comme vous voudrez, fit-il avec un haussement d'épaules. Alors, on y va ? Le Val d'Aldur n'est pas la porte à côté.

Il reboucha sa flasque, la remit sous sa tunique et talonna son cheval.

La voiture s'engageait dans la descente quand Mission

vit un détachement de cavaliers quitter la ville. Ils devaient être en partie vêtus d'acier à en juger par les reflets qu'ils arrachaient au soleil. L'enfant songea un instant à en avertir sa famille puis il se ravisa. Il se cala confortablement contre les sacs et leva les yeux vers le ciel d'un bleu profond, ponctué de nuages blancs, cotonneux. Mission aimait le matin ; la journée, au début, paraissait toujours pleine de promesses. Les déceptions, ordinairement, commençaient plus tard.

Ils avaient à peine fait une demi-lieue quand les soldats les rattrapèrent. Le commandant du détachement était un officier sendarien au visage grave. Il n'avait qu'un bras. Il s'approcha de l'attelage pendant que ses troupes restaient sagement derrière.

— Votre Grâce, dit-il d'un ton cérémonieux en s'inclinant avec raideur devant Polgara.

— Général Brendig, répondit-elle avec un petit signe de tête. Vous êtes bien matinal.

— Les soldats sont souvent matinaux, Votre Grâce.

— Qu'est-ce qui se passe, Brendig ? intervint Belgarath d'un ton peu amène, c'est une coïncidence ou vous nous suivez ?

— La Sendarie est le royaume de l'ordre, Vénérable Belgarath, répondit Brendig d'un ton neutre. Nous nous débrouillons pour qu'il n'y ait pas de coïncidences.

— C'est ce que je pensais, reprit aigrement Belgarath. Je voudrais bien savoir quelle mouche a piqué Fulrach ?

— Il est apparu à Sa Majesté que vous deviez bénéficier d'une escorte.

— Je connais la route, Brendig. Ce n'est pas la première fois que je fais le trajet.

— J'en suis sûr, Vénérable Belgarath, acquiesça poliment Brendig. Considérez cette escorte comme un témoignage d'amitié et de respect.

— Dois-je en déduire que vous comptez vous incruster ?

— Les ordres sont les ordres, Vénérable Belgarath.

— Faites-moi grâce du « vénérable », vous voulez bien ? grinça Belgarath.

— Mon père sent tout le poids des années, ce matin. Sept mille, pas une de moins, rappela suavement Polgara.

— Je comprends, Votre Grâce, répondit Brendig, et tous crurent qu'ils allaient le voir sourire.

— Allons, nous voilà bien cérémonieux, Messire Brendig, remarqua la Sorcière. Nous nous connaissons assez, je pense, pour nous dispenser de ces formalités.

— Vous n'avez pas oublié notre première rencontre ? s'enquit Brendig avec circonspection.

— C'était le jour où vous nous avez arrêtés, si je ne m'abuse ? intervint Durnik avec un petit sourire.

— Hem, fit Brendig en toussotant, ce n'était pas tout à fait une arrestation, Maître Durnik. Je ne faisais que vous transmettre l'invitation au palais de Sa Majesté. Enfin, vous vous rappellez peut-être que dame Polgara, votre respectable épouse, se faisait passer pour la duchesse d'Erat.

— Il me semble, en effet, acquiesça Durnik.

— Eh bien, j'ai eu récemment l'occasion de compulser de vieux ouvrages d'héraldique, et j'ai découvert une chose assez remarquable. Saviez-vous, Maître Durnik, que votre épouse est réellement duchesse d'Erat ?

— Vraiment, Pol ? s'exclama Durnik, incrédule.

— Je l'avais presque oublié, répondit Polgara en haussant les épaules. Ça fait si longtemps...

— Votre titre n'en est pas moins valable, Votre Grâce, lui assura Brendig. Les propriétaires terriens du District d'Erat versent encore tous les ans une modeste obole sur un compte à votre nom.

— Comme c'est ennuyeux, souffla-t-elle.

— Attends un peu, Pol, coupa Belgarath, l'œil parfaitement clair tout à coup. Brendig, à combien se monte le compte de ma fille, aux décimales près ?

— Plusieurs millions, pour autant que je sache.

— Eh bien, dites donc, s'exclama Belgarath, en ouvrant de grands yeux. Eh bien, dites donc...

— Voyons, Père, qu'as-tu au juste derrière la tête ? intervint Polgara en le toisant du regard.

— Oh rien. Je suis très heureux pour toi, c'est tout, déclara le vieux sorcier avec effusion. N'importe quel père se réjouirait de savoir que sa grande fille a si bien réussi. Dites-moi, Général, qui gère la fortune de Pol, au juste ?

— La couronne de Sendarie, répondit Brendig.

— Quel fardeau pour ce pauvre Fulrach, murmura Belgarath, tout songeur. Quand on pense à toutes les responsabilités qu'il doit déjà assumer... Je ferais mieux de...

— Sûrement pas, Vieux Loup, décréta Polgara d'un ton ferme.

— Je me disais juste...

— Oui, Père, je vois ce que tu pouvais te dire. Cet argent est très bien où il est.

— Je n'ai jamais eu de fortune, soupira mélancoliquement le sorcier.

— Alors ça ne risque pas de te manquer, hein ?

— Tu es impitoyable, Polgara. Laisser ton pauvre père dans la misère, comme ça...

— Il y a des milliers d'années que tu t'en contentes. Mon petit doigt me dit que tu survivras.

— Comment es-tu devenue duchesse d'Erat ? intervint Durnik.

— En faisant pour le duc de Vo Wacune une chose que j'étais seule à pouvoir faire. Il m'en avait été très reconnaissant.

— Mais Vo Wacune a été détruite il y a des milliers d'années, objecta Durnik, sidéré.

— Eh oui...

— Je vais avoir du mal à m'y habituer.

— Tu savais que je n'étais pas une femme comme les autres.

— Oui, mais...

— Qu'est-ce que ça peut faire ? Mon âge change quelque chose ?

— Non, assura-t-il aussitôt. Rien du tout.

— Alors, n'y pense plus.

Ils traversèrent le sud de la Sendarie sans trop se presser, s'arrêtant chaque soir dans de confortables hôtelleries tenues par les légionnaires tolnedrains qui maintenaient l'ordre sur les routes impériales. Ils arrivèrent à Muros en fin d'après-midi, trois jours après avoir quitté Camaar. D'immenses troupeaux de bétail algarois remplissaient déjà d'interminables enclos à l'est de la ville, et le ciel était assombri par le nuage de poussière que soulevaient leurs sabots impatients. Muros n'était pas une ville accueillante pendant les foires aux bestiaux. C'était un endroit sale, bruyant, où il faisait une chaleur étouffante. Belgarath suggéra d'aller passer la nuit dans les montagnes où l'air serait plus respirable et les voisins moins tumultueux.

— Dites-moi, Général, vous n'avez tout de même pas l'intention de nous accompagner jusqu'au Val ? s'enquit le vieux sorcier alors qu'ils tournaient le dos aux enclos et reprenaient la grand-route du Nord en direction des montagnes.

— Euh... non, pas exactement, répondit Brendig en regardant les cavaliers algarois bardés de cuir qui venaient à leur rencontre. Je pense que je vais m'en retourner, à présent.

Le chef du groupe de cavaliers était un grand gaillard au profil d'oiseau de proie. Une mèche de cheveux noirs flottait derrière son crâne. Il retint sa monture en arrivant au niveau de la voiture.

— Général Brendig, dit-il calmement au Sendarien.

— Messire Hettar, répondit plaisamment Brendig.

— Qu'est-ce que vous faites par ici, Hettar ? s'exclama Belgarath.

— Eh bien, je viens d'acheter un troupeau de l'autre côté des montagnes, répondit Hettar en ouvrant de grands yeux candides. J'allais repartir quand je me suis dit que vous aimeriez peut-être que nous fassions route ensemble.

— Quel hasard de vous retrouver ici juste en ce moment.

— N'est-ce pas ? fit Hettar avec un clin d'œil à Brendig.

— Qu'est-ce que c'est que ce petit jeu ? tempêta Belgarath. Je n'ai pas besoin de nounou et encore moins d'une escorte militaire. Je suis parfaitement capable de me débrouiller.

— Mais oui, Belgarath, répondit Hettar d'un ton

apaisant. Content de vous revoir, Polgara. La vie conjugale vous réussit, mon ami, ajouta-t-il en regardant ironiquement Durnik. J'ai l'impression que vous avez pris quelques livres...

— Il me semble que votre femme n'y est pas allée avec le dos de la cuillère non plus, rétorqua Durnik avec un grand sourire.

— Ça se voit tant que ça ? demanda Hettar.

— Un peu tout de même, acquiesça gravement Durnik.

Hettar se renfrogna et lança un petit clin d'œil à Mission. L'enfant et l'immense Algarois s'étaient toujours bien entendus, peut-être parce qu'aucun des deux n'éprouvait le besoin de meubler le silence en parlant à tort et à travers.

— Eh bien, je vais vous laisser, annonça Brendig. Ce fut un très agréable voyage, dit-il en s'inclinant devant Polgara. Après un dernier signe de tête à Hettar, il repartit vers Muros, accompagné par le tintinnabulement de ses troupes.

— Je vais dire deux mots à Fulrach. Et par la même occasion à votre père, Hettar, conclut sinistrement Belgarath.

— C'est l'une des rançons de l'immortalité, Belgarath, fit Hettar d'une voix atone. Les gens vous témoignent un respect parfois importun. Si nous y allions ?

Les Algarois encadrèrent la voiture et le petit groupe s'engagea à bonne allure dans les épaisses forêts sillonnées de torrents. Les montagnes n'étaient pas assez hautes pour rendre le trajet pénible mais ils s'arrêtaient parfois pour faire souffler leurs chevaux. Lors d'une de ces haltes, Durnik descendit de voiture et contempla d'un air dubitatif, en contrebas de la route, un lac creusé par une petite cascade murmurante.

— Nous ne sommes pas vraiment pressés, n'est-ce pas, Belgarath ? murmura-t-il.

— Pas vraiment, pourquoi ?

— Je me disais que ce serait un endroit agréable pour pique-niquer, répondit candidement le forgeron.

— Voilà une bonne idée, approuva Belgarath avec un regard circulaire.

— Parfait.

L'air un peu absent, Durnik retourna vers la voiture et prit dans l'un des sacs un rouleau de fil ciré. Il y fixa soigneusement un crochet orné d'un fil de couleur vive et chercha du regard un jeune sapin au tronc mince et souple. Cinq minutes plus tard, il était debout sur un rocher rond, au bord du lac, et effectuait un superbe lancer dans les flots turbulents, au pied de la cascade.

Mission se laissa glisser jusqu'au bord du torrent pour le regarder. Durnik lançait au centre du courant, de sorte que les remous attirent son appât dans les profondeurs vertes du bassin.

— Mission, Durnik, venez manger, c'est prêt ! appela Polgara au bout d'un moment.

— Oui, Pol, répondit distraitement Durnik. Tout de suite.

Mission remonta docilement vers la voiture, mais il avait du mal à détacher ses yeux des eaux tumultueuses. Polgara comprit aussitôt de quoi il retournait. Elle posa sur une tranche de pain la viande et le fromage qu'elle avait coupés pour lui afin qu'il puisse emmener le tout au bord du torrent.

— Merci, dit-il simplement.

Polgara le suivit. Durnik pêchait toujours avec acharnement.

— Durnik, répéta-t-elle. *Manger !*

— Oui, répondit-il sans lever les yeux. J'arrive.

Il lança encore une fois.

— Enfin, soupira Polgara. J'imagine qu'il n'y a pas d'homme sans défaut.

Une demi-heure plus tard, Durnik n'y comprenait plus rien. Il sauta de son rocher et resta planté sur la rive à contempler le torrent d'un air perplexe.

— Je sais qu'il y en a, déclara-t-il. Je les sens.

— Ici, fit le petit garçon en désignant les eaux qui tournoyaient paresseusement près du bord.

— Je pense plutôt qu'elles sont dans le courant principal, mais si tu le dis…, soupira Durnik en lançant plus près du bord.

Sa canne se plia aussitôt en deux. Il prit coup sur coup quatre truites argentées, de gros poissons aux flancs rebondis, mouchetés de gris, et aux mâchoires hérissées de dents fines comme des aiguilles.

— Vous en avez mis du temps à trouver le bon coin, remarqua perfidement Belgarath alors qu'ils se remettaient en route, plus tard dans l'après-midi.

— Ce genre de lac s'explore avec méthode, expliqua Durnik. On commence par un coin et on finit par l'autre, lancer après lancer.

— Je vois.

— C'est la seule façon de s'assurer qu'on n'en oublie pas.

— Mais bien sûr.

— Cela dit, j'étais à peu près certain de l'endroit où elles étaient.

— Evidemment.

— Je tenais à procéder selon les règles. Je suis sûr que vous me comprenez.

— Absolument, affirma Belgarath avec gravité.

Après les montagnes, ils prirent au sud, à travers la plaine algaroise qui frémissait sous le vent d'est, immense houle verte où paissaient des troupeaux de chevaux et de bêtes à cornes. Hettar proposa de faire halte à la Forteresse d'Algarie.

— Dites à Cho-Hag et à Silar que nous viendrons les voir plus tard, répondit Polgara. Pour l'instant, il faut vraiment que nous allions au Val. Nous n'aurons pas trop de tout l'été pour remettre la maison de ma mère en état.

Hettar acquiesça gravement et leur adressa un bref salut de la main, puis s'éloigna, suivi de ses hommes, vers l'est et une montagne érigée de main d'homme : la Forteresse de son père, Cho-Hag, Chef des Chefs de Clan d'Algarie.

La chaumière de Poledra, la mère de Polgara, était nichée dans un vallon, entre les collines qui bordaient le Val d'Aldur au nord. Un torrent impétueux coulait au fond de la vallée, entre des bois de bouleaux et de cèdres. En fait de chaumière, c'était une vaste demeure au toit bas, faite de moellons gris, rougeâtres et bruns étroitement ajustés. Elle était restée inoccupée pendant plus de trois mille ans, et le toit, les portes et les fenêtres n'avaient pas résisté aux éléments. Seule subsistait la carcasse de la maison, envahie par les ronces et offerte au ciel. Elle semblait attendre quelque chose, comme si Poledra avait instillé dans ses pierres la certitude que sa fille y reviendrait un jour.

Ils y arrivèrent dans la lumière dorée de l'après-midi. Mission somnolait, bercé par le grincement d'une roue.

– Mission, fit Polgara en le secouant doucement. Nous sommes arrivés.

Il ouvrit les yeux et vit pour la première fois l'endroit qui serait à jamais sa maison : la carcasse battue par les intempéries blottie dans les grandes herbes vertes, les bois au-delà, avec les bouleaux blancs qui se dressaient entre les cèdres vert foncé, le torrent surtout. Il mesure tout de suite les énormes possibilités d'un tel endroit. On n'aurait pu rêver mieux pour jouer aux petits bateaux, faire des ricochets avec des pierres et, si on était à court d'inspiration, tomber dans le torrent. La plupart des arbres semblaient avoir été spécialement conçus pour y grimper, et l'un des gros bouleaux blancs surplombant le ruisseau semblait porteur d'une promesse exaltante : on devait pouvoir à la fois y grimper *et* tomber dans l'eau.

Durnik avait arrêté la voiture sur une longue colline qui descendait doucement vers la maison. C'était le genre de pente qu'un garçon devait aimer dévaler le jour où des nuages pelucheux filaient dans un ciel d'un bleu fondamental. Il imaginait déjà la terre élastique sous ses pieds, les hautes herbes chauffées par le soleil, le vent soûlant de la course.

Tout à coup il sentit un profond chagrin, une douleur que le passage des siècles n'avait pas apaisée. Il se tourna vers Belgarath. Une larme roulait sur la joue burinée du vieillard et se perdait dans sa barbe blanche, presque rase.

Mais le souvenir douloureux d'une épouse perdue ne pouvait entamer l'indicible plaisir que Mission prenait à contempler cette vallée luxuriante avec ses arbres et son torrent.

— C'est chez nous, dit l'enfant avec un sourire, suçant ces mots comme un bonbon et les trouvant délicieux.

Polgara le regarda gravement. Elle avait d'immenses yeux bleus, lumineux, qui passaient, selon son humeur, d'un lavande pâle, presque gris, à l'outremer des grands rivages.

— Oui, Mission, répondit-elle de sa voix vibrante. C'est chez nous.

Puis elle l'entoura de ses bras, le serra tendrement contre elle, et cette étreinte lui fit sentir combien elle avait pensé à cet endroit au cours des siècles qu'ils avaient consacrés, son père et elle, à leur interminable tâche.

Durnik le forgeron contemplait pensivement le vallon en imaginant toutes sortes d'aménagements et d'améliorations.

— Il faudra un moment pour arranger tout ça, dit-il enfin.

— Nous avons l'éternité devant nous, répondit Polgara avec un doux sourire.

— Je vais vous aider à décharger la voiture et à dresser vos tentes, fit Belgarath en se grattant distraitement la barbe. Et demain, il faudra que j'aille au Val, voir Beldin et les jumeaux, m'occuper de ma tour et ce genre de choses...

Polgara le regarda longuement, sans ciller.

— Tu es bien pressé de partir, lâcha-t-elle. Tu as vu Beldin le mois dernier, à Riva, et tu es resté je ne sais combien de décennies sans jeter un coup d'œil à ta tour. C'est drôle : chaque fois qu'il y a quelque chose à faire, tu te trouves des tas d'occupations ailleurs.

— Enfin, Polgara ! protesta vertueusement Belgarath.

— Ça ne prend pas, Père, reprit-elle fraîchement. Tu n'en mourras pas de passer quelques semaines, disons un mois ou deux, à aider Durnik. A moins que tu n'aies l'intention de nous abandonner aux rigueurs de l'hiver ?

Belgarath contempla avec un léger écœurement la maison éventrée qui gisait au pied de la colline, et songea aux heures de labeur en perspective.

— Mais bien sûr, ma petite Pol, dit-il un peu trop vite. Je serai ravi de rester et de vous donner un coup de main.

— Je savais que nous pouvions compter sur toi, Père, dit-elle d'une voix melliflue.

Belgarath étudia Durnik du regard comme pour évaluer son degré d'implication.

— J'espère que vous n'avez pas l'intention de tout faire à la main, risqua-t-il. Je veux dire... enfin, nous avons un autre moyen à notre disposition, vous savez.

Durnik n'avait pas l'air très à l'aise. Une expression vaguement réprobatrice effleura son honnête visage.

— Je... euh... eh bien, je ne sais pas trop, Belgarath, répondit-il. Je ne suis pas certain d'être tout à fait d'accord. Pour savoir si une chose est bien faite, il faut que je la fasse à la main. Je ne suis pas encore très familiarisé avec cette autre façon de procéder. Je ne sais pas pourquoi, mais j'ai l'impression que c'est de la triche.

— Je ne sais pas pourquoi, mais j'avais l'impression que vous me diriez ça, soupira Belgarath. Eh bien, allons-y, fit-il en se redressant. Autant nous y mettre tout de suite.

Il leur fallut un bon mois pour évacuer les débris accumulés par les millénaires dans les coins de la maison, remettre les portes et les fenêtres à neuf, refaire la charpente et la recouvrir de chaume. Ils y auraient même passé deux fois plus de temps si Belgarath n'avait honteusement triché chaque fois que Durnik avait le dos tourné. Des tas de corvées avaient le chic pour se faire toutes seules quand le forgeron n'était pas dans le coin. Allait-il chercher des rondins avec la charrette ? Belgarath envoyait promener l'herminette avec laquelle il s'évertuait à équarrir une poutre, regardait gravement Mission, fourrait la main dans sa tunique, en retirait une cruche de bière subtilisée dans les réserves de Polgara, buvait un bon coup, concentrait son Vouloir sur la poutre récalcitrante et articulait un mot à mi-voix. Un blizzard de copeaux les aspergeait. Une fois la poutre parfaitement taillée, le vieil homme regardait Mission d'un air assez satisfait et lui dédiait un imperceptible clin d'œil que le petit garçon lui rendait avec une rigoureuse impassibilité.

L'enfant connaissait la sorcellerie. Il avait vécu avec Zedar l'Apostat et Ctuchik. Mais ils n'avaient pas le brio et la désinvolture de Belgarath. La façon du vieil homme était digne d'un virtuose. Il faisait l'impossible en se jouant. Mission savait ce qu'il en était, bien sûr. On ne pouvait pas vivre aussi longtemps avec des sorciers sans finir par comprendre. L'aisance de Belgarath lui donnait presque envie d'essayer lui-même ; mais chaque fois qu'il caressait cette idée, il se rendait compte que rien ne lui faisait assez envie pour sauter le pas.

Les enseignements de Durnik étaient plus terre à terre mais non moins importants. Le petit garçon n'avait pas mis longtemps à comprendre que le forgeron savait pratiquement tout faire de ses mains. Il travaillait presque aussi bien le bois et la pierre que le fer et le bronze. Il était capable de construire une maison comme une chaise. En le regardant faire, Mission pigea les centaines de petits trucs et de tours de main qui séparent le véritable homme de l'art de l'amateur balbutiant.

Les problèmes domestiques étaient du ressort de Polgara. Les tentes dans lesquelles ils dormaient étaient aussi bien tenues qu'une vraie maison. La literie était aérée tous les jours, la lessive séchait dehors et ils ne manquaient pas un repas. Une fois, Belgarath, venu mendier ou chaparder un coup à boire, jeta un coup d'œil critique à sa fille qui fredonnait en coupant les pains de savon qu'elle venait de fabriquer.

— Pol, commença-t-il d'un ton acide, tu es la femme la plus puissante de la Terre. Tu es plus titrée qu'on ne saurait dire et il n'est pas un roi au monde qui ne s'incline devant toi. Pourrais-tu me dire, au juste, pourquoi tu éprouves le besoin de fabriquer le savon comme ça ? C'est une tâche pénible, ça brûle et ça sent épouvantablement mauvais.

— Ecoute, Vieux Loup, répondit-elle en lui rendant calmement son regard, j'ai été la femme la plus puissante du monde pendant des milliers d'années. Depuis des siècles les rois se prosternent devant moi et j'ai perdu le compte de mes titres de noblesse. Mais c'est la première fois que je suis mariée. Nous avons toujours eu trop à faire pour nous occuper de ça, toi et moi. Mais j'avais envie de fonder un foyer et j'ai passé ma vie à m'y préparer. Je sais tout ce qu'une bonne épouse a besoin de savoir. Alors, je t'en prie, Père, fais-moi grâce de tes quolibets. Je n'ai jamais été aussi heureuse et je ne me suis jamais autant amusée de toute ma vie.

— A faire du savon ?

— En partie, oui.

— C'est une telle perte de temps, dit-il en esquissant un geste négligent, et un pain de savon qui n'existait pas jusqu'alors rejoignit ceux qu'elle avait faits.

— Père ! fit-elle en tapant du pied. Arrête tout de suite !

Il prit deux morceaux de savon, un de ceux qu'avait faits sa fille et le sien.

— Tu peux me dire la différence entre les deux, Pol ?

— Le mien a été fait avec amour ; pas le tien.

— N'empêche qu'ils laveront aussi bien l'un que l'autre.

— Pas le mien, riposta-t-elle en attrapant le savon de son père.

Elle l'éleva devant son visage, sur la paume de sa main, et, soufflant doucement dessus, le fit disparaître.

— C'est un peu idiot, Pol, protesta-t-il.

— On dirait que c'est une maladie de famille, répondit-elle calmement. Occupe-toi donc de tes affaires, Père, et laisse-moi faire mon travail.

— Tu es presque aussi terrible que Durnik.

— Je sais, acquiesça-t-elle d'un petit air satisfait. Ça doit être pour ça que je l'ai épousé.

— Viens, Mission, fit Belgarath en tournant les talons. C'est peut-être contagieux, et je ne voudrais pas que tu l'attrapes.

— Oh, Père, encore une chose : ne fouine pas dans mes réserves. Si tu veux de la bière, tu n'as qu'à m'en demander.

Belgarath s'éloigna sans un mot, en prenant de grands airs. Sitôt hors de vue, Mission tira une cruche de sa tunique et la lui tendit.

— Parfait, gamin, fit Belgarath avec un grand sourire. Tu as vu comme c'est facile, une fois qu'on a pris le coup de main ?

Ils passèrent l'été et presque tout l'automne à rendre la chaumière habitable et apte à résister aux assauts de l'hiver. Mission les aidait de son mieux, veillant à leur tenir compagnie sans trop se fourrer dans leurs jambes.

Quand vinrent les premières neiges, la chaumière isolée fut pour eux un havre de sécurité. L'immense cheminée leur procurait à la fois chaleur et lumière. Mission, qui était tout le temps dehors, sauf quand il faisait vraiment trop froid, passait ordinairement les heures dorées qui suivaient le souper vautré sur une fourrure devant le feu de bois, à regarder danser les flammes jusqu'à ce que ses yeux se ferment. Plus tard, il s'éveillait dans la fraîche obscurité de sa chambre, sa couette de duvet ramenée sous le menton. Il savait que Polgara l'avait pris dans ses bras et mis au lit. Alors il se rendormait en soupirant de bonheur.

Durnik lui avait fait un traîneau, bien sûr. On aurait dit que la longue colline dominant le vallon avait été faite pour être dévalée en luge. La neige n'était pas assez épaisse pour que les patins s'y enfoncent, et Mission parcourait dans la prairie des distances stupéfiantes grâce à l'inertie accumulée pendant la descente.

Le couronnement absolu de la saison de luge eut lieu à la fin d'une journée particulièrement glaciale. Le soleil venait de s'enfoncer dans un banc de nuages violets et le ciel était d'une froide couleur turquoise. Mission escalada la colline dans la neige damée, traînant sa luge derrière lui. Arrivé en haut, il s'arrêta un moment pour reprendre son souffle et regarda la chaumière tapie sous la neige, avec ses fenêtres dorées et la pâle colonne de fumée bleue montait tout droit dans l'air immobile.

Mission sourit, s'allongea sur sa luge et donna l'impulsion nécessaire au démarrage. Les circonstances étaient idéales : il n'y avait pas le moindre souffle d'air et il dévala la colline à une vitesse stupéfiante. Il traversa la prairie comme une flèche et entra dans les bois. L'écorce blanche des bouleaux et les troncs noirs des cèdres défilèrent sur les côtés. Il aurait pu aller beaucoup plus loin sans le torrent qui lui barrait la route. D'un autre côté, quelle belle conclusion à une superbe descente, la berge du torrent faisant plusieurs pieds de haut... Mission et son traîneau partirent en vol plané au-dessus des eaux sombres et décrivirent une magnifique parabole qui s'acheva en beauté dans une gerbe d'eau glacée.

Il rentra à la maison, grelottant de froid, des glaçons en formation dans les vêtements et les cheveux. Polgara sauta sur l'occasion pour lui exprimer son point de vue sur des quantités de sujets. Elle avait parfois tendance à dramatiser, surtout quand il s'agissait des points faibles de l'individu. Elle lui jeta un de ses longs regards qui ne cillaient pas, alla chercher un remède au goût épouvantable et lui en fit ingurgiter une quantité parfaitement excessive. Puis elle lui retira ses vêtements en voie de congélation et le frictionna avec une serviette rugueuse sans cesser de le sermonner tandis que Belgarath et Durnik dissimulaient mal leurs sourires. Elle avait une voix de tragédienne et maniait la langue avec virtuosité. Ses intonations contribuaient beaucoup à l'enrichissement de son propos. Mais, l'un dans l'autre, Mission aurait préféré qu'elle s'étende un peu moins sur sa dernière mésaventure en date.

— Enfin, comme ça, il n'aura pas besoin de se laver cette semaine, observa Durnik.

Polgara se tourna lentement vers son mari.

— Tu as dit quelque chose ? demanda-t-elle en le gratifiant d'un regard pas vraiment menaçant, mais pas spécialement chaleureux non plus.

— Euh... non, ma Pol, assura-t-il précipitamment. Rien du tout. Allons, ajouta-t-il avec un coup d'œil embarrassé, je crois que je ferais mieux d'aller chercher du bois.

Polgara haussa un sourcil.

— Eh bien ? fit-elle en regardant son père.

Belgarath ouvrit de grands yeux innocents.

La sorcière ne changea pas d'expression, mais le silence devint oppressant, presque menaçant.

— Je pourrais peut-être vous donner un coup de main, Durnik ? proposa enfin le vieillard.

Les deux hommes sortirent, abandonnant Mission à Polgara.

— Alors, fit calmement la sorcière en se tournant vers le petit garçon, tu as glissé tout le long de la pente et à travers le vallon ?

Il approuva de la tête.

— Ensuite tu as continué dans les bois ?

Nouveau hochement de tête.

— Et puis tu as quitté la berge et plongé dans le torrent ?

— Oui, M'dame, admit-il.

— J'imagine qu'il ne t'est pas venu à l'idée de te laisser tomber sur le côté de la luge avant qu'elle passe par-dessus la berge du torrent ?

Mission n'était pas vraiment bavard, mais il lui sembla que les circonstances requéraient un minimum de justification.

— Eh bien, commença-t-il, je n'ai pas vraiment pensé à me laisser tomber dans la neige, mais je pense que même si j'y avais pensé, je ne l'aurais pas fait.

— Je suis sûre que tu as une explication à me fournir.

Il la regarda gravement.

— Tout s'était si bien passé jusque-là que... euh... je ne pouvais pas abandonner sous prétexte que certaines choses risquaient de mal tourner. Ça n'aurait pas été juste.

Il y eut un long silence.

— Je vois, dit-elle enfin, d'un air grave. Tu as accompagné la luge dans le torrent par une décision d'ordre pour ainsi dire *moral* ?

— Pour ainsi dire, oui.

Elle le regarda fixement l'espace d'un instant et enfouit lentement son visage dans ses mains.

— Je ne suis pas vraiment sûre d'arriver à supporter tout ça une fois de plus, déclara-t-elle d'un ton tragique.

— Quoi, tout ça ? répéta Mission, un peu inquiet.

— Elever Garion était déjà presque au-dessus de mes forces, répondit-elle, mais même lui n'aurait pu trouver une raison plus illogique d'agir.

Puis elle le regarda, éclata d'un rire chaleureux et l'entoura de ses bras.

— Oh, Mission ! s'exclama-t-elle en le serrant très fort contre son cœur, et tout rentra dans l'ordre.

CHAPITRE II

La personnalité de Belgarath le Sorcier n'était pas au-dessus de tout reproche. Il n'avait jamais apprécié l'exercice physique et prisait un peu trop la bière brune. La vérité et les biens d'autrui lui inspiraient une indifférence hautaine, il ne répugnait pas à la compagnie de dames d'une réputation contestable et son langage laissait beaucoup à redire.

Polgara la Sorcière était une femme d'une détermination presque inhumaine. Elle avait passé des milliers d'années à tenter de réformer son aventurier de père, et la minceur des résultats ne l'empêchait pas de persévérer. Depuis des siècles, elle menait une vaillante action d'arrière-garde contre ses mauvaises habitudes. Elle avait renoncé à combattre son indolence et son laisser-aller vestimentaire. Elle avait baissé les bras devant sa façon de parler et ses mensonges. Pourtant, malgré ses échecs répétés, elle restait intraitable sur le chapitre du chapardage, de la beuverie et de la débauche. Elle donnait l'impression de penser qu'il était de son devoir de lutter contre ces tendances jusqu'à son dernier souffle.

Belgarath ayant décidé de reporter son départ au printemps suivant, Mission eut tout loisir d'observer les escarmouches incessantes et prodigieusement tortueuses dont le père et la fille comblaient les plages de calme de leur existence. Polgara ne perdait pas une occasion de fustiger la paresse du vieux sorcier qui passait son temps à s'imbiber de bière bien fraîche dans la chaleur de sa cuisine, et Belgarath lui renvoyait la balle avec une virtuosité rodée par une pratique séculaire. Mais Mission voyait plus loin que ces piques et ces ripostes désinvoltes. Les liens du père et de la fille dépassaient tout ce que les autres pouvaient imaginer ; ils avaient éprouvé le besoin, au fil des millénaires, de dissimuler l'amour infini qu'ils se portaient derrière l'apparence du conflit. Polgara aurait sûrement préféré que son père se tienne mieux, mais elle ne lui en voulait pas forcément autant que ses remontrances auraient parfois pu le laisser croire.

Ils n'en avaient jamais parlé, mais ils savaient pertinemment tous les deux pourquoi Belgarath avait passé l'hiver chez sa fille et son gendre. Le vieil homme avait besoin de changer les souvenirs qu'il gardait de cette maison ; pas de les effacer, bien sûr (rien au monde n'aurait pu lui faire oublier sa femme), mais d'en ajouter d'autres, qui lui rappelleraient plutôt les heures de bonheur que le jour cent fois honni où il avait appris la mort de sa bien-aimée Poledra.

Puis la neige battit en retraite devant les tièdes pluies de printemps ; Belgarath décida que le moment était venu de reprendre son voyage.

— Rien ne presse, admit-il, mais j'ai envie de revoir Beldin et les jumeaux. Et il faudrait peut-être que je nettoie ma tour. Je n'ai pas eu tellement le temps de m'en occuper, ces derniers siècles.

— Tu veux que nous venions ? proposa Polgara. Après tout, tu nous as bien aidés à retaper ma chaumière. Tu t'es peut-être un peu fait prier, mais tu nous as quand même donné un bon coup de main. Il ne serait que juste que nous t'aidions à faire le ménage dans ta tour.

— Non merci, Pol, déclara-t-il fermement. Je trouve ton sens de l'ordre un peu excessif. Tu as une fâcheuse tendance à nettoyer par le vide des choses qui peuvent se révéler importantes par la suite. Tant que j'ai la place de remuer, ça me suffit.

— Oh, Père ! s'exclama-t-elle en riant, tu ne changeras jamais.

— Je ne vois pas pourquoi je devrais changer. J'aimerais emmener le petit avec moi, si ça ne t'ennuie pas, reprit-il avec un regard pensif à Mission qui mangeait tranquillement son petit déjeuner. Il serait peut-être content de changer de décor et il me tiendrait compagnie. Et je me dis aussi que, depuis votre mariage, vous n'avez pas eu souvent l'occasion de vous retrouver en tête à tête, Durnik et toi. Disons que c'est un cadeau à retardement.

— Merci, Père, dit-elle simplement, les yeux débordants de chaleur et d'affection.

Belgarath détourna le regard, comme embarrassé.

— Tu veux tes affaires ? A force d'y laisser des coffres au fil de tes pérégrinations, la tour commence à être pleine.

— Ce serait vraiment gentil, Père.

— Ça me fera de la place, conclut-il avec un bon sourire.

— Tu t'occuperas bien du petit, n'est-ce pas ? Tu as parfois tendance à oublier tout ce qui t'entoure quand tu te mets à cogiter.

— Il sera très bien avec moi, Pol, promit le vieil homme.

C'est ainsi que, dès le lendemain matin, Durnik aidait Mission à monter en croupe derrière Belgarath.

— Je vous le ramène d'ici quelques semaines ; avant l'été, en tout cas, annonça Belgarath en se penchant pour serrer la main du forgeron, puis il dirigea sa monture vers le sud.

Il faisait encore frais, malgré le chaud soleil printanier. L'air était plein d'odeurs de végétation impatiente. Confortablement installé derrière Belgarath, Mission sentait la présence d'Aldur se faire plus forte à mesure qu'ils s'enfonçaient dans le Val.Il percevait sa conscience calme et bienveillante, dominée par un désir irrésistible de savoir. Ce n'était pas un souffle ténu mais une présence lancinante, presque palpable.

Ils avançaient à bonne allure dans les hautes herbes roussies par l'hiver. De grands arbres élevaient vers le ciel leurs branches chargées de bourgeons avides de cueillir le baiser du soleil.

— Alors, gamin ? fit Belgarath au bout d'une lieue à peu près.

— Où sont les tours ? s'enquit Mission.

— Un peu plus loin. Comment sais-tu qu'il y a des tours ?

— Vous en avez parlé avec Polgara.

— C'est très vilain d'écouter aux portes.

— C'était une conversation privée ?

— Non, je ne pense pas.

— Alors je n'ai pas surpris un secret, hein ?

— Voilà une distinction bien subtile pour un enfant de ton âge, commenta Belgarath en se retournant vers le petit garçon assis derrière lui. Comment en es-tu arrivé là ?

— Ça m'est venu comme ça, répondit évasivement Mission. Elles viennent toujours paître ici ? reprit-il en indiquant du doigt une douzaine de biches au pelage roux qui pâturaient calmement non loin de là.

— Il y en a toujours eu, pour autant que je me souvienne. La présence d'Aldur permet aux animaux de vivre en harmonie.

Ils passèrent devant deux gracieuses tours reliées par un étrange pont et qui appartenaient, selon Belgarath, à Beltira et Belkira, les sorciers jumeaux si intimement proches que les phrases que l'un commençait, l'autre les finissait. Ils arrivèrent peu après à un minaret de quartz rose si exquis qu'on aurait dit un joyau chatoyant suspendu dans l'air. Cette tour, dit Belgarath, était celle de Beldin. Le bossu avait donné à sa laideur un écrin d'une beauté à couper le souffle.

Ils s'arrètêrent devant un donjon trapu, plus fonctionnel et un peu démantibulé : le repaire de Belgarath.

— Et voilà, nous y sommes, annonça-t-il en mettant pied à terre.

Un fatras invraisemblable encombrait la vaste salle ronde en haut de la tour.

— Ça va prendre des semaines, marmonna le vieil homme.

Mission avait l'œil attiré par des tas de choses, mais il sentait que le sorcier n'était guère d'humeur à lui faire visiter les lieux. Ayant repéré la cheminée, il prit une pelle de cuivre terni, une balayette, et s'agenouilla devant l'ouverture caverneuse, noire de suie.

— Qu'est-ce que tu fourgonnes ? s'étonna Belgarath.

— Je prépare le feu. Durnik dit que c'est la première chose à faire quand on arrive quelque part.

— Il dit ça, hein ?

— Ce n'est pas une corvée bien pénible, mais ça permet de s'y mettre, et quand on est lancé, le reste paraît moins dur. Durnik s'y connaît, pour ça, vous savez. Vous n'auriez pas un seau, une poubelle ou quelque chose dans ce genre-là ?

— Tu tiens absolument à nettoyer la cheminée ?

— Eh bien, à moins que ça vous ennuie. Elle est plutôt sale, vous ne trouvez pas ?

— Ah, mon pauvre garçon, fit Belgarath avec un soupir à fendre l'âme, je vois que Pol et Durnik ont réussi à te corrompre. J'ai bien tenté de te sauver, mais que pouvais-je faire contre cette influence pernicieuse ?

— Bien, admit Mission. Où est la poubelle, déjà ?

A la fin de l'après-midi, ils avaient réussi à dégager un demi-cercle devant l'âtre, retrouvant au passage deux lits de camp, des chaises et une bonne table bien solide.

— J'imagine que vous n'avez rien à manger ? fit Mission d'un petit ton mélancolique.

Son estomac lui annonçait formellement l'heure du dîner.

— Comment ? fit Belgarath en levant les yeux d'un parchemin repêché sous l'un des lits. Ah oui. J'allais oublier. On va aller voir les jumeaux, ils auront bien un petit quelque chose sur le feu.

— Ils savent que nous venons ?

— C'est sans importance, Mission, répondit Belgarath avec un haussement d'épaules. Les amis et la famille sont là pour qu'on leur tombe dessus. Si tu ne tiens pas à t'esquinter le tempérament, il serait temps que tu apprennes l'un des principes de base de l'existence : en dernier ressort, on peut toujours se rabattre sur la famille et les amis.

Les sorciers jumeaux, Beltira et Belkira, furent tout

heureux de les voir, et le « petit quelque chose sur le feu » se révéla être un ragoût au moins aussi délectable que s'il était sorti des cuisines de Polgara.

— Où crois-tu qu'elle a appris à faire la cuisine ? demanda Belgarath avec amusement quand Mission lui en fit la remarque.

Beldin passa les voir quelques jours plus tard. Le nettoyage de la tour avançait bien ; les dalles du sol recevaient leur premier récurage en une douzaine de siècles sinon plus.

— Qu'est-ce que tu fabriques, Belgarath ? demanda le petit sorcier tordu comme un sarment de vigne.

Il avait la barbe et les cheveux tout emmêlés ; on aurait dit qu'il avait dormi dans la paille, car ses haillons crasseux étaient couverts de brindilles.

— Un peu de ménage, répondit Belgarath, vaguement gêné.

— Pourquoi faire ? objecta Beldin. Tu seras bientôt obligé de recommencer. Tu n'as qu'à flanquer tout ça dans un chaudron et en faire de la soupe, ajouta-t-il en jetant un regard entendu sur de vieux ossements appuyés contre le mur.

— Tu es venu bavarder un peu ou seulement nous casser les pieds ? s'enquit aimablement Belgarath.

— J'ai vu de la fumée et je me suis demandé s'il y avait du monde ou si tout ce fourbi avait fini par prendre feu spontanément.

Mission savait que Belgarath et Beldin s'aimaient sincèrement et que cette joute verbale n'était qu'une de leurs distractions favorites. Il continua son travail en les écoutant.

— Tu veux un peu de bière ? proposa Belgarath.

— Pas si c'est toi qui l'as brassée, répondit Beldin d'un ton hargneux. Avec ce que tu bois, je n'en reviens pas que tu n'aies pas appris à faire une bière correcte, depuis le temps.

— La dernière cuvée n'était pas si mauvaise.

— J'ai bu de l'eau croupie moins détestable.

— Enfin, ne t'inquiète pas. C'est un tonneau que j'ai emprunté aux jumeaux.

— Et... ils le savent ?

— Qu'est-ce que ça peut faire ? On partage tout, n'importe comment.

— Mouais, fit Beldin en haussant un sourcil broussailleux. Ils apportent le boire et le manger, et toi tu apportes ta faim et ta soif. J'imagine que ça vous met à égalité.

— Absolument. Dis-donc, Mission, tu es vraiment obligé de faire ça ? demanda Belgarath d'un air un peu peiné.

Mission leva les yeux du sol qu'il frottait vigoureusement.

— Ça vous ennuie ? demanda-t-il.

— Evidemment que ça m'ennuie. Tu ne sais pas qu'il est affreusement impoli de travailler pendant que je me repose ?

— J'essaierai de m'en souvenir. Vous pensez vous reposer longtemps ?

— Lâche cette brosse et ne discute pas, Mission, lui ordonna Belgarath. Il y a douze cents ans que ces pierres n'ont pas été lavées. Elles attendront bien une journée de plus.

— Il ressemble beaucoup à Belgarion, non ? fit Beldin en s'affalant dans un fauteuil près du feu.

— Ça doit être l'influence de Polgara, acquiesça Belgarath en tirant deux chopes de bière du tonnelet. Elle imprime sa marque sur tous les garçons qui lui tombent sous la main. Enfin, je fais de mon mieux pour amoindrir les effets préjudiciables de son influence... Je pense que celui-ci est plus futé que n'était Garion, mais il n'a pas son sens de l'aventure et il est tout de même un peu trop bien élevé.

— Je te fais pleinement confiance pour y remédier.

— Alors, qu'est-ce que tu as fait, ces derniers temps ? demanda Belgarath en se laissant tomber dans un fauteuil, les pieds tendus vers le feu. Je ne t'ai pas vu depuis le mariage de Garion.

— Je me suis dit qu'il valait mieux tenir les Angaraks à l'œil, répondit Beldin en se grattant vigoureusement l'aisselle

— Et alors ?

— Alors quoi ?

— *Alors quoi ?* Je me demande vraiment où tu as pris cette habitude exaspérante. Alors, que font les Angaraks ?

— Les Murgos se remettent mal du traitement que Cho-Hag a fait subir à leur cher Taur Urgas, fit Beldin en pouffant de rire. Il était raide dingue, mais il avait réussi à les unifier. Son fils Urgit fera un piètre roi. Il n'arrive même pas à se faire écouter. Ctuchik est mort, Torak est mort, et les Grolims du Ponant sont dans tous leurs états. Ils passent le plus clair de leur temps à se tourner les pouces. Pour moi, la société murgo est sur le point de tomber en petits morceaux.

— Magnifique. L'un des buts de mon existence a toujours été de débarrasser le monde des Murgos.

— A ta place, je ne me réjouirais pas trop vite, objecta aigrement Beldin. En apprenant que Belgarion avait tué Torak, 'Zakath a tiré un trait sur la prétendue unité des Angaraks. Il a fait avancer ses Malloréens sur Rak Goska et il n'en a pas laissé grand-chose.

— Ce n'était pas une très belle ville, de toute façon, fit Belgarath en haussant les épaules.

— Elle est encore moins belle maintenant. 'Zakath donne l'impression de croire à la vertu éducative des crucifixions et des empalements. Il a décoré ce qui restait des murailles de Rak Goska avec des objets pédagogiques. Chaque fois qu'il quitte un coin du Cthol Murgos, il laisse derrière lui des croix et des pieux garnis.

— Je pense, grâce à ma force d'âme, parvenir à supporter l'infortune des Murgos, répondit suavement Belgarath.

— Et moi, je pense que tu ferais mieux de regarder les choses en face, grommela le bossu. Nous devrions arriver à repousser une invasion murgo, si nous y étions contraints et forcés, mais on ne parle pas pour rien des « hordes innombrables de l'infinie Mallorée ». 'Zakath dispose d'une armée colossale et il commande la plupart des ports de la côte orientale ; il pourrait faire venir autant d'hommes qu'il voudrait. S'il réussit à écraser les

Murgos, nous allons le retrouver cantonné sur notre frontière sud, avec un tas de soldats désœuvrés sur les bras, et il pourrait lui passer de drôles idées par la tête.

— Je m'en préoccuperai le moment venu, ronchonna Belgarath.

— Au fait ! s'exclama Beldin avec un sourire railleur, j'ai trouvé ce que signifiait l'apostrophe avant le mot « 'Zakath ». Figure-toi que ça veut dire « Kal » !

— *Kal Zakath ?* répéta Belgarath, incrédule.

— C'est le bouquet, non ? gloussa Beldin. J'imagine que les empereurs de Mallorée rêvaient de prendre ce titre après la bataille de Vo Mimbre, mais qu'ils redoutaient que Torak se réveille et en prenne ombrage. Maintenant qu'il est mort, un certain nombre de Malloréens se sont mis à donner du « Kal Zakath » gros comme le bras à leur monarque. Surtout ceux qui tiennent à leur tête.

— Et que signifie Kal ? questionna Mission.

— C'est un mot angarak qui veut dire Roi et Dieu, répondit Belgarath. Il y a cinq cents ans, Torak avait déposé l'empereur de Mallorée et conduit personnellement ses hordes à l'assaut du Ponant. Les Angaraks — c'est-à-dire les Murgos, les Nadraks, les Thulls *et* les Malloréens — l'appelaient Kal Torak.

— Et que s'est-il passé ? demanda Mission avec curiosité. Quand Kal Torak a envahi le Ponant, je veux dire ?

— C'est une très vieille histoire, soupira Belgarath.

— Pas quand on ne la connaît pas, riposta Mission.

— Il pige vite, hein ? fit Beldin avec un coup d'œil entendu.

— Très vite, acquiesça Belgarath en regardant pensivement Mission. Bon, en deux mots, Kal Torak a écrasé la Drasnie, assiégé la Forteresse d'Algarie pendant huit ans, traversé l'Ulgolande pour venir dans les plaines d'Arendie affronter les armées du Ponant à Vo Mimbre, et il a été vaincu en duel par le Gardien de Riva.

— Mais il n'a pas été tué.

— Non. Le Gardien de Riva lui avait flanqué un bon coup sur la tête avec son épée, mais Torak n'était pas mort. Il était juste plongé dans un profond sommeil dont il ne devait sortir que lorsqu'un roi reviendrait s'asseoir sur le trône de Riva.

— Belgarion, commenta Mission.

— C'est ça. La suite, tu la connais. Tu étais là, hein ?

— Oui, approuva Mission avec un soupir mélancolique.

— Très bien, fit Belgarath en regardant Beldin. Alors, comment ça va en Mallorée ?

— Bof, comme d'habitude, répondit Beldin en ponctuant d'un rot tonitruant l'assèchement de sa chope de bière. La bureaucratie y joue le même rôle que la peau de la vache : elle tient le tout ensemble. On n'a jamais vu autant de complots et d'intrigues à Mal Zeth et en Melcénie. Karanda, Darshiva et Gandahar sont au bord de la rébellion et les Grolims crèvent toujours de trouille à l'idée de s'approcher de Kell.

— Ne me dis pas que le clergé grolim de Mallorée constitue encore une puissance agissante ! s'étonna Belgarath. Je pensais que les citoyens auraient pris des mesures, comme au Mishrak ac Thull. J'ai entendu dire que les Thulls s'étaient mis à utiliser les Grolims comme combustible.

— Kal Zakath a envoyé quelques ordres à Mal Zeth, et l'armée est venue mettre fin au massacre. Que veux-tu ? quand on se propose d'être Roi et Dieu, on a bien besoin d'une église, et Zakath a dû se dire qu'il était plus simple d'en utiliser une déjà établie.

— Et qu'en pense Urvon ?

— Apparemment pas grand-chose pour l'instant. Avant que l'armée pointe son nez, les Malloréens trouvaient très distrayant de suspendre les Grolims à des crochets de fer. Urvon s'est retranché à Mal Yaska et il se tient à carreau. S'il est encore de ce monde, il le doit à une négligence de sa très exaltée Majesté Kal Zakath ; c'est ce que je me dis et c'est aussi ce qu'il doit se dire. Urvon a beau être un reptile visqueux, il n'est pas fou.

— Je ne l'ai jamais rencontré.

— Tu ne perds rien, crois-moi. Et si tu remplissais ma chope ?

— Hé, Beldin, tu vas me boire toute ma bière !

— Tu iras en voler d'autre aux jumeaux, ils ne ferment jamais leur porte. Bref, Urvon est un disciple de Torak, comme Ctuchik et Zedar, mais il n'a pas leurs grandes qualités.

— Quelles qualités ? s'étonna Belgarath en rendant à Beldin sa chope remplie.

— Ils en avaient des tas, comparés à Urvon. C'est un lèche-bottes, un fourbe servile et abject. Même Torak le méprisait. Et comme tous les gens de cet acabit, ses fantasmes de pouvoir lui ont tourné la tête. Il ne lui suffit pas que les gens se prosternent devant lui ; il veut les voir ramper dans la boue.

— Tu ne l'aimes pas beaucoup, nota Belgarath.

— Je l'abomine. C'est un immonde porc tavelé.

— Tavelé ?

— Il a la peau du visage et des mains décolorée par plaques. Ce n'est pas très ragoûtant. Je passe, dans certains milieux, pour peu séduisant, mais Urvon donnerait des cauchemars à un troll. Enfin, si Kal Zakath veut changer l'église grolim en religion d'Etat et remplacer le masque de Torak par le sien au-dessus des autels, il faudra d'abord qu'il traite avec Urvon, et Urvon est terré à Mal Yaska, sous la protection des sorciers grolims. Zakath ne l'approchera pas comme ça. Même moi je n'y suis pas arrivé. J'essaie une fois par siècle, en espérant que quelqu'un commettra une négligence ou que j'aurai la chance et l'occasion de lui enfoncer un gros crochet bien pointu dans la tripaille. Ou mieux : de le faire rôtir sur le ventre pendant quelques semaines, ajouta-t-il d'un ton méditatif.

— Alors il se planque à Mal Yaska, et c'est tout ? demanda Belgarath, un peu surpris par la véhémence du sorcier.

— Oh, que non ! Urvon intrigue jusque dans son sommeil. Voilà un an et demi que Belgarion a passé Torak au fil de l'épée et il n'a pas cessé de grenouiller pour préserver ce qui reste de son église. Il a dépoussiéré de vieilles prophéties mangées aux mites — des Oracles, comme disent les Grolims, qui viendraient d'une ville des monts karandaques appelée Ashaba — et il les plie dans tous les sens pour leur faire dire que Torak n'est pas mort et qu'il va revenir.

— N'importe quoi ! renifla Belgarath.

— Que veux-tu ? Il fallait bien qu'il invente quelque chose. L'église grolim se tortillait comme un serpent décapité et Zakath menaçait d'étrangler tous les Angaraks qui se prosternaient devant un autre que lui. Urvon s'est assuré qu'il était à peu près le seul détenteur de ces Oracles ashabènes, il a imaginé tout un tas d'inepties et il a raconté qu'il les avait lues dedans. C'est ce qu'il a trouvé de mieux pour tenir Zakath à distance, et ça ne l'aurait probablement pas mené bien loin si l'empereur n'était pas si occupé à orner tous les arbres sur son passage avec des guirlandes de Murgos.

— Tu n'as pas eu de mal à te déplacer en Mallorée ?

Beldin éructa une obscénité particulièrement choisie.

— Bien sûr que non. Qui fait attention au visage d'un bossu ? La plupart des gens n'auraient même pas su dire si j'étais alorien ou marag. Dis donc, Belgarath, reprit-il plus gravement après s'être levé pour remplir à nouveau sa chope, le nom de *Cthrag Sardius* évoque-t-il quelque chose pour toi ?

— Sardius ? Tu ne veux pas plutôt dire Sardonyx ?

— Les Grolims de Mallorée disent le *Cthrag Sardius*, répéta Beldin avec un haussement d'épaules. Pourquoi ?

— Le sardonyx est une gemme orangée striée de bandes blanches, laiteuses. Elle n'est ni très rare ni très belle.

— Ça ne ressemble guère à ce qu'en disent les Malloréens, objecta Beldin en fronçant les sourcils. A la façon dont ils prononçaient ce nom, le Cthrag Sardius serait plutôt une pierre bien particulière, et elle aurait une certaine importance.

— Quel genre ?

— Je n'en sais trop rien, mais tous les Grolims de Mallorée sans exception donneraient leur âme pour mettre la main dessus.

— Ça pourrait être un symbole interne, une représentation du combat pour le pouvoir auquel on se livre là-bas.

— C'est possible, bien sûr, mais pourquoi le désigner sous le nom de *Cthrag Sardius* ? Je te rappelle que pour eux, l'Orbe d'Aldur s'appelle *Cthrag Yaska*. Je ne peux pas m'empêcher de penser qu'il doit y avoir un rapport entre *Cthrag Sardius* et *Cthrag Yaska* et que nous serions bien inspirés d'y aller voir.

Belgarath le regarda longuement.

— Je pensais qu'une fois débarrassés de Torak, nous pourrions souffler un peu, fit-il avec un long soupir.

— Il y a un an que tu souffles, rétorqua Beldin en haussant les épaules. Six mois de plus et on ne dira plus Belgarath le Sorcier mais Belgarath le Pet de travers.

— Tu sais que tu peux être très déplaisant quand tu veux ?

— Oui, hein ? fit Beldin avec un vilain sourire.

Le lendemain matin, Belgarath commença à trier une montagne de parchemins prêts à tomber en poussière, tentant héroïquement d'imposer un minimum d'ordre à des siècles de chaos. Mission le regarda sagement faire pendant un moment, puis il se coula vers la fenêtre et contempla la prairie baignée de soleil. Une autre tour se dressait à une demi-lieue de là, une structure haute et mince d'où émanait un calme surnaturel.

— Je peux sortir, Belgarath ? demanda-t-il bien poliment.

— Hein ? Oh oui, mais ne t'éloigne pas trop.

— Non, non, promit Mission en s'approchant de l'escalier qui descendait en spirale dans l'ombre fraîche.

Des alouettes décrivaient des arabesques en pépiant dans l'air embaumé. Un petit lapin brun aux longues oreilles surgit de l'herbe humide de rosée et regarda tranquillement passer Mission, puis il s'assit sur son séant et commença à se gratter vigoureusement avec sa patte de derrière.

Seulement Mission n'était pas sorti pour se promener le nez au vent ou pour observer les lapins. Il prit la direction de la tour qu'il avait vue de la fenêtre.

Il n'avait pas pensé à la rosée, et il avait les pieds tout mouillés en arrivant à la tour solitaire. Il tourna plusieurs fois autour de l'édifice de pierre, l'eau giclant entre ses orteils dans ses bottes détrempées.

— Je me demandais quand tu allais te décider à venir me voir, fit une voix paisible.

— J'étais occupé, s'excusa Mission. J'aidais Belgarath.

— Tu crois vraiment qu'il a besoin d'aide ?

— Il avait un peu de mal à s'y mettre.

— Tu veux monter ?

— Si ça ne vous ennuie pas.

— La porte est de l'autre côté.

Mission fit le tour de l'édifice. Une grosse pierre avait pivoté, révélant un escalier en colimaçon.

Les tours se ressemblaient toutes plus ou moins, à l'intérieur, mais celle-ci n'avait pas grand-chose à voir avec la tanière de Belgarath. Il y avait bien du feu dans la cheminée, mais les flammes semblaient jaillir du néant, et la pièce était étrangement vide. L'occupant des lieux devait entreposer ses palimpsestes, ses rouleaux de parchemin, ses outils et tout ce dont il avait besoin dans un endroit inimaginable où il allait les chercher quand il en avait besoin.

Le propriétaire de la tour était assis près du feu. Il avait la barbe et les cheveux blancs et portait une ample robe bleue.

— Viens donc te sécher les pieds, petit, dit-il de sa voix douce. Comment va Polgara ?

— Très bien, répondit Mission. Elle a l'air heureuse. Je crois qu'elle est contente d'être mariée.

Il leva un pied et le tendit vers le feu.

— Ne brûle pas tes chaussures.

— Je fais attention.

— Tu veux manger quelque chose ?

— Ça, j'aimerais bien. Belgarath a parfois tendance à oublier ce genre de détails.

— Sur la table, là.

Mission vit à l'endroit indiqué un bol de bouillie d'avoine bien chaude qui ne s'y trouvait pas un instant plus tôt.

— Merci, dit-il poliment en approchant un fauteuil de la table.

— Tu avais quelque chose de particulier à me dire ?

— Pas spécialement, répondit Mission en attaquant le contenu du bol. Je me suis juste dit qu'il fallait que je vienne. Après tout, je suis chez vous, au Val.

— Je vois que Polgara t'a appris les bonnes manières.

— Elle m'a appris des tas de choses, répondit Mission en souriant.

— Tu es heureux avec elle, Mission ? s'enquit le propriétaire de la tour.

— Oui, Aldur. Très heureux, répondit Mission en faisant un sort à sa bouillie d'avoine.

CHAPITRE III

L'été avançait ; Mission tenait de plus en plus souvent compagnie à Durnik. Le forgeron avait une patience prodigieuse et s'il aimait faire les choses à l'ancienne, c'était moins par aversion pour « l'autre moyen à sa disposition », comme disait Belgarath, que pour le plaisir de travailler de ses mains. Il lui arrivait d'ailleurs de prendre des raccourcis, et jamais au hasard. Il ne pouvait se résoudre à tricher lorsque sa besogne, aussi fastidieuse fût-elle, avait un rapport même lointain avec Polgara ou la maison ; il tenait alors à l'effectuer par lui-même.

Certains travaux extérieurs chatouillaient moins son sens moral. C'est ainsi qu'un matin apparurent subitement deux cents toises de clôture. La barrière était née du souci légitime de protéger le jardin de Polgara qu'un troupeau de bovins algarois s'obstinait à piétiner en allant boire. Les bêtes contemplèrent avec stupeur les premiers pieds de palissade qui avaient surgi devant elles, puis, ayant ruminé le problème pendant plusieurs minutes, elles entreprirent de les contourner. Cinquante autres pieds de clôture leur barrèrent le chemin. Les vaches, à leur façon brumeuse, durent se croire capables de prendre de vitesse cette palissade fantôme car elles pressèrent l'allure. Mais Durnik, fermement campé sur une souche, le regard fixe et le visage déterminé, allongea sa barrière devant les bêtes de plus en plus nerveuses.

Un taureau marron finit par piquer sa crise. Il baissa la tête, frappa plusieurs fois le sol du sabot et chargea la barrière en poussant un meuglement de fureur. Durnik fit un curieux petit geste et le taureau, à mi-chemin de la palissade, changea de trajectoire sans s'en apercevoir. Il parcourut quelques centaines de toises au galop avant de réaliser que ses cornes n'avaient rencontré aucun obstacle. Il s'arrêta, tourna la tête, contempla la barrière avec étonnement, fit demi-tour et chargea une seconde fois. Durnik répéta la manœuvre et l'animal repartit dans la mauvaise direction. Au troisième essai, il fonça vers le haut de la colline, disparut de l'autre côté et on ne le revit pas.

Durnik regarda gravement Mission et lui fit un clin d'œil. Polgara sortit de la chaumière en s'essuyant les mains sur son tablier et remarqua la barrière qui était sortie de terre pendant qu'elle faisait la vaisselle. Elle jeta un regard interrogateur à son mari qui parut un peu confus d'avoir été pris en flagrant délit de sorcellerie plutôt que de menuiserie.

— Elle est très jolie, ta barrière, mon Durnik, lui dit-elle d'un ton encourageant.

— Nous en avions vraiment besoin avec ces vaches, répondit-il comme pour s'excuser. Il a fallu que je fasse vite.

— Tu sais, reprit-elle doucement, il n'y a rien de moralement répréhensible à employer ton pouvoir à ce genre de chose, et il est bon que tu l'exerces de temps en temps.

Elle regarda les traverses de la barrière et se concentra. Elles se retrouvèrent solidement fixées les unes aux autres, et des roses somptueuses poussèrent au pied.

— Là, dit-elle, puis elle tapota l'épaule de son mari d'un air ravi et rentra dans la maison.

— Je ne sais pas si tu es au courant, Mission, mais c'est une femme remarquable, commenta Durnik.

— Oh oui, approuva le petit garçon.

Pourtant, Polgara n'était pas toujours aussi satisfaite de l'usage que faisait son mari de son nouveau pouvoir. Il y eut cette chaude et poussiéreuse matinée de la fin de l'été que Polgara avait passée à localiser un petit nuage noir au-dessus des montagnes d'Ulgolande, puis à le pousser doucement vers le Val d'Aldur, et plus précisément vers son potager assoiffé où les légumes commençaient à dépérir.

Mission jouait le long de la barrière lorsque le nuage franchit la colline, à l'ouest, et s'arrêta juste au-dessus de la chaumière. Durnik leva les yeux du harnais qu'il était en train de rafistoler, vit le petit garçon blond, le nuage menaçant qui planait sur sa tête, et concentra distraitement son pouvoir.

— Ouste ! dit-il avec un petit geste désinvolte.

Le nuage eut une sorte de convulsion et repartit lentement vers l'est. Il était à quelques centaines de toises du jardin assoiffé de Polgara quand il éclata, déversant une averse très satisfaisante sur quelques acres de prairie avide d'eau... et vierge de toute culture.

Durnik n'avait pas du tout prévu la réaction de sa femme. Polgara ouvrit la porte du cottage à la volée, les yeux lançant des éclairs, et jeta un regard féroce au nuage qui se vidait joyeusement les entrailles. Le malheureux nimbus eut un nouveau hoquet et parut prendre un air coupable.

— C'est toi qui as fait ça ? demanda Polgara en rivant sur son mari des yeux égarés par la fureur et en désignant le nuage d'un doigt frémissant.

— Euh... oui, Pol, enfin, je crois.

— Et pourquoi donc ?

— Mission jouait dehors, répondit Durnik, se concentrant sur son harnais. Je ne savais pas qu'il devait prendre une douche.

Polgara considéra le nuage qui se répandait sur une herbe si profondément enracinée dans la prairie qu'elle aurait allègrement supporté dix mois de sécheresse, puis elle contempla son jardin, ses fanes de navets qui baissaient la tête et ses haricots pathétiques. Elle serra les dents pour retenir des paroles qui auraient pu choquer un brave mari légèrement collet monté et leva les bras au ciel dans un geste implorant.

— Pourquoi faut-il que ça m'arrive à moi ? demanda-t-elle d'une voix vibrante. Pourquoi à moi ?

— Voyons, ma Pol, fit doucement Durnik, qu'est-ce qui ne va pas ?

Polgara le lui expliqua. Non sans prendre des gants. Mais en utilisant toutes ses ressources de tragédienne.

Durnik passa la semaine suivante à installer un système d'irrigation descendant de la source ; à peine avait-il fini que Polgara lui pardonna sa bourde.

L'arrière-saison fut magnifique. Juste avant les premiers flocons, les jumeaux Beltira et Belkira vinrent annoncer qu'après des semaines de discussion, Belgarath et Beldin étaient partis avec cet air grave qui ne pouvait signifier qu'une chose : il y avait du grabuge quelque part.

Cet hiver-là, Belgarath manqua beaucoup à Mission. Evidemment, le vieux sorcier avait le chic pour le mettre en délicatesse avec Polgara, mais l'enfant n'était pas du genre à consacrer toute son énergie à éviter les ennuis. Quand la neige arriva, il retrouva sa luge avec volupté. Polgara le regarda deux ou trois fois dévaler la colline et s'engager dans la prairie à toute vitesse, puis elle suggéra, par pure précaution, à Durnik de dresser une barrière le long du torrent. Le forgeron érigeait une petite clôture d'osier pour empêcher Mission de réitérer son exploit de l'hiver précédent lorsqu'il jeta un coup d'œil dans l'eau. Les rigoles boueuses qui se jetaient ordinairement dans le courant avaient gelé, l'eau était claire comme du cristal. De longues formes fuselées planaient comme des ombres, juste au-dessus des graviers du fond.

— Que c'est bizarre, murmura Durnik, et son regard prit cette expression lointaine, significative. Comment se fait-il que je ne les aie pas vues plus tôt ?

— Je les avais vues sauter, fit Mission. Mais la plupart du temps, l'eau n'est pas assez limpide pour qu'on les distingue quand elles sont au fond.

— Ça doit être ça, acquiesça Durnik.

Il attacha le bout de la barrière d'osier à un arbre et, dans la neige, marcha pensivement jusqu'à la cabane qu'il avait construite derrière la maison. Il en ressortit avec un peloton de ficelle et cinq minutes plus tard il était en train de pêcher. Mission tourna les talons en souriant et remonta la colline en traînant sa luge derrière lui. Quand il arriva en haut, une étrange jeune femme à la tête couverte d'un capuchon l'attendait.

— Je peux faire quelque chose pour vous ? demanda-t-il aimablement.

La jeune femme repoussa son capuchon, révélant le bandeau noir qui lui couvrait les yeux.

— Es-Tu celui que l'on appelle Mission ? lui demanda-t-elle d'une voix grave, musicale, avec une intonation curieusement archaïque.

— Oui, c'est moi. Vous avez mal aux yeux ?

— Que non point, doux enfant, répondit-elle. Force m'est de contempler le monde sous une autre lumière que celle du soleil.

— Vous voulez venir à la maison, vous réchauffer près du feu ? proposa Mission. Polgara serait contente d'avoir de la visite.

— Quelque vénération que m'inspire Dame Polgara, point n'est venue l'heure de notre rencontre, et le temps est clément là où je suis, fit la jeune femme en se penchant un peu comme pour le regarder de plus près, bien que son bandeau fût fort épais en vérité. C'était donc vrai, murmura-t-elle. Nous ne pouvions en être sûrs de si loin, mais Te voilà devant moi et désormais le doute n'est plus permis. Nous nous reverrons, ajouta-t-elle en se redressant.

— Comme vous voudrez, Madame, fit Mission, toujours courtois.

Elle eut un sourire radieux, et ce fut comme si le soleil crevait les nuages qui bouchaient le ciel hivernal.

— Je m'appelle Cyradis, dit-elle, et n'ai qu'amitié pour Toi, doux Mission, quand bien même viendrait le temps où je devrais m'opposer à Toi.

A ces mots, elle disparut. L'instant d'avant elle était là, et le temps d'un battement de cœur, elle s'était volatilisée...

Un peu surpris, Mission regarda la neige à l'endroit où elle se tenait et n'y vit pas la moindre trace. Il s'assit sur sa luge pour réfléchir. Il ne comprenait pas grand-chose à ce que lui avait dit la jeune femme, mais il était à peu près sûr qu'un moment viendrait où tout s'expliquerait. Après mûre réflexion, il conclut que cette étrange visite inquiéterait Polgara et décida de garder l'incident pour lui. Il était certain que cette Cyradis ne représentait aucune menace et ne lui voulait pas de mal.

Puis, comme il commençait à faire froid en haut de la colline, il donna une impulsion à sa luge, descendit la longue pente, traversa la prairie et s'arrêta à quelques pas de Durnik, si occupé à pêcher qu'il en oubliait tout ce qui se passait autour de lui.

Polgara supportait ce passe-temps avec bienveillance. Elle se montrait toujours raisonnablement impressionnée par la longueur, le poids et la jolie couleur argentée des prises, et elle trouvait des façons intéressantes, sans cesse renouvelées, de les faire frire, rôtir, mitonner, braiser ou pocher. Elle n'était intraitable que sur un point : c'était lui qui les vidait.

Belgarath revint avec le printemps, monté sur un étalon rouan assez ombrageux.

— Qu'est-il arrivé à votre jument ? demanda Durnik au vieil homme qui mettait pied à terre devant la maison.

— J'étais presque arrivé en Drasnie quand j'ai vu qu'elle était pleine. Je l'ai échangée contre ce jeune enthousiaste, répondit Belgarath avec un regard noir à la bête qui piaffait d'impatience.

— Vous n'avez pas fait une mauvaise affaire, commenta Durnik en examinant l'étalon d'un air appréciateur.

— La jument était calme et raisonnable, objecta le sorcier en se renfrognant. Cet animal a un pois chiche dans la cervelle. Il ne pense qu'à faire de l'esbroufe. Il n'arrête pas de bondir, de ruer et de battre l'air de ses sabots, conclut-il en secouant la tête d'un air écœuré.

— Mets-le dans la grange, Père, suggéra Polgara, et va te laver. Tu arrives juste à temps pour dîner. Il y a du poisson au four. Tu pourras en avoir autant que tu veux.

Après manger, Belgarath tourna son fauteuil vers le feu, se cala confortablement au fond et regarda avec satisfaction le sol de pierre polie, les murs blanchis à la chaux ornés de poteries vernissées et de cuivres où dansaient les ombres et les lumières nées dans l'âtre voûté.

— Ça fait du bien de se reposer un peu, commenta-t-il enfin. Je n'ai pas arrêté depuis l'automne.

— Qu'avais-tu de si urgent à faire ? demanda Polgara en débarrassant la table.

— Nous avons eu une longue conversation, Beldin et moi. Il se passe de drôles de choses en Mallorée, et je trouve que ça ne sent pas bon.

— Qu'est-ce que ça peut faire à présent, Père ? La Mallorée a cessé de nous intéresser le jour où Torak est mort, à Cthol Mishrak. Tu n'es pas la femme de ménage de l'univers, tu sais.

— Je voudrais bien que ce soit aussi simple. Est-ce que le mot *Sardion,* ou *Cthrag Sardius*, te dit quelque chose ?

Polgara cessa de verser l'eau chaude dans la grand chaudron où elle faisait la vaisselle.

— Je crois avoir entendu un Grolim prononcer le nom *Cthrag Sardius*,une fois, répondit-elle en fronçant les sourcils. Il délirait en angarak ancien.

— Tu ne te souviens pas de ce qu'il racontait, par hasard ? demanda Belgarath d'une voix tendue.

— Désolée, Père, mais je ne parle pas cette langue. Rappelle-toi : tu n'as jamais trouvé le temps de me l'apprendre.

Elle regarda Mission et plia l'index en un geste incitatif. L'enfant se leva avec un soupir à fendre l'âme.

— Qu'est-ce que c'est que ces simagrées, Mission ? Tu peux tout de même donner un coup de torchon après manger, non ? Alors, Père, reprit-elle en commençant la vaisselle, qu'est-ce que c'est que ce Sardion ?

— Je l'ignore, répondit Belgarath en se grattant la barbe. Mais Torak appelait *Cthrag Yaska* l'Orbe de notre Maître. Il y a peut-être un rapport avec *Cthrag Sardius*, qui sait ?

— Il y a dans ton histoire beaucoup de « qui sait » et de « peut-être ». Tu sais, Père, je me demande si tu ne cours pas après des ombres par habitude, ou pour t'occuper.

— Allons, Pol, tu me connais assez pour savoir que je ne suis pas un activiste forcené.

— En effet. Et que se passe-t-il d'autre dans le monde ?

— Voyons... fit Belgarath en contemplant les poutres d'un air méditatif. Le grand-duc Noragon a mangé quelque chose qui ne lui a pas réussi.

— Qui est le grand-duc Noragon, et en quoi ses problèmes digestifs nous intéressent-ils ? demanda Polgara.

— Le grand-duc Noragon *était* le candidat des Honeth à la succession de Ran Borune sur le trône impérial de Tolnedrie, répondit Belgarath avec un sourire inquiétant. C'était un âne bâté et son accession au trône aurait été un désastre sans précédent.

— *Aurait été* ?

— Eh oui. Ce pauvre Noragon ne s'est pas remis de son indigestion. On pense dans les milieux autorisés qu'un sympathisant Horbite particulièrement inspiré a assaisonné le dernier repas du grand-duc avec certains condiments exotiques venus des jungles de Nyissie. Je me suis laissé dire que les symptômes étaient assez spectaculaires. Les Honeth sont complètement désemparés, et les autres familles en font des gorges chaudes.

— Les procédés des Tolnedrains me lèvent le cœur.

— Notre ami le prince Kheldar semble bien parti pour devenir l'homme le plus riche du monde, poursuivit Belgarath.

— Silk ? s'exclama Durnik. Il a déjà réussi à gruger tant de gens que ça ?

— Eh bien, ses activités seraient relativement honnêtes, pour une fois. Ils ont, cette fripouille de Yarblek et lui, la haute main sur le commerce nadrak des peaux. Je n'ai pas tous les détails, mais les hurlements d'horreur qui s'élevaient des principales maisons de commerce de Boktor sembleraient indiquer que nos amis ne s'en sortent, en effet, pas mal du tout.

— Ça me fait bien plaisir, commenta Durnik.

— J'en déduis que vous n'avez pas essayé d'acheter une cape de fourrure ces derniers temps, fit Belgarath en ricanant. Les prix ont grimpé en flèche, dit-on. Enfin, au Cthol Murgos, notre ami Kal Zakath avance toujours vers la Mer du Levant en massacrant systématiquement tous ceux qui se trouvent sur son passage. Il a ajouté Rak Cthan et Rak Hagga à la liste des villes qu'il a pratiquement rayées de la carte. Je n'ai pas beaucoup de sympathie pour les Murgos, mais je commence à me demander s'il n'envoie pas le bouchon un peu loin.

— *Kal* Zakath ? répéta Polgara en haussant le sourcil.

— C'est de l'affectation.

— Je dirais plutôt un symptôme. Les dirigeants angaraks semblent tous plus ou moins instables. Alors ? ajouta-t-elle avec un regard appuyé en direction de son père.

— Alors quoi ?

— Alors, comment vont Garion et Ce'Nedra ? Aucune nouvelle de Riva ?

— Rien de personnel. Juste quelques déclarations officielles : le roi de Riva a le plaisir d'annoncer la nomination du duc Machin-chouette au poste d'ambassadeur auprès de la cour de Drasnie, ou ce genre de chose.

— Nous sommes bien sûrs que Garion sait écrire, au moins ? fit-elle d'un ton exaspéré. Je m'étonne qu'il n'ait pas trouvé le temps d'écrire un mot en deux ans.

— Il a écrit, intervint calmement Mission.

Il aurait pu s'abstenir de leur parler de la lettre, mais Polgara avait l'air d'y attacher de l'importance.

— Qu'est-ce que tu dis ? s'exclama-t-elle en le regardant avec intensité.

— Belgarion a écrit, l'hiver dernier, mais la lettre a disparu dans le naufrage du bateau qu'avait pris le messager.

— Si le bateau a coulé, comment sais-tu que...

— Pol, laisse-moi m'occuper de ça, tu veux ? coupa Belgarath avec une fermeté inhabituelle. Mission, tu as dit que Garion avait écrit à Polgara, cet hiver ?

— Oui, répondit le petit garçon.

— Mais la lettre a coulé avec le bateau du messager ?

Mission acquiesça en silence.

— Alors, pourquoi Garion n'en a-t-il pas écrit une autre ?

— Il n'a jamais su que le bateau avait coulé.

— Mais toi, tu le sais ?

Mission acquiesça encore une fois.

— Et saurais-tu, par hasard, ce que disait la lettre ?

— Oui.

— Tu penses que tu pourrais nous le dire ?

— Je crois, si vous voulez. Mais Belgarion va vous écrire à nouveau d'ici une semaine ou deux.

Belgarath lui jeta un coup d'œil intrigué.

— Et si tu nous disais plutôt ce qu'il y avait dans sa première lettre ? Comme ça, nous n'aurons rien perdu.

— Très bien, acquiesça Mission en fronçant les sourcils sous l'effort de concentration. Ça commençait par « Chers Tante Pol et Durnik ». C'est plutôt gentil, non ?

— Contente-toi de nous réciter la lettre, dit patiemment Belgarath. Tu nous feras tes commentaires après.

— D'accord, fit Mission en contemplant pensivement le feu. « Je suis désolé de ne pas avoir écrit plus tôt », récita-t-il, « mais j'ai été terriblement occupé à essayer de régner convenablement. C'est assez facile d'être roi, il suffit de naître dans la bonne famille. C'est d'être un bon roi qui est difficile. Brand m'aide de son mieux, mais j'ai des tas de décisions à prendre sur des problèmes auxquels je ne comprends pas grand-chose.

« Ce'Nedra va bien. Enfin, je crois, parce que nous ne nous parlons plus beaucoup, en ce moment. Brand est un peu inquiet que nous n'ayons pas encore d'enfant, mais je pense qu'il n'a pas à s'en faire. Je doute que nous en ayons jamais, et c'est peut-être aussi bien. Nous aurions sûrement mieux fait d'apprendre à nous connaître avant de nous marier. Je suis sûr que nous aurions pu redresser la situation. Maintenant, c'est trop tard. Il faudra que nous fassions avec. Enfin, nous arrivons généralement à rester assez courtois pour sauver les apparences. A condition de ne pas nous voir trop souvent.

« Cet été, Barak est venu nous voir avec son grand bateau de guerre et nous avons passé un bon moment ensemble. Il m'a dit que... »

— Attends un peu, Mission, fit Polgara, interrompant sa « lecture ». Il n'en dit pas plus sur ses problèmes avec Ce'Nedra ?

— Non, M'dame, répondit Mission après avoir mentalement parcouru le reste de la lettre. Il raconte la visite de Barak, il parle des nouvelles qu'il lui a données du roi Anheg et d'une lettre qu'il a reçue de Mandorallen. C'est à peu près tout. Il dit qu'il vous aime et que vous lui manquez beaucoup. Ça finit comme ça.

Polgara et Belgarath échangèrent un long regard. Mission les sentait perplexes mais ne savait pas très bien comment apaiser leur inquiétude.

— Tu es sûr que c'est bien ce que dit la lettre ? insista Belgarath.

— C'est ce qu'il a écrit, acquiesça Mission.

— Et tu connais la teneur de sa lettre depuis qu'il l'a écrite ?

— Je ne crois pas, répondit Mission après une hésitation. Ça ne marche pas tout à fait comme ça. Il aurait fallu que j'y pense, et je n'y ai songé qu'au moment où Polgara en a parlé, tout à l'heure.

— La distance à laquelle se trouve l'autre personne a-t-elle de l'importance ? questionna Belgarath.

— Non, répondit Mission. Je ne crois pas. Je dirais plutôt que *c'est là* quand j'en ai besoin, et voilà tout.

— Personne ne peut faire ça, Père, remarqua Polgara. Personne n'en a jamais été capable.

— Alors, on dirait que la règle du jeu a changé, rétorqua pensivement Belgarath. Je ne vois pas pourquoi nous ne le croirions pas ?

— Il n'a aucune raison d'inventer tout ça.

— Eh bien, gamin, je pense que nous allons avoir de longues conversations tous les deux, décréta le vieil homme.

— Peut-être, fit Polgara, mais ce n'est pas le moment. Mission, tu pourrais me répéter le passage où Garion parle de Ce'Nedra ?

— « Ce'Nedra va bien », reprit docilement l'enfant. « Enfin, je crois, parce que nous ne nous parlons plus beaucoup, en ce moment. Brand est un peu inquiet que... »

— Merci, Mission, fit-elle en levant la main.

Elle regarda longuement le petit garçon droit dans les yeux et haussa le sourcil.

— Dis-moi, reprit-elle doucement, comme si elle pesait ses paroles, tu sais ce qui ne va pas entre Garion et Ce'Nedra ?

— Oui, répondit Mission.

— Tu veux bien me dire ce que c'est ?

— Si vous y tenez. Ce'Nedra a fait quelque chose qui a mis Garion très en colère, alors il l'a humiliée en public et elle lui en veut beaucoup. Elle dit qu'il passe tout son temps à travailler et qu'il ne s'occupe pas assez d'elle. Il estime qu'elle est trop gâtée et qu'elle ne pense qu'à sa petite personne. Ils ont tort tous les deux, mais ils se sont tellement disputés et ils ont échangé des paroles si dures qu'ils ont tous les deux fait une croix sur leur mariage. Ils sont affreusement malheureux.

— Merci, Mission. Durnik, il va falloir que nous emmenions certaines choses, annonça-t-elle.

— Où ça ? dit le forgeron, un peu surpris.

— Nous partons pour Riva, déclara-t-elle fermement.

CHAPITRE IV

Dans une taverne du port de Camaar, Belgarath tomba sur un vieil ami, un marin cheresque à la barbe hirsute, comme les peaux de bêtes dont il était vêtu, et qui tenait à peine debout. Il le ramena à l'auberge.

— Il y a longtemps que vous n'avez pas dessoûlé, Capitaine Greldik ? tempêta Polgara en le foudroyant du regard.

— Quel jour sommes-nous ? demanda-t-il d'une voix pâteuse.... Noon, pas possible ? reprit-il avec un rot sonore. Oups, pardon ! Ça fait une paire de jours, dites donc. Et encore... Vous pourriez me dire quelle semaine on est ?

— Enfin, Greldik, vous êtes vraiment obligé de vous soûler comme un cochon chaque fois que vous mettez pied à terre ?

— Alors là, Polgara, je n'y avais jamais pensé, mais maintenant que vous me le demandez, je crois bien que oui, fit Greldik en se grattant la panse. Ne me regardez pas comme ça, ajouta-t-il en la lorgnant avec une impudence délibérée. Je ne suis pas marié, je ne l'ai jamais été et il n'y a pas la moindre chance que ça m'arrive. Je ne risque donc pas d'empoisonner l'existence d'une femme par mes débordements. Bon, c'est pas tout ça : Belgarath m'a dit que vous vouliez aller à Riva. Je vais secouer mes gaillards et on part demain matin avec la marée.

— Vous croyez que vos hommes auront assez retrouvé leurs esprits pour sortir du port ?

— Bof, on emboutira peut-être un ou deux vaisseaux tolnedrains au passage, répondit-il en haussant les épaules, mais on finira bien par y arriver. Sobre ou pas, j'ai le meilleur équipage qui ait jamais sillonné la Mer des Vents. Vous serez à Riva après-demain, avant le coucher du soleil, à moins que la mer ne gèle d'ici là, auquel cas ça prendra quelques heures de plus. Pardon, fit-il pour s'excuser d'un nouveau rot, en oscillant comme s'il avait des talons à bascule.

— Greldik, fit Belgarath avec admiration, vous êtes l'homme le plus courageux que je connaisse.

— La mer ne me fait pas peur, convint l'intéressé.

— Oh, je ne pensais pas à ça...

Le lendemain midi, Greldik avait l'œil glauque et une mine de déterré, mais son vaisseau traversait les vagues écumantes sous une brise fraîchissante. Penchés par-dessus bord, les matelots les moins mal en point paraient les lignes tout en louchant vers la proue où leur capitaine tenait la barre.

— Vous ne réduisez pas la voilure ? s'étonna Belgarath.

— Pour quoi faire ?

— Eh bien, si vous vous obstinez à voguer toutes voiles dehors par ce temps, vous allez démâter.

— Belgarath, vous vous en tenez à la sorcellerie et vous me laissez m'occuper des voiles, d'accord ? Nous avançons à bonne allure et, de toute façon, le bordage de pont commence à faire le gros dos bien avant que le mât ne cède.

— Bien avant, hein ? Et ça fait combien de temps, ça ?

— Une petite minute, répondit Greldik en haussant les épaules. Enfin, le plus souvent.

Belgarath le dévisagea un moment.

— Je crois que je vais descendre, dit-il enfin.

— Bonne idée.

Le soir tomba sur une mer apaisée. La brise avait molli et les étoiles apparaissaient fugitivement derrière les nuages. Au lever du jour, le ciel était d'azur et ils avaient le vent en poupe, conformément aux prévisions du fantasque capitaine. Le vaisseau bondissait comme un cheval fougueux vers la ligne sombre, déchiquetée, de l'Ile des Vents qui surgit dans la matinée sur l'horizon, à l'ouest. Le visage barbu de Greldik se fendait d'un grand sourire à chaque gerbe d'écume que son bâtiment arrachait aux vagues en se cabrant et en s'abattant dans la houle.

— Ce n'est vraiment pas un homme fiable, fit Polgara en lorgnant le capitaine d'un œil noir.

— C'est tout de même un bon marin, objecta Durnik.

— Je ne faisais pas allusion à ses compétences.

— Oh...

Virant doucement de bord, le navire s'engagea entre les murailles rocheuses abritant le port de Riva et les maisons grises, accrochées à la falaise, qui montaient vers les sinistres remparts de la Citadelle.

— Cet endroit a toujours l'air aussi lugubre et peu accueillant, nota Durnik.

— C'était le but de ses bâtisseurs, répondit Belgarath. Ils ne tenaient pas vraiment à attirer les touristes.

Puis Greldik vira tribord amure et donna un bon coup de barre. Sa proue tranchant les eaux sombres comme un couteau, le vaisseau fonça sur le quai de pierre au pied de la cité. Au dernier moment, il barra à nouveau. Les voiles rapiécées claquèrent dans le vent et le navire s'arrêta en douceur le long des pierres incrustées de sel.

— Vous pensez qu'on nous a vus venir et qu'on a prévenu Garion ? demanda Durnik.

— On dirait, répondit Belgarath en indiquant du menton la porte voûtée pratiquée dans la muraille qui abritait les bâtiments du front de mer.

Le portail s'ouvrait devant un petit groupe d'officiels encadrant un grand jeune homme aux cheveux blonds, à l'air grave.

— Passons de l'autre côté du navire, suggéra Belgarath à Durnik et à Mission. Nous allons lui faire une surprise.

— Bienvenue à Riva, Capitaine Greldik, déclara Garion d'une voix que Mission trouva plus mûre, plus affirmée.

Greldik se pencha par-dessus le bastingage.

— Tu as grandi, gamin, fit-il après un coup d'œil appréciateur au roi de Riva.

Greldik était trop libre pour sacrifier au protocole.

— Ça arrive parfois aux gamins de mon âge, rétorqua sèchement Garion.

— Je t'amène des visiteurs, reprit le Cheresque.

Belgarath traversa le pont et s'approcha du bastingage, à bâbord, flanqué de Durnik et de Mission.

— Grand-père ? s'exclama Garion, stupéfait. Durnik ? Et Mission ? Qu'est-ce que vous faites ici ?

— Eh bien, c'est une idée de ta tante, répondit Belgarath.

— Tante Pol est là, elle aussi ?

— Bien sûr que je suis là, annonça calmement Polgara en émergeant de la cabine ménagée sous la proue.

— Tante Pol ! s'exclama Garion, interdit.

— Ne reste pas le bec ouvert comme ça, Garion, dit-elle en ajustant le col de sa cape bleue. C'est très impoli.

— Mais pourquoi ne m'avez-vous pas annoncé votre arrivée ? Qu'êtes-vous venus faire ici ?

— Te rendre visite. Ce sont des choses qui se font, tu sais.

Ils rejoignirent le jeune roi sur le quai, et il y eut les embrassades, les poignées de main et les longs échanges de regards propres à ce genre de retrouvailles. Mais Mission avait une autre préoccupation. Ils gravissaient l'escalier menant vers la Citadelle quand il tira Garion par la manche.

— Cheval ? demanda-t-il.

Garion baissa les yeux sur lui.

— Il est à l'écurie, Mission. Il sera très heureux de te voir.

Mission hocha la tête en souriant.

— Dis, Durnik, il parle toujours comme ça, un mot à la fois ? s'étonna Garion. Je pensais que... euh...

— La plupart du temps, il parle normalement pour son âge, répondit le forgeron. Mais il n'a pas cessé de penser au poulain depuis que nous avons quitté le Val, et quand il est excité, c'est comme s'il retombait en enfance.

— Enfin, il écoute ce qu'on lui dit, ajouta Polgara. Je ne pourrais pas en dire autant d'un autre garçon au même âge.

— J'étais si difficile que ça, Tante Pol ? demanda Garion avec un petit rire.

— Pas difficile, Garion. Mais tu n'écoutais rien.

La reine de Riva les attendait sous l'immense arche pratiquée dans le mur d'enceinte de la Citadelle. Mission la trouva aussi exquise que dans ses souvenirs. Ses cheveux cuivrés, retenus derrière sa tête par deux peignes d'or, cascadaient sur son dos comme une coulée de métal en fusion. Ses yeux verts lui mangeaient la figure. Elle n'était pas beaucoup plus grande que Mission, mais en tout point royale. Elle les salua comme il convenait à une reine, serra Belgarath et Durnik sur son cœur, déposa un petit baiser sur la joue de Polgara et tendit les bras à Mission.

L'enfant lui prit les mains et la regarda au fond des yeux. Il eut l'impression de se heurter à une barrière, une sorte de blindage contre la souffrance. Elle le serra sur son cœur et l'embrassa ; mais dans ce geste, il sentit une douleur pesante dont elle n'avait probablement même plus conscience. Au moment où elle s'écartait de lui, Mission croisa à nouveau son regard, lui communiquant tout l'amour, l'espoir et la compassion qu'elle lui inspirait. Puis, sans réfléchir, il tendit la main et lui caressa la joue. Ce'Nedra ouvrit de grands yeux et sa lèvre se mit à trembler comme si le mur commençait à s'effriter. Elle laissa échapper un gémissement, tourna les talons, tendit les bras devant elle et fit quelques pas en titubant, aveuglée par les larmes.

— Oh, Dame Polgara ! s'écria-t-elle.

Polgara étreignit doucement la petite reine sanglotante, regarda Mission dans les yeux et haussa un sourcil inquisiteur. L'enfant acquiesça calmement, d'un hochement de tête.

— Allons, allons, fit Belgarath, quelque peu embarrassé par la soudaine crise de larmes de Ce'Nedra. Dis donc, Garion, il n'y a rien à boire dans le coin ? demanda-t-il en parcourant du regard la cour intérieure de la Citadelle et les larges marches de granit menant au portail massif comme s'il espérait y découvrir une taverne.

— Ce n'est pas un peu tôt, Père ? lança Polgara d'une voix qui charriait des glaçons.

— Moi je ne trouve pas, répondit-il platement. Un peu de bière aide à stabiliser l'estomac après un voyage en mer.

— Tu as toujours une bonne excuse, hein ?

— J'arrive généralement à trouver quelque chose.

Mission passa l'après-midi au manège qui jouxtait les écuries royales. Le poulain était devenu adulte. Les muscles frémissaient sous la robe châtain du jeune étalon qui courait autour de la piste. La tache blanche qui ornait son épaule semblait briller d'un éclat surnaturel sous la lumière vive.

Le cheval s'était montré rétif et ombrageux toute la matinée, comme s'il avait deviné que Mission revenait, et le palefrenier crut bon de l'en avertir.

— Fais attention à lui, il est un peu nerveux, aujourd'hui, je ne sais pas pourquoi.

— Il va se calmer, répondit Mission en ouvrant tranquillement la stalle du jeune animal.

— A ta place, j'éviterais... commença l'homme en tendant vivement la main pour arrêter l'enfant.

Mais Mission était déjà entré. L'étalon renâcla, hocha nerveusement la tête en écarquillant les yeux et frappa de ses sabots le sol couvert de paille. Puis il se figea et se mit à trembler jusqu'à ce que le petit garçon pose sa main sur son encolure. Alors tout s'arrangea. Mission ouvrit la porte de la stalle en grand et, devant le palefrenier sidéré, fit sortir le cheval qui lui fourrait son nez sur l'épaule.

L'animal et l'enfant semblaient parfaitement satisfaits d'être ensemble, de renouer le lien surnaturel qui les unissait, un lien tissé avant leur première rencontre et, d'une certaine façon, avant leur naissance même. Le reste viendrait plus tard.

Quand le soir empourpra le ciel oriental, Mission donna à manger au cheval, lui promit de revenir le lendemain et partit à la recherche de ses amis. Il les trouva dans une salle à manger un peu plus petite, plus basse de plafond et moins solennelle que la salle de banquet. Ce devait être l'une des pièces les plus intimes de cette sombre forteresse.

— Tu as passé un bon après-midi ? lui demanda Polgara.

— Oui.

— Le cheval était content de te voir ?

— Oui.

— Tu dois avoir faim, maintenant ?

— Oui, un peu. Où est Ce'Nedra ? demanda-t-il en parcourant la pièce du regard.

— Elle était fatiguée. Nous avons eu une longue conversation, toutes les deux.

Mission la regarda et comprit. Puis il regarda à nouveau autour de lui.

— Je crois que j'ai vraiment faim, déclara-t-il.

— Les garçons sont bien tous les mêmes ! commenta Polgara en éclatant d'un rire chaleureux.

— Tu crois vraiment que tu serais plus heureuse si nous étions différents ? s'enquit Garion.

— Non, répondit-elle. Je ne pense pas, finalement.

Tôt, le lendemain matin, Polgara était assise dans un fauteuil à haut dossier, devant la cheminée de l'appartement qui avait toujours été le sien, un tasse de thé fumant posée sur une petite table à côté d'elle. Elle portait une robe d'intérieur d'un bleu profond et tenait un peigne d'ivoire. Accroupi à ses pieds sur un tabouret capitonné, Mission subissait une partie du rituel matinal. Le lavage de la figure, des oreilles et du cou était assez vite expédié, mais, allez savoir pourquoi, le démêlage de sa toison n'en finissait pas. Mission avait des goûts simples, en matière de cheveux : tant qu'ils ne lui traînaient pas dans les yeux, il s'estimait satisfait. Mais Polgara semblait trouver un plaisir particulier à passer le peigne dans ses boucles d'un blond presque blanc. Il voyait parfois son regard s'adoucir, ses doigts se tendre machinalement vers un peigne, et il savait que s'il ne se trouvait pas au plus vite une occupation sérieuse, il allait avoir droit à une séance de coiffure qui le condamnerait pour un moment au silence et à l'immobilité.

Il en était là lorsqu'on frappa respectueusement à la porte.

— Oui, Garion ?

— Il n'est pas trop tôt, Tante Pol ? Je peux entrer ?

— Bien sûr.

Garion portait un pourpoint et un pantalon bleus, et des chaussures de cuir souple. Mission avait remarqué que le jeune roi de Riva aimait s'habiller en bleu.

— Bonjour, mon chou, fit Polgara sans abandonner son peigne.

— Bonjour, Tante Pol. Bonjour, Mission, ajouta gravement Garion en regardant le petit garçon qui se tortillait misérablement aux pieds de Polgara.

— Belgarion, dit l'enfant en levant la tête.

— Ne bouge pas, Mission, dit calmement Polgara. Tu veux du thé, Garion ?

— Non, merci. Où est Durnik ? demanda le jeune roi de Riva en tirant un fauteuil et en s'installant en face de la sorcière, de l'autre côté de la cheminée.

— Il fait le tour des remparts, répondit Polgara. Il aime être dehors au lever du soleil.

— Oui. Il était déjà comme ça à la ferme de Faldor. Tout va bien ? Pour votre installation, je veux dire.

— Je suis toujours bien, ici, répondit-elle. Je n'avais jamais rien eu qui ressemble plus à une maison. Enfin, jusqu'à présent.

Elle caressa du regard les tentures de velours écarlate, le cuir sombre des fauteuils et poussa un soupir de contentement.

— Tu as longtemps habité ici, n'est-ce pas ?

— Oui. Beldaran m'avait réservé ces appartements après son mariage avec Poing-de-Fer.

— Comment était-il ?

— Poing-de-Fer ? Très grand, presque autant que son père, et d'une force prodigieuse.

Elle ramena son attention sur les cheveux de Mission.

— Il était aussi grand que Barak ?

— Oui, mais moins fort. Le roi Cherek faisait sept pieds de haut et tous ses fils étaient immenses. Dras Cou-d'Aurochs obscurcissait le ciel. On aurait dit un tronc d'arbre. Poing-de-Fer était plus mince. Il avait des yeux très bleus, au regard perçant, et une barbe noire qui lui donnait l'air farouche. Quand il épousa Beldaran, ses cheveux et sa barbe étaient striés de fils d'argent, mais on sentait tout de même en lui quelque chose d'innocent, un peu comme chez Mission.

— Tu te souviens bien de lui. Pour moi, ça n'a jamais été qu'un personnage de légende. Tout le monde sait ce qu'il a fait, mais on a oublié l'homme qu'il était.

— Il est normal que je m'en souvienne, Garion. Après tout, j'aurais pu devenir sa femme.

— La femme de Poing-de-Fer ?

— Quand Aldur ordonna à mon Père d'envoyer une de ses filles au roi de Riva pour qu'elle devienne son épouse, il dut choisir entre Beldaran et moi. Je pense que le Vieux Loup a fait le bon choix, mais j'ai toujours considéré Poing-de-Fer d'une façon un peu particulière. Je pense que je n'aurais pas fait une très bonne épouse pour lui, ajouta-t-elle avec un petit sourire mélancolique. Ma sœur Beldaran était douce, bonne et très belle. Je n'étais rien de tout ça.

— Tante Pol, tu es la plus belle femme du monde ! protesta Garion.

— Tu es gentil, Garion, mais à seize ans, je n'étais pas ce qu'on appelle généralement une jolie fille. J'étais une grande perche aux genoux perpétuellement couronnés et à la figure noire de crasse. Pour ton grand-père, peu importait de quoi ses filles avaient l'air. Des semaines pouvaient passer sans qu'on me donne un coup de peigne. Je n'aimais pas beaucoup mes cheveux, d'ailleurs. Ceux de Beldaran étaient doux et dorés, mais les miens ressemblaient à une crinière de cheval hideusement zébrée de blanc...

Du bout de son peigne, elle effleura machinalement la mèche blanche qui striait sa chevelure, au-dessus du sourcil gauche.

— D'où vient cette mèche ? fit Garion avec curiosité.

— Quand ton grand-père m'a vue pour la première fois, alors que j'étais tout bébé, il a posé sa main sur ma tête et ma mèche a aussitôt blanchi. Nous portons tous une marque : tu l'as dans la main, celle de ton grand-père est juste au-dessus du cœur, et moi j'ai cette mèche blanche. C'est la même chose.

— Et qu'est-ce que ça veut dire ?

— C'est un signe de ce que nous sommes, mon chou.

Elle regarda Mission avec une moue appréciative et effleura doucement les boucles juste au-dessus de ses oreilles.

— Enfin, quand j'étais jeune, j'étais sauvage, rétive, et plutôt vilaine. Le Val d'Aldur n'est pas l'endroit idéal pour une jeune fille, et jamais un tas de vieux sorciers à l'esprit biscornu ne remplaceront une mère. Ils ne font guère attention à ce qui les entoure. Tu te rappelles l'arbre prodigieux qui se dresse au milieu du Val ? Eh bien, une fois, je suis restée deux semaines nichée dans ses branches avant qu'on se demande où j'étais passée. Une fille à qui on fait ce coup-là a vite fait de se dire qu'elle est indifférente à tout le monde et que personne ne l'aime.

— Comment t'es-tu finalement rendu compte que tu étais d'une grande beauté, en fait ?

— Ça, mon chou, c'est une autre histoire. Et si nous arrêtions un peu de tourner autour du pot ? fit-elle en le regardant dans le blanc des yeux.

— De quoi veux-tu parler ?

— De tes démêlés avec Ce'Nedra dont tu me parlais dans ta lettre.

— Ah, ça ! Je regrette de t'avoir ennuyée avec mes soucis, Tante Pol. C'est mon problème, après tout, conclut-il en détournant le regard, gêné.

— Garion, dit-elle fermement, dans notre famille très spéciale, il n'y a pas de problèmes personnels. Je pensais que tu l'avais compris, depuis le temps. Que se passe-t-il au juste avec Ce'Nedra ?

— Ça ne marche pas, c'est tout, répondit-il la mort dans l'âme. J'ai des tas de choses à faire et elle voudrait que je lui consacre chaque minute de mon temps... Enfin, ça, c'était avant, parce que maintenant, il arrive que nous ne nous voyions pas de la journée. Nous faisons chambre à part et...

Il regarda Mission en toussotant, mal à l'aise.

— Voilà, Mission, fit Polgara, comme si de rien n'était. Tu es tout de même mieux comme ça. Tu devrais mettre ta cape de laine marron et emmener Durnik aux écuries voir le cheval.

— D'accord, acquiesça Mission en s'esquivant.

— C'est un merveilleux petit garçon, non ? fit Garion.

— Oui, quand nous arrivons à l'empêcher de piquer une tête dans la rivière, derrière la maison. Je ne sais pas pourquoi, on dirait qu'il ne peut pas passer un mois sans tomber dedans une fois ou deux.

Mission lui planta un baiser sur la joue et ouvrit la porte.

— Dis à Durnik que vous avez toute la matinée à vous. Je crois que j'en ai pour quelques heures, ajouta-t-elle avec un regard appuyé à Garion.

— Très bien.

La porte franchie, Mission songea de façon très fugitive aux tracas de Garion et de Ce'Nedra. Polgara avait pris l'affaire en main ; tout allait s'arranger. Le problème n'était pas grave en soi, mais les altercations qu'il avait provoquées lui avaient fait prendre des proportions monstrueuses. C'était fou comme un petit malentendu pouvait dégénérer quand des paroles prononcées dans le feu de la discussion n'étaient pas suivies d'excuses ou de pardon. Et puis Garion et Ce'Nedra s'aimaient tant qu'ils étaient très vulnérables à leur hargne mutuelle. Ils avaient un énorme pouvoir destructeur l'un sur l'autre. Tout irait mieux quand ils en auraient pris conscience.

Mission suivit un large corridor éclairé par des torches fixées au mur dans des anneaux de fer et gravit l'escalier qui montait vers les remparts et les créneaux surplombant la forteresse. En arrivant au mur de l'est, il s'arrêta pour regarder par une étroite meurtrière qui laissait filtrer une mince bande de ciel gris. Les bâtiments disparaissaient loin en dessous, noyés dans les ombres et la brume. Quelques fenêtres étaient allumées dans des maisons où l'on se levait tôt. Le vent du large charriait sur le royaume insulaire l'odeur propre, salée, de la mer. Mission croyait retrouver dans les antiques pierres de la Citadelle le désespoir que les compagnons de Riva Poing-de-Fer avaient dû éprouver en voyant pour la première fois cette île rocheuse, battue des vents, dressée sur un océan de plomb fondu. Il sentait vivre encore dans ces sinistre murailles l'austère sens du devoir qui avait poussé les Riviens à arracher à la roche la cité et la forteresse destinées à défendre l'Orbe d'Aldur.

Mission retrouva Durnik sur les remparts. Le forgeron contemplait les vagues qui ondulaient interminablement et venaient se briser sur la côte rocheuse.

— Tu es très bien coiffé, nota Durnik.

— Ça peut, approuva Mission avec un sourire torve.

— Allons, on peut bien supporter quelques petits désagréments pour leur faire plaisir, hein ? reprit-il en riant.

— Oui, acquiesça Mission. Polgara parle avec Garion. Il vaudrait mieux que nous attendions un peu avant d'aller les retrouver.

— C'est ce qu'ils ont de mieux à faire, approuva Durnik. Pol et Garion sont très proches. Il lui confiera ce qu'il ne nous dirait. J'espère qu'elle réussira à arranger les choses.

— Polgara s'en sortira, assura Mission.

Loin au-dessus d'eux, dans l'émeraude d'une prairie effleurée par le soleil, une bergère se mit à chanter pour son troupeau. C'était une chanson d'amour, et la voix pure, cristalline, montait au ciel comme sur les ailes d'un oiseau.

— L'amour devrait toujours être ainsi, commenta Durnik. Simple et clair... pareil à la voix de cette fille.

— Je sais, acquiesça Mission. Polgara a dit que nous pouvons aller voir le cheval... quand vous aurez fini ici.

— Bonne idée ! approuva Durnik. Et si nous passions aux cuisines pour prendre un petit en-cas ?

— Ça, c'est une *excellente* idée, renchérit Mission.

La journée s'annonçait bien. Le temps était au beau fixe et le cheval folâtrait dans la cour.

— Le roi ne veut pas que nous le dressions, leur expliqua l'un des garçons d'écurie. Il n'est même pas habitué au licou. D'après Sa Majesté, ce serait un cheval très spécial. Pour moi, ça n'a pas de sens. Un cheval est un cheval, pas vrai ?

— Ça vient sûrement de la façon dont il est né, suggéra Durnik.

— Ils naissent tous de la même façon.

— Vous auriez dû voir ça.

Au dîner, ce soir-là, Garion et Ce'Nedra se jetaient par-dessus la table de petits coups d'œil exploratoires et un sourire mystérieux flottait sur les lèvres de Polgara.

Après manger, Garion s'étira et bâilla d'une façon un peu théâtrale.

— Je ne sais pas pourquoi, mais je suis très fatigué, ce soir, annonça-t-il. Restez là et bavardez tant que vous voudrez. Moi, je crois que je vais aller me coucher.

— Ce n'est peut-être pas une mauvaise idée, approuva Polgara.

Garion se leva et Mission sentit qu'il tremblait de nervosité. Il se tourna vers sa jeune épouse avec une désinvolture presque pénible.

— Tu viens, Ce'Nedra ? demanda-t-il en faisant de ces trois mots un armistice en bonne et due forme.

Ce'Nedra le regarda, les yeux débordants d'amour.

— Euh... je... euh, oui, Garion, balbutia-t-elle en rosissant délicatement. Je crois que je vais en faire autant. Je tombe de fatigue, moi aussi.

— Bonne nuit, les enfants, fit affectueusement Polgara. Faites de beaux rêves.

— Qu'est-ce que tu leur as raconté ? lui demanda Belgarath quand le couple royal eut quitté la salle à manger, main dans la main.

— Oh, des tas de choses, répondit-elle d'un petit air suffisant.

— Eh bien, il faut croire que tu as fait mouche. Durnik, ayez pitié de moi et remplissez-moi ça.

Il tendit sa chope vide au forgeron, qui était assis près

du tonneau de bière, et Polgara était si contente qu'elle s'abstint de tout commentaire.

Mission s'éveilla en sursaut, bien après minuit.

— *Tu dormais de bon cœur, dis donc*, fit une voix qui semblait résonner dans sa tête.

— Je rêvais, répondit-il.

— *C'est ce que j'ai cru remarquer. Mets quelque chose. J'ai besoin de toi dans la salle du trône.*

Mission sortit docilement de son lit et enfila sa tunique et ses courtes bottes sendariennes.

— *Ne fais pas de bruit. Il ne faut pas réveiller Polgara et Durnik.*

Il quitta l'appartement sur la pointe des pieds et suivit les interminables couloirs déserts qui menaient à la cour du roi de Riva, à la vaste salle du trône où, trois ans plus tôt, Mission avait placé l'Orbe d'Aldur dans les mains de Garion, bouleversant à jamais le cours de sa vie.

Il poussa la gigantesque porte qui grinça légèrement.

— Qui va là ? fit une voix dans le silence sépulcral.

— C'est moi, Belgarion, répondit Mission.

La grande salle fut illuminée par le doux éclat bleu de l'Orbe d'Aldur enchâssée sur le pommeau de l'immense épée de Riva.

— Alors, bonhomme, qu'est-ce que tu fais là à cette heure-ci ? demanda Garion.

Le roi de Riva était vautré dans son trône, une jambe passée par-dessus l'un des bras.

— On m'a dit de venir ici, répondit Mission.

Garion le regarda avec étonnement.

— *On* ? Qui t'a dit ça ?

— Tu sais bien, répondit Mission en refermant la porte derrière lui. *Elle*.

— Elle te parle à toi aussi ? fit Garion en cillant.

— C'était la première fois. Mais je la connais.

— Comment peux-tu la connaître si c'est la première fois que...

Garion s'interrompit et leva vivement les yeux vers l'Orbe. Il n'en croyait pas ses yeux. La douce lueur bleutée de la pierre venait de se changer en un rouge profond, furieux. Mission perçut distinctement un son étrange. Tout le temps qu'il l'avait transportée, l'Orbe lui avait empli les oreilles de son chant cristallin, mais ce murmure recélait à présent de vilains accents métalliques, comme si la pierre avait été confrontée à une chose ou à un personnage qui l'emplissait d'une colère inextinguible.

— *Prenez garde !* fit avec un accent impérieux la voix qu'ils entendaient tous deux. *Prenez garde à Zandramas !*

CHAPITRE V

Ils passèrent le restant de la nuit dans la salle du trône, l'œil rivé à l'Orbe d'Aldur qui avait retrouvé son éclat bleuté habituel et, dès le lever du jour, ils partirent à la recherche de Belgarath. Ils ne s'étaient pas dit grand-chose, mais Mission sentait que Garion était troublé, et la gravité de l'avertissement qu'ils avaient reçu ne lui échappait pas.

Ils trouvèrent le sorcier vautré devant une cheminée, non loin des cuisines. Il était emmitouflé dans un grand manteau gris, et pourtant il ne faisait pas froid. Un gros morceau de pain et un beau morceau de fromage étaient posés sur une table auprès de lui. Mission se demanda si Belgarath serait disposé à partager sa pitance avec un pauvre affamé, mais le vieillard semblait perdu dans la contemplation des flammes.

— Vous êtes bien matinaux, dit-il en les voyant entrer.

— Toi aussi, Grand-père, répondit Garion.

— J'ai fait un drôle de cauchemar, reprit Belgarath. Il y a plusieurs heures que j'essaie de chasser cette mauvaise impression. Je ne sais pas pourquoi, j'ai rêvé que l'Orbe était devenue rouge.

— C'est bien ce qu'elle a fait, laissa tomber Mission d'un petit ton anodin.

Le vieil homme lui jeta un coup d'œil pénétrant.

— C'est vrai, Grand-père, nous l'avons vue tous les deux, confirma Garion. Nous étions dans la salle du trône quand l'Orbe s'est fâchée tout rouge, et la voix que j'ai là, ajouta-t-il en se tapotant le front, nous a dit de prendre garde à Zandramas.

— Zandramas ? répéta Belgarath, intrigué. C'est une personne ou une chose ?

— Je n'en sais rien, Grand-père, mais nous l'avons entendu tous les deux, pas vrai, Mission ?

L'enfant approuva sans quitter des yeux le pain et le fromage. On aurait dit qu'il essayait de les hypnotiser.

— Qu'est-ce que vous faisiez dans la salle du trône à une heure pareille ? fit Belgarath, les yeux très brillants tout à coup.

— Je dormais — enfin... presque, répondit Garion en s'empourprant. Nous avions parlé très tard, Ce'Nedra et moi. Il y avait longtemps que ça ne nous était pas arrivé et nous avions des tas de choses à nous dire. C'est alors que la voix m'a ordonné de me lever et d'aller dans la salle du trône.

— Et toi ? reprit Belgarath en regardant Mission.

— Moi, elle m'a réveillé, répondit Mission. Et elle...

— Attends un peu, coupa Belgarath. Qui t'a réveillé ?

— La voix qui a appelé Garion.

— Tu la connais ?

— Oui.

— Tu sais *ce* que c'est ?

Mission acquiesça.

— Elle t'avait déjà parlé, avant ?

— Non.

— Mais tu as tout de suite compris de qui — ou de quoi il s'agissait ?

— Oui. Elle m'a dit qu'elle avait besoin de moi dans la salle du trône, alors je me suis habillé et je suis descendu. Quand je suis arrivé ici, l'Orbe est devenue toute rouge et la voix nous a dit de faire attention à Zandramas.

— Vous êtes tous les deux sûrs et certains que l'Orbe a changé de couleur ? fit âprement Belgarath, le sourcil froncé.

— Oui, Grand-père, confirma Garion. Et puis elle a fait un autre bruit, aussi. D'habitude, elle émet un genre de vibration, un peu comme une cloche qui tinte. Là, c'était tout différent.

— Tu es bien sûr qu'elle a rougi ? Elle ne s'est pas contentée de foncer, ou quelque chose comme ça ?

— Non, Grand-père, elle est vraiment devenue rouge vif.

— Viens avec moi, lui ordonna sèchement Belgarath en se levant, le visage tout à coup assombri.

— Où ça ? demanda Garion.

— A la bibliothèque. Il faut que je vérifie quelque chose. C'est important. Je préfère m'assurer que j'ai raison avant de t'en dire davantage.

Il quitta la pièce, les deux garçons sur ses talons. Au passage, Mission rafla le bout de fromage et y mordit de bon cœur. Ils suivirent un couloir ténébreux troué de loin en loin par la lumière des torches, et gravirent un escalier de pierre étroit et raide auquel leurs pas arrachèrent des échos. En arrivant à la bibliothèque, Belgarath prit deux bougies sur une table poussiéreuse, revint les allumer à la torche fixée au mur, dans un anneau de fer, et en posa une sur la table de la bibliothèque.

— Ferme la porte, Garion. Je ne tiens pas à ce que nous soyons dérangés.

Garion s'exécuta en silence. Le vieux sorcier semblait avoir rejeté d'un coup d'épaules le sybaritisme éhonté où il s'était complu depuis quelques années. Il s'approcha d'un rayon poussiéreux, haussa sa chandelle et parcourut d'un regard vif, acéré, les énormes volumes reliés de cuir et les parchemins soigneusement rangés dans des étuis de soie.

— Voilà. Garion, tu pourrais me descendre ce rouleau de soie bleue ? fit-il en lui indiquant l'étagère du haut.

Garion se dressa sur la pointe des pieds, attrapa le parchemin requis et le regarda curieusement avant de le tendre à son grand-père.

— Tu es sûr ? Ce n'est pas le Codex mrin, tu sais.

— En effet, approuva Belgarath. Ne te laisse pas obnubiler par le Codex mrin au point d'en oublier les autres.

Il posa sa bougie, dénoua soigneusement les cordons de soie ornés de glands, déroula le parchemin craquant, couvert de signes cabalistiques, et le parcourut rapidement du regard.

— C'est bien ça, dit-il enfin. « Prends garde, lut-il, au jour où une lueur cramoisie embrasera l'Orbe d'Aldur, car alors sera révélé le nom de l'Enfant des Ténèbres. »

— Mais l'Enfant des Ténèbres, c'était Torak, protesta Garion. Qu'est-ce que c'est que ce parchemin ?

— Le Codex darin. Il n'est peut-être pas aussi fiable que le mrin, mais il est seul à mentionner ce point particulier.

— Et qu'est-ce que ça veut dire ? fit Garion, déconcerté.

— C'est un peu compliqué, répondit Belgarath en gonflant les lèvres, les yeux rivés au parchemin. Disons pour simplifier qu'il y a deux Prophéties.

— Ça, je sais, mais je pensais que Torak une fois mort, l'autre avait juste... euh...

— Je crains que ce ne soit pas si simple. Les deux Prophéties s'opposent depuis le commencement des temps par le truchement d'un Enfant de Lumière et d'un Enfant des Ténèbres. Lors de votre affrontement, à Cthol Mishrak, vous étiez, Torak et toi, ces Enfants. Ce n'était pas leur première rencontre. Et il faut croire que ce n'était pas la dernière non plus.

— Tu veux dire que ce n'est pas fini ? s'exclama Garion.

— Pas si on suit cette version, confirma Belgarath en tapotant le parchemin.

— Bon. Mais si Zandramas est l'Enfant des Ténèbres, qui est l'Enfant de Lumière ?

— Jusqu'à preuve du contraire, c'est encore toi.

— *Encore ?* Mais pourquoi moi ?

— Nous avons déjà eu cette conversation, il me semble, rétorqua sèchement Belgarath.

— Alors, c'est reparti... Comme si j'avais besoin de ça en plus du reste, fit-il en rentrant la tête dans les épaules.

— Arrête un peu de t'apitoyer sur ton sort, coupa

froidement Belgarath. Nous faisons tous ce que nous avons à faire, et tes pleurnicheries n'y changeront rien.

— Je ne pleurniche pas.

— Non, eh bien, arrête quand même. Tu as du pain sur la planche.

— Et qu'est-ce que je suis censé faire ? demanda Garion d'un ton presque boudeur.

— Tu peux commencer par lire tout ça — j'ai dit *tout*, répéta le vieil homme en englobant d'un ample geste du bras les livres poussiéreux et les parchemins gainés de soie. C'est l'une des plus belles collections de Prophéties du Ponant, et peut-être du monde. On n'y trouve évidemment pas les Oracles des Grolims de Mallorée, la collection que Ctuchik avait réunie à Rak Cthol ou les livres secrets des Kellénites, mais c'est un bon début. Regarde si le nom « Zandramas »est cité et relève tout ce qui concerne l'Enfant des Ténèbres. Ce sera sûrement, la plupart du temps, Torak, mais il se pourrait aussi qu'il s'agisse de Zandramas. Et tant qu'à faire, ajouta-t-il en fronçant les sourcils, recherche les éventuelles allusions à une chose appelée *Sardion* ou *Cthrag Sardius*.

— Qu'est-ce que c'est ?

— Je l'ignore. Beldin en a entendu parler en Mallorée. C'est peut-être important, mais rien ne permet de l'affirmer.

Garion parcourut la bibliothèque du regard en blêmissant.

— Tu veux dire que tous ces ouvrages sont des Prophéties ?

— Bien sûr que non. Une bonne partie, sans doute la plupart, ne sont que des divagations de malades mentaux scrupuleusement consignées par écrit.

— Quel intérêt de transcrire ces élucubrations ?

— Parce que le Codex mrin n'est pas autre chose que le délire d'un fou. Le prophète mrin déraillait tellement qu'il avait fallu l'enchaîner. Après sa mort, des tas de gens se sont mis à noter consciencieusement toutes les insanités qu'ils pouvaient entendre et où pouvait s'embusquer une parole prophétique.

— Et comment je vais faire la différence entre les Prophéties et le reste, moi ?

— Ça, je n'en sais rien. Quand tu auras lu tout ça, peut-être trouveras-tu un moyen de les distinguer. Si tu y parviens, dis-le nous. Ça nous fera gagner beaucoup de temps.

— Mais, Grand-père, protesta Garion en promenant sur la bibliothèque un regard désespéré, je vais y passer des années !

— Alors tu ferais mieux de t'y mettre tout de suite. Essaie de te concentrer sur les événements présentés comme postérieurs à la mort de Torak. Nous en savons assez sur les faits qui l'ont précédée.

— Enfin, Grand-père, tu sais que je n'y connais rien. Et si je laissais échapper quelque chose ?

— Eh bien, ne laisse rien échapper, rétorqua fermement Belgarath. Tu es des nôtres, que ça te plaise ou non, et tu as les mêmes responsabilités que nous tous. Tu ferais aussi bien de t'habituer à l'idée que le monde entier dépend de toi et d'arrêter un peu de dire « pourquoi moi ? ». Ce sont des enfantillages et tu es maintenant un homme. Quant à toi, Mission, pourquoi te retrouves-tu mêlé à tout ça ?

— Je n'en ai pas idée, répondit calmement le petit garçon. Mais nous finirons bien par le savoir, hein ?

Mission passa l'après-midi avec Polgara, dans le cocon chaleureux de son salon. Elle était assise au coin du feu, vêtue de sa robe bleue préférée, les pieds confortablement posés sur un tabouret en tapisserie, et brodait en fredonnant tout bas. Les flammes arrachaient des éclairs dorés à son aiguille. Blotti dans un grand fauteuil de cuir en face d'elle, Mission la regardait en grignotant une pomme. Il appréciait la calme satisfaction qui irradiait d'elle quand elle s'absorbait dans ce genre de tâche. Sa présence avait quelque chose d'apaisant.

Sa servante, une jeune et jolie Rivienne, frappa doucement à la porte et fit un pas dans la pièce.

— Dame Polgara, commença-t-elle avec une petite révérence, Messire Brand demande s'il peut vous parler un instant.

— Bien sûr, mon chou, répondit la sorcière en posant son tambour à broder. Faites-le entrer, je vous en prie.

Mission avait remarqué que Polgara appelait souvent les jeunes « mon chou » ; sans doute ne s'en rendait-elle pas compte elle-même.

La servante fit entrer le visiteur et se retira sans un mot, sur une dernière courbette.

— Polgara, commença Brand de sa voix de basse.

Le dernier Gardien de Riva était un grand gaillard aux yeux tristes dans un visage las, creusé de rides profondes. Pendant les siècles d'interrègne qui avaient suivi le meurtre du roi Gorek par des tueurs à la solde de la reine Salmissra, l'Ile des Vents et le peuple de Riva avaient été gouvernés par des hommes choisis pour leurs mérites et leur sens du devoir. Leur dévotion était telle qu'ils renonçaient à leur individualité pour prendre le nom de Brand. Maintenant que Garion était enfin remonté sur le trône, ces Gardiens n'avaient plus aucun rôle à jouer. Mais jusqu'à son dernier souffle, le grand homme aux yeux tristes serait totalement dévoué à la lignée royale et à sa perpétuation — plus peut-être qu'à Garion lui-même. C'est dans cet état d'esprit qu'il était venu, par ce tranquille après-midi, remercier Polgara d'avoir réconcilié Garion et sa royale épouse.

— Comment ont-ils pu se brouiller à ce point ? lui demanda-t-elle. Quand ils se sont mariés, ils étaient si proches qu'on n'aurait pu glisser une lame de couteau entre eux.

— Tout a commencé il y a près d'un an, répondit Brand de sa voix profonde. Deux grandes familles du nord de l'île qui s'entendaient très bien jusque-là se sont disputé une propriété, lors du mariage entre un jeune homme d'une des maisons et une jeune fille de l'autre. Des membres de l'une des familles sont venus à la Citadelle exposer leur différend à Ce'Nedra, qui a promulgué un décret en leur faveur.

— En omettant de consulter Garion ? présuma Polgara.

— Oui, acquiesça Brand. Celui-ci l'apprit et en conçut une vive colère. Ce'Nedra avait indubitablement outrepassé ses prérogatives, mais Garion révoqua son décret en public.

— Par le père de tous les Dieux ! s'exclama Polgara. Voilà donc l'origine du problème ! Je n'avais pas réussi à leur extirper une explication précise.

— Ils ne devaient pas être très fiers d'eux, soupira Brand. Chacun avait publiquement humilié l'autre, et aucun des deux n'avait la maturité nécessaire pour passer l'éponge. A force de querelles, l'affaire a complètement dégénéré. Il y avait des moments où je les aurais bien pris par les épaules pour leur secouer les puces... ou leur flanquer une fessée.

— Riche idée ! fit Polgara en riant. Pourquoi ne m'avez-vous pas écrit pour me raconter l'histoire ?

— Belgarion me l'avait interdit, avoua le Gardien de Riva, à bout d'arguments.

— Il y a des moments où il faut savoir désobéier. Il est vrai que je ne vous vois pas... Oh non, Mission, ne touche pas à ça, je t'en prie ! fit-elle au petit garçon qui examinait d'un peu trop près un magnifique roitelet de cristal perché sur un rameau couvert de bourgeons. C'est très fragile et j'y tiens beaucoup, tu sais.

— Oui, je sais, acquiesça-t-il en croisant fermement les mains dans son dos pour la rassurer.

— Enfin, reprit-elle, je veux croire que nous avons réussi à ramener la paix dans la maison royale de Riva et que ces bêtises appartiennent au passé. — Je l'espère aussi, fit Brand avec un sourire las. J'aimerais beaucoup voir la nursery royale se remplir.

— Il se pourrait que ça attende encore un peu.

— Ça devient sérieux, Polgara, dit-il gravement. Je ne suis pas seul à m'inquiéter de l'absence d'héritier au trône. Rhodar, Anheg et Cho-Hag m'ont écrit à ce sujet. L'Alorie tout entière attend le premier enfant en retenant son souffle.

— Ce'Nedra n'a que dix-neuf ans, Brand.

— A cet âge, bien des Aloriennes sont déjà deux fois mères.

— Ce'Nedra n'est pas alorienne. Elle n'est même pas complètement tolnedraine. Elle a dans les veines du sang de dryade, et sa maturation sera un peu plus lente.

— Je me vois mal expliquer ça aux Aloriens. Il faut, pour la lignée, qu'elle donne au moins un héritier au trône de Riva.

— Laissez un peu de temps à ces enfants, répondit placidement Polgara. Ils finiront bien par y arriver. Le plus important, c'était de les remettre dans le même lit.

Un ou deux jours plus tard, le soleil faisait étinceler la Mer des Vents et les vagues vertes moutonnaient sous une brise régulière venue du large lorsqu'un énorme vaisseau de guerre cheresque passa majestueusement entre les deux barrières naturelles qui encadraient le port de Riva. Le capitaine du vaisseau était à l'échelle de son bâtiment : c'était Barak, le comte de Trellheim. Sa barbe rouge flottant au vent, il contourna avec une concentration étudiée un tourbillon assez traître qui se trouvait juste derrière l'une des avancées rocheuses et entra dans le port. Le navire était à peine amarré qu'il gravissait déjà le long escalier de granit menant à la Citadelle.

Belgarath et Mission, qui avaient assisté à son arrivée du haut des remparts, descendirent accueillir le grand gaillard devant le majestueux portail de la forteresse.

— Tiens, Belgarath ! s'exclama l'immense Cheresque. Qu'est-ce que vous faites ici ? Je vous croyais au Val.

— Nous sommes venus voir les enfants, répondit Belgarath avec un haussement d'épaules.

— Bonjour, gamin, reprit Barak. Polgara et Durnik sont là, eux aussi ?

— Oui, répondit Mission. Ils sont tous dans la salle du trône. Ils regardent Belgarion.

— Ah bon ? Et que fait-il ?

— Il fait le roi, répondit sèchement Belgarath. Nous avons assisté à votre arrivée.

— Impressionnant, hein ? fit fièrement Barak.

— Ce vaisseau vire comme une baleine enceinte, lâcha abruptement le vieux sorcier. Vous n'avez manifestement pas compris que *mieux* ne voulait pas nécessairement dire *plus gros*.

— Moi, je ne me moque pas de vos biens, fit Barak avec un regard de bête blessée.

— Mes biens ? Je n'ai rien à moi. Mais quel bon vent vous amène à Riva ?

— C'est Anheg qui m'envoie. Garion en a encore pour longtemps ?

— Nous pouvons toujours lui poser la question.

L'audience de la matinée venait justement de finir et le roi de Riva rentrait chez lui en compagnie de Ce'Nedra, Polgara et Durnik. Les deux groupes tombèrent nez à nez dans le couloir, devant l'appartement royal.

— Barak ! s'exclama joyeusement Garion en se précipitant vers son vieil ami.

Barak lui jeta un regard étrange et s'inclina respectueusement.

— Qu'est-ce que c'est que ces simagrées ? s'exclama Garion, intrigué.

— Tu as encore ta couronne et ton manteau de cour, Garion, lui signala Polgara. Ça fait officiel.

— Oh, fit Garion, un peu déconcerté. J'oubliais. Entrons, dit-il en ouvrant grand sa porte.

Barak serra fougueusement Polgara contre son cœur dans une étreinte digne d'un ours.

— Barak, dit-elle, en reprenant son souffle, vous seriez infiniment plus agréable de près si vous vous laviez la barbe après avoir mangé du poisson fumé.

— Je n'en ai mangé qu'un ce matin, objecta-t-il.

— Ça suffit, vous savez.

Il s'approcha de Ce'Nedra, lui prit les épaules entre ses grosses pattes et lui plaqua sur les joues deux baisers retentissants. La petite reine n'eut que le temps de rattraper sa couronne pour l'empêcher de tomber à terre.

— Vous avez raison, Dame Polgara, fit-elle en éclatant de rire. Je trouve aussi qu'il sent drôle.

— Garion, gémit Barak, je meurs littéralement de soif.

— Auriez-vous asséché toutes les barriques du bord ? insinua perfidement Polgara.

— Il n'y a rien à boire à bord de l'*Aigle des Mers*, répliqua Barak. Je ne tiens pas à ce que mes matelots s'enivrent.

— *Noon ?* C'est stupéfiant, murmura-t-elle.

— J'en fais une question de principe, ajouta pieusement Barak.

— Il vaut mieux qu'ils gardent leurs esprits, renchérit Belgarath. Ce gros bateau n'est pas spécialement maniable.

Barak lui jeta un regard morne. Garion envoya chercher de la bière, ôta sa couronne et son manteau de cour avec un soulagement évident et les invita à s'asseoir.

Ayant paré au plus pressé — étancher sa soif —, Barak regarda gravement Garion.

— Anheg m'envoie te dire que le culte de l'Ours aurait repris ses activités.

— Je pensais que tous ses adeptes étaient morts à Thull Mardu, objecta Durnik.

— Les ouailles de Grodeg, oui, rectifia Barak. Mais le culte ne se réduisait pas à Grodeg. Le culte constitue un élément essentiel de la vie religieuse dans les régions reculées de Cherek, de Drasnie et même d'Algarie. De temps en temps, un individu plus ambitieux que futé — comme Grodeg — acquiert un peu d'importance et cherche à instaurer le culte dans les villes, où tout se joue, afin d'y prendre le pouvoir. C'est compréhensible. L'ennui, c'est que le culte de l'Ours ne prend pas en milieu urbain. Je vous vois froncer les sourcils, Durnik. Vous comprenez, les citadins se frottent constamment aux autres, alors qu'à la campagne, ils peuvent vivre pendant des générations sans être effleurés par la nouveauté. Un culte qui ne croit pas au brassage des idées a tout pour séduire l'homme de la terre.

— Les nouvelles idées ne sont pas toujours bonnes, protesta Durnik, qui n'était pas prêt à renier ses origines paysannes.

— D'accord, fit Barak, mais les vieilles ne sont pas forcément meilleures. Le culte de l'Ours n'en a eu qu'une en plusieurs millénaires. Juste avant le départ des Dieux, Belar a dit aux Aloriens qu'ils devaient mener les Royaumes du Ponant contre le peuple de Torak. Ce précepte est à l'origine de bien des problèmes car il peut malheureusement vouloir dire des tas de choses. Les adeptes du culte ont toujours affecté de croire que le premier devoir des enfants de Belar était d'établir leur domination sur les autres royaumes du Ponant. Un bon adepte du culte de l'Ours ne pense pas à se battre contre les Angaraks mais à soumettre la Sendarie, l'Arendie, la Tolnedrie, la Nyissie et Maragor.

— Sauf que Maragor n'existe plus depuis trois mille ans, objecta Durnik.

— Ça, ils ne le savent pas encore, ironisa Barak. Enfin, voilà toute la base du culte. Le premier but de ses adeptes est de réunifier l'Alorie et le second d'assujettir les peuples du Ponant. La lutte contre les Murgos et les Malloréens ne vient qu'après.

— Il sont un peu retardés, non ? observa Durnik.

— Il y en a qui n'ont pas ncore appris la découverte du feu, fit Barak avec un reniflement.

— Enfin, Barak, je ne vois pas vraiment pourquoi Anheg s'en fait tant, commenta Belgarath. Le culte de l'Ours n'est pas très puissant ici, même à la campagne. Ses fidèles passent la nuit du solstice à faire la ronde autour de feux de joie et l'hiver à défiler à la queue leu leu, vêtus de peaux d'ours, dans des grottes enfumées. Je me demande bien ce que vous leur trouvez de si redoutable.

— J'y arrive, fit Barak en tiraillant sa barbe. Jusque-là, le culte de l'Ours n'était qu'un ramassis d'âneries et de superstitions, et ses chefs ne s'étaient jamais assez organisés pour nous poser problème. Mais depuis un an à peu près, ça commence à changer.

— Oh ? fit Belgarath en le regardant avec intérêt.

— Naguère, la congrégation d'un village donné ne se fiait même pas à celle du village voisin. Eh bien, le nouveau chef du culte, dont nous ne connaissons pas le nom, a mis bon ordre à tout ça. Pour la première fois, tous ses adeptes prennent leurs ordres du même homme.

— Ça, c'est plus sérieux, admit Belgarath en fronçant le sourcil.

— C'est très intéressant, Barak, fit Garion, un peu perplexe. Mais pourquoi le roi Anheg t'a-t-il envoyé jusqu'ici pour me prévenir ? Il me semble que le culte n'a jamais réussi à s'implanter dans l'Ile des Vents ?

— Anheg voulait que je te dise de faire attention tout de même. Car le nouvel ennemi déclaré du culte, c'est toi.

— Moi ? Et pourquoi moi ?

— Parce que tu as épousé une Tolnedraine, lui révéla Barak. Le culte abomine les Tolnedrains encore plus que les Murgos.

— C'est une position originale, lâcha Ce'Nedra en faisant voltiger ses boucles.

— C'est celle du culte, reprit Barak. La plupart de ses adeptes ne savent même pas à quoi ressemblent les Angaraks, mais ils ont tous vu des Tolnedrains, surtout des marchands assez durs en affaires. Ils ont attendu plus de mille ans que leur roi revienne et prenne la tête de leur croisade contre les royaumes du Ponant, et voilà qu'il n'a rien eu de plus pressé, en arrivant, que d'épouser une princesse impériale tolnedraine ! De leur point de vue, le prochain roi de Riva ne peut être qu'un bâtard, vous en conviendrez. Vous êtes leur bête noire, mon petit cœur.

— Quelle absurdité ! s'exclama la reine de Riva.

— Ça, je vous l'accorde. Mais les esprits dominés par la religion ne brillent généralement pas par la sagesse. Tout irait beaucoup mieux si Belar avait fermé son bec. Je ne vois pas ce que ça a de si drôle, protesta Barak.

— Je vous imagine en train de suggérer à Belar de la fermer, fit Belgarath en s'étouffant de rire. Une fois, il a parlé dix jours d'affilée sans reprendre son souffle.

— Et pour dire quoi ? s'enquit Garion avec intérêt.

— Pour expliquer aux premiers Aloriens qu'il était peu judicieux de partir pour les marches du Nord au début de l'hiver. Il fallait insister longtemps, à l'époque, pour faire entrer une idée dans la tête d'un Alorien.

— Ça n'a guère changé, commenta Ce'Nedra avec un regard appuyé à son jeune époux, puis elle éclata de rire et lui pressa tendrement la main.

Le lendemain matin, comme tous les matins, le premier mouvement de Mission fut d'aller à la fenêtre voir ce que lui réservait la journée. Un soleil radieux planait au-dessus de la Mer des Vents et il n'y avait pas un nuage dans le ciel. Mission eut un sourire. La journée serait magnifique. Il enfila la tunique et le pantalon que Polgara lui avait préparés et alla retrouver sa famille. Durnik et Polgara étaient confortablement installés devant le feu et prenaient le thé en bavardant. Comme tous les matins, Mission s'approcha de Polgara, passa ses bras autour de son cou et l'embrassa.

— Tu as fait la grasse matinée, aujourd'hui, remarqua-t-elle en écartant ses cheveux de ses yeux.

— J'étais un peu fatigué, avoua-t-il. Je n'avais pas beaucoup dormi, l'autre nuit.

— Il paraît, oui.

Elle le souleva presque machinalement de terre et le serra contre son cœur.

— Il commence à être un peu grand pour que tu le prennes sur tes genoux, nota Durnik avec un sourire attendri.

— Je sais, répondit Polgara. C'est pour ça que je le fais le plus souvent possible. Il aura bientôt passé l'âge des baisers et des câlins, alors j'en profite. Je veux bien que les enfants grandissent, mais quand je n'ai pas un tout petit dans les jambes, ça me manque.

Belgarath entra.

— Vous avez réussi à mettre Barak au lit, hier soir ? lui demanda Durnik avec un sourire malicieux.

— Nous l'y avons déversé vers minuit. Heureusement que les fils de Brand étaient là. Il est de plus en plus lourd.

— Tu m'as l'air dans une forme stupéfiante pour un homme qui a passé la soirée à vider un tonneau de bière, intervint Polgara.

— Je n'ai pas beaucoup bu, dit-il en s'approchant du feu pour se réchauffer les mains. Oh, tu peux toujours hausser les sourcils, ajouta-t-il sans se retourner. J'ai des tas de soucis en tête. Tu es sûre que tout est arrangé entre Garion et Ce'Nedra ?

— Je crois que oui.

— Tu ferais mieux de t'en assurer. Je ne tiens pas à ce que tout nous pète à la figure. Je dois retourner au Val, mais si tu crois préférable de rester ici pour veiller sur nos deux tourtereaux, je peux repartir tout seul, déclara-t-il d'un ton grave, presque incisif.

Mission se dit une nouvelle fois que, décidément, Belgarath semblait avoir deux personnalités différentes. Quand il ne se passait rien d'urgent, il se vautrait dans les beuveries et les entourloupettes. Mais dès qu'un problème survenait, il arrêtait tout et se concentrait sur la solution avec une énergie sans limites.

— C'est si grave que ça ? demanda Polgara en reposant doucement Mission à terre.

— Je ne sais pas. Et justement, je déteste ne pas savoir. Si tu as fini ce que tu avais à faire ici, je pense que nous ferions mieux de rentrer. Dès que Barak sera sur pied, nous lui demanderons de nous ramener à Camaar. Nous y trouverons des chevaux. J'ai besoin de parler à Beldin. Le nom de Zandramas lui dit peut-être quelque chose.

— Nous pouvons partir quand tu veux, assura-t-elle.

Mission alla faire ses adieux au jeune cheval folâtre. Il était un peu triste de repartir. Le roi de Riva était comme un frère pour lui, et il trouvait Ce'Nedra délicieuse, sauf quand elle décidait de piquer une crise. Mais c'est le cheval qu'il regretterait le plus. Pour Mission, ce n'était pas un simple animal domestique. Ils étaient jeunes tous les deux et s'appréciaient sans réserve.

Le petit garçon était planté au centre du manège baigné de soleil, l'étalon aux longues pattes batifolant autour de lui, quand un mouvement attira son regard. Il se retourna. Durnik et Garion venaient vers lui.

— On dirait que vous vous amusez bien, le cheval et toi.

— Nous sommes amis. Nous aimons être ensemble.

Garion regarda l'animal à la robe châtain d'un air un peu triste. Le cheval s'approcha de lui et fourra son nez sur sa poitrine. Garion caressa ses oreilles pointues, si expressives, et son front lisse, puis il poussa un soupir.

— Tu aimerais l'avoir à toi tout seul, Mission ?

— On n'est pas propriétaire de ses amis, Belgarion.

— C'est vrai ; mais tu aimerais qu'il rentre au Val avec toi ?

— Il t'aime, toi aussi.

— Je pourrai toujours aller le voir, répondit le roi de Riva. Il n'a pas beaucoup de place ici pour courir et je suis si occupé que je n'ai pas de temps à lui consacrer. Je crois qu'il vaudrait mieux que tu l'emmènes. Qu'en penses-tu ?

Mission essaya de se placer au point de vue du jeune étalon. Il regarda Garion et vit combien cette offre généreuse lui coûtait.

— Je pense que tu as raison, répondit-il enfin d'une voix calme et grave. Il serait mieux au Val. Il ne serait pas enfermé comme ici.

— Il faudra que tu le dresses, reprit Garion. Il n'a jamais été monté.

— Nous nous en occuperons, lui et moi, promit Mission.

— Alors tu peux l'emmener, décida Garion.

— Merci, dit simplement l'enfant.

— De rien, Mission.

— *Et voilà !* fit la voix, et le petit garçon l'entendit aussi distinctement que si elle résonnait dans sa tête.

— *Comment ça, et voilà ?* s'étonna silencieusement Garion.

— *Tu as bien fait, Garion. Pour l'accomplissement de leur mission, il faut qu'ils soient ensemble.*

Puis la voix se tut.

CHAPITRE VI

— La meilleure façon de procéder, au début, c'est de lui mettre un vêtement sur le dos, fit Hettar de sa voix calme.

Le grand Algarois était avec Mission dans la pâture, à l'ouest de la maison de Poledra. Il portait sa tenue de cuir noir habituelle.

— Fais juste en sorte que le vêtement porte ton odeur. C'est pour qu'il s'y habitue, qu'il se fasse à l'idée d'avoir sur le dos une chose qui sent comme toi.

— Il connaît déjà mon odeur, non ? objecta Mission.

— Justement. Il faut y aller doucement, pour ne pas l'effrayer. S'il a peur, il essaiera de te jeter par terre.

— Nous sommes amis, lui expliqua Mission. Il sait que je ne lui ferais pas de mal. Pourquoi m'en ferait-il à moi ?

Hettar secoua la tête avec accablement et parcourut du regard les vastes collines couvertes d'herbe.

— Fais ce que je te dis, Mission, dit-il patiemment. Crois-moi, je sais de quoi je parle.

— Si vous voulez, mais je crois que c'est une perte de temps.

— Fais-moi confiance.

Mission posa et reposa docilement une de ses vieilles tuniques sur le dos du cheval qui le regarda avec étonnement comme s'il se demandait où il voulait en venir. Mission aurait aimé pouvoir faire comprendre la situation à l'homme au profil d'oiseau de proie. Son approche circonspecte leur avait déjà fait perdre une bonne partie de la matinée. S'ils avaient tout de suite entrepris le dressage de l'étalon, Mission savait qu'il serait déjà en train de galoper dans les collines et les vallées qui les entouraient.

— Ça suffit, fit Mission après avoir répété plusieurs fois l'exercice. Je peux monter dessus, maintenant ?

— Eh bien, vas-y, puisque tu as décidé d'apprendre à la dure, soupira Hettar. Essaie seulement de choisir un endroit moelleux pour atterrir, quand il aura décidé de te désarçonner.

— Il ne ferait jamais une chose pareille, répondit Mission avec confiance.

Il mit sa main sur l'encolure châtain et mena doucement le jeune étalon vers un gros rocher blanc qui sortait de terre.

— Tu ne crois pas qu'il vaudrait mieux lui mettre une bride ? Tu aurais au moins quelque chose à quoi te cramponner.

— Non, répondit Mission. Je ne pense pas qu'il aimerait qu'on lui mette une bride.

— Comme tu voudras, fit Hettar. Essaie de ne pas te casser le cou en tombant.

— Oh, je ne vois pas pourquoi je tomberais.

— Mouais. Tu sais ce que c'est qu'un *pari* ?

Pour toute réponse, Mission éclata de rire.

— Très bien, dit-il en grimpant sur le rocher. C'est parti. Il lança une jambe par-dessus le dos du cheval.

L'animal broncha imperceptiblement mais il resta planté sur place, tout tremblant.

— C'est bien, lui assura Mission d'un ton apaisant.

Le cheval tourna la tête vers lui et le regarda avec étonnement de ses grands yeux liquides.

— Tu ferais mieux de t'accrocher, l'avertit Hettar, mais il avait l'air un peu surpris et sa voix n'était peut-être pas tout à fait aussi ferme qu'il l'aurait voulu.

— Tout va bien, déclara Mission en fléchissant les jambes.

Ses talons n'effleurèrent même pas les flancs de l'animal qui fit un pas en avant et le regarda d'un air interrogateur.

— Voilà, c'est ça, dit Mission pour l'encourager.

Le cheval fit encore quelques pas et tourna à nouveau la tête vers lui.

— Parfait, reprit Mission en lui flattant l'encolure. Très, très bien.

L'étalon se mit à bondir avec enthousiasme.

— Attention ! s'écria âprement Hettar.

Mission se pencha en avant et tendit le doigt vers une butte herbeuse, à quelques centaines de toises au sud-ouest.

— Allons là-bas, murmura-t-il dans l'oreille veloutée, expressive.

Le cheval eut un frémissement de volupté et partit à toute vitesse. Quelques instants plus tard, il caracolait fièrement au sommet de la colline.

— Très bien, fit Mission en riant avec une joie indescriptible. Maintenant, si nous allions près de cet arbre, là-bas, de l'autre côté de la colline ?

— C'était surnaturel, raconta Hettar en secouant la tête d'un air morose, quand ils furent à table, dans la maison de Poledra baignée par la chaude lueur dorée du feu de cheminée.

— Il me semble qu'il ne s'en sort pas mal, commenta doucement Durnik.

— Mais il s'y est pris tout de travers, protesta Hettar. Le cheval aurait dû devenir absolument fou quand Mission lui est monté dessus comme ça, sans prévenir. Et on ne dit pas à un cheval où on veut aller ; on le dirige, on le guide. C'est à ça que servent les rênes.

— Mission n'est pas un enfant comme les autres, nota Belgarath. Et le cheval non plus. Tant qu'ils s'entendent bien et qu'ils se comprennent, qu'est-ce que ça peut faire ?

— Ce n'est pas normal, déclara Hettar, déconcerté, en faisant voltiger sa mèche. Je m'attendais à ce que l'étalon panique, mais il est resté absolument calme. Je sais ce qui se passe dans la tête des chevaux, et tout ce qu'il a éprouvé quand Mission lui est monté dessus, c'était de la curiosité. De la curiosité ! Il n'a ni agi ni pensé comme il aurait dû. Ce n'est pas normal, grommela-t-il, à court de mots dignes d'exprimer la situation.

— Je crois que vous l'avez déjà dit, Hettar, observa Polgara. Allons, changeons de sujet, puisque celui-ci vous ennuie tant. Parlez-moi donc du bébé d'Adara.

— C'est un garçon, proclama l'Algarois avec l'orgueil démesuré des nouveaux pères, et son visage farouche arbora une satisfaction béate.

— C'est ce que nous avions cru comprendre, acquiesça calmement Polgara. Quelle taille faisait-il à la naissance ?

— Oh... A peu près comme ça, je dirais, répondit Hettar, perplexe, en écartant les mains d'une bonne demi-toise.

— Personne n'a pris la peine de le mesurer ?

— J'imagine que si. Ma mère et ces dames lui ont fait toutes sortes de choses, quand il est arrivé.

— Et vous n'avez pas idée de ce qu'il pesait ?

— Disons à peu près le même poids qu'un lièvre adulte, un lièvre de belle taille, ou un de ces gros fromages rouges qu'on trouve en Sendarie.

— Je vois. Un pied et demi de long et huit ou neuf livres, si c'est bien ce que vous voulez dire ? traduisit-elle en le regardant de ses yeux qui ne cillaient pas.

— Ça doit être ça.

— Alors, pourquoi ne le dites-vous pas ? s'exclama-t-elle, exaspérée.

— Quelle importance ? s'étonna-t-il.

— *Enorme*, Hettar. Les femmes raffolent de ces détails.

— J'essaierai de m'en souvenir, pour la prochaine fois. Je me suis surtout préoccupé de savoir s'il avait le nombre requis de bras, de jambes, d'oreilles et d'accessoires de ce genre, et j'ai veillé à ce qu'il prenne bien du lait de jument pour sa première tétée, évidemment.

— Evidemment, répéta-t-elle aigrement.

— C'est très important, Polgara, insista-t-il. La première fois, on donne toujours du lait de jument aux petits Algarois.

— Afin qu'ils deviennent mi-homme, mi-cheval, j'imagine.

— Bien sûr que non, répondit-il en plissant les yeux. Mais ça crée une sorte de lien.

— C'est vous qui avez trait la jument, ou il a dû ramper dessous et la téter ?

— Vous avez une drôle de façon de voir les choses, Polgara.

— Mettez ça sur le compte de l'âge, répondit-elle sur un ton inquiétant.

Il s'en aperçut tout de suite.

— Non, ça ne me viendrait même pas à l'idée, souffla-t-il.

— Sage décision, murmura Durnik. Vous avez dit que vous étiez en route pour les montagnes d'Ulgolande, je crois ?

— Vous vous rappelez les Hrulgae ? demanda Hettar avec un hochement de tête approbateur.

— Les chevaux carnivores ?

— J'ai eu une idée et j'aimerais la mettre en pratique. Les Hrulgae adultes sont indomptables, bien sûr, mais peut-être que si on pouvait en attraper un petit...

— Je trouve ça très dangereux, Hettar, l'avertit Belgarath. Le troupeau défendra son jeune.

— Il y a toujours moyen de séparer un poulain du troupeau.

— Et si vous y arrivez, reprit Polgara d'un ton réprobateur, qu'avez-vous l'intention d'en faire ?

— Le dresser, répondit simplement Hettar.

— On ne peut pas les dresser.

— Personne n'a jamais essayé. Et si ça ne marche pas, je voudrais essayer de le croiser avec une jument ordinaire.

— Que feriez-vous de chevaux dotés de griffes et de crocs ? demanda Durnik, déconcerté.

— Ils sont plus rapides et plus forts que les chevaux ordinaires, répondit Hettar en contemplant pensivement le feu. Ils peuvent sauter beaucoup plus loin et...

— Et surtout, coupa Belgarath, vous ne supportez pas l'idée de ne pouvoir monter un quadrupède qui ressemble à un cheval.

— Il y a peut-être de ça, admit Hettar. Mais pour

l'homme au combat, ils constitueraient un avantage considérable.

— Dites-moi, Hettar, intervint Durnik, rien n'est plus important en Algarie que le bétail, exact ? Alors, vous vous voyez élever une nouvelle race de chevaux qui considéreraient les vaches comme une nourriture de choix ?

— Je n'avais pas pensé à ça, avoua Hettar en fronçant le sourcil.

Le cheval permit à Mission d'accroître considérablement son rayon d'action. L'énergie et l'enthousiasme du jeune étalon étaient presque inépuisables. C'est à peine s'il sentait le poids de l'enfant sur son dos, et il pouvait courir presque toute la journée sans se fatiguer entre les arbres du Val d'Aldur et dans les collines herbeuses du sud de l'Algarie.

L'enfant se levait tôt et expédiait son petit déjeuner car il savait que l'étalon châtain l'attendait devant la maison. Puis ils galopaient dans l'herbe d'un vert luxuriant, humide de rosée, resplendissante sous le soleil matinal, ils dévalaient les longues collines, l'air frais et doux sifflant à leurs oreilles. Polgara semblait comprendre leur besoin de se dépenser. C'est d'un œil affectueux qu'elle voyait Mission engloutir sa nourriture, assis au bord de sa chaise, prêt à foncer, sitôt la dernière bouchée avalée, vers la porte et les merveilles de la journée. Et c'est avec un bon sourire bienveillant qu'elle l'autorisait à quitter la table.

Par un matin ensoleillé de la fin de l'été, Mission sortit de la maison et caressa l'encolure luisante du cheval. L'étalon frémit de plaisir et esquissa quelques cabrioles, impatient de partir. Mission éclata de rire, empoigna sa crinière, fit passer sa jambe sur son dos et l'enfourcha d'un seul mouvement fluide. Le cheval partit au galop avant même que l'enfant fût sur son dos. Ils gravirent la longue colline à toute vitesse, s'arrêtèrent pour contempler la prairie dorée, humide de rosée. Ils firent le tour de la petite vallée qui abritait la maison au toit de chaume et prirent au sud, vers le cœur du Val.

Ce n'était pas une promenade sans but, comme bien souvent. Depuis plusieurs jours maintenant, Mission sentait qu'une présence subtile s'efforçait d'entrer en contact avec lui, et il avait décidé de découvrir la source de ce tranquille intérêt.

Ils s'enfoncèrent dans le silence du Val, passant devant des biches placides et des lapins curieux. Mission sentait croître l'intérêt de cette conscience étrange, à nulle autre pareille, assez patiente, aurait-on dit, pour attendre des siècles une réponse à ses appels silencieux.

Ils franchissaient une haute colline arrondie, à quelques lieues à l'ouest de la tour de Belgarath, quand une ombre fugitive attira le regard de Mission. Un faucon à bande bleue planait au-dessus de lui. Puis il vira sur l'aile et descendit en spirale, décrivant de longs cercles gracieux. Arrivé à quelques pieds de l'enfant, il battit des ailes, planta ses ergots dans le sol, et ce fut comme s'il devenait flou. Finalement, il n'y eut plus de faucon et Beldin, le petit sorcier bossu, se retrouva debout jusqu'à mi-corps dans l'herbe mûre, ployant sous les graines.

— Que fais-tu ici, gamin ? demanda-t-il sans préambule en haussant un sourcil légèrement réprobateur.

— Bonjour, Beldin, répondit calmement Mission en se redressant pour faire comprendre au cheval qu'il voulait s'arrêter un instant.

— Pol sait que tu vas si loin de la maison ? reprit sèchement l'affreux gnome.

— J'en doute, admit l'enfant. Elle n'ignore pas que je me promène à cheval mais c'est tout.

— J'ai mieux à faire que de jouer les bonnes d'enfant, tu sais, grommela l'irascible vieillard.

— Pourquoi faites-vous ça ?

— Je suis bien obligé. C'est mon tour, ce mois-ci. Tu ne savais pas qu'un de nous t'avait à l'œil chaque fois que tu quittais la maison ?

— Mais qu'est-ce qui vous y oblige ?

— Tu n'as pas oublié Zedar, je pense ?

— Non, fit le jeune garçon avec un soupir navré.

— Tu sais pourquoi il t'avait emmené avec lui ?

— Pour voler l'Orbe d'Aldur.

— Exactement. A notre connaissance, tu es seul, avec Belgarion, à pouvoir toucher l'Orbe sans mourir, mais d'autres sont au courant. Il faut t'y faire, tu seras l'objet d'une surveillance de tous les instants. Et maintenant, que fais-tu dans cet endroit éloigné du Val ?

— J'ai quelque chose à voir.

— Quoi donc ?

— Je n'en sais rien. C'est quelque part par là.

— Il n'y a que l'arbre.

— Alors ça doit être ça. Il veut me voir.

— Te *voir ?*

— Enfin, je ne sais pas comment dire.

— Tu es sûr que c'est l'arbre ? reprit Beldin en fronçant les sourcils.

— Non. Pas vraiment. Tout ce que je sais, c'est qu'il y a par là quelque chose qui... qui m'a *invité à venir le voir*.

— C'est à toi qu'il parle, alors tu peux t'exprimer comme tu veux. Très bien, allons-y.

— Cheval pourrait nous y porter tous les deux.

— Tu ne lui as pas encore donné de nom ?

— Cheval, c'est un très bon nom. Il n'a pas l'air d'en vouloir d'autre. On vous emmène ?

— Pourquoi irais-je à cheval alors que je peux voler ?

— Comment ça fait, de voler ? fit Mission, soudain curieux.

Le regard de Beldin parut s'adoucir.

— Tu ne peux pas imaginer, répondit-il. Allons, suis-moi des yeux. Je décrirai des cercles au-dessus de l'arbre pour te le montrer.

Il se pencha dans l'herbe haute, incurva les bras et fit un bond. Au moment où il quittait le sol, il devint flou, se couvrit de plumes et s'éloigna à tire-d'ailes.

L'arbre se dressait dans un glorieux isolement au milieu d'une immense prairie. Son tronc était plus large qu'une maison, l'ombre de ses branches s'étendait sur des centaines d'acres et ses frondaisons s'élevaient à des centaines de pieds. Il était incroyablement vieux. Ses racines plongeaient au cœur du monde et ses branches appartenaient au firmament. Il se dressait entre ciel et terre, tel un lien solitaire entre le monde et le cosmos, un lien dont le but passait l'imagination humaine.

Mission s'engagea dans l'ombre prodigieuse. Beldin plongea vers lui, plana un instant et reprit sa forme naturelle en se laissant tomber près de lui.

— Très bien, grommela-t-il. Le voilà. Et alors ?

— Je ne sais pas, fit Mission.

Il se laissa glisser à bas de sa monture sur le sol moelleux, élastique, et s'approcha avec curiosité de l'immense tronc. Il ne savait pas encore ce que lui voulait l'arbre, mais sa conscience s'imposait à lui plus fortement que jamais.

Il tendit la main, effleura l'écorce rugueuse, et il sut. Toute son histoire lui apparut, mille milliards de matins, ces matinées de l'enfance du monde, quand les Dieux l'avaient tiré du chaos élémentaire. Il perçut l'éternité que la terre avait passée à tourner silencieusement, en attendant la venue de l'homme. Il vit l'interminable succession des saisons et sentit les pas des Dieux ébranler le sol. Et, comme l'arbre, il comprit le malentendu sur lequel reposait la conception humaine du temps. L'homme avait besoin de compartimenter le temps, de le diviser en unités maniables : les siècles, les années, les heures. Mais cet arbre éternel savait que le temps était tout d'une pièce, que ce n'était pas une interminable répétition d'événements toujours identiques, qu'il évoluait au contraire de son commencement vers une finalité ultime. La segmentation que les hommes avaient inventée pour le mesurer plus aisément ne reposait sur rien. C'était pour lui faire part de cette vérité essentielle que l'arbre avait fait venir Mission. Et comme il en prenait conscience, l'arbre l'accueillit avec amitié et affection.

L'enfant laissa lentement glisser son doigt sur l'écorce, puis il se détourna et revint près de Beldin.

— C'est tout ? fit le bossu. C'est tout ce qu'il voulait ?

— Oui. C'est tout. Nous pouvons repartir, à présent.

— Que t'a-t-il dit ? reprit Beldin avec un regard acéré.

— Ce n'est pas facile à raconter.

— Essaie toujours.

— Eh bien… en gros, nous attachons trop d'importance au passage du temps.

— Ça me fait une belle jambe.

Mission s'efforça de trouver les mots qui exprimeraient le mieux ce qu'il venait d'apprendre.

— Chaque chose en son temps, dit-il enfin. Peu importe qu'il s'écoule beaucoup ou peu d'années entre les événements.

— De quels événements parles-tu ?

— Des événements importants. Vous êtes vraiment obligé de me suivre jusqu'à la maison ?

— Je ne dois pas te perdre de vue, un point, c'est tout. Tu vas rentrer, maintenant ?

— Oui.

— Je serai là-haut, fit le sorcier avec un mouvement du menton.

Un instant plus tard, le faucon partait à l'assaut du ciel. Mission remonta sur l'étalon. Son humeur pensive dut se communiquer à l'animal car au lieu de s'élancer au galop, il fit calmement demi-tour et repartit lentement dans l'herbe dorée, gorgée de soleil, vers le nord et la chaumière nichée au creux de son vallon.

Le jeune garçon ne prêtait guère attention à ce qui l'entourait ; il méditait le message de l'arbre éternel. Il ne vit qu'au dernier moment la silhouette vêtue d'une robe à capuchon qui se tenait sous un pin aux branches étendues. C'est le cheval qui l'avertit en renâclant de surprise.

— C'est donc toi, commença la forme ténébreuse d'une voix hargneuse et comme désincarnée.

Mission calma le cheval frémissant d'une caresse et regarda l'ombre dressée devant lui. Il sentait les vagues de haine qui en émanaient et sut que, de toutes les choses qu'il avait jamais rencontrées, c'était la plus redoutable. Et pourtant, à sa propre surprise, il resta calme et serein.

— Petit imbécile, dit la créature en éclatant d'un rire hideux, craquant, un peu poussiéreux. Redoute-moi, car le jour viendra à coup sûr où je te détruirai.

— Ce n'est pas certain, répondit calmement Mission. D'ailleurs, ajouta-t-il, je suis assez grand maintenant pour ne pas avoir peur des ombres.

Il avait tout de suite compris que la silhouette drapée de ténèbres n'avait pas plus de substance que celle de Cyradis, sur la colline enneigée. Ce n'était qu'une projection de haine par-delà des lieues et des lieues d'espace.

— Nous nous rencontrerons pour de bon, gronda l'ombre. Et lors de cette rencontre, tu périras.

— Rien n'est encore décidé, n'est-ce pas ? objecta Mission. C'est pour ça que nous devons nous rencontrer, pour décider lequel de nous deux restera et lequel disparaîtra.

La forme en robe noire inspira profondément.

— Profite bien de ton enfance, mon garçon, lança-t-elle d'une voix sifflante, car tu ne vivras pas au-delà. Je triompherai.

Puis la silhouette disparut.

Mission respira un bon coup et leva les yeux. Beldin décrivait des cercles au-dessus de lui. L'enfant se dit que même les yeux perçants du faucon n'avaient pu voir au travers des branches qui abritaient l'étrange silhouette encapuchonnée. Le sorcier ne pouvait pas être au courant de la rencontre. Mission effleura les flancs du cheval avec ses talons et ils repartirent à un petit trop allègre, dans le soleil doré.

CHAPITRE VII

Les années qui suivirent furent très calmes, au Val. Belgarath et Beldin partaient souvent pour de longues périodes, et quand ils revenaient, las et couverts de la poussière des grands chemins, leur visage trahissait généralement la frustration des hommes qui n'ont pas trouvé ce qu'ils cherchaient. Durnik passait beaucoup de temps sur la rive du torrent à tenter de convaincre une truite méfiante que le bout de métal poli pas plus grand que l'ongle et le brin de laine rouge qui traînaient dans le courant n'étaient pas seulement comestibles mais délicieux. Il veillait aussi à la netteté de la maison et de ses environs, et il sautait aux yeux que le propriétaire des lieux était sendarien. Les clôtures étaient, par nature, vouées à suivre les mouvements du sol, mais Durnik tenait à ce que les siennes fussent rectilignes. Il était viscéralement incapable de contourner un obstacle, et si une énorme pierre se trouvait sur le chemin d'une de ses barrières, il troquait aussitôt sa casquette de constructeur de palissades contre celle de terrassier.

Polgara se consacrait avec volupté aux tâches domestiques. La maison était d'une propreté irréprochable. Le sol était quotidiennement lavé à grande eau. Les rangées de haricots, de navets et de choux de son potager étaient droites que les barrières de Durnik, et on y aurait vainement cherché une mauvaise herbe. Mais surtout elle effectuait ces tâches apparemment fastidieuses avec une rêveuse, en fredonnant des mélodies du temps jadis

Seul Mission tournait parfois un peu en rond. Il passait tous les jours plusieurs heures à cheval, à sillonner, libre comme l'air, la prairie qui entourait la maison, et le reste du temps il s'ingéniait à éviter les corvées. Ce n'était pas de la paresse, loin de là, mais la vie à la campagne impliquait un certain nombre de tâches répétitives. L'empilage du bois de chauffage n'était pas son passe-temps favori, et il ne voyait pas l'intérêt d'arracher les mauvaises herbes puisqu'elles reviendraient dès le lendemain. Essuyer la vaisselle lui faisait l'effet d'une ineptie totale et absolue ; elle sécherait bien toute seule. Il tenta, d'ailleurs, d'en convaincre Polgara. Il lui débitait des discours d'une logique implacable qu'elle écoutait en hochant gravement la tête et, quand il lui avait démontré avec toute l'éloquence et le brio dont il était capable que les assiettes n'avaient pas vraiment besoin d'être essuyées, elle lui répondait « oui, mon chou » en souriant et lui tendait implacablement un torchon.

Si le cours du temps semblait s'être arrêté au Val, au-delà, le monde continuait à tourner. La maison avait beau être loin de tout, les visites n'étaient pas rares. Hettar venait souvent les voir, bien sûr, parfois accompagné par Adara, sa grande et belle femme, et leur bébé. Comme son mari, Adara était algaroise jusqu'au bout des ongles ; elle avait dû savoir monter à cheval avant de marcher. Mission l'aimait beaucoup. Il appréciait son ironie pénétrante, qui démentait le sérieux sinon la gravité de son visage. Mais surtout, la grande fille aux cheveux noirs, aux traits irréprochables et à la peau d'albâtre répandait un parfum léger, délicat, qui l'intriguait. Il le trouvait à la fois mystérieux et curieusement attirant. Elle lui en expliqua la provenance un jour qu'ils étaient allés se promener au sommet d'une colline voisine pendant que Polgara jouait avec le bébé.

— Tu savais que Garion était mon cousin ? commença-t-elle.

— Oui.

— Une fois, en hiver, nous sommes sortis de la Forteresse. Tout était gelé. L'herbe était sèche et sans vie, et il n'y avait pas une feuille sur les buissons. Je lui ai demandé ce qu'était la sorcellerie, ce qu'elle permettait de faire. Je n'y croyais pas vraiment. J'aurais bien voulu, mais je n'y arrivais pas. Il a pris une brindille, l'a entourée d'un brin d'herbe et l'a changée en fleur sous mes yeux.

— Je le vois bien faire ça, commenta Mission en hochant la tête d'un air entendu. Et ça vous a aidée, d'y croire ?

— Pas sur le coup, répondit-elle avec un sourire. Enfin, pas directement. J'aurais voulu qu'il fasse autre chose pour moi, mais il m'a dit que c'était impossible.

— Et qu'est-ce que c'était ?

— Je voulais qu'il use de son pouvoir pour amener Hettar à m'aimer, lui révéla-t-elle avec un petit rire gêné.

— C'était probablement inutile. Hettar vous aimait déjà, n'est-ce pas ?

— Eh bien... il a fallu un petit coup de pouce pour qu'il s'en rende compte. Bref, en repartant pour la Forteresse, j'ai oublié la fleur sur le versant abrité d'une colline et, un an plus tard, elle était couverte de ces jolies petites corolles lavande. Ariana pensait que la rose d'Adara, comme l'a baptisée Ce'Nedra, avait peut-être un intérêt médicinal, mais nous n'avons pas réussi à trouver lequel. Enfin, j'aime ce parfum, et comme c'est un peu ma fleur, au fond, j'en mets des pétales dans mes coffres à vêtements. Ça rend Hettar très amoureux, ajouta-t-elle avec un drôle de petit rire.

— Je doute que ce soit seulement l'effet de la fleur, remarqua Mission.

— Peut-être pas, mais je n'ai pas l'intention de courir de risques. Si ce parfum me donne un atout supplémentaire, j'ai bien l'intention d'en profiter.

— On ne saurait vous le reprocher.

— Oh, Mission ! fit-elle en riant. Tu es vraiment adorable.

Les visites de Hettar et Adara n'étaient pas seulement amicales. Hettar était le fils du roi Cho-Hag, le Chef des Chefs de Clan d'Algarie et le plus proche, géographiquement, des monarques aloriens, et celui-ci croyait devoir tenir Polgara informée des événements. Il lui faisait régulièrement parvenir des rapports sur le déroulement de la guerre au sud du Cthol Murgos : Kal Zakath, l'empereur de Mallorée, poursuivait son avance implacable dans la plaine de Hagga et la grande forêt de Gorut, au sud. Les rois du Ponant ne s'expliquaient pas la haine irraisonnée que 'Zakath vouait à ses cousins murgos. On supposait que Taur Urgas lui avait fait un affront personnel, dans un lointain passé, mais Taur Urgas était mort devant Thull Mardu et l'aversion de 'Zakath pour les Murgos ne s'était pas éteinte avec le fou qui les dirigeait. Il menait ses Malloréens en une sauvage campagne manifestement destinée à les exterminer et à gommer toute trace de leur existence dans la mémoire des hommes.

La santé de l'empereur Ran Borune XXIII de Tolnedrie, le père de Ce'Nedra, déclinait rapidement. Il n'avait pas de fils pour lui succéder sur le trône impérial de Tol Honeth, aussi les grandes familles de l'empire étaient-elles engagées dans une affreuse guerre de succession. D'énormes pots-de-vin changeaient de mains et des assassins rôdaient la nuit dans les rues de Tol Honeth, avec des dagues effilées et des fioles de poisons mortels achetés sous le manteau aux hommes-serpents nyissiens. Mais, au grand dépit des Honeth, des Vordue et des Horbite, Ran Borune avait confié la régence de l'empire au général Varana, duc d'Anadile, qui avait pris des mesures radicales pour calmer les ardeurs des grandes maisons dans leur course au pouvoir.

Et pourtant, les guerres intestines des Angaraks et les combats à peine moins barbares qui opposaient les grands-ducs de Tolnedrie n'intéressaient que médiocrement les rois d'Alorie. Les monarques du nord étaient beaucoup plus préoccupés par la résurgence du culte de l'Ours et par l'état de santé du roi Rhodar de Drasnie. Cho-Hag leur annonça avec tristesse que le corpulent monarque drasnien, qui avait fait preuve d'un génie militaire stupéfiant lorsqu'il avait fallu mener les armées du Ponant contre les forces angaraks, perdait la mémoire et retombait en enfance. Il était tellement énorme qu'il ne pouvait plus se lever tout seul et il lui arrivait souvent de s'endormir aux moments les plus incongrus. Sa jeune et belle épouse, la reine Porenn, faisait de son mieux pour le soulager du fardeau de la couronne, mais le roi Rhodar n'en avait manifestement plus pour longtemps.

Enfin, au terme de l'hiver le plus rigoureux qu'on ait vu de mémoire d'homme, la reine Porenn envoya un messager au Val pour demander à Polgara de venir à Boktor prodiguer ses soins au souverain drasnien. Le messager arriva à la fin d'un après-midi glacial, alors que le soleil plongeait avec lassitude dans les lourds nuages pourpres qui s'appesantissaient sur les montagnes d'Ulgolande. Il était chaudement emmitouflé dans une houppelande de zibeline, mais le long nez qui pointait sous son capuchon fourré trahissait son identité.

— Silk ! s'exclama Durnik alors que le petit Drasnien mettait pied à terre dans la cour enneigée. Que faites-vous ici, si loin de chez vous ?

— Eh bien, comme vous voyez, je gèle. J'espère que votre cheminée tire bien.

— Pol, regarde un peu qui est là ! s'exclama le forgeron en ouvrant la porte de la cuisine.

— Alors, Prince Kheldar, fit la sorcière avec un grand sourire, dois-je comprendre que vous avez irrémédiablement plumé le Gar og Nadrak et que vous venez ici en quête d'un nouveau théâtre à vos lucratives activités ?

— Oh, pas du tout, répondit le petit homme au museau de fouine en battant la semelle pour se réchauffer les pieds. J'ai commis l'erreur de passer par Boktor en allant au Val d'Alorie et Porenn m'a forcé à faire un détour.

— Allez vous mettre au chaud, lui dit Durnik. Je m'occupe de votre cheval.

Silk retira sa houppelande de fourrure et s'approcha de l'âtre en claquant des dents.

— Je n'ai pas cessé de grelotter depuis une semaine, marmonna cette vivante congère en tendant les mains vers les flammes. Où est Belgarath ?

— Dans l'Est, avec Beldin, répondit Polgara. Je vais vous préparer du vin chaud aux épices.

— De toute façon, c'est vous que je voulais voir. J'imagine que vous êtes au courant, pour mon oncle ?

— Hettar nous a donné de ses nouvelles, à l'automne, confirma-t-elle avec un hochement de tête attristé. Les médecins de la cour ont-ils trouvé ce qu'il avait ?

Elle prit un tisonnier chauffé au rouge et le plongea dans le vin qui se mit à siffler et à gargouiller.

— Il est complètement délabré, que voulez-vous que je vous dise ? fit Silk avec un haussement d'épaules.

— Rhodar n'est pas si vieux que ça.

— Il est beaucoup trop gros, soupira le petit Drasnien en prenant la chope avec reconnaissance. Ça finit par vous user un homme. Porenn est désespérée. Elle m'a envoyé vous demander — non, vous *supplier*, de venir à Boktor voir ce que vous pouviez faire pour lui. Sans vous, elle dit que Rhodar ne verra pas revenir les oies.

— Il est si mal en point que ça ?

— Je ne suis pas docteur, mais il n'a pas l'air en forme. Il chipote avec la nourriture, ce qui est mauvais signe chez un homme qui a toujours fait sept repas par jour, et j'ai l'impression qu'il perd la tête.

— Nous partons tout de suite, répondit très vite Polgara.

— Laissez-moi tout de même le temps de me réchauffer, fit Silk d'une voix plaintive.

Ils furent retardés au sud du Gué d'Aldur par une tempête de neige descendue des montagnes de Sendarie. Par bonheur, ils étaient tombés sur des gardiens de troupeaux nomades juste avant que les éléments se déchaînent. Ils attendirent dans les confortables voitures des Algarois que le temps finisse par se calmer, puis ils se hâtèrent de passer le Gué d'Aldur et arrivèrent enfin à la large chaussée qui devait les mener, à travers les marécages couverts de neige, jusqu'à Boktor.

La reine Porenn les accueillit à la porte du palais. Elle était toujours aussi belle malgré les cernes sombres qui soulignaient ses yeux.

— Oh, Polgara ! souffla-t-elle avec un mélange de soulagement et de reconnaissance.

— Chère Porenn, fit la sorcière en la serrant sur son cœur. Nous serions arrivés plus tôt si nous n'avions été retenus par le mauvais temps. Comment va Rhodar ?

— Il s'affaiblit de jour en jour, répondit la petite reine d'un ton désespéré. Même Kheva le fatigue, maintenant.

— Votre fils ?

— Le prince héritier. Il n'a que six ans. Il est beaucoup trop jeune pour ceindre la couronne.

— Allons, nous ferons tout ce qui est en notre pouvoir pour reculer cette échéance.

Seulement l'état du roi Rhodar était encore plus critique que ne le leur avait laissé entendre Silk. Le gros homme jovial, à l'esprit vif et qui semblait infatigable dont Mission gardait le souvenir était plongé dans une sorte de torpeur, et sa peau grisâtre faisait d'énormes plis. Il ne pouvait plus se lever et respirait péniblement, par spasmes. Sa voix, qui aurait naguère réveillé une armée, n'était plus qu'un souffle d'asthmatique, chétif et dolent. Il esquissa un pauvre petit sourire en les voyant entrer, puis il retomba dans sa léthargie après quelques minutes de conversation.

— Je voudrais rester seule avec lui, demanda Polgara de sa voix fraîche, compétente, mais le rapide coup d'œil qu'elle échangea avec Silk lui laissa peu d'espoir sur les chances de rétablissement de son oncle.

Elle avait l'air plus préoccupé encore en ressortant de la chambre du monarque malade.

— Alors ? lui demanda Porenn, les yeux agrandis par l'angoisse.

— Je vais vous parler franchement, répondit la sorcière avec gravité. Nous nous connaissons depuis trop longtemps pour que je vous cache la vérité. Je peux soulager sa respiration et une partie de ses souffrances. J'ai le moyen de lui rendre ses esprits pour de brèves périodes, mais il faudra en user avec parcimonie et les réserver aux moments où il aura des décisions majeures à prendre.

— Seulement vous ne pouvez pas le guérir, ajouta la reine, au bord des larmes.

— Porenn, il n'y a pas de remède à son mal. Il est au bout du rouleau. Je lui ai dit pendant des années qu'il creusait sa tombe avec ses dents. Il est trois fois trop gros. Le cœur humain n'est pas fait pour supporter une masse pareille. Il n'a pas pris d'exercice depuis je ne sais combien de temps et il n'aurait pu avoir un plus mauvais régime alimentaire.

— Même avec tous vos pouvoirs ? implora la petite reine.

— Il faudrait le régénérer de la pointe des pieds à la racine des cheveux. Tous ses organes sont usés. La sorcellerie ne peut rien pour lui. Je suis désolée.

— Pour combien de temps en a-t-il ? souffla la reine de Drasnie, les yeux pleins de larmes.

— Quelques mois. Six, tout au plus.

Porenn hocha la tête et releva bravement le menton.

— Quand vous le trouverez assez fort pour ça, je voudrais que vous lui donniez ces fameux remèdes. Il faut que nous parlions, tous les deux. Nous avons des dispositions à prendre, pour l'amour de notre fils et de la Drasnie.

— Bien sûr, Porenn.

Le froid mortel de ce long et cruel hiver céda brusquement, quelques jours plus tard. Un vent chaud venu du golfe de Cherek pendant la nuit chassa devant lui des nuages de pluie, et les congères qui obstruaient les larges avenues de Boktor se changèrent en une boue brune, saumâtre. Mission et le prince Kheva, l'héritier du trône de Drasnie, furent cloîtrés au palais par ce brusque changement de temps. Le prince Kheva était un petit garçon aux cheveux noirs et à l'air grave. Mission avait peut-être cinq ans de plus que lui, mais les deux enfants se lièrent vite d'amitié. Ils découvrirent ensemble les joies que pouvait procurer une boule de bois, surtout quand on la faisait rouler dans un grand escalier de pierre. Dommage que la balle ait atterri dans le plateau d'argent qu'un maître d'hôtel tenait à la main, après quoi on les enjoignit avec une certaine fermeté de trouver d'autres amusements, car c'était bien parti.

Les deux gamins explorèrent donc le palais. Après

avoir arpenté des lieues et des lieues de couloirs, le petit garçon brun en pourpoint de velours écarlate — Kheva avait une prédilection pour le rouge, comme le roi Rhodar, son père — et son aîné blond en tunique brune se retrouvèrent dans la salle de bal. Un majestueux escalier de marbre descendait vers l'un des bouts de l'immense pièce. Les deux garçons examinèrent les rampes d'un œil spéculatif et évaluèrent aussitôt le fabuleux potentiel de tout ce marbre poli. Des chaises garnies de coussins rouges étaient alignées de chaque côté de la salle. Les enfants regardèrent à nouveau les rampes, les coussins, et se retournèrent d'un même mouvement pour s'assurer qu'il n'y avait personne dans les parages.

Mission prit la précaution de fermer les portes, puis ils se mirent à la tâche, son compagnon et lui-même. Il y avait beaucoup de chaises et de coussins. Ces derniers formèrent bientôt deux impressionnantes montagnes de velours cramoisi au pied des rampes de l'escalier.

— Alors ? fit Kheva, quand ce fut fini.

— Alors, je pense que c'est bon, répondit Mission.

Le prince héritier de Drasnie et son expert gravirent l'escalier d'un même pas et escaladèrent chacun l'une des froides rampes de marbre qui descendaient vers le sol, loin en bas.

— Gare dessous ! hurla Kheva.

Les deux gamins glissèrent à une vitesse vertigineuse et atterrirent en douceur sur les coussins.

Ils remontèrent l'escalier en courant, redescendirent avec de grands éclats de rire et recommencèrent la manœuvre. L'un dans l'autre, c'était un assez bon après-midi. Tout allait même très bien quand les coutures de l'un des coussins lâchèrent, emplissant de duvet d'oie l'absolu silence de la salle de bal. Ce fut évidemment le moment que choisit Polgara pour apparaître. C'était toujours comme ça. Les représentants de l'autorité débarquaient immanquablement au moment où quelque chose s'était cassé, renversé ou déglingué. On n'avait pas le temps de réparer les dégâts et la situation se présentait sous un éclairage désastreux.

Les portes de la salle de bal s'ouvrirent en grand et Polgara fit une entrée impériale dans sa robe de velours bleu. Elle contempla d'un œil sévère les deux enfants piteusement assis au pied de l'escalier dans leur nid de velours rouge, sous ce blizzard de plumes.

Mission plissa les yeux et retint son souffle.

La sorcière referma doucement la porte derrière elle et s'approcha lentement d'eux, ses talons claquant sur le sol de marbre. Elle regarda l'escalier, ses rampes, les chaises dépouillées de leurs coussins, les enfants couverts de plumes. Et tout à coup, sans prévenir, elle éclata de rire, un rire vibrant, chaleureux, qui retentit d'un bout à l'autre de la salle.

Mission se sentit un peu trahi par sa réaction. Ils avaient tout fait, Kheva et lui, pour s'attirer des ennuis, et elle se contentait de rire. Il n'y aurait pas de réprimandes, pas de récriminations, rien qu'un grand rire. Cette hilarité lui paraissait tout à fait déplacée, comme si Polgara ne les prenait pas au sérieux. Mission en éprouvait une certaine amertume. Il avait mérité un savon et elle refusait de le lui passer.

— Vous allez me ranger tout ça, hein, les garçons ? leur demanda-t-elle.

— Bien sûr, Dame Polgara, lui assura très vite Kheva. Nous allions justement nous y mettre.

— C'est parfait, Votre Altesse, dit-elle, les coins de la bouche encore frémissants. Je compte sur vous pour ramasser toutes les plumes, surtout.

Sur ces mots, elle fit volte-face et quitta la salle de bal. Les échos de son rire planèrent longtemps derrière elle.

Après cela, les garçons firent l'objet d'une certaine surveillance. Oh, rien de bien méchant, mais on aurait dit qu'il y avait toujours quelqu'un dans le coin pour canaliser leur créativité.

Une semaine passa ainsi, jusqu'à un certain matin. Mission et Kheva jouaient avec des cubes de bois, accroupis sur un épais tapis. Silk était assis à une table, près de la fenêtre. Il portait un somptueux pourpoint de velours noir et lisait avec intérêt une dépêche de Yarblek, qui était resté au Gar og Nadrak pour s'occuper de leurs affaires. Les cubes étaient devenus un superbe château fort quand un domestique vint dire quelques mots au petit homme au museau de fouine. Silk opina du bonnet, se leva et s'approcha des deux garçons.

— Alors, les enfants, ça vous dirait de prendre un peu l'air ? demanda-t-il.

— Et comment ! fit Mission en se levant d'un bond.

— Et vous, mon cousin ? reprit Silk à l'intention de Kheva.

— Comme voudra Son Altesse, répondit le petit prince.

— Allons, Kheva, pas de chichis entre nous ! fit Silk dans un grand éclat de rire.

— Mère dit que je dois toujours donner leur titre à mes interlocuteurs, répondit gravement Kheva. Ça doit être pour que je m'habitue.

— D'accord, mais ta mère n'est pas là pour l'instant, riposta le petit voleur avec un sourire carnassier, et le moment est venu pour toi d'apprendre à tricher un peu.

— Tu crois vraiment ? murmura Kheva en regardant autour de lui d'un air circonspect.

— J'en suis sûr. Ça te fera le plus grand bien. Ça t'aidera à voir les choses avec un certain recul.

— Tu triches souvent ?

— Moi ? s'esclaffa Silk. Tout le temps, mon petit vieux ! Couvrez-vous bien. Nous allons faire un tour en ville. Il faut que j'aille au quartier général des services de renseignements ; autant que vous veniez avec moi puisque j'ai été *désigné volontaire* pour veiller sur vous aujourd'hui...

Le temps était froid et humide, mais le vent qui faisait claquer les pans de leur cape autour de leurs jambes avait presque séché le pavé. Boktor, la capitale de Drasnie, était l'un des principaux centres d'échanges commerciaux du monde et les rues grouillaient d'hommes de toutes les races. Des Tolnedrains aux somptueux atours parlaient au coin des rues avec des Sendariens à la mine et à la mise sobres. Des Drasniens parés comme des châsses marchandaient avec des

Nadraks vêtus de cuir noir, et on remarquait même quelques Murgos en robe noire accompagnés de porteurs thulls ployants sous des ballots de marchandises, eux-mêmes suivis à distance raisonnable par les espions omniprésents.

— Chère vieille Boktor, où un homme sur deux au moins est un espion ! déclama Silk avec emphase. — Tous ces hommes sont des espions ? fit Kheva en regardant autour de lui avec étonnement.

— Evidemment, Votre Altesse, répondit en riant l'homme au museau de fouine. En Drasnie, tout le monde est ou veut être espion. C'est l'industrie nationale. Ne me dis pas que tu l'ignorais ?

— Eh bien... je savais qu'il y en avait quelques-uns au palais mais je ne pensais pas que les rues en étaient pleines.

— Que font-ils au palais ? demanda Mission avec intérêt.

— Tout le monde veut savoir ce que fait le voisin, répondit le petit prince en haussant les épaules. Plus on est important, plus on est espionné.

— Tu es espionné, toi ?

— Par six hommes au moins, mais je ne les connais peut-être pas tous, et ils sont tous espionnés par d'autres, bien sûr.

— Drôle d'endroit, murmura Mission.

— Une fois, j'avais peut-être trois ans, reprit Kheva en pouffant à ce souvenir, je me suis caché dans un réduit, sous un escalier et je me suis endormi. Tous les espions du palais ont fini par se joindre aux recherches ! Tu ne me croirais pas si je te disais combien il y en avait.

— Ça, mon cousin, ça ne se fait pas, fit Silk en éclatant d'un rire phénoménal. Les membres de la famille royale ne sont pas censés se cacher des espions. Ça les perturbe terriblement. Nous sommes bientôt arrivés, ajouta-t-il en leur indiquant un grand entrepôt de pierre, dans une rue tranquille.

— Je pensais que le quartier général était au même endroit que l'Académie, remarqua Kheva.

— Ce n'est que l'adresse officielle, petit bonhomme. Le boulot se fait ici.

Ils entrèrent dans le bâtiment et traversèrent une salle immense, pleine de caisses et de ballots. Un ouvrier vautré près d'une petite porte jeta un bref coup d'œil à Silk, s'inclina et lui ouvrit. Derrière cette pauvre porte de rien du tout se trouvait une grande pièce bien éclairée où étaient disposées une bonne douzaine de tables couvertes de parchemins. Quatre ou cinq individus assis à chacune des tables observaient les documents placés devant eux.

— Qu'est-ce qu'ils font ? s'étonna Mission.

— Ils collationnent les informations, lui expliqua Silk. Tout ce qui se passe dans le monde, ou presque, finit par arriver ici. Si nous en avions vraiment envie, nous pourrions savoir ce que le roi d'Arendie a mangé ce matin à son petit déjeuner rien qu'en le demandant autour de nous. Nous allons dans ce bureau, là-bas, fit-il en leur indiquant une porte de bois massif, à l'autre bout de la salle.

Ils entrèrent dans une petite pièce meublée en tout et pour tout d'une table et de quatre chaises. Un homme en pourpoint gris perle et pantalon noir était assis devant la table. Il était sec comme un coup de trique et paraissait tendu comme un ressort bien qu'il fût au milieu de ses hommes.

— Entrez, Silk, fit-il avec une brève inclinaison de tête.

— Bonjour, Javelin. Vous vouliez me voir ?

L'homme assis à la table regarda les deux garçons.

— Votre Altesse, reprit-il à l'adresse de Kheva.

— Margrave Khendon, répondit le prince en s'inclinant poliment.

L'homme se mit à remuer négligemment les doigts.

— Je me permets de vous signaler, Margrave, que ma mère m'a appris le langage secret, l'avisa Kheva d'un ton presque navré. Je comprends tout ce que vous dites.

Le dénommé Javelin cessa aussitôt de tortiller les doigts.

— Je suis pris à mon propre jeu, fit-il d'un ton quelque peu lugubre, puis il regarda Mission d'un air spéculatif.

— C'est Mission, le petit protégé de Polgara et Durnik, l'informa Silk.

— Ah. Le porteur de l'Orbe.

— Nous pouvons attendre dehors, Kheva et moi, si vous préférez vous entretenir en privé, proposa Mission.

— Ce ne sera pas nécessaire, répondit Javelin après une hésitation. Je pense que nous pouvons compter sur votre discrétion. Asseyez-vous, Messieurs, je vous en prie.

— Vous savez que je suis pour ainsi dire à la retraite, déclara Silk. Et je suis un retraité très occupé.

— Je ne vous demande pas de vous impliquer personnellement mais d'embaucher quelques collaborateurs. Vos marchandises quittent le Gar og Nadrak par la route des Caravanes du Nord, reprit Javelin devant son air intrigué. Les frontaliers se méfient des étrangers qui traversent leur village sans raison...

—... et vous voudriez qu'ils se joignent à mes caravanes, conclut le petit homme.

— Ce n'est pas très original, convint Javelin en haussant les épaules.

— Je me demande bien ce qu'il peut y avoir de si intéressant à l'est de la Drasnie.

— La même chose que d'habitude dans ces contrées éloignées.

— Le culte de l'Ours ? s'exclama Silk, incrédule. Vous n'allez pas perdre de temps avec ces illuminés ?

— Ils se comportent bizarrement depuis quelque temps. Je veux savoir pourquoi. Appelez ça de la curiosité si vous voulez, ajouta-t-il en réponse au haussement de sourcil de Silk.

— Vous ne m'aurez pas comme ça, l'ami, objecta celui-ci avec un regard peu amène.

— Vous ne savez pas ce que c'est que la curiosité ?

— Non. J'ignore jusqu'à l'existence de ce mot, Javelin, et ce ne sont pas vos tours à la noix qui vont me faire lâcher mes activités pour retourner à la pêche aux renseignements. J'ai d'autres chats à fouetter. Envoyez-y plutôt le Chasseur, suggéra-t-il en étrécissant imperceptiblement les yeux.

— Le Chasseur a lui aussi d'autres chats à fouetter. Et cessez d'essayer de deviner son identité.

— Je ne risquais rien à tenter le coup. En fait, ça ne m'intéresse plus. Plus du tout.

Il se cala sur le dossier de sa chaise, croisa les bras et contempla Javelin d'un air implacable mais son long nez pointu frémissait.

— Que voulez-vous dire par « ils se comportent bizarrement depuis quelque temps » ? reprit-il enfin.

— Je croyais que ça ne vous intéressait pas.

— Ça ne m'intéresse pas. Absolument pas, répéta-t-il précipitamment, mais son nez trahissait son excitation. Allez, aboya-t-il en se levant d'un bond, l'air furibard, donnez-moi le nom de vos hommes. Je vais voir ce que je peux faire.

— Certainement, Prince Kheldar, fit Javelin d'une voix atone. J'apprécie votre loyauté envers votre ex-employeur.

— D'après Silk, presque tout finit par se savoir ici, intervint alors Mission en songeant à ce que le petit Drasnien à la tête de fouine lui avait dit avant d'entrer dans la pièce.

— C'est un peu optimiste, mais nous nous y efforçons.

— Alors, vous savez peut-être ce qu'est Zandramas. C'est un nom que nous avons entendu, Belgarion et moi, expliqua l'enfant devant le regard vide de Javelin. Et Belgarion aimerait savoir s'il vous dit quelque chose.

— Je crains que non, avoua le chef des services secrets. Mais Darshiva n'est pas tout près.

— Darshiva ? Qu'est-ce que c'est ? demanda Mission.

— C'est l'une des principautés de l'ancien empire melcène qui se trouve à l'est de la Mallorée. Zandramas est un nom darshivien. Vous ne le saviez pas ?

— Eh non.

On frappa discrètement à la porte.

— Oui ? répondit Javelin.

La porte s'ouvrit devant une jeune femme d'une vingtaine d'années. Elle avait les cheveux de miel, les yeux d'un brun chaud, presque doré, et elle portait une robe grise toute simple. Elle avait l'air sérieux, mais des fossettes faisaient sourire ses joues.

— Mon oncle, dit-elle d'une voix vibrante, presque irrésistible.

Le visage anguleux de Javelin s'adoucit.

— Ah, Liselle !

— Non, ce n'est pas ma petite Liselle ! s'exclama Silk.

— Si, mais elle n'est plus si petite que ça.

— La dernière fois que je l'ai vue, elle avait des tresses...

— Elle les a défaites il y a quelques années, répondit sèchement Javelin. Et regardez ce qui se cachait dessous.

— Je vois, fit-il d'un ton admiratif.

— Voici les rapports que vous m'avez demandés, mon oncle, annonça la fille en posant une brassée de parchemins sur la table. Votre Altesse, dit-elle en s'inclinant devant Kheva avec une grâce indicible.

— Margravine Liselle, répondit le petit prince avec une courbette polie.

— Prince Kheldar, dit-elle ensuite en se tournant vers Silk.

— Nous ne faisions pas tant de cérémonie quand tu étais enfant.

— C'est que je ne suis plus une enfant, Votre Altesse.

— A l'époque, reprit le petit Drasnien, elle n'arrêtait pas de me tirer le nez.

— Il a un nez si intéressant, commenta Liselle, et un sourire accentua ses fossettes.

— Liselle nous donne un coup de main, reprit Javelin. Elle entre à l'Académie d'ici quelques mois.

— Tu ne veux pas être espionne ? s'offusqua Silk.

— C'est de famille, Prince Kheldar. Mon père et ma mère étaient espions. Mon oncle est espion. Tous mes amis sont espions. Que pourrais-je faire d'autre ?

— Je ne sais pas, mais je te vois mal là-dedans, lança-t-il, dérouté.

— Autant dire que je suis faite pour ce métier. Je me réjouis, Prince Kheldar, de ne pas avoir la tête de l'emploi, comme vous. Ça m'évitera bien des déboires.

Mission comprit que la jeune femme aux yeux dorés avait beau lui répondre avec esprit, Silk ne voyait probablement en elle qu'une petite fille. Or la gamine qui lui tirait le nez était une femme, à présent, et il y avait des années qu'elle attendait de le rencontrer sur un pied d'égalité. Mission dissimula son sourire derrière sa main. L'avenir promettait pour le rusé prince Kheldar.

La porte se rouvrit. Un homme habillé comme tout le monde s'approcha de son chef et lui murmura quelques mots à l'oreille. Mission remarqua que l'homme avait le visage blême et les mains tremblantes.

Javelin se figea et poussa un soupir, mais ne trahit pas autrement son émotion. Il se leva et fit le tour de la table.

— Je pense, Majesté, que vous devriez retourner au palais, annonça-t-il cérémonieusement au prince Kheva.

Le changement de titre n'avait pas échappé à Silk et à Liselle. Ils braquèrent un œil pénétrant sur le chef des services secrets drasniens.

— Nous allons accompagner le roi au palais, ajouta tristement Javelin. Nous pourrons ainsi présenter nos condoléances à sa mère et l'aider de notre mieux à supporter son chagrin.

Le petit roi de Drasnie regarda le chef de ses services de renseignements, les yeux écarquillés et la lèvre tremblante.

— Allons-y, Kheva, fit Mission en lui prenant doucement la main. Ta mère va avoir terriblement besoin de toi.

CHAPITRE VIII

Les rois d'Alorie se retrouvèrent à Boktor pour les obsèques du roi Rhodar et le couronnement de son fils Kheva. Ces tristes rencontres étaient traditionnelles, évidemment. Les Etats du Nord avaient parfois suivi des voies divergentes au cours des siècles, mais les Aloriens n'oubliaient pas qu'ils étaient tous venus du royaume de Cherek Garrot-d'Ours, dans un ténébreux passé, et ne se seraient jamais fait faute de dire adieu à l'un de leurs frères. Et comme le roi Rhodar était aimé et respecté des autres nations, à Anheg de Cherek, Cho-Hag d'Algarie et Belgarion de Riva s'étaient joints Fulrach de Sendarie, Korodullin d'Arendie, Sadi, le chef eunuque de la reine Salmissra de Nyissie, le général Varana, qui représentait l'empereur Ran Borune XXIII de Tolnedrie, et même le fantasque Drosta lek Thun du Gar og Nadrak.

Les obsèques d'un roi d'Alorie étaient un événement important qui comportait certains rites réservés aux seuls monarques aloriens. Mais une réunion à laquelle assistaient autant de rois et de hauts fonctionnaires ne pouvait être exclusivement consacrée aux cérémonies officielles, et les corridors drapés de noir furent témoins de bien des conciliabules, dont la politique était évidemment le principal sujet.

Mission passa les journées précédant les obsèques à se glisser d'un groupe à l'autre. Les rois, qui le connaissaient, ne faisaient pas attention à lui, et il n'aurait peut-être pas surpris toutes ces conversations s'ils avaient réalisé que ce n'était plus le petit garçon qu'ils avaient connu pendant la campagne du Mishrak ac Thull.

— Porenn devra assurer la régence, disait Garion. Kheva n'a que six ans ; il va bien falloir que quelqu'un mène le char de l'Etat jusqu'à ce qu'il soit d'âge à le faire.

— *Une femme ?* fit Anheg, interloqué.

Les rois d'Alorie — Belgarion dans son éternel pourpoint bleu, cette brute d'Anheg avec sa robe froissée et sa couronne ébréchée et Cho-Hag vêtu de noir et d'argent — discutaient dans une embrasure garnie de tentures noires.

— Voyons, Anheg, vous n'allez pas nous imposer une nouvelle fois cette discussion ? soupira Cho-Hag.

— Je ne vois pas d'autre solution, reprit Garion d'un ton persuasif. Drosta exulte à l'idée de voir un enfant sur le trône de Drasnie. Si nous ne mettons pas quelqu'un de sûr à la tête du pays, ses troupes camperont sur la frontière avant que nous soyons rentrés chez nous.

— Mais Porenn est si petite et si jolie, objecta le roi de Cherek d'une façon parfaitement irrationnelle. Comment pourrait-elle diriger un royaume ?

— Sûrement très bien, répliqua Cho-Hag en portant doucement le poids de son corps sur son autre jambe. Rhodar avait une confiance absolue en elle, et c'est tout de même elle qui nous a débarrassés de Grodeg.

— Je ne vois qu'une seule autre personne assez compétente pour prendre en main les affaires du royaume, et c'est le Margrave Khendon, celui qu'ils appellent Javelin, ajouta Garion. Vous imaginez le chef des services secrets drasniens tapi derrière le trône, à souffler ses ordres au roi ?

— Je n'ose y songer, fit Anheg en levant les yeux au ciel. Et le prince Kheldar ?

— Voyons, Anheg, vous n'y pensez pas, objecta le jeune roi de Riva en ouvrant de grands yeux. Silk, régent ?

— Vous avez peut-être raison, concéda Anheg après réflexion. Il n'est pas très fiable, n'est-ce pas ?

— *Pas très ?*

— Alors, nous sommes d'accord ? demanda Cho-Hag. Porenn assurera la régence ?

Anheg marmonna dans sa barbe mais finit par acquiescer.

— Vous devriez proclamer un décret, suggéra le roi d'Algarie en se tournant vers Garion.

— Moi ? mais je n'ai aucune autorité en Drasnie.

— Vous êtes le roi des rois du Ponant, lui rappela Cho-Hag. Vous n'aurez qu'à annoncer que vous reconnaissez Porenn comme régente et déclarer que tous ceux qui oseront contester ou violer ses frontières devront vous rendre des comptes.

— Ça devrait tenir Drosta à distance, commenta Anheg avec un gros rire. Il a presque plus peur de vous que de 'Zakath. Il doit voir, dans ses pires cauchemars, votre épée flamboyante se glisser entre ses côtes.

Dans un autre couloir, Mission tomba sur le général Varana et Sadi, l'eunuque. Sadi portait la robe iridescente, diaprée, des Nyissiens, tandis que le général arborait un mantelet argenté orné aux épaules de larges bandes dorées.

— Alors, c'est officiel ? fit l'eunuque de son étrange voix de contralto en lorgnant le mantelet du général.

— Quoi donc ? fit le général, un homme monolithique aux cheveux gris acier et à l'expression quelque peu sardonique.

— Nous avons entendu dire à Sthiss Tor que Ran Borune vous avait adopté.

— C'était une mesure conservatoire, fit Varana en haussant les épaules. La guerre de succession des principales familles de l'empire mettait la Tolnedrie à feu et à sang. Il a bien fallu que Ran Borune calme le jeu.

— Vous lui succéderez donc sur le trône, n'est-ce pas ?

— Nous verrons bien, répondit évasivement le Tolnedrain. Prions pour que sa Majesté vive encore de longues années.

— Certes. En attendant, mon cher, je dois dire que le mantelet d'héritier de la couronne vous va très bien, susurra l'eunuque en passant un long doigt sur son crâne rasé.

— Merci, fit Varana avec une petite courbette. Et comment ça va, au palais de Salmissra ?

Sadi éclata d'un rire sardonique.

— Comme d'habitude. Ça complote, ça intrigue, ça manigance dans tous les coins et on nage dans le poison.

— C'est bien ce que je me suis laissé dire. Comment peut-on vivre dans une atmosphère aussi délétère ?

— Pas détendu, répondit le Nuyissien en faisant la grimace. Nous sommes au régime, vous savez ? Nous ingurgitons régulièrement tous les contrepoisons connus et répertoriés. Dommage qu'ils aient généralement un goût épouvantable, contrairement aux poisons, qui sont parfois délicieux.

— Ah, c'est la rançon du pouvoir…

— Sans doute. Quelle a été la réaction des grands-ducs de Tolnedrie quand l'Empereur vous a désigné comme héritier ?

— On a entendu des hurlements de la frontière arendaise à la Sylve des Dryades, répondit Varana en éclatant de rire.

— Il se pourrait que vous soyez obligé, le moment venu, de tordre quelques cous.

— Ça se pourrait bien, en effet.

— D'un autre côté, vous pouvez compter sur vos légions.

— Cette pensée m'est d'un grand réconfort, je dois dire.

— Je vous aime bien, Général Varana, déclara le Nyissien au crâne rasé. Nous devrions arriver à des accords très profitables, tous les deux.

— J'ai toujours tenu à être en bons termes avec mes voisins, approuva Varana avec conviction.

Un peu plus loin, Mission rencontra un groupe moins bien assorti. Le roi Fulrach de Sendarie, sobrement vêtu de brun, s'entretenait à voix basse avec le roi Korodullin d'Arendie, en violet, et Drosta lek Thun, dans un pourpoint d'un affreux jaune moutarde constellé de pierreries. Ce dernier ne tenait pas en place et ses yeux globuleux donnaient toujours l'impression de vouloir s'échapper de son visage marqué par la vérole.

— L'un de vous a-t-il entendu parler d'une éventuelle décision concernant la régence ? demanda-t-il de sa voix criarde.

— Je verrais bien la reine Porenn guider le jeune roi, déclara Fulrach.

— Les Aloriens ne mettront jamais une femme sur le trône, ironisa Drosta. Je les connais ; pour eux, la femme est d'une race inférieure.

— Porenn n'est pas n'importe quelle femme, objecta le roi de Sendarie. Elle est prodigieusement douée.

— Comment une femme pourrait-elle défendre les frontières d'un royaume aussi vaste que la Drasnie ?

— Bien déformée est la perception de Sa Majesté, fit le roi Korodullin avec un franc-parler qui ne lui ressemblait guère. Les autres rois d'Alorie lui apporteront indéniablement leur concours, et Belgarion de Riva sera là pour assurer sa protection. M'est avis que nul monarque au monde n'aurait la folie de s'opposer aux visées du roi des rois du Ponant.

— Riva n'est pas tout près, insinua Drosta en étrécissant les yeux.

— Pas si loin que ça, objecta Fulrach. Et Belgarion a le bras très long.

— Quelles sont, ô roi Drosta, les nouvelles du Sud ? s'enquit Korodullin.

— Kal Zakath patauge dans le sang murgo, répondit le Nadrak en faisant un bruit obscène. Il a coincé Urgit dans les montagnes, à l'ouest, et il massacre tous les Murgos qui lui tombent sous la main. J'espère que quelqu'un finira par l'embrocher, mais on ne peut pas compter sur les Murgos pour faire quoi que ce soit de bien.

— Vous n'avez jamais songé à faire alliance avec le roi Gethell ? demanda Fulrach.

— Vous voulez rire ! Je ne m'acoquinerais pas avec les Thulls quand bien même je serais obligé d'affronter seul les Malloréens. Gethell a tellement peur de 'Zakath qu'il fait sous lui rien qu'en entendant son nom. Il faut dire qu'après la bataille de Thull Mardu, 'Zakath lui a expliqué qu'à la première incartade, il le faisait crucifier. Si Kal Zakath décide d'aller au nord, vous pouvez être sûr que ce porc se planquera sous le plus proche tas de fumier.

— Je me suis laissé dire que 'Zakath n'avait guère plus de sympathie pour Sa Majesté Drosta, insinua Korodullin.

Le roi des Nadraks éclata d'un rire strident, un peu hystérique.

— Je crois qu'il n'aimerait rien tant que de me voir rôtir lentement sur le feu. Et peut-être se faire des semelles avec ma peau.

— Ce qui m'étonne, c'est que les Angaraks ne se soient pas entre-tués depuis des lustres, fit Fulrach avec un sourire.

— Torak nous l'avait défendu, répondit Drosta avec un haussement d'épaules, et il avait ordonné à ses Grolims d'étriper tous les rebelles. Nous n'aimions peut-être pas beaucoup Torak mais nous ne lui avons jamais désobéi. Il aurait fallu être fou pour ça. Un fou *mort*, si vous voyez ce que je veux dire.

Le lendemain, Belgarath le sorcier arriva de l'est, et les monarques assemblés rendirent les honneurs suprêmes au roi Rhodar de Drasnie. La reine Porenn, en grand deuil, était debout à côté de son fils, juste devant le prince Kheldar. Celui-ci avait un drôle de regard, presque hanté. Mission comprit que l'espion aimait l'épouse de son oncle depuis des années et que la petite reine blonde ne lui rendait pas son amour. La cérémonie fut interminable, comme toutes les solennités de ce genre. La reine Porenn et son jeune fils étaient très pâles, mais ils tinrent le coup. A aucun moment ils ne trahirent leur chagrin.

La mise au tombeau fut aussitôt suivie du couronnement de Kheva, puis l'enfant-roi de Drasnie annonça d'une petite voix flûtée mais ferme qu'il comptait sur sa mère pour le guider pendant les années difficiles qui les attendaient.

A l'issue de la cérémonie, Belgarion, roi de Riva et roi

des rois du Ponant, s'adressa brièvement à cette noble assemblée. Il accueillit Kheva dans la fraternité assez exclusive des monarques régnants, le complimenta d'avoir eu la sagesse de prendre sa mère pour régente, avertit tout un chacun qu'il assurait la reine de Drasnie de son soutien sans réserve et que quiconque lui manquerait de respect le regretterait. Et comme il fit cette déclaration appuyé sur l'énorme épée de Riva Poing-de-Fer, tout le monde le prit très au sérieux.

Les visiteurs repartirent quelques jours plus tard.

Polgara, Durnik, Mission et Belgarath reprirent la route du Sud en compagnie du roi Cho-Hag et de la reine Silar.

Loin, à l'ouest, un groupe d'hommes de clan algarois menaient un vaste troupeau de bétail vers les montagnes de Sendarie et la grande foire aux bestiaux de Muros. Le printemps était revenu dans les plaines d'Algarie.

— Triste voyage, commenta Cho-Hag qui chevauchait à côté de Belgarath. Rhodar va me manquer.

— Il nous manquera à tous, répondit Belgarath. Je suis un peu surpris que Hettar ait accepté d'accompagner Garion à Riva à cette époque de l'année. Je croyais qu'il mettait un point d'honneur à prendre la tête de ses troupeaux.

— C'est Adara qui l'a convaincu, répondit la reine Silar. Elles avaient envie, Ce'Nedra et elle, d'être un peu ensemble. Et comme Hettar ne peut rien refuser à sa femme...

— Pauvre Hettar, commenta Polgara avec un sourire. Il n'est pas de taille à lutter contre Adara et Ce'Nedra. Ce sont deux jeunes femmes très déterminées.

— Le changement d'air lui fera du bien, remarqua Cho-Hag. Il ne tient pas en place, l'été venu, et maintenant que les Murgos sont repartis vers le Sud, il ne peut plus s'amuser à réprimer leurs incursions.

Leurs routes se séparèrent au sud de l'Algarie. Cho-Hag et Silar prirent vers l'est et la Forteresse tandis que Polgara et les siens rentraient au Val. La fin du voyage fut sans histoire. Belgarath resta quelques jours avec eux, puis, au moment de regagner sa tour, il invita Mission à l'accompagner.

— Nous avons pas mal de travail en retard, Père, objecta Polgara. Il faut que je rentre les légumes du jardin et Durnik doit réparer les dégâts de l'hiver.

— Alors, il vaut mieux que vous n'ayez pas le gamin dans les jambes, n'est-ce pas ?

Elle regarda longuement, fixement, son père, puis elle finit par rendre les armes.

— Oh, bon, d'accord, dit-elle enfin.

— Je savais bien que tu verrais les choses comme moi.

— Mais ne le garde pas tout l'été.

— Ne crains rien. Je veux parler un peu avec les jumeaux et voir si Beldin est rentré. Je repasserai d'ici un petit mois. Je vous le ramènerai à ce moment-là.

C'est ainsi que Mission et Belgarath s'enfoncèrent à nouveau dans le cœur du Val et reprirent leurs quartiers chez le vieux sorcier. Beldin était encore en Mallorée, mais Belgarath avait beaucoup de choses à raconter à Beltira et Belkira, si bien que Mission et son étalon châtain étaient pratiquement livrés à eux-mêmes.

Par un beau matin d'été, le cheval et l'enfant prirent vers l'ouest pour explorer les collines qui marquaient la frontière avec l'Ulgolande. Après avoir parcouru plusieurs lieues dans cette région mamelonnée, couvertes d'arbres, ils s'arrêtèrent dans un vallon, près d'un torrent tumultueux qui balbutiait sur des pierres moussues. Le soleil était très chaud, et l'ombre des pins odorants était la bienvenue.

Ils contemplaient le paysage quand une louve sortit sans bruit des fourrés, au bord du ruisseau, et s'assit sur son séant pour les regarder. Un étrange halo bleu émanait de son épaisse fourrure.

Normalement, en voyant le loup, et même rien qu'en sentant son odeur, le cheval aurait dû être pris de panique. Or l'étalon se contenta de rendre calmement son regard à la louve bleue, sans un frémissement.

Le garçon savait qui était la louve, mais il ne s'attendait pas à la rencontrer ici.

— Bonjour, dit-il aimablement. Belle journée, n'est-ce pas ?

La louve devint floue, un peu comme Beldin lorsqu'il

se changeait en faucon. Quand ses contours eurent retrouvé leur netteté, à sa place se tenait une femme aux cheveux d'automne et aux yeux dorés. Elle portait une simple robe brune de paysanne, mais bien des reines parées de brocart et de joyaux auraient envié son port.

— Tu salues aussi courtoisement tous les loups que tu rencontres ? demanda-t-elle avec un petit sourire.

— Je n'en ai pas rencontré beaucoup jusqu'à présent, répondit Mission en se laissant glisser à bas de sa monture, mais j'étais presque sûr que c'était vous.

— Je veux bien te croire. Dis-moi, *il* sait où tu es, ce matin ?

— Belgarath ? J'en doute. Il parle avec Beltira et Belkira, et nous sommes venus, le cheval et moi, explorer un endroit que nous ne connaissions pas encore.

— Tu ne devrais peut-être pas t'aventurer trop loin dans les monts d'Ulgolande. Il y a des créatures assez sauvages, là-bas.

— Je m'en souviendrai, fit-il en hochant la tête.

— Tu veux bien faire quelque chose pour moi ? demanda-t-elle abruptement.

— Si je peux.

— Je voudrais que tu parles à ma fille.

— Bien sûr.

— Dis-lui qu'un mal infini et un grand péril menacent le monde.

— Zandramas ? demanda Mission.

— Zandramas est maléfique, mais le cœur du mal c'est le Sardion. Il doit être détruit. Dis à mon mari et à ma fille d'avertir Belgarion. Sa tâche n'est pas encore terminée.

— Je le leur dirai, promit Mission. Ne serait-il pas plus simple de parler vous-même à Polgara ?

Le regard de la femme à la crinière fauve se perdit dans les ombres de la ravine.

— Non, répondit-elle avec tristesse. Ma vision lui est trop pénible. Elle lui rappelle toutes les années perdues et la douleur de grandir sans mère.

— Alors vous ne lui avez jamais révélé le sacrifice qu'on avait exigé de vous ?

— Comment se fait-il que tu en sois informé alors que mon mari et Polgara eux-mêmes l'ignorent ? fit-elle en lui jetant un long regard pénétrant.

— Je ne pourrais vous l'expliquer. Je suis au courant, c'est tout. Tout comme je sais que vous n'êtes pas morte.

— Et tu le diras à Polgara ?

— Non, si vous n'y tenez pas.

— Un jour, peut-être, mais pas maintenant. Je pense qu'il vaut mieux qu'ils l'ignorent, son père et elle. Je n'ai pas encore accompli mon devoir et je l'assumerai mieux si rien ne vient m'en distraire.

— Comme vous voudrez, dit docilement Mission.

— Nous nous reverrons. Parle-leur du Sardion. Dis-leur de ne pas le perdre de vue en cherchant Zandramas. C'est du Sardion que vient le mal. Et fais tout de même attention à Cyradis, quand tu la reverras. Elle ne te veut pas de mal, mais elle a une tâche à remplir, elle aussi, et elle ne reculera devant rien pour la mener à bien.

— Promis, Poledra.

— Oh, fit-elle, comme si une idée lui passait par la tête. Quelqu'un t'attend juste un peu plus loin, par là. Il ne t'a pas encore vu.

Elle esquissa un sourire, puis l'air parut frémir autour d'elle, et la louve entourée d'un halo bleuté s'éloigna lentement, sans se retourner.

Intrigué, Mission remonta sur son cheval, sortit de la ravine et continua vers le sud, dans les hautes herbes. Il évita les collines qui montaient vers les pics blancs, étincelants, d'Ulgolande et s'approcha de la longue crête que lui avait indiquée Poledra. En scrutant la paroi caillouteuse, semée de buissons, il repéra un objet qui brillait au soleil. Sans hésiter, il dirigea son cheval dans cette direction.

L'homme assis entre les buissons portait une curieuse cotte de mailles faite de plaques de métal superposées comme les écailles d'un poisson. Il n'était pas grand mais très large d'épaules, et ses yeux étaient protégés contre la lumière vive par un bandeau de gaze.

— C'est toi, Mission ? fit-il d'une voix étrangement âpre.

— Oui, Relg. Ça faisait longtemps, hein ?

— J'ai à te parler. Si nous nous mettions à l'ombre ?

— Bien sûr.

Mission se laissa glisser à bas de sa monture et suivit l'Ulgo vers l'entrée d'une caverne dissimulée par les broussailles. Une fois dans la fraîcheur et l'obscurité de la grotte, le fanatique ôta son bandeau et regarda le jeune garçon.

— Il me semblait bien t'avoir reconnu, mais je ne pouvais pas en être sûr avec cette lumière. Tu as grandi, dis donc.

— Quelques années ont passé, répondit Mission avec un sourire. Comment va Taïba ?

— Elle m'a donné un fils, déclara Relg, comme s'il n'en était pas encore revenu. Un fils très spécial.

— J'en suis heureux.

— Quand j'étais plus jeune et imbu de ma sainteté, UL m'a parlé dans le secret de mon âme. « C'est par toi, m'a-t-il annoncé, que le nouveau Gorim viendra aux Ulgos ». J'avais cru, orgueilleux que j'étais, qu'il m'ordonnait de chercher l'enfant et de le révéler au peuple. Comment aurais-je pu songer qu'il parlait de mon propre fils ? Mon fils porte la marque... mon fils ! s'exclama le fanatique avec un mélange de crainte et de fierté.

— Les voies d'UL sont impénétrables.

— O combien !

— Et vous êtes heureux ?

— Comblé, répondit-il simplement. Mais je suis chargé d'une autre mission, à présent. Notre vieux Gorim m'a demandé de ramener Belgarath à Prolgu de toute urgence.

— Il n'est pas très loin, répondit Mission, puis il se rendit compte que le fanatique plissait les paupières comme si la lumière lui faisait mal aux yeux, même au fond de cette grotte. Je suis à cheval. Voulez-vous que je vous le ramène ? Je n'en aurais que pour quelques heures, et comme ça, vous ne seriez pas obligé de sortir.

Relg acquiesça avec reconnaissance.

— Dis-lui qu'il faut absolument qu'il vienne. Le Gorim a quelque chose d'important à lui dire.

— Comptez sur moi, promit l'enfant en tournant les talons.

Belgarath commença par pousser une gueulante.

— Qu'est-ce qu'il me veut encore ?

— Que vous l'accompagniez à Prolgu, répondit Mission. Le Gorim a quelque chose à vous dire. Le *vieux* Gorim.

— Comment ça, *le vieux Gorim* ? Il y en a un autre ?

— Le fils de Relg.

Le sorcier le regarda comme s'il n'en croyait pas ses oreilles, puis il éclata d'un rire énorme.

— Je ne vois pas ce que ça a de si drôle.

— Je ne savais pas qu'UL avait le sens de l'humour, fit le vieillard en s'étranglant à moitié. Tu ne peux pas comprendre. C'est toute une histoire. Enfin, si le Gorim veut me voir, autant y aller tout de suite.

— Vous voulez que je vous accompagne ?

— Polgara m'écorcherait vif si je te laissais ici.

Mission mena le vieux sorcier à la galerie qui s'ouvrait dans la crête rocheuse tendue comme un doigt au pied des collines, à l'autre bout du Val. Le jeune étalon mit un moment à enregistrer qu'il devait rentrer tout seul à la tour de Belgarath, mais il donna finalement l'impression d'avoir au moins saisi les grandes lignes du programme.

L'enfant n'aurait su dire pendant combien de temps ils déambulèrent dans les galeries obscures qui menaient à Prolgu. Pendant le plus clair — si l'on peut dire — de la journée, il se disait que Relg les menait en bateau, mais l'Ulgo, qui n'y voyait rien au-dehors, était chez lui dans ces passages ténébreux et son sens de l'orientation était infaillible. Ils finirent par arriver à la grotte du Gorim. Le saint homme les attendait dans son île, au milieu du lac aux eaux de cristal.

— *Yad ho*, Belgarath. *Groja UL.*

— *Yad ho*, Gorim, *Groja UL*, répondit le sorcier en s'inclinant respectueusement.

Ils traversèrent la chaussée de marbre et rejoignirent le Gorim. Les deux vieillards se donnèrent chaleureusement l'accolade.

— Ça fait un paquet d'années, hein ? fit le sorcier. Comment ça va ?

— J'ai l'impression d'avoir rajeuni depuis que Relg m'a donné un successeur, répondit le Gorim avec un sourire. Je vois enfin le bout du chemin. Nous n'avons pas toujours été d'accord, n'est-ce pas, mon fils ? continua-t-il en regardant Relg avec affection. Mais il s'est avéré que nous poursuivions le même but.

— Il m'a fallu un moment pour m'en rendre compte, très saint Gorim, répondit l'Ulgo avec un petit sourire torve. Je dois être un peu plus borné que les autres hommes. Je m'émerveille parfois qu'UL ne se soit pas lassé de moi. Pardonnez-moi, mais je dois retourner auprès de ma femme et de mon fils. Je ne les ai pas vus depuis plusieurs jours.

Il retraversa rapidement le lac.

— Ce n'est plus le même homme, fit Belgarath avec un sourire qui lui faisait deux fois le tour de la figure.

— Sa femme est un trésor.

— Vous êtes sûr que leur enfant est bien l'Elu ?

— UL l'a confirmé, répondit le Gorim en hochant la tête. Certains ont tenté d'objecter que Taïba était une Marague et non une fille d'Ulgo, mais la voix d'UL les a fait taire.

— Je n'en doute pas. Il a une voix qui porte... Mais on m'a dit que vous vouliez me voir ?

— Entrons, fit-il en se rembrunissant, avec un geste d'invite vers sa maison pyramidale. Nous avons de graves problèmes à examiner ensemble.

Mission suivit les deux vieillards dans une pièce à peine éclairée par un globe de cristal suspendu à une chaîne. Ils s'assirent sur des bancs de pierre, autour d'une table basse.

— Nous ne sommes pas comme les gens d'En-haut, Belgarath, commença le vieux Gorim d'un ton solennel. Le peuple de la surface entend le bruit du vent dans les arbres, le murmure des torrents et le chant des oiseaux. Ici, dans nos grottes, seule retentit la sourde plainte de la terre.

« Les pierres ont bien des façons de parler au peuple

d'UL. Des bruits nous parviennent parfois de l'autre bout du monde. La roche gronde ainsi depuis quelques années, et son grondement se précise et s'amplifie au fil des mois.

— Une fracture, suggéra Belgarath. Peut-être un continent qui dérive.

— Je ne crois pas, mon ami. Ce que nous entendons n'est pas le frémissement de la terre mais un bruit provoqué par l'éveil d'une pierre spécifique.

— Je crains de ne pas vous comprendre, fit le sorcier en fronçant le sourcil.

— La pierre que nous entendons est vivante, Belgarath.

— Il n'y a qu'une pierre vivante, objecta le vieux sorcier en regardant le Gorim dans les yeux.

— C'est ce que je croyais, moi aussi. J'ai suivi les déplacements de l'Orbe d'Aldur de par le monde, et ce nouveau bruit est celui d'une pierre vivante. Elle s'éveille, Belgarath, elle prend la mesure de son pouvoir, et c'est un pouvoir maléfique. Si maléfique que la terre elle-même gémit de douleur.

— Quand avez-vous entendu ce bruit pour la première fois ?

— Peu après la mort de Torak le Maudit.

— Nous savions qu'il se passait quelque chose en Mallorée, reprit le sorcier en faisant la moue, mais nous ne savions pas que c'était si grave. Que pouvez-vous me dire d'autre sur cette pierre ?

— Juste son nom. Nous l'avons entendu chuinter dans les grottes, les galeries et les failles de la terre. On l'appelle le *Sardius*.

— *Cthrag Sardius ?* fit Belgarath en relevant vivement la tête. Le Sardion ?

— Ça vous dit quelque chose ?

— Beldin en a entendu parler en Mallorée. Ça aurait un rapport avec une chose ou une personne nommée Zandramas.

Le Gorim étouffa un cri et son visage devint d'une pâleur mortelle.

— Belgarath ! s'exclama-t-il, outré. C'est le mot le plus grossier de notre langue.

Le sorcier le contempla longuement.

— Je croyais bien connaître la langue ulgo. Comment se fait-il que je ne l'aie jamais entendu ?

— Personne n'aura osé le prononcer devant vous.

— Je ne savais même pas que les Ulgos disaient des grossièretés. Quel en serait l'équivalent dans le langage commun ?

— Un mot qui signifierait le chaos, la confusion, la négation de tout. C'est un horrible blasphème.

— Comment un juron ulgo est-il devenu à Darshiva un nom de personne ou de chose ? Et quel rapport avec le Sardion ?

— Peut-être ces deux mots sont-ils synonymes ?

— Pourquoi pas ? Ils semblent avoir le même sens, en effet.

Polgara avait bien expliqué à Mission qu'il ne devait pas interrompre les adultes quand ils parlaient, mais ça paraissait si important qu'il se crut obligé de transgresser cette règle.

— Ce n'est pas la même chose, déclara-t-il.

Belgarath le regarda d'un air intrigué.

— Le Sardion est bien une pierre, n'est-ce pas ?

— Oui, affirma le Gorim.

— Zandramas n'est pas une pierre. C'est une personne.

— Comment peux-tu le savoir, petit ?

— Je l'ai rencontrée, répondit calmement l'enfant. Enfin, pas tout à fait, mais... eh bien... c'était comme une ombre, sauf que la personne qui la projetait était ailleurs.

— Une projection, traduisit Belgarath. C'est un truc assez rudimentaire dont raffolent les Grolims. Continue, Mission, cette ombre t'a-t-elle dit quelque chose ?

— Oui. Qu'elle allait me tuer, répondit-il avec un hochement de tête.

— Tu en as parlé à Polgara ? demanda le sorcier en inspirant profondément.

— Non. J'aurais dû ?

— Tu ne t'es pas dit que ça pouvait être important ?

— J'ai pensé qu'elle me racontait ça pour me faire peur.

— Et ça a marché ?

— Vous voulez savoir si ça m'a fait peur ? Pas vraiment.

— Regardez-moi ce petit monsieur qui est revenu de tout ! Tu as tellement l'habitude qu'on te menace de mort que ça ne te fait plus rien ?

— Non. C'était la première fois. Seulement ce n'était qu'une ombre, et une ombre ne peut pas faire de mal, hein ?

— Tu as rencontré beaucoup d'ombres comme ça ?

— Juste Cyradis.

— Allons bon. Et qui est Cyradis ?

— Je ne sais pas très bien. Elle parle d'une façon un peu bizarre, comme Mandorallen, et elle a un bandeau sur les yeux.

— Une sibylle, grommela Belgarath. Elle t'a parlé ?

— Elle m'a dit que nous nous reverrions et qu'elle m'aimait bien.

— C'est très réconfortant, dit sèchement le sorcier. Ecoute, Mission, il ne faut pas garder des secrets comme ça. Quand il se passe quelque chose d'inhabituel, il faut nous en parler.

— Je suis désolé. Je me suis juste dit que... euh... que vous aviez d'autres préoccupations, Polgara, Durnik et vous.

— Nous ne sommes pas préoccupés à ce point, gamin. Partage donc tes petites aventures avec nous.

— Si vous voulez.

— Je crois que j'y vois un peu plus clair, poursuivit Belgarath. Grâce à notre discret petit ami ici présent, nous savons que Zandramas — pardonnez ce vilain mot — est une personne. Une personne en rapport avec cette pierre vivante que les Angaraks appellent *Cthrag Sardius*. On nous a déjà mis en garde contre Zandramas, alors je pense que nous pouvons considérer le Sardion comme une menace directe.

— Que suggérez-vous ? demanda le Gorim.

— D'essayer de faire la lumière sur ce qui se trame au juste en Mallorée, même si nous devons pour ça retourner tout le pays pierre par pierre. Jusque-là, l'affaire m'intriguait. Je pense maintenant que nous aurions tort de ne pas la prendre au sérieux. Si le Sardion est une pierre vivante, comme l'Orbe, je ne tiens pas à ce qu'un objet doté d'un tel pouvoir tombe entre les mauvaises mains. Et pour ce que j'en sais, la dénommée Zandramas n'est sûrement pas quelqu'un de très recommandable. Et toi, gamin ? ajouta-t-il en regardant Mission avec perplexité. Qu'as-tu à voir dans tout ça ? Comment se fait-il que tous ceux qui jouent un rôle dans cette histoire viennent te rendre visite ?

— Je n'en sais rien, répondit sincèrement l'enfant.

— Nous devrions peut-être partir de là. Je me suis promis d'avoir une bonne conversation avec toi, un de ces jours. Je me demande si ce n'est pas le moment.

— Si vous voulez. Mais je ne vois pas en quoi je pourrais vous aider.

— C'est ce que nous allons voir, Mission. C'est ce que nous allons voir...

Deuxième partie

RIVA

CHAPITRE IX

Rien ne préparait Belgarion de Riva à régner. Il avait été élevé dans une ferme de Sendarie, comme n'importe quel petit paysan. La première fois qu'il s'était approché du trône de basalte, à la Citadelle de Riva, il était plus habitué aux cours de ferme et aux écuries qu'aux salles du trône et du conseil. Les finasseries politiques étaient un mystère pour lui. Il était aussi ignare en diplomatie qu'en algèbre.

Par bonheur, l'Ile des Vents n'était pas un royaume difficile à gérer. Les Riviens étaient des gens calmes, posés, qui avaient le sens civique. Ils avaient bien simplifié la tâche à leur grand monarque blond pendant les premières années de son règne, alors qu'il apprenait à devenir un bon souverain, art difficile entre tous. Il lui était arrivé de se tromper, bien sûr, mais ses bourdes et ses erreurs de jugement n'avaient pas eu de graves conséquences, et ses sujets constataient avec satisfaction que le jeune homme sérieux et sincère qui avait accédé au trône de façon tellement inattendue ne faisait jamais deux fois la même bêtise. Quand il eut pris ses marques, Belgarion, ou plutôt Garion, ainsi qu'il préférait se faire appeler, ne rencontra presque aucun problème majeur dans ses fonctions de roi de Riva.

Seulement, il avait d'autres titres, pas tous purement honorifiques. Celui de Tueur de Dieu impliquait des obligations peu fréquentes et le fait d'être Souverain de la Mer du Ponant était peu contraignant ; il avait rapidement conclu que les vagues et les marées n'avaient guère besoin de supervision et que la plupart des poissons arrivaient à se gouverner eux-mêmes. Mais le titre grandiloquent de roi des rois du Ponant lui valait pas mal de maux de tête. La guerre contre les Angaraks appartenant au passé, il avait d'abord cru que c'était une distinction symbolique, fondamentalement vide de sens, comme les autres ; la faveur autour du paquet, en somme. Après tout, elle ne lui rapportait rien : ni impôt, ni couronne, ni trône particulier, et il n'avait pas d'équipe administrative ou de collaborateurs spécialisés pour régler les affaires courantes.

Il découvrit bientôt, à son grand désarroi, que l'une des constantes de la nature humaine était la tendance à soumettre tout problème à son responsable en titre. Il était convaincu que s'il n'avait pas été là ses collègues monarques auraient trouvé le moyen de régler leurs difficultés tout seuls. Mais comme il occupait ce poste envié, ils semblaient prendre un plaisir à la fois puéril et pervers à lui poser les questions les plus démoralisantes puis à faire trois pas en arrière, un grand sourire accroché sur la figure, et à le regarder s'en dépatouiller. Ou se planter.

Il en eut la cruelle confirmation lors des incidents qui survinrent en Arendie, pendant l'été de sa vingt-troisième année — bon millésime au demeurant : le malentendu qui avait assombri ses relations avec Ce'Nedra était oublié ; Garion et sa petite épouse compliquée filaient le parfait amour. Les forces de l'empereur Kal Zakath de Mallorée, dont la présence sur le continent les avait beaucoup inquiétés, paraissaient enlisées dans les montagnes à l'ouest du Cthol Murgos, ce qui semblait leur promettre des décennies de répit. Le général Varana, régent de l'empereur Ran Borune XXIII, avait bien refroidi les ardeurs des grandes familles de Tolnedrie dans leur lutte acharnée pour le trône. Et Garion se réjouissait de cette période de calme quand, par une radieuse journée du début de l'été, il reçut une lettre du roi Korodullin d'Arendie.

Garion et Ce'Nedra passaient un après-midi tranquille, dans leurs confortables appartements. Ils parlaient de tout et de rien, plus pour le plaisir d'être ensemble que par réel intérêt pour les sujets abordés. Garion se prélassait dans un grand fauteuil de velours bleu, près de la fenêtre, tandis que Ce'Nedra brossait ses longs cheveux cuivrés devant le miroir enchâssé d'argent de sa coiffeuse. Garion adorait les cheveux de Ce'Nedra. Il aimait leur couleur, leur parfum, et il trouvait irrésistible certaine boucle vagabonde qui retombait sur la peau nacrée de son cou. Quand le serviteur lui apporta la missive du roi d'Arendie, il s'arracha à la contemplation de sa jeune et jolie épouse, brisa le sceau de cire surchargé d'armoiries et déplia le parchemin craquant.

— Qui nous écrit, Garion ? demanda Ce'Nedra en examinant son reflet d'un œil à la fois satisfait et rêveur.

— Korodullin, répondit-il en commençant sa lecture.

« A Sa Majesté Belgarion, Roi de Riva, Roi des Rois du Ponant, Salutations, disait la lettre.

« C'est dans le fervent Espoir que la Présente trouvera Sa Majesté et la Reine Son épouse en bonne Santé et l'Esprit serein que je prends la Plume en ce Jour. Je m'étendrais plus à loisir sur l'Estime et l'Affection que nous portons, mon Epouse la Reine et moi-même, à Sa Majesté et à Son Epouse si n'avait éclaté dans notre beau Royaume d'Arendie une Crise provoquée par certains Amis de Sa Majesté.

« A notre grand Désespoir, notre Ami le Baron de Vo Ebor a succombé aux graves Blessures reçues à la bataille de Thull Mardu. Son Trépas, ce Printemps, nous a plus affligé que nous ne saurions dire. C'était un Chevalier et un Homme de Bien. La Baronne Nerina ne lui ayant point donné d'Enfant, il laisse pour Héritier un Neveu éloigné, Messire Embrig, un Chevalier aux Manières brutales, plus soucieux, nous le craignons, du Titre et des Terres à lui échues en Héritage que d'épargner sa Présence à la Baronne au tragique Veuvage. Avec une Promptitude fort malséante pour un Gentilhomme, il se rendit à Vo Ebor avec ses Compagnons de Ribote pour prendre Possession de son nouveau Fief. Lors d'une Beuverie, l'un de ces piètres Chevaliers exprima son Admiration pour la jeune Veuve. Sans Considération pour son récent Deuil, Messire Embrig accorda tantôt la Main de la Dame à son Compagnon enivré. Quoique ce droit lui fût accordé de par la Loi arendaise, onc Chevalier digne de ce nom n'eût avec une telle Incivilité imposé sa Volonté à une de ses Pareilles en Voiles de Deuil.

« Sitôt qu'il eut vent de cette Félonie, Messire Mandorallen, le puissant Baron de Vo Mandor, enfourcha sa Monture. Ce qui se passa à son Arrivée à Vo Ebor, Sa Majesté l'imagine sans doute, connaissant la Valeur du Chevalier et la Considération en laquelle il tient la Baronne Nerina. Messire Embrig et ses Compagnons tentèrent comme ils purent de lui barrer le Chemin et il s'ensuivit, à ce que nous avons compris, moult Morts subites et graves Plaies. L'ami de Sa Majesté a emmené la Baronne à Vo Mandor, où il la tient sous sa Protection. Messire Embrig dont — nous ne savons s'il faut s'en réjouir — les Blessures n'étaient point mortelles, a proclamé l'Etat de Guerre entre Ebor et Mandor. Il a gagné de nobles Gentilshommes à sa cause tandis que d'autres se ralliaient à la Bannière de Messire Mandorallen. Le fougueux Lelldorin de Wildantor a levé une Armée d'Archers asturiens et marche vers le sud à leur Tête dans le but d'aider son Compagnon d'Armes, et le Sud-Ouest de l'Arendie est au bord de la Guerre civile.

« Telle est la Situation. C'est avec moult Réticences que la Couronne d'Arendie ferait valoir le bon Droit car elle serait contrainte de prendre Parti pour Messire Embrig.

« Nous en appelons à Sa Majesté Belgarion et la supplions de venir en Arendie. Puisse-t-Elle user de Son Influence auprès de ses Amis pour les détourner du Précipice qui s'ouvre devant leurs Pas. Seule Son Intercession pourra éviter le Désastre qui se profile à l'Horizon.

« Tout d'Amour et d'Amitié, Korodullin. »

Garion contemplait la lettre d'un air désemparé.

— Pourquoi faut-il toujours que ça me retombe dessus ? s'exclama-t-il sans réfléchir.

— Que se passe-t-il, mon Garion ? demanda

Ce'Nedra en troquant sa brosse contre un peigne d'ivoire.

— C'est Mandorallen et Lelldorin. Ils ont..., commença-t-il, puis il se leva et éclata en imprécations. Tiens, lis plutôt ça.

Ce'Nedra lut la lettre pendant qu'il arpentait la chambre en vociférant, les poings noués dans le dos.

— Par Nedra ! murmura-t-elle enfin, consternée. Par Nedra !

— Comme tu dis, approuva Garion avant de se remettre à vitupérer.

— Garion, ne parle pas comme ça, je t'en prie. On dirait un vieux pirate. Que vas-tu faire ?

— Je n'en ai pas la moindre idée.

— Il va pourtant bien falloir que tu interviennes.

— Pourquoi ce genre d'histoire me retombe-t-il toujours dessus ? fulmina-t-il.

— Parce que tout le monde sait que tu es le plus apte à les résoudre.

— Merci, fit-il sèchement.

— Allons, fit-elle en se tapotant pensivement la joue avec son peigne d'ivoire, tu auras besoin de ta couronne, évidemment, et je pense que le pourpoint bleu et argent serait tout à fait de mise.

— Qu'est-ce que tu racontes ?

— Puisque tu pars pour l'Arendie régler cette affaire, il faut que tu sois à ton avantage. Les Arendais attachent beaucoup d'importance aux apparences. Si tu t'occupais du bateau pendant que je prépare tes affaires ? Je crains, hélas, qu'il ne fasse un peu trop chaud pour mettre ta cape d'hermine, ajouta-t-elle d'un ton méditatif après un coup d'œil par la fenêtre.

— Ce n'est pas ma cape d'hermine que je vais emporter, Ce'Nedra. C'est mon armure et mon épée, oui.

— Oh, ne dramatise pas, Garion. Tu vas leur dire d'arrêter, c'est tout.

— Peut-être, mais il faudra d'abord que j'attire leur attention. N'oublie pas que nous avons affaire à Mandorallen et à Lelldorin. Ce n'est pas comme s'il s'agissait de gens sensés.

— C'est vrai, convint-elle en fronçant les sourcils. Mais je suis sûre que tu t'en sortiras à merveille, ajouta-t-elle avec un petit sourire encourageant. Je te fais confiance.

— Tu es encore pire qu'eux, dit-il un peu tristement.

— Allons, Garion, tu es parfaitement capable de régler le problème. Tout le monde le sait.

— Mouais. Enfin, je ferais mieux d'aller voir Brand, déclara-t-il d'un ton sinistre. J'ai bien peur qu'il doive se débrouiller tout seul pendant plusieurs semaines.

— Je te remplacerai pendant ton absence, mon Garion, déclara-t-elle en lui tapotant la joue d'un air rassurant. Tu peux partir tranquille : je suis là.

Il la regarda avec une sensation fort désagréable au creux de l'estomac.

Lorsqu'il arriva à Vo Mandor, plusieurs jours plus tard, il faisait un temps de cochon et la situation s'était encore dégradée. Les forces de Messire Embrig campaient à moins de trois lieues du fief de Mandorallen, lequel avait quitté sa cité fortifiée avec Lelldorin pour aller à leur rencontre. Garion portait l'armure d'acier que lui avait offerte le roi Korodullin et l'énorme épée de Poing-de-Fer attachée sur son dos. Il avait emprunté un cheval de guerre à un baron complaisant en arrivant en Arendie. Les portes de la forteresse de Mandorallen s'ouvrirent largement devant lui. Il entra dans la cour, mit pied à terre comme il put et demanda aussitôt à être emmené près de la baronne Nerina.

Elle était debout, tout de noir vêtue, dans un coin des remparts. Son visage blême arborait une expression dramatique. Elle scrutait d'un œil sombre les nuées plus sombres encore, guettant les colonnes de fumée qui annonceraient le début des hostilités.

— Sur mes épaules, ô roi Belgarion, pèse une malédiction, déclama-t-elle d'un ton funèbre. Du jour où j'ai épousé mon regretté époux, je n'ai semé qu'angoisse et discorde.

— Vous n'avez aucun reproche à vous faire, lui assura Garion. Mandorallen n'a généralement besoin de personne pour se fourrer dans les ennuis. Quand est-il parti ?

— Hier, peu après midi. M'est avis que le combat ne devrait point tarder.

— Alors je ferais mieux d'y aller si je veux arriver à temps pour mettre fin à cette ineptie, reprit Garion d'un ton sinistre.

La baronne plongea un regard endeuillé vers la cour dallée, loin en-dessous d'elle, et poussa un soupir.

— Il me vient à l'instant une idée qui facilitera grandement la tâche de Sa Majesté, annonça-t-elle, et un petit sourire flotta sur ses lèvres.

— J'aimerais bien, parce que, de la façon dont c'est parti, je crois que je vais passer une fichue matinée.

— Alors, que se hâte Sa Majesté vers nos amis qui s'apprêtent en cet instant à mener combat, et qu'Elle les avertisse que le sujet de leur discorde a quitté cette vallée de larmes.

— Je ne suis pas sûr de vous comprendre.

— C'est très simple, ô Majesté. Il m'incombe, puisque je suis la cause de tout ce tumulte, d'y mettre fin.

— Que voulez-vous dire au juste, Nerina ? lui demanda-t-il d'un ton suspicieux. Comment vous proposez-vous de ramener ces imbéciles à la raison ?

— Je me fais fort, ô Majesté, de prévenir toute effusion de sang en me précipitant à bas de ce haut rempart pour rejoindre mon époux dans le silence de la tombe, répondit-elle en posant la main sur les pierres mal équarries du parapet. Que Sa Majesté descende vite dans cette cour et reprenne Son destrier. Je L'attendrai, enfin apaisée, sur ces rudes pierres. Alors pourra-t-Elle porter la nouvelle de mon trépas au champ de bataille. Une fois que j'aurai quitté cette vallée de larmes, nul ne versera son sang pour moi.

— Oh, ça suffit ! s'exclama-t-il, écœuré. Et reculez, je vous en prie.

— Que non point, Majesté ! dit-elle fermement. Par ce simple geste, je puis tout à la fois conjurer le combat auquel on s'apprête et me libérer du fardeau de l'existence.

— Nerina, je ne vous laisserai pas faire, déclara Garion d'une voix atone.

— Vous n'auriez assurément point l'outrecuidance de m'en empêcher par la force, s'offusqua-t-elle.

— Ce ne serait même pas nécessaire, répondit-il, puis il comprit à son air perplexe qu'elle se demandait ce qu'il avait en tête. Votre idée n'est peut-être pas si mauvaise que ça, après tout. Vous mettriez probablement plus d'une journée à atteindre le sol de cette cour, ce qui vous laisserait amplement le temps de réfléchir et vous éviterait de faire des bêtises en mon absence.

Elle écarquilla les yeux comme si la signification de ses paroles venait enfin de lui apparaître.

— Sa Majesté n'oserait point user de sorcellerie pour déjouer mes plans ? hoqueta-t-elle.

— Vous voulez parier ?

Ses yeux s'emplirent de larmes. Elle le regarda d'un air à la fois accusateur et désemparé.

— Voilà qui est fort peu chevaleresque, fit-elle d'une voix tremblante.

— Ma Dame, j'ai été élevé dans une ferme, en Sendarie, et mon éducation laisse un peu à désirer. Vous me pardonnerez, j'en suis sûr, de ne pas vous laisser vous tuer. Maintenant, si vous voulez bien m'excuser, il faut que j'empêche cette folie, déclara-t-il en repartant vers l'escalier dans un tintamarre de batterie de cuisine. Oh, reprit-il en regardant par-dessus son épaule, ne croyez pas que vous pourrez mettre votre projet à exécution dès que j'aurai le dos tourné. J'ai le bras long, Nerina. Très long.

Elle le regarda fixement, la lèvre tremblante.

— Voilà qui est mieux, fit-il en descendant l'escalier.

Après un coup d'œil au visage houleux de Garion, les serviteurs du château s'éclipsèrent prudemment, le laissant se hisser comme il put sur son énorme destrier rouan. Il regarda autour de lui en ajustant la grande épée du roi de Riva sur son dos.

— Qu'on m'apporte une lance ! ordonna-t-il.

Les domestiques lui en apportèrent des quantités, en se bousculant dans leur hâte à lui complaire. Il en prit une et partit au galop, dans un bruit de tonnerre.

Les habitants de la cité de Vo Mandor sise juste derrière le mur d'enceinte de la forteresse firent preuve de la même circonspection que les serviteurs de la citadelle. Le roi en fureur se fora un tunnel de crainte le long des rues pavées, et les portes de la ville s'ouvrirent largement devant lui.

Garion savait qu'il devait attirer l'attention des belligérants, mais il n'était pas facile de captiver des Arendais sur le point de livrer bataille. Il fallait qu'il trouve quelque chose de spectaculaire. Tout en traversant à la vitesse de l'éclair la verte campagne arendaise semée de chaumières et de bouquets d'arbres, il jeta un regard spéculatif aux nuages gris qui filaient dans le ciel, et un plan commença à s'ébaucher dans sa tête.

Quand il arriva, les deux armées étaient chacune à un bout d'une immense prairie. Selon la coutume arendaise, la mêlée générale était précédée d'un certain nombre de combats singuliers et les adversaires s'acquittaient de cette formalité. Des chevaliers en armure s'affrontaient au centre du champ de bataille, sous le regard des forces rivales. Les jeunes nobles écervelés se rentraient dedans avec enthousiasme, jonchant le sol de lances rompues.

Garion prit la mesure de la situation d'un seul coup d'œil et se jeta dans la bagarre avec, il faut bien le dire, un léger avantage : sa lance paraissait identique à celle avec laquelle les chevaliers mimbraïques tentaient de se tuer ou de s'estropier mais, contrairement aux leurs, elle était indestructible et par ailleurs environnée d'une sorte de champ de force, car Garion n'avait pas envie d'embrocher ces abrutis. Il voulait juste leur faire vider les étriers. Il projeta trois hommes à terre du premier coup, puis fit volter son cheval et en désarçonna deux autres si vite que l'on n'entendit qu'une chute retentissante.

Mais il en fallait un peu plus pour pénétrer l'épaisse carapace qui servait de crâne aux Arendais. Garion envoya promener sa lance invincible d'un geste désinvolte, passa le bras derrière son épaule et dégaina la puissante épée du roi de Riva. L'Orbe d'Aldur jeta un éclat bleu, aveuglant, et l'épée s'embrasa. Comme toujours, malgré sa taille, elle semblait ne rien peser dans sa main et il la maniait si vite qu'on ne pouvait la suivre du regard. Il fonça sur un chevalier stupéfait, débita sa lance en tronçons d'un pied de long, flanqua l'homme à terre du plat de son épée flamboyante, fit volte-face, trancha en deux une masse d'armes brandie vers lui et renversa avec son cheval celui qui la tenait.

Les chevaliers mimbraïques battirent en retraite, abasourdis par la férocité de l'attaque et la stupéfiante prouesse du roi de Riva, mais aussi par la véhémence de ses jurons qui auraient fait blêmir des hommes plus coriaces. Il leva au ciel ses yeux étincelants de fureur et brandit son épée embrasée vers les nuées.

— FULMINEZ ! ordonna-t-il d'une voix qui claqua comme un coup de tonnerre.

Les nuages frémirent sous l'impact. Un éclair dont deux hommes n'auraient fait le tour avec leurs bras frappa le sol en crépitant, y ouvrant un cratère fumant. Garion suscita la foudre, encore et sans relâche. Le tonnerre déchirait l'air, ébranlant la terre à des lieues à la ronde. Une odeur de végétation calcinée planait sur les armées frappées de terreur.

Alors la tempête éclata. Le vent se mit à hurler et les nuages crevèrent, noyant les forces ennemies sous des trombes d'eau. Les chevaliers qui n'avaient pas été jetés à terre par la violence du déluge furent séparés par les éclairs qui poignardaient le champ de bataille. Le vacarme était effroyable, l'air plein de vapeur et de fumée devenait irrespirable. Il était vain d'espérer poursuivre le combat.

Garion attendit un moment sur son terrible destrier, ombre menaçante dressée dans la tourmente. Et quand il fut sûr d'avoir réussi à attirer leur attention, d'un mouvement négligent de son épée embrasée, il apaisa les éléments déchaînés.

— Cessez cette ineptie ! hurla-t-il d'une voix qui couvrit le tumulte. Déposez les armes à l'instant, je vous l'ordonne !

Les hommes le regardèrent et se dévisagèrent avec méfiance.

— TOUT DE SUITE ! rugit Garion, soulignant son injonction d'un éclair fracassant, et les armes tombant à terre firent un énorme vacarme. Je veux voir Messire Embrig et Messire Mandorallen *sur-le-champ !* reprit-il en indiquant de la pointe de l'épée un point situé juste devant son cheval.

Lentement, comme des enfants pris en faute, les deux chevaliers en armure s'approchèrent.

— Qu'avez-vous dans la tête, tous les deux ? tonna Garion.

— C'est une affaire d'honneur, Majesté, chevrota Embrig, un quadragénaire au visage rougeaud et au nez d'ivrogne, sillonné de veines violacées. Messire Mandorallen a enlevé ma parente.

— Ton intérêt pour cette gente Dame se borne à lui imposer Ton autorité, rétorqua Mandorallen. Tu as usurpé ses terres et ses biens en rustre dédaigneux de ses sentiments et...

— Ça suffit ! lança Garion. J'en ai assez entendu. Vous vous rendez compte que vos démêlés ont mis la moitié de l'Arendie au bord de la guerre civile ? Aurez-vous la folie de mettre votre patrie à feu et à sang pour régler un différend ?

— Mais..., commença Mandorallen.

— Il n'y a pas de mais ! cracha Garion.

Il leur exposait sa façon de penser, sur un ton méprisant et en des termes qui les firent quelque peu verdir, lorsque Lelldorin s'approcha subrepticement.

— Et toi ! s'écria Garion. Que fais-tu ici, en terre mimbraïque ?

— Moi ? eh bien, Mandorallen est mon ami, Garion.

— Il t'avait demandé quelque chose ?

— Euh... c'est-à-dire que...

— Ben voyons ! Tu as pris ça sous ton bonnet, oui !

Il poursuivit sa diatribe en y incluant Lelldorin et en décrivant des moulinets avec son épée embrasée, et il fallait voir les grands yeux angoissés des trois hommes lorsqu'elle se pointait sur eux.

— Très bien, conclut Garion après leur avoir en partie vidé son sac. Voilà ce que nous allons faire.

Messire Embrig, je vous défie en combat singulier ! déclara-t-il en avançant la mâchoire d'un air belliqueux.

L'homme se mit à trembler de tous ses membres. Son visage vira au gris et les yeux manquèrent lui sortir de la tête.

— Moi, Majesté ? hoqueta-t-il. Mais comment pourrais-je jouter contre le Tueur de Dieu ?

— Bonne question, grommela Garion. Eh bien, puisque c'est comme ça, vous allez tout de suite et devant moi renoncer à vos prétentions sur la baronne Nerina.

— Très volontiers, auguste Majesté, balbutia Embrig.

— Et vous, Mandorallen ? Voulez-vous vous battre en duel contre moi ?

— O Garion, mon ami, protesta Mandorallen. Je préférerais mourir plutôt que de lever la main contre Toi.

— Parfait. Alors vous allez tout de suite m'abandonner vos droits sur la baronne. Elle est désormais sous ma protection.

— J'y consens, répondit gravement Mandorallen.

— Messire Embrig, poursuivit Garion, je vous accorde l'entièreté de la baronnie de Vo Ebor, y compris les terres qui revenaient de droit à Nerina. Les acceptez-vous ?

— Je les accepte, Majesté.

— Messire Mandorallen, je vous donne la main de ma pupille, Nerina de Vo Ebor. L'acceptez-vous ?

— De tout mon cœur, ô Sire, bredouilla Mandorallen, les yeux embués.

— Magnifique, fit Lelldorin, l'œil humide d'admiration.

— Lelldorin, ta gueule. Ainsi soit-il, Messieurs. La guerre est finie. Veuillez remballer vos armées et rentrer chez vous. Et ne m'obligez pas à revenir, parce que, cette fois, je risquerais de me fâcher. Me suis-je bien fait comprendre ?

Ils acquiescèrent en silence.

L'armée de Mandorallen regagna Vo Mandor. Les

hostilités avaient pris fin. Mais la baronne Nerina protesta avec opiniâtreté lorsqu'elle fut informée des décisions de Garion.

— Serais-je une vulgaire fille de serf pour être donnée en mariage au premier homme qui sied à Sa Majesté ? déclama-t-elle en prenant de grands airs dramatiques.

— Discuteriez-vous mon autorité de tutelle ? riposta Garion.

— Que non point, Sire. Messire Embrig y ayant consenti, Sa Majesté est dorénavant mon gardien et mon protecteur, et je ferai tout ce qu'Elle m'ordonnera.

— Aimez-vous Mandorallen ? Répondez-moi !

Elle jeta un rapide coup d'œil au grand chevalier et s'empourpra délicatement.

— Oui, Messire, avoua-t-elle d'une toute petite voix.

— Alors, où est le problème ? Vous l'aimez depuis des années et quand je vous dis de l'épouser, vous protestez !

— Il y a, Sire, des usages à respecter. On ne saurait disposer d'une dame avec une telle désinvolture, déclara-t-elle, puis elle tourna les talons avec raideur et disparut dans un nuage de tempête.

Mandorallen poussa un gémissement de désespoir.

— Qu'est-ce qu'il y a encore ? fit Garion, excédé.

— Onc ne nous marierons, ma Nerina et moi, déclara Mandorallen d'une voix entrecoupée de sanglots.

— Ridicule. Lelldorin, tu y comprends quelque chose, toi ?

— Il me semble, Garion, répondit-il, le sourcil froncé, que tu passes par-dessus toutes sortes de négociations et de formalités assez délicates : la question de la dot, le consentement formel, écrit, du tuteur — c'est-à-dire toi — et surtout, la demande officielle, devant témoins.

— Tu veux dire qu'elle rechigne pour une simple question de procédure ? s'exclama Garion, incrédule.

— Les femmes attachent une grande importance aux formes, Garion.

Garion poussa un soupir résigné. L'affaire prendrait décidément plus de temps qu'il ne pensait.

— Suivez-moi, leur ordonna-t-il.

Il frappa poliment à la porte de Nerina, mais elle refusa de répondre. Garion regarda le panneau de chêne massif, fermé à clef, qui lui barrait le chemin.

— CASSE-TOI ! gronda-t-il, et la porte explosa, révélant une Nerina sidérée, assise sur son lit jonché d'éclats de bois. Bon, reprit-il en enjambant les débris, maintenant, passons aux choses sérieuses. Combien voulez-vous en dot ?

Mandorallen se serait volontiers contenté d'une somme symbolique, mais Nerina protesta avec véhémence. Garion fit, en serrant les dents, une contre-proposition que la dame jugea acceptable, puis il manda une écritoire et rédigea — avec l'aide de Lelldorin — un contrat de fiançailles.

— Parfait. Maintenant, Mandorallen, demandez-lui sa main.

— Enfin, Majesté, la hâte ne sied point à ces doux aveux, se récria Nerina. Il convient de laisser aux promis le temps de lier connaissance.

— Vous vous connaissez suffisamment comme ça, Nerina. Allez, on y va.

Mandorallen mit un genou en terre devant sa Dame, ce qui fit un horrible bruit de ferraille.

— Consens-Tu, ô Nerina, à me prendre pour époux ? implora-t-il.

— Je n'ai point eu, Messire, le temps de préparer ma réponse, objecta-t-elle en grand désarroi.

— Essayez « oui », pour voir, suggéra Garion.

— Sa Majesté me l'ordonne-t-elle expressément ?

— Si vous y tenez.

— Alors, force m'est de Lui obéir... Je Te prends, O Mandorallen, pour époux, de toute mon âme.

— Magnifique, commenta Garion en se frottant les mains. Debout, Mandorallen. Nous allons à la chapelle. Il n'y a plus qu'à trouver un prêtre et l'affaire sera réglée avant dîner.

— Sa Majesté ne se propose assurément pas d'agir en si grande hâte ? haleta Nerina.

— Oh, que si. Il faut que je rentre à Riva, et je ne partirai pas d'ici tant que vous ne serez pas mariés. Les choses ont trop souvent tendance à tourner mal, dans ce pays, dès qu'on a le dos tourné.

— Mais Sa Majesté voit bien que ma tenue ne convient point à la circonstance, protesta la baronne en regardant ses voiles de deuil. Je ne puis me marier tout de noir vêtue.

— Quant à moi, objecta Mandorallen, je suis encore en armure. Il ne sied point que le promis arrive au mariage paré d'atours guerriers.

— Peu importe ce que vous avez sur le dos, rétorqua platement Garion. Seul compte ce que vous avez dans le cœur.

— Mais..., commença Nerina d'une voix tremblante. Je n'ai même pas de voile.

Garion la regarda longuement, sans ciller, puis il prit un dessus de table en dentelle et le lui posa sur la tête.

— Très joli, dit-il. Quelqu'un a une autre idée, là, tout de suite ?

— Les alliances..., souffla Lelldorin.

— Tu ne vas pas t'y mettre, toi aussi ! râla Garion.

— Je t'assure, Garion, qu'il leur faudrait des alliances.

Le roi de Riva réfléchit un instant, se concentra et un anneau d'or tout simple se forma dans le vide, devant lui.

— Ça vous va ? demanda-t-il en le leur tendant.

— Ne faudrait-il point que l'on m'escortât à l'autel ? reprit Nerina d'une petite voix tremblante. Onc ne pourrai me marier sans une dame de haut lignage à mon côté.

— Lelldorin, trouve-moi quelqu'un.

— Qui donc ? Où ça ? bafouilla le jeune Arendais, interdit.

— Peu importe. Débrouille-toi comme tu veux, mais amène-moi une dame de la noblesse à la chapelle, même si tu dois la traîner par les cheveux.

Lelldorin s'esquiva.

— Autre chose ? leur demanda Garion avec une suavité inquiétante.

— Il est d'usage que le promis soit accompagné par un ami très proche, rappela Mandorallen.

— Nous serons là tous les deux, Lelldorin et moi. Vous ne risquez pas de tomber, de vous évanouir ou de prendre la poudre d'escampette.

— Ne pourrais-je avoir quelques modestes fleurs ? demanda Nerina d'un ton plaintif.

— Mais si, bien sûr, répondit Garion en lui jetant un regard appuyé. Tendez la main.

Il fit jaillir du néant une profusion de lis et les déposa l'un après l'autre dans la main de la baronne déconcertée.

— Leur couleur vous convient-elle ? Je peux les teindre en violet, en vert ou en bleu, si vous préférez.

Puis il comprit qu'ils n'en finiraient pas d'élever des objections pour gagner du temps. Ils étaient tellement habitués à leur immense tragédie qu'ils n'avaient plus ni l'envie ni le ressort nécessaire pour tenter de vivre autre chose. Eh bien, il tenait la solution entre ses mains. C'était un tantinet dramatique, mais considérant les facultés mentales des deux personnes en présence...

— Maintenant, dit-il en tirant son épée, nous descendons à la chapelle. Allez, demi-tour, droite ! ordonna-t-il en pointant son arme vers la porte fracassée.

C'est ainsi que l'une des plus terribles histoires d'amour de tous les temps connut un heureux dénouement. Cet après-midi-là, Mandorallen et Nerina furent unis par les doux liens du mariage, Garion et son épée embrasée veillant dans leur dos à ce qu'aucun empêchement ne survienne à la dernière minute.

Il leur fit ses adieux et repartit pour Riva dès le lendemain matin. Tout bien pesé, il n'était pas mécontent de lui et de la façon dont il avait réglé le problème.

CHAPITRE X

— Attends, Ce'Nedra, tu ne sais pas le plus beau, lui raconta Garion, le soir de son retour à Riva. Quand nous sommes rentrés à la forteresse de Mandorallen et avons annoncé à Nerina que tout était réglé et qu'ils pouvaient se marier, elle a soulevé des tas d'objections.

— J'étais persuadée qu'elle l'aimait.

— Elle l'aime, mais elle vivait un tel drame depuis tant d'années qu'elle n'était pas prête à y renoncer si vite. Elle n'avait pas encore évacué cette noble souffrance.

— Ne sois pas cynique.

— Les Arendais me donnent des boutons. Elle a commencé par exiger une dot. Une très grosse dot.

— Ça n'a rien de scandaleux.

— Sauf que c'est moi qui ai dû la payer.

— Toi ? Et pourquoi ?

— Je te rappelle que je suis son tuteur. Avec ses « Majesté », ses « Messire » et ses grands airs évaporés, elle a marchandé plus farouchement qu'un maquignon drasnien. J'en suis sorti la bourse plate comme une limande. Et puis elle a réclamé un contrat en bonne et due forme, un voile, une dame pour la mener à l'autel, une alliance, des fleurs, et plus ça allait et plus j'étais en rogne.

— C'est tout ?

— Eh bien, je crois.

— Mandorallen ne lui a pas demandé sa main ? fit

Ce'Nedra en se penchant en avant, son petit visage tendu. Je suis sûre qu'elle a insisté pour qu'il fasse sa demande.

— Tu as raison, j'oubliais ce détail.

— Oh, Garion ! fit-elle en secouant la tête d'un air attristé.

— C'était juste après l'histoire de la dot. Bref, il lui a demandé sa main, je la lui ai accordée et...

— Attends un peu, coupa Ce'Nedra. Tu vas trop vite. En quels termes *exactement* lui a-t-il demandé sa main ?

Garion se gratta l'oreille.

— Je ne sais plus très bien, avoua-t-il.

— Essaie de te rappeler, je t'en prie.

— Voyons..., fit-il en levant les yeux vers les poutres ornementées du plafond. Elle a commencé par objecter qu'il ne pouvait pas se déclarer tout de suite, qu'ils devaient d'abord « lier connaissance », selon ses propres termes. Je pense qu'elle faisait allusion à toutes ces manœuvres sournoises pour se retrouver seuls dans des coins sombres et échanger des poèmes d'amour, des fleurs et des regards de flétan crevé.

— Tu sais, il y a des moments où je te trouve exaspérant, fit Ce'Nedra d'un petit ton acide. Tu n'as donc pas plus de sensibilité qu'une bûche ?

— Qu'est-ce que tu veux dire ?

— T'occupe. Dis-moi plutôt ce qui s'est passé ensuite.

— Eh bien, je lui ai dit que ça commençait à bien faire, qu'ils se connaissaient assez comme ça et d'y aller.

— Quelle exquise délicatesse ! ironisa-t-elle.

— Allons, Ce'Nedra, qu'est-ce qui ne va pas ?

— Peu importe. Continue. Tu as une façon insupportable de tourner autour du pot quand tu racontes.

— Moi ? C'est toi qui n'arrêtes pas de m'interrompre !

— Allez, Garion, qu'est-ce qui s'est passé ensuite ?

— Pas grand-chose, répondit-il avec un haussement d'épaules. Il lui a demandé sa main, elle a dit oui et je les ai escortés vers la chapelle.

— Qu'est-ce qu'ils se sont dit, Garion ? insista-t-elle. Qu'est-ce qu'ils se sont dit exactement ?

— Rien de renversant. Du genre : « Consens-Tu, ô Nerina, à me prendre pour époux » ?

— Ooh, fit Ce'Nedra d'une petite voix frémissante, les larmes aux yeux.

— Qu'est-ce qu'il y a ? demanda-t-il, surpris.

— Rien, rien, soupira-t-elle en se tamponnant les yeux avec un mouchoir arachnéen. Et qu'a-t-elle répondu ?

— Qu'elle n'avait pas eu le temps de préparer une réponse appropriée, alors je lui ai suggéré de dire « oui ».

— Et après ?

— Après, elle a dit : « Je Te prends, ô Mandorallen, pour époux, de toute mon âme. »

— Oooh, répéta Ce'Nedra en portant à nouveau son mouchoir à ses yeux embués. Que c'est beau !

— Puisque tu le dis. Moi, je trouve ça un peu ampoulé.

— Tu es vraiment indécrottable, fit-elle avec un petit soupir nostalgique. On ne m'a jamais demandé ma main, à moi…

— Je me demande ce qu'il te faut ! Tu ne te rappelles pas tout ce cérémonial, quand tu es entrée dans la salle du trône, au bras de l'ambassadeur de Tolnedrie ?

— C'est moi qui t'ai demandé ta main, rappela-t-elle en faisant voltiger sa chevelure de flammes. C'est moi qui me suis présentée devant toi et t'ai demandé si tu consentais à me prendre pour épouse. Tu ne m'as rien demandé à moi.

— Là, tu m'étonnes, fit-il en fronçant les sourcils.

— Pas *une* fois.

— Enfin, maintenant que nous sommes mariés, ça n'a plus d'importance, hein ? Euh… si ? c'est important ? reprit-il en remarquant son changement d'expression.

— Oui, Garion. *Très* important.

— Oh, bon, souffla-t-il. Puisque je n'y couperai pas…

— A quoi ?

— A te demander ta main. Veux-tu m'épouser, Ce'Nedra ?

— Tu ne peux pas faire mieux ?

Il la regarda longuement. Elle était irrésistible avec sa robe vert pâle ornée de ruchés et de dentelles. Elle se tenait avec raideur, l'air boudeur, au bord de son fauteuil. Il se leva, se fendit d'une révérence extravagante, prit sa petite main dans les siennes et la regarda en tâchant d'imiter l'expression d'adoration béate de Mandorallen.

— Sa Majesté impériale consent-elle à m'épouser ? articula-t-il. Je n'ai pas grand-chose à lui apporter en dehors d'un cœur aimant et d'une adoration sans bornes.

— Te moquerais-tu de moi, par hasard ? demanda-t-elle d'un ton méfiant.

— Non. Tu voulais que je te demande ta main, eh bien, je te la demande. Alors ? tu acceptes de devenir ma femme, oui ou non ?

— Je vais y réfléchir, répondit-elle, les yeux pétillants de malice, puis elle tendit la main et lui ébouriffa affectueusement les cheveux.

— Comment ça, tu vas y réfléchir ?

— Qui sait ? reprit-elle, la bouche en cœur. Il se pourrait qu'on me fasse une meilleure proposition. Allons, Garion, relève-toi ! Tu vas faire des poches aux genoux de ton pantalon.

Il s'exécuta.

— Ah, les femmes ! s'exclama-t-il d'un ton exaspéré en levant les bras au ciel.

Elle lui dédia ce petit coup d'œil implorant qui lui avait donné l'impression que ses genoux allaient se dérober sous lui jusqu'à ce qu'il comprenne que c'était encore un de ses trucs.

— Tu ne m'aimes plus ? fit-elle avec des trémolos dans la voix.

— Je croyais que nous avions cessé de jouer à ce jeu-là ?

— C'est une occasion spéciale, mon Garion, déclara-t-elle, puis elle éclata de rire, bondit de son fauteuil et passa ses bras autour de son cou. Oh, que je t'aime !

— J'espère bien ! assura-t-il en la serrant contre lui et en couvrant de baisers son petit visage levé vers lui.

Le lendemain matin, Garion s'habilla comme

l'homme de la rue et toqua à la porte du petit salon de Ce'Nedra.

— C'est moi. Je peux entrer ?

Son éducation sendarienne était si profondément ancrée en lui que, bien qu'étant le maître des lieux, il ne se serait jamais permis de faire irruption chez quelqu'un sans frapper.

— Mais oui, bien sûr.

Il entra dans le domaine privé de sa petite épouse, une pièce surchargée de tentures et de volants roses et vert d'eau, de satin crissant et de brocart. Arell, la demoiselle de compagnie favorite de Ce'Nedra, se leva précipitamment et s'inclina cérémonieusement devant lui. Arell était la nièce de Brand, l'une des dames de haut lignage qui entouraient la reine. C'était l'archétype de la Rivienne : une grande et belle plante aux yeux bleus dans un visage au teint frais, couronné de tresses dorées. Ce'Nedra passait le plus clair de son temps avec elle, à chuchoter et à glousser. Garion avait l'impression qu'elle ne pouvait le regarder sans rougir. Il ne voyait pas pourquoi, si ce n'est que Ce'Nedra lui avait raconté des choses qu'elle aurait mieux fait de garder pour elle.

— Je vais en ville, annonça Garion. Tu n'as besoin de rien ?

— J'aime mieux faire mes courses moi-même, rétorqua la petite reine en lissant le devant de sa robe d'intérieur. Tu ne rapportes jamais ce qu'il faut.

Il retint la réplique qui lui venait aux lèvres.

— Très bien. A tout à l'heure. Je rentrerai pour déjeuner.

— Comme voudra mon Seigneur et Maître, répondit Ce'Nedra avec une petite génuflexion moqueuse.

— Arrête ça.

Elle lui fit une grimace, s'approcha de lui et l'embrassa.

— Ma Dame, dit Garion en s'inclinant courtoisement devant Arell.

Le regard bleu de la Rivienne pétillait de joie contenue et de pas mal de conjectures. Elle baissa les yeux en rougissant.

— Majesté, fit-elle avec une révérence obséquieuse.

Garion quitta le boudoir de son épouse en se demandant vaguement ce qu'elle avait bien pu raconter à la blonde Rivienne pour justifier ces rougeurs et ces regards en coulisse. D'un autre côté, il avait une certaine dette de reconnaissance envers Arell. Elle tenait compagnie à Ce'Nedra, ce qui lui laissait les coudées franches. Depuis que tante Pol avait réglé le malentendu qui les avait tant désespérés, sa petite femme fantasque et lui, elle revendiquait tous ses instants de liberté. Garion trouvait que le mariage était plutôt agréable, dans le fond, mais qu'il y avait des moments où elle en faisait un peu trop.

Kail, le second fils de Brand, l'attendait dans le couloir, un parchemin à la main.

— Je pense, Sire, que vous devriez jeter un coup d'œil à ceci, déclara-t-il d'un ton cérémonieux.

Pour être un guerrier, comme son père et son frère, Kail n'en était pas moins cultivé, intelligent et discret, et il connaissait assez Riva et son peuple pour distinguer les choses importantes parmi les innombrables pétitions, requêtes et propositions adressées au roi. Lors du couronnement de Garion, le besoin d'un responsable des questions administratives s'était fait sentir avec une acuité dramatique, et Kail était l'homme de la situation. Il avait vingt-quatre ans. C'était un grand gaillard aux épaules larges, à la barbe brune, soignée. Des heures qu'il avait passées courbé sur ses livres il avait gardé le dos légèrement arrondi et un pli entre les sourcils. Garion avait le plus grand respect pour son jugement et en avait bientôt fait un ami.

— C'est grave ? demanda-t-il en prenant le parchemin et en y jetant un coup d'œil.

— Ça pourrait le devenir. Deux grandes familles se disputent une vallée. Je pense que nous devrions trancher la question avant qu'elle ne s'envenime.

— Y a-t-il une quelconque présomption de propriété d'un côté ou de l'autre ?

Kail secoua la tête.

— Les deux familles l'utilisaient conjointement

depuis des siècles, mais il y a eu des frictions entre elles dernièrement.

— Je vois, fit le jeune roi d'un ton méditatif. Quelque décision que je prenne, je vais mécontenter l'une des deux parties.

— C'est très probable, Sire.

— Bon, eh bien nous allons les mécontenter toutes les deux. Rédigez un document en langage officiel décrétant que la couronne revendique la propriété de cette vallée. Nous allons laisser mijoter tout ça quelques semaines puis nous couperons la terre en deux par le milieu et nous en redonnerons la moitié à chacune des deux familles. Elles m'en voudront tellement qu'elles oublieront leur discorde. Je ne tiens pas à ce que cette île devienne une nouvelle Arendie.

— Voilà, Belgarion, qui est ingénieux ! s'esclaffa Kail.

Garion lui dédia un grand sourire.

— N'oubliez pas que j'ai été élevé en Sendarie. Les Sendariens sont des gens pratiques. Oh, ménagez une bande d'une centaine de toises au milieu de la vallée. Appelez-la comme vous voudrez et interdisez-leur de la franchir. Ça devrait les empêcher de se cogner sur la tête par-dessus la barrière.

Il rendit le parchemin à Kail et repartit dans le couloir, assez satisfait de lui-même.

Le but de sa promenade de ce matin-là était l'échoppe d'un jeune souffleur de verre, un artisan de génie nommé Joran. Garion allait officiellement inspecter un service de verres en cristal qu'il avait commandé pour l'offrir à Ce'Nedra, mais son but réel était un peu plus sérieux. Son humble éducation lui avait donné la conscience aiguë du fait que la plupart des monarques ignoraient les préoccupations et l'opinion des gens. Il ressentait le besoin d'avoir des oreilles dans la cité, pas pour cafarder mais pour lui donner une vision sans préjugés des vrais problèmes du peuple. Joran était celui qu'il avait choisi pour cette tâche.

Après avoir sacrifié à l'examen des gobelets, les deux hommes passèrent dans l'arrière-boutique.

— J'ai eu votre message dès mon retour d'Arendie, commença Garion. L'affaire est donc sérieuse ?

— Je le crains, Majesté. La taxe a été mal pensée, et elle suscite beaucoup de hargne et de rogne.

— A mon encontre, évidemment ?

— C'est vous le roi, fit Joran en haussant les épaules.

— Merci, répondit sèchement Garion. Que reproche-t-on essentiellement à cette taxe ?

— Les impôts sont toujours impopulaires, observa Joran, mais ils sont supportables tant que tout le monde paie les mêmes. Ce sont les exemptions qui exaspèrent les gens.

— Les exemptions ? Quelles exemptions ?

— Les nobles sont dispensés des taxes commerciales. Vous ne le saviez pas ?

— Non. Je l'ignorais.

— Ça vient de l'époque où les nobles assumaient d'autres charges, comme la levée et l'entretien des troupes, mais la couronne a sa propre armée, maintenant. La seule différence entre un commerçant de la noblesse et un autre, c'est son titre. Il fait la même chose que moi, nous avons la même échoppe, mais moi je suis imposé, et pas lui.

— Ça me paraît assez anormal, en vérité.

— D'autant que, comme je suis obligé de répercuter la taxe dans mes prix, je suis plus cher que le noble, ce qui me fait perdre des affaires. C'est de la concurrence déloyale.

— Il faudra que nous supprimions cette exemption.

— Les nobles risquent de ne pas aimer ça.

— Ça n'a pas besoin de leur plaire.

— Vous êtes un roi juste, Majesté.

— Ce n'est pas seulement une question de justice. Combien de nobles ont une boutique en ville ? Une ou deux douzaines sur des centaines de commerçants, reprit Garion, faisant les questions et les réponses. Eh bien, mieux vaut être impopulaire auprès d'une ou deux douzaines de gens que de plusieurs centaines.

— Je n'avais pas envisagé les choses sous cet angle, avoua le souffleur de verre.

— J'y suis bien obligé, répondit Garion avec un sourire torve.

La semaine suivante, une série d'orages s'abattirent sur la Mer des Vents et l'île rocheuse fut assaillie par des trombes d'eau chassées par des vents furieux. Le temps à Riva, ne restait jamais très longtemps au beau fixe et les Riviens prenaient ces tempêtes estivales avec philosophie. Mais Ce'Nedra avait été élevée dans le Sud, au soleil de Tol Honeth. Le froid et l'humidité qui envahissaient la Citadelle la déprimaient et elle devenait hargneuse sitôt que le temps se dégradait. Elle attendait généralement l'embellie blottie au coin du feu, avec une tasse de thé et un énorme livre — souvent une romance arendaise pleine de preux chevaliers et de dames dolentes, perpétuellement au bord du désastre. Mais si le mauvais temps se prolongeait, elle finissait par lâcher son livre et partir en quête d'une autre distraction.

Un matin que le vent rugissait dans les cheminées et que la pluie fouaillait les vitres, elle entra dans le cabinet de Garion. La petite reine arborait une robe de velours vert bordée d'hermine et une expression boudeuse.

— Que fais-tu ? demanda-t-elle.

— Je lis un rapport sur la production de laine dans les terres de la couronne, au nord de l'Ile.

— Pour quoi faire ?

— Pour me tenir au courant. Tout le monde parle de laine d'un ton si dramatique... Ça doit être très important.

— Ne me dis pas que ça t'intéresse ?

— La laine permet de payer les factures, répondit Garion en haussant les épaules.

Elle se planta devant la fenêtre.

— Ce déluge ne cessera donc jamais ? grommela-t-elle au bout d'un moment.

— Allons, le beau temps finira bien par revenir.

— Je vais envoyer chercher Arell. Nous pourrions peut-être faire un tour dans les boutiques, en ville.

— Avec ce qui tombe ?

— Je vais mettre une cape. Et puis, je ne vais pas fondre. Je pourrais avoir un peu d'argent ?

— Je t'en ai donné la semaine dernière.

— Je n'en ai plus.

Garion lâcha son rapport et s'approcha d'un lourd cabinet placé contre un mur. Il prit une clé dans une poche de son pourpoint et ouvrit le tiroir du haut. Ce'Nedra s'approcha et regarda dedans avec curiosité. Il était à moitié plein de pièces d'or, d'argent et de cuivre mélangées.

— Où as-tu eu tout ça ? s'exclama-t-elle.

— On m'en donne de temps à autre. Et comme je ne vais pas trimbaler tout ça sur moi, je le fourre là-dedans. Je pensais que tu étais au courant.

— Comment aurais-je pu le savoir ? Tu ne me dis jamais rien. Combien y a-t-il là-dedans ?

— Ça..., fit-il avec un haussement d'épaules évasif.

— Garion ! s'exclama-t-elle, choquée. Tu ne sais même pas combien tu as ?

— Non, pourquoi ? Je devrais ?

— On voit bien que tu n'es pas tolnedrain. Ce n'est pas le trésor royal, n'est-ce pas ?

— Non. Ça, c'est juste pour mes dépenses personnelles.

— Ecoute, Garion, tu devrais compter cet argent.

— Je n'ai vraiment pas le temps.

— Eh bien, je vais le faire pour toi. Pose-moi ce tiroir sur la table.

Il obtempéra en grommelant car le tiroir pesait son poids, puis Ce'Nedra commença à sortir de grosses poignées de pièces du tiroir, en fit des piles et se mit à les compter avec jubilation. Il la regarda faire avec attendrissement. Il n'aurait jamais imaginé qu'elle puisse prendre un tel plaisir à manipuler de l'argent. Elle était rayonnante. Quelques pièces étant ternies, elle les regarda d'un air réprobateur et les astiqua avec l'ourlet de sa robe.

— Tu avais quelque chose de particulier à voir, en ville ? s'enquit-il en se rasseyant de l'autre côté de la table.

— Je ne vais pas sortir aujourd'hui. Tu as vu ce temps ?

Une de ses mèches de cheveux lui pendait devant la figure, mais elle était tellement absorbée par sa tâche qu'elle se contentait de souffler distraitement dessus de temps en temps. Elle avait l'air si sérieux que Garion se mit à rire.

— Que se passe-t-il ? demanda-t-elle en relevant vivement la tête.

— Rien, ma Ce'Nedra, répondit-il, et il reprit sa lecture, au doux tintement des pièces.

Les nouvelles du Sud allaient en s'améliorant à mesure que l'été passait. Le roi Urgit du Cthol Murgos avait encore reculé dans les montagnes, et l'empereur Kal Zakath de Mallorée semblait bel et bien pris dans un bourbier. Son armée avait subi d'énormes pertes en suivant les Murgos dans cette désolation labourée de crevasses et n'avançait plus qu'avec une extrême lenteur. Garion accueillit ces informations avec une vive satisfaction.

Vers la fin de l'été, la cousine algaroise de Garion, Adara, donna un second fils à Hettar. Au comble de la joie, Ce'Nedra opéra une ponction dans le fameux tiroir de Garion afin d'acheter des cadeaux dignes de la mère et de l'enfant.

La nouvelle qui arriva au début de l'automne était moins réjouissante. Dans une lettre poignante, le général Varana leur annonçait que le père de Ce'Nedra, l'empereur Ran Borune XXIII, déclinait rapidement et qu'ils seraient bien inspirés de venir à Tol Honeth. Par bonheur, le temps se maintint, et le vaisseau qui amenait le roi de Riva et sa petite épouse éplorée vogua vers le sud sous une bonne brise. Une semaine plus tard, ils arrivaient à Tol Horb et remontaient la Nedrane vers la capitale de l'empire.

A quelques lieues de l'embouchure du fleuve, ils rencontrèrent une flottille de barges blanches et or venues pour les escorter à Tol Honeth. A bord, de jeunes Tolnedraines jonchaient la Nedrane de pétales de fleurs en entonnant un chant de bienvenue à l'adresse de la princesse impériale.

Debout à la proue du vaisseau, à côté de Ce'Nedra, Garion fronça légèrement le sourcil.

— Est-ce bien convenable ?

— C'est la coutume, dit-elle. Les membres de la famille impériale entrent toujours en ville sous bonne escorte.

— Je veux parler des paroles du chant. Elles ne sont pas encore au courant de ton mariage ? demanda-t-il. Elles glorifient la princesse impériale, pas la reine de Riva.

— Nous sommes un petit peuple provincial, Garion, répondit Ce'Nedra. Une princesse impériale a beaucoup plus d'importance aux yeux des Tolnedrains que la reine d'une île éloignée.

Le chant les accompagna pendant toute la remontée du fleuve, puis une fanfare tonitruante les salua du haut des murailles blanches, éblouissantes, de Tol Honeth. Un détachement de légionnaires en armure étincelante les attendaient sur le quai de marbre. Ils les escortèrent vers le palais impérial, le long des larges avenues, les étendards écarlates et le plumet blanc de leurs casques frémissant dans la brise.

Le général Varana les accueillit à la porte du palais. C'était un robuste soldat à l'air professionnel, compétent, aux cheveux courts, ondulés. Il s'approcha d'eux en boitant.

— Sommes-nous arrivés à temps, mon oncle ? demanda aussitôt Ce'Nedra, la gorge nouée par l'angoisse.

Il acquiesça d'un air sombre.

— Ma petite Ce'Nedra, il faudra être courageuse, dit-il en prenant la jeune femme dans ses bras. Ton père est très, très malade.

— Il n'y a plus d'espoir ? reprit-elle d'une voix imperceptible.

— Tant qu'il y a de la vie, il y a de l'espoir, répondit Varana d'un ton qui démentait ses paroles.

— Je peux le voir ?

— Evidemment. Majesté..., fit le général en hochant gravement la tête à l'adresse de Garion.

— Votre Altesse, répondit Garion en se rappelant que le général était l'héritier légitime de la couronne impériale, le père de Ce'Nedra ayant eu la ruse de l'« adopter » quelques années plus tôt.

Varana les mena à travers les interminables couloirs de marbre jusqu'à une aile tranquille du palais et à une porte flanquée par deux robustes légionnaires en cuirasse de bronze. La lourde porte s'ouvrit silencieusement devant eux et Messire Morin sortit de la pièce. Le chambellan avait bien vieilli depuis la dernière fois que Garion l'avait vu, et son visage trahissait le souci qu'il se faisait pour l'empereur malade.

— Cher, cher Morin, fit Ce'Nedra en sautant au cou du meilleur ami de son père.

— Ma petite Ce'Nedra, répondit-il affectueusement. Je suis heureux que vous soyez arrivée à temps. Il n'arrête pas de demander après vous. Je pense qu'il se cramponne à la vie dans le seul espoir de vous revoir.

— Il est conscient ?

— Il somnole la plupart du temps, opina Morin, mais il a encore sa tête.

Ce'Nedra se redressa, carra les épaules et afficha un sourire radieux, optimiste.

— Très bien, déclara-t-elle, allons-y.

Ran Borune gisait dans un vaste lit à baldaquin, sous une courtepointe dorée. Il n'avait jamais été très grand, mais la maladie l'avait réduit à un état squelettique. Sa peau était moins pâle que grisâtre et son nez pincé pointait sur son visage comme un bec d'oiseau. Il avait les yeux clos et respirait péniblement, d'un souffle creux.

— Père ? murmura Ce'Nedra.

— Tiens, fit l'empereur en ouvrant un œil. Tu as tout de même fini par arriver.

— Rien n'aurait pu m'empêcher d'arriver, répondit-elle en se penchant pour embrasser sa joue ratatinée.

— C'est encourageant, grommela-t-il.

— Je suis là, maintenant, et nous allons te remettre sur pied.

— Allons, Ce'Nedra, ne prends pas ce ton protecteur avec moi. Mes docteurs ont baissé les bras.

— Qu'est-ce qu'ils y connaissent ? Nous sommes indestructibles, nous autres, les Borune.

— Quelqu'un aurait-il voté une loi pendant que j'avais le dos tourné ? Vous avez l'air en forme, Garion, ajouta-t-il en regardant son beau-fils par-dessus l'épaule de sa fille. Et je vous en prie, ne gaspillez pas votre salive en platitudes sur ma bonne mine. Je sais que j'ai l'air cadavérique. Pas vrai ?

— Un peu, oui, acquiesça Garion.

Ran Borune lui dédia un pâle sourire et regarda sa fille.

— Alors, Ce'Nedra, à quel propos allons-nous nous chamailler, aujourd'hui ?

— Nous chamailler ? Qui a dit que nous allions nous chamailler ?

— C'est notre occupation favorite. Ça m'a bien manqué. Je n'ai pas eu une bonne prise de bec depuis le jour où tu m'as barboté mes légions.

— Emprunté, père, rectifia-t-elle machinalement d'un petit ton pincé.

— Voilà comment tu appelles cette trahison ? riposta-t-il avec un immense clin d'œil à l'adresse de Garion. Vous auriez dû voir ça, continua-t-il en ricanant. Elle m'a fait piquer une crise et m'a raflé toute mon armée pendant que je me roulais par terre, l'écume à la bouche.

— *Raflé ?* s'exclama Ce'Nedra.

Ran Borune se mit à ricaner, mais son rire provoqua une quinte de toux qui le laissa haletant et si affaibli qu'il ne pouvait plus lever la tête. Il ferma les yeux et sombra dans une sorte de torpeur sous le regard angoissé de sa fille.

Au bout d'un quart d'heure, Messire Morin entra sans bruit avec un petit flacon et une cuillère d'argent.

— C'est l'heure de son remède, souffla-t-il à Ce'Nedra. Je doute que ça lui fasse beaucoup de bien, mais nous maintenons ce rite.

— C'est vous, Morin ? demanda l'empereur sans ouvrir les yeux.

— Oui, Ran Borune.

— Vous avez eu des nouvelles de Tol Rane ?

— Oui, Majesté.

— Alors ?

— Je crains que la saison ne soit passée, là-bas aussi.

— Il doit bien rester en ce monde un arbre chargé de fruits, dit, excédé, le petit empereur émacié.

— Sa Majesté a exprimé le désir de manger des fruits frais, expliqua Morin à Ce'Nedra et Garion.

— Pas n'importe quels fruits, Morin, siffla Ran Borune. Des cerises. Je veux des cerises. Je donnerai un grand-duché à l'homme qui m'apportera des cerises.

— Allons, Père, ne fais pas de caprices, le gourmanda Ce'Nedra. La saison des cerises est passée depuis des mois. Que dirais-tu d'une bonne pêche bien mûre ?

— Je ne veux pas de pêches, je veux des cerises !

— Eh bien, ce n'est pas possible.

— Tu n'es qu'une ingrate, Ce'Nedra.

Garion se pencha et chuchota quelques mots à l'oreille de Ce'Nedra.

— Je reviens tout de suite, annonça-t-il en quittant la chambre avec Morin.

Dans le couloir, ils tombèrent sur le général Varana.

— Comment va-t-il ?

— Il n'est pas de très bonne humeur, répondit Garion. Il voudrait des cerises.

— Je sais, fit amèrement Varana. Il y a des semaines qu'il en réclame. On peut compter sur un Borune pour demander l'impossible.

— Il n'y a pas de cerisiers ici, dans le domaine ?

— Il y en a quelques-uns dans son jardin privé. Pourquoi ?

— Je pensais que je pourrais peut-être leur dire deux mots, expliqua Garion d'un petit ton innocent. Rien d'immoral, ajouta-t-il, voyant le regard réprobateur de Varana. Je voudrais juste les encourager un peu...

— Je vous en prie, Belgarion, ne vous justifiez pas, protesta Varana en levant la main et en détournant le visage d'un air réprobateur. Je ne veux même pas en entendre parler. Faites ce que vous croyez devoir faire, mais par pitié, n'essayez pas de me convaincre que ce n'est ni anormal ni malsain.

— D'accord. Alors, où disiez-vous que ce jardin était ?

Ce ne fut pas très difficile. Garion avait vu Belgarath le faire plusieurs fois, et moins de dix minutes plus tard, il était devant la chambre du malade avec un petit panier plein de cerises noires. Varana le regarda fixement, sans rien dire, ouvrit doucement la porte et le laissa entrer.

Ran Borune était enfoui dans ses oreillers. Son visage tiré trahissait son épuisement.

— Enfin, Ce'Nedra, ce n'est pas une réponse, disait-il. Une fille respectueuse aurait déjà donné une demi-douzaine de petits-enfants à son père, depuis le temps.

— Ça viendra, Père. Pourquoi tout le monde se tracasse-t-il tant à ce sujet ?

— Parce que c'est important. Tu n'es pas écervelée au point de... Où les avez-vous trouvées ? demanda-t-il en observant d'un air incrédule le panier que Garion tenait à la main.

— Je ne pense pas, Ran Borune, que la réponse vous plairait. C'est le genre de chose qui semble contrarier les Tolnedrains, je ne sais pas pourquoi.

— Ce n'est pas vous qui les avez faites, tout de même ? insista l'empereur d'un ton suspicieux.

— Non. Ç'aurait été beaucoup plus difficile. Je me suis contenté de stimuler un peu les arbres de votre jardin, c'est tout. Ils se sont montrés très coopératifs.

— Ce'Nedra, tu as vraiment épousé un homme remarquable ! s'exclama Ran Borune en lorgnant avidement les cerises. Posez ça ici, mon garçon, fit-il en tapotant la courtepointe.

Ce'Nedra dédia à son mari un petit sourire reconnaissant, lui prit le panier des mains et le posa près de son père. Elle en prit une au passage et se la fourra dans la bouche.

— Ce'Nedra ! Arrête de manger mes cerises !

— C'était juste pour m'assurer qu'elles étaient bien mûres.

— Un aveugle verrait qu'elles sont mûres, répliqua l'empereur en s'emparant du panier. Si tu en veux, va t'en chercher.

Il choisit soigneusement la plus belle et se la mit dans la bouche.

— *Meerveilleux*, fit-il en la mâchant avec délectation.

— Enfin, Père, ne crache pas les noyaux par terre comme ça, c'est dégoûtant.

— C'est mon parquet ! rappela-t-il, la bouche pleine. Et puis ça ne te regarde pas. Cracher les noyaux, c'est le plus amusant. Garion, nous ne parlerons pas de la façon dont vous avez obtenu ces cerises, déclara-t-il avec magnanimité. En pratique, la sorcellerie constitue une violation des lois tolnedraines, mais nous passerons l'éponge pour cette fois.

— Merci, Ran Borune, j'apprécie, répondit l'intéressé.

— Aah, ça va mieux, fit l'empereur avec un sourire satisfait après en avoir mangé la moitié. Ce'Vanne m'apportait toujours des cerises fraîches dans un petit panier comme ça.

— Ma mère, souffla Ce'Nedra à l'oreille de Garion.

— Elle me manque, murmura-t-il, les yeux embrumés. Elle était impossible à vivre, mais elle me manque un peu plus tous les jours.

— Je ne me souviens même plus d'elle, murmura Ce'Nedra d'un petit ton nostalgique.

— Moi, je me la rappelle très bien, riposta son père. Je donnerais mon empire pour revoir son visage une dernière fois.

Ce'Nedra étreignit la pauvre main de son père et implora Garion du regard.

— Tu ne pourrais pas... ? commença-t-elle, les yeux pleins de larmes.

— Je ne suis pas sûr. Je n'ai jamais vu ta mère et je..., fit-il d'un ton méditatif, comme s'il réfléchissait à la façon de procéder. Je suis sûr que tante Pol pourrait le faire, mais... Enfin, on peut toujours essayer, ajouta-t-il en s'approchant du lit de l'empereur.

Il prit la main de Ce'Nedra puis celle de son père, et ils fermèrent le cercle.

Ce fut très difficile. La mémoire de Ran Borune était altérée par l'âge et la maladie, et Ce'Nedra avait pratiquement tout oublié de sa mère. Garion se concentra intensément sur l'évocation de Ce'Vanne. Des gouttelettes de sueur perlèrent à son front tandis qu'il tentait de réunir ces bribes de souvenirs en une seule image.

La lumière qui filtrait à travers les rideaux vaporeux de la fenêtre sembla décliner, comme si un nuage passait devant le soleil, et l'on entendit le tintement lointain, assourdi, de petites clochettes d'or. Une odeur de forêt emplit tout à coup la chambre, un mélange subtil de mousse, de feuilles et d'écorce. La lumière baissa encore un peu et le tintement et l'odeur s'affirmèrent.

Alors une silhouette lumineuse, encore indistincte, apparut au pied du lit de l'empereur mourant. La forme se précisa et elle fut *là*. Ce'Vanne était un peu plus grande que Ce'Nedra, mais Garion vit aussitôt pourquoi Ran Borune aimait tant sa fille unique. Les cheveux de sa femme étaient exactement de la même couleur chaude, intense, ses yeux étaient du même vert et sa peau avait le même reflet olivâtre. Elle avait un visage volontaire, assurément, mais ses yeux débordaient d'amour.

La silhouette fit le tour du lit en effleurant au passage le visage de sa fille. Comme ses doigts fantomatiques s'attardaient sur les traits de Ce'Nedra, Garion reconnut tout à coup l'origine du tintement. Ce'Vanne portait les deux petits glands d'or que sa fille aimait tant, et c'étaient ces minuscules grelots qui se faisaient entendre chaque fois qu'elle tournait la tête. Garion songea de façon tout à fait saugrenue que ces boucles d'oreilles étaient restées sur la coiffeuse de sa femme, à Riva.

Ce'Vanne tendit la main vers son mari. Les yeux de Ran Borune étaient pleins de larmes émerveillées.

— Ce'Vanne, souffla-t-il en se redressant.

Il lâcha Garion et tendit son bras tremblant vers sa femme. L'espace d'un instant, leurs mains semblèrent se toucher, puis Ran Borune poussa un long soupir frémissant et retomba sur ses oreillers. C'était fini.

Ce'Nedra garda longtemps la main décharnée de son père dans la sienne. La faible odeur de sous-bois et l'écho des petites clochettes d'or s'éloignèrent lentement, puis la lumière revint à la fenêtre. Alors elle replaça doucement la main inerte sur la courtepointe, se redressa et promena sur la chambre un regard presque indifférent.

— Il faudra aérer, bien sûr, dit-elle d'un air absent. Peut-être faire venir des fleurs pour adoucir l'air.

Elle lissa la courtepointe sur le côté du lit et regarda gravement le corps de son père. Puis elle se retourna et se jeta dans les bras de son mari.

— Oh, Garion ! gémit-elle.

Garion serra son petit corps frémissant contre lui et lui caressa les cheveux en observant le visage apaisé de l'empereur de Tolnedrie. Ce n'était peut-être qu'un caprice de la lumière, bien sûr, mais on aurait dit qu'un petit sourire flottait sur les lèvres de Ran Borune.

CHAPITRE XI

Les obsèques officielles de Ran Borune XXIII eurent lieu quelques jours plus tard, au temple de Nedra, le Dieu-Lion de Tolnedrie. C'était un énorme monument de marbre qui jouxtait le palais impérial. Le cercueil de marbre du père de Ce'Nedra était placé devant l'autel surmonté d'un immense éventail d'or massif orné d'une tête de lion. Le vingt-troisième empereur de la troisième dynastie des Borune dormait de son dernier sommeil dans un linceul d'or. Les membres des grandes familles se pressaient sous la colonnade intérieure du temple, moins pour lui rendre hommage que pour exhiber leurs riches vêtements et leurs opulentes parures.

Garion et Ce'Nedra, tous deux en grand deuil, étaient assis à côté du général Varana, sur le devant de l'immense salle où les plus grandes familles de Tolnedrie faisaient l'éloge du défunt, conformément au protocole. Garion les soupçonnait d'avoir préparé leurs discours longtemps à l'avance. C'étaient des panégyriques ampoulés, profondément ennuyeux, qui semblaient tous dire la même chose : si Ran Borune n'était plus, l'Empire était toujours debout. Ce dont la plupart des orateurs paraissaient convaincus jusqu'à l'écœurement.

Après les oraisons funèbres, le grand-prêtre de Nedra, un homme replet, à la lippe sensuelle, qui suait à grosses gouttes sous sa robe blanche, passa derrière l'autel et apporta son tribut à ces hommages posthumes. Il gratifia l'assemblée d'un interminable sermon sur les bienfaits de la fortune et d'en user avec sagesse. Garion fut d'abord choqué par le sujet du prêche, mais les visages captivés le persuadèrent vite que l'argent était un thème très émouvant pour une congrégation tolnedraine et qui permettait au grand-prêtre de glisser quantité d'éloges sur le père de Ce'Nedra et sa vie exemplaire.

Une fois achevés ces discours fastidieux, le petit empereur rejoignit sa défunte épouse sous une dalle de marbre, dans la partie de la crypte réservée aux Borune. Les prétendus affligés présentèrent ensuite leurs condoléances à la famille éplorée. Ce'Nedra était livide mais très digne. La voyant vaciller, Garion tendit spontanément la main pour la soutenir.

— Ne me touche pas ! souffla-t-elle âprement en relevant le menton dans une attitude de défi. Nous ne pouvons nous permettre de flancher devant nos ennemis, ajouta-t-elle en remarquant sa surprise. Je ne ferai pas cette joie aux Horbite, aux Honeth ou aux Vordue. Mon père se retournerait dans sa tombe.

Garion trouva méprisables et répugnants les rictus et les perfidies à demi dissimulés derrière une feinte sympathie. Son expression se faisait plus froide et réprobatrice à mesure que la noblesse défilait devant sa petite épouse. Son attitude menaçante doucha bientôt l'entrain des grands-ducs, de leurs dames et de leurs courtisans. Les Tolnedrains redoutaient ce mystérieux monarque alorien qui était sorti de nulle part pour revendiquer le trône de Riva et ébranler la terre de ses pas. Son visage froid, sinistre, les faisait trembler alors qu'ils approchaient de Ce'Nedra, et beaucoup ravalèrent leur venin.

Son écœurement eut finalement raison de ses bonnes manières sendariennes. Il prit fermement sa femme par le coude.

— Partons, dit-il d'une voix qui retentit jusqu'au bout du temple. Je trouve que ça commence à sentir le rance, ici.

Ce'Nedra lui jeta un coup d'œil surpris, puis elle releva le menton dans une attitude aussi impériale qu'impérieuse et posa une main légère sur son bras. La foule s'ouvrit largement devant eux tandis qu'ils se dirigeaient d'un pas égal vers les énormes portes de bronze. On aurait entendu une mouche voler.

— Bien joué, Garion ! s'exclama chaleureusement Ce'Nedra dans le carrosse impérial qui les ramenait au palais.

— J'ai pensé que ça s'imposait, répondit-il. Un peu plus et je prononçais des paroles irréparables, ou je les changeais en crapauds, tous autant qu'ils étaient.

— Mmm, quelle bonne idée ! On y retourne tout de suite, si tu veux.

Varana les rejoignit au palais, une heure plus tard.

— Belgarion, commença-t-il avec un sourire radieux, vous êtes un jeune homme remarquable. Vous avez, d'un mot, mortellement outragé toute la noblesse du nord de la Tolnedrie.

— Quel mot ?

— *Rance.*

— Vous m'en voyez désolé.

— Surtout pas ! Aucun terme ne pouvait mieux leur convenir.

— J'ai peut-être été un peu dur.

— Nullement. Mais vous vous êtes fait des ennemis enragés.

— C'est tout ce qui me manquait, rétorqua aigrement Garion. Encore quelques années et j'aurai des ennemis dans tous les coins du monde.

— Un roi sans ennemis, Belgarion, est un roi qui ne fait pas son métier. N'importe quel ahuri peut passer sa vie sans offenser qui que ce soit.

— Merci.

On ignorait encore la décision que prendrait Varana après la disparition de Ran Borune. Son « adoption » par le défunt empereur n'était évidemment qu'un subterfuge dont rien ou presque n'étayait la légalité. Aveuglés par leur convoitise, les candidats au trône impérial s'étaient persuadés qu'il se contenterait de jouer le rôle de fossoyeur, et que le problème de succession se réglerait de la façon habituelle.

Ils vécurent dans cette illusion jusqu'au couronnement, qui eut lieu deux jours après les obsèques de Ran

Borune. Quand le général entra dans le temple de Nedra, vêtu de son uniforme et non pas du traditionnel mantelet doré qu'était seul autorisé à porter l'empereur, la jubilation des prétendants au trône était presque palpable. Le général n'envisageait manifestement pas de ceindre la couronne. Le soudoyer coûterait évidemment un petit quelque chose, mais la voie du pouvoir était toujours libre. C'est avec de grands sourires qu'il virent Varana s'approcher de l'autel, le visage illuminé par son pectoral incrusté d'or.

Le grand-prêtre rondouillard se pencha pour conférer à mi-voix avec Varana. Tous le virent alors blêmir. Il ouvrit en tremblant le coffret de cristal et d'or placé sur l'autel et en sortit la couronne impériale incrustée de joyaux. Il oignit les cheveux de Varana avec l'onguent traditionnel, puis il éleva la couronne entre ses mains frémissantes.

— Par Nedra, je Te couronne..., commença le grand-prêtre d'une voix que la crainte rendait stridente. Je Te couronne, Ran Borune XXIV, empereur de Tolnedrie.

La noblesse tolnedraine mit un moment à enregistrer que, par le choix de ce titre, Varana annonçait clairement son intention d'assumer le pouvoir, puis le temple retentit de cris et de gémissements... clameurs vite interrompues par un formidable bruit métallique : les légionnaires tolnedrains, qui avaient silencieusement investi la colonnade du temple, tirèrent l'épée d'un seul mouvement, la levèrent en signe d'hommage, et de mille poitrines jaillit ce cri :

— Vive Ran Borune ! Longue vie à l'empereur de Tolnedrie !

Tout était dit.

Garion, Ce'Nedra et le nouvel empereur se retrouvèrent le soir même sous les tentures écarlates d'un salon privé, baigné par la lueur dorée de douzaines de chandelles. Ils bavardaient en sirotant une carafe de vin tolnedrain. Le général arborait le mantelet doré des empereurs de Tolnedrie.

— La surprise est aussi importante dans la vie politique qu'au combat, dit Varana. Tant que votre adversaire ignore ce que vous mijotez, il ne peut préparer sa riposte.

— C'était bien joué, approuva Garion. En portant votre cuirasse au lieu du mantelet impérial, vous n'avez dévoilé vos intentions qu'à la dernière minute.

— Certes, mais j'avais une autre raison, beaucoup plus pratique, d'adopter cette tenue ! s'esclaffa Varana. La plupart de ces jeunes nobles ont reçu une éducation militaire, et donc appris à lancer la dague. Comme je leur tournais le dos, je préférais avoir une bonne couche de métal sur les omoplates et la région vulnérable qui se trouve entre les deux !

— La politique tolnedraine a toujours été assez virile.

— Mais assez amusante, acquiesça Varana.

— Vous avez de curieuses distractions. J'ai déjà reçu quelques dagues, et je n'ai pas trouvé ça drôle du tout.

— Nous avons un sens de l'humour un peu particulier, nous autres, les Anadile.

— Les Borune, mon oncle, rectifia Ce'Nedra d'un ton pincé.

— Comment, mon petit ?

— Vous n'êtes plus un Anadile mais un Borune, et vous devez agir en Borune.

— En piquant des colères, tu veux dire ? Ce n'est pas mon genre.

— Ce'Nedra pourra vous donner des leçons, si vous voulez, suggéra Garion avec un radieux sourire à sa jeune épouse.

— *Pardon ?* piaula l'intéressée, d'une voix qui monta d'une bonne octave.

— Elle a toujours été très douée, convint platement Varana.

La petite reine poussa un soupir à fendre l'âme puis, voyant ses compagnons hilares, se composa une expression tragique.

— Que puis-je faire, seule contre deux hommes ? déclama-t-elle d'une voix vibrante. Me voilà, pauvre fille indignement traitée et injuriée par mon frère et mon mari.

Varana accusa le coup.

— Tiens, je n'y avais pas songé, mais tu es ma sœur, à présent ?

— Vous n'êtes peut-être pas si malin que ça, mon cher frère, ronronna-t-elle. Je savais que Garion était un peu obtus, mais je vous croyais plus futé.

Les deux hommes échangèrent des regards meurtris.

— Ces Messieurs souhaitent-ils prolonger ce petit jeu ? s'enquit Ce'Nedra, les cils papillonnants et les lèvres retroussées sur un sourire suffisant.

C'est alors qu'on frappa légèrement à la porte.

Messire Morin, le chambellan, pleurait encore l'homme qu'il avait si longtemps et si fidèlement servi, mais il accomplissait sa tâche avec son efficacité coutumière.

— Oui, Morin ? fit Varana.

— Quelqu'un demande à voir Sa Majesté. Une personne d'une réputation discutable, aussi ai-je cru préférable de vous parler en privé avant de l'introduire.

— Une personne de réputation discutable ?

— La courtisane Bethra, Majesté, reprit Morin avec un regard gêné en direction de Ce'Nedra. Elle... comment dire... elle rendait naguère certains services à l'empire. Son... métier lui donnait accès à un grand nombre d'informations. C'était une amie de longue date de Ran Borune. Elle venait de temps en temps l'informer des activités de certains nobles hostiles à la couronne. Il avait pris des dispositions pour la laisser entrer discrètement au palais de sorte qu'ils puissent... euh, s'entretenir, notamment.

— Tiens, tiens, le vieux renard !

— L'exactitude de ses renseignements n'a jamais été contestée, Majesté. Elle aurait une importante révélation à vous faire.

— Eh bien, dites-lui d'entrer. Avec la permission de ma chère sœur, bien sûr, ajouta Ran Borune XXIV en interrogeant Ce'Nedra du regard.

— Mais certainement, acquiesça-t-elle très vite, les yeux brûlants de curiosité.

Morin fit entrer la femme. Elle leva son bras fuselé pour repousser son capuchon, et Garion sursauta. C'est elle qui avait accosté Silk quand ils étaient passés par Tol Honeth, tante Pol, ses compagnons et lui, une dizaine d'années plus tôt. La femme défit l'agrafe qui retenait sa cape et la laissa glisser presque lascivement sur ses épaules nacrées. Elle n'avait pas changé. Ses cheveux étaient du même noir presque bleuté, sans un fil gris. Son visage d'une beauté stupéfiante était lisse comme celui d'une petite fille et ses yeux aux paupières lourdes recélaient toujours la même sensualité. Elle portait une robe d'un bleu lavande très pâle, laiteux, conçue pour mettre en valeur plutôt que voiler son corps voluptueux, presque lubrique. Un corps qui ne pouvait laisser un homme indifférent. Garion la regardait, bouche bée, quand il sentit s'appesantir sur lui les yeux verts, durs comme l'agate, de sa tendre moitié. Il s'absorba aussitôt dans la contemplation du plafond aux moulures ornementées.

— Majesté, commença la femme d'une voix chaude en s'inclinant gracieusement devant le nouvel empereur, j'aurais attendu un peu avant de me présenter devant vous si je n'avais entendu des choses dont j'ai cru devoir vous informer aussitôt.

— Croyez, Dame Bethra, que j'apprécie votre sollicitude, répondit courtoisement Varana.

— Je ne suis pas une dame, Majesté, loin de là, rectifia-t-elle avec un rire de gorge un peu pervers. Princesse, murmura-t-elle en s'inclinant avec légèreté devant Ce'Nedra.

— Madame, répondit un peu fraîchement Ce'Nedra, avec une brève inclinaison de tête.

— Ah..., fit presque tristement la courtisane, puis elle revint à Varana. Vers la fin de l'après-midi, j'ai reçu dans mon établissement le comte Ergon et le baron Kelbor.

— Deux des plus puissants représentants de la famille Honeth, commenta Varana à l'attention de Garion.

— Les Honeth désapprouvent le choix du nom qu'a fait Votre Majesté. Sans doute étaient-ils encore sous le choc, à en juger par la virulence de leurs propos, pourtant je pense qu'il serait dangereux de les prendre à la légère. Ergon est un crétin pompeux et un bravache, mais il faut se méfier du baron Kelbor. Bref, ils sont parvenus à la conclusion qu'il était vain d'espérer vous faire assassiner, avec les légions qui gardent le palais, mais Kelbor a ajouté : « Quand on veut tuer un serpent, on lui coupe la queue... au ras de la tête. Si Varana est inaccessible, on peut encore atteindre son fils. Sans héritier, la lignée de Varana s'éteindra avec lui. »

— Mon fils ? s'exclama Varana d'une voix étranglée.

— Il est en grand danger, Majesté. J'ai pensé que vous deviez le savoir.

— Merci, Bethra, répondit gravement Varana. Morin, envoyez un détachement de la troisième légion chez mon fils. Qu'ils ne laissent entrer ou sortir personne avant que j'aie pris les mesures nécessaires.

— Tout de suite, Majesté.

— Je voudrais aussi m'entretenir avec ces Honeth. Envoyez-les chercher sous bonne escorte et faites-les attendre dans la petite pièce que vous savez, dans les oubliettes.

— Vous n'oseriez pas ! hoqueta Ce'Nedra.

— Peut-être pas, admit Varana, mais ils ne sont pas censés le savoir. Qu'ils se tracassent donc une heure ou deux.

— Comptez sur moi, Majesté, fit Morin en quittant aussitôt la pièce sur une dernière courbette.

— Il paraît que vous connaissiez mon père, dit Ce'Nedra à la femme aux courbes lascives, debout au centre de la pièce.

— Oui, Princesse, très bien, répondit celle-ci. Nous étions amis depuis des années. Votre père était encore vert, continua-t-elle calmement en voyant la petite reine de Riva étrécir les yeux d'une façon un peu inquiétante. L'expérience m'a appris que les enfants préféraient généralement ignorer certains pans de la vie de leurs parents, mais c'était ainsi. Je l'aimais beaucoup et il va me manquer.

— Je ne vous crois pas, décréta abruptement Ce'Nedra.

— Libre à vous...

— Mon père n'était pas comme ça.

— Puisque vous le dites, Princesse, concéda la femme avec un petit sourire.

— Vous mentez ! s'écria Ce'Nedra.

Une lueur fugitive brilla dans les yeux de la courtisane.

— Non, Princesse, je ne mens pas. Je ne dis pas toujours tout ce que je sais, mais je ne travestis jamais la vérité. Le mensonge est trop facile à déceler. Nous étions amis intimes, Ran Borune et moi. Nous avions beaucoup d'estime l'un pour l'autre. Vous avez été élevée dans du coton, Princesse Ce'Nedra, lâcha-t-elle avec amusement. Tol Honeth est une cité corrompue, et j'y suis chez moi. Regardons la réalité en face. Je suis une putain, et je ne m'en cache pas. C'est un métier facile, pas forcément désagréable, et qui rapporte. Je suis en excellents termes avec certains des hommes les plus riches et les plus puissants du monde. S'ils apprécient ma conversation, quand ils viennent chez moi, ce n'est pas pour discuter. Nous ne parlons qu'après. C'était la même chose quand je venais voir votre père, Princesse. Nous parlions, mais généralement *après*.

— Personne n'a jamais osé me parler ainsi ! s'exclama Ce'Nedra, haletante, les joues en feu et les yeux écarquillés comme si on l'avait frappée.

— Eh bien, il était temps, rétorqua calmement la femme. Vous aurez toujours appris quelque chose, même si ça ne vous fait pas plaisir. Maintenant, je vais vous demander la permission de me retirer. Les Honeth ont des espions partout ; je ne tiens pas à ce qu'ils apprennent ma visite.

— Permettez-moi, Bethra, de vous remercier pour l'information que vous venez de m'apporter et de vous dédommager de la peine que vous avez prise, proposa l'empereur.

— A aucun prix, Majesté, répondit-elle avec un petit sourire malicieux en remettant sa cape. Je ne vends pas des informations. Il faut que je m'en aille, à présent. A moins, bien sûr, que vous ne vouliez parler boutique, ajouta-t-elle en arrêtant son geste et en lui jetant un regard impudent.

— Ce n'est peut-être pas le moment, déclina Varana d'un petit ton nostalgique avec un coup d'œil oblique vers Ce'Nedra.

— Une autre fois peut-être.

Elle s'inclina à nouveau et quitta la pièce, abandonnant son parfum musqué derrière elle.

Ce'Nedra se tourna comme une furie vers les deux hommes.

— Vous deux, je vous conseille de la boucler ! tempêta-t-elle, écarlate, les yeux jetant des éclairs. Ne l'ouvrez pas, compris ?

Quelques jours plus tard, le roi et la reine de Riva repartirent pour l'Ile des Vents. Ce'Nedra gardait son chagrin pour elle, mais Garion la connaissait assez pour savoir que la mort de son père l'avait profondément bouleversée. Et comme il l'aimait et respectait ses sentiments, il redoubla de tendresse et d'affection pendant des mois.

Vers la fin de l'automne, les rois d'Alorie et Porenn, la régente de Drasnie, vinrent à Riva pour la traditionnelle assemblée du conseil d'Alorie. La robe noire de la jolie petite reine semblait souligner sa blondeur, mais les circonstances étaient infiniment moins dramatiques que lors de leurs précédentes rencontres. Torak était mort, les Angaraks commotionnés par la guerre et il y avait un roi sur le trône de Riva. La réunion était purement formelle, bien que les rois affectassent de tenir des séances de travail dans la salle du conseil tendue de velours bleu, tout en haut de la tour sud de la Citadelle. Ils parlèrent gravement de la guerre qui était au point mort dans le sud du Cthol Murgos et du conflit qui opposait Varana à la famille des Vordue, au nord de la Tolnedrie.

La tentative d'attentat avortée des Honeth avait dû inquiéter les Vordue, qui avaient décidé de faire sécession. Peu après le couronnement de Varana, ou plutôt Ran Borune XXIV, la maison des Vordue avait décrété que le grand-duché était désormais un royaume indépendant de la Tolnedrie. On saurait bientôt lequel d'entre eux allait accéder au trône.

— Varana va être obligé de faire donner ses légions, déclara Anheg en essuyant sur sa manche ses lèvres pleines de mousse. Sans cela, les autres familles vont faire sécession à leur tour, et la Tolnedrie volera en éclats.

— Ce n'est pas si simple, objecta doucement la reine Porenn en tournant le dos à la fenêtre par laquelle elle observait l'activité du port, loin en bas. Les légions seraient ravies de se battre contre n'importe quel ennemi étranger, mais Varana ne peut pas leur demander d'attaquer leurs propres frères.

— Il pourrait faire remonter des légions du Sud, rétorqua le roi de Cherek en haussant les épaules. Ce sont tous des Borune, des Anadile ou des Ranite. Ils seraient trop heureux de piétiner des Vordue.

— Les légions du Nord se précipiteraient pour les en empêcher, elles commenceraient à se battre les unes contre les autres et ce serait la désintégration de l'empire.

— Je ne voyais pas les choses sous cet angle, admit Anheg. Vous savez, Porenn, vous n'êtes pas bête, pour une femme !

— Et vous, vous êtes assez intelligent, pour un homme, riposta-t-elle avec un doux sourire.

— Quinze à rien, murmura doucement le roi Cho-Hag.

— On compte les points ? s'enquit suavement Garion.

— Disons que c'est une façon de suivre les événements, répondit le Chef des Chefs de Clan d'Algarie, le visage rigoureusement impassible.

Ils apprirent au bout de plusieurs jours de quelle façon — assez originale au demeurant — Varana avait réglé son problème avec les Vordue. Un vaisseau drasnien entra dans le port, un beau matin, et un agent des services secrets remit une liasse de dépêches à la reine Porenn.

— Je pense, Messires, que nous pouvons cesser de nous en faire pour Varana, annonça-t-elle en entrant dans la salle du conseil avec un petit sourire satisfait. Il a manifestement trouvé une solution à la crise provoquée par les Vordue. D'après mes informateurs, il a conclu un arrangement secret avec le roi Korodullin d'Arendie et le prétendu royaume de Vordue a été subitement infesté de bandits arendais, la plupart en armure, comme par hasard.

— Attendez un peu, Porenn, coupa Anheg. Si c'est un arrangement secret, comment se fait-il que vous soyez au courant ?

— Allons, mon cher, fit la petite reine de Drasnie en baissant modestement les yeux, vous devez tout de même bien savoir que je suis au courant de tout ?

— Trente pour la reine, souffla le roi Cho-Hag.

— Je serais assez d'accord, acquiesça Garion.

— Enfin, des bataillons entiers de jeunes chevaliers mimbraïques irresponsables ravagent la contrée. Les Vordue, qui n'ont pas d'armée digne de ce nom, ont appelé les légions à la rescousse. Mes gens ont *trouvé* une copie de la réponse de Varana, continua la petite reine blonde en dépliant un parchemin. « Au gouvernement du royaume de Vordue, salut et fraternité, lut-elle. Votre demande d'intervention nous a fort surpris. Les hauts dignitaires de Tol Vordue ne peuvent sincèrement nous demander de violer la souveraineté de leur jeune nation en envoyant des légions tolnedraines à l'intérieur de leurs frontières pour mettre fin aux agissements de quelques brigands arendais. Le maintien de l'ordre est de la responsabilité suprême des Etats, et la couronne de Tolnedrie n'a pas l'intention de faire intrusion dans ce domaine privilégié. Une telle ingérence susciterait dans le monde entier de sérieuses réserves quant à la viabilité de votre nouveau royaume. Nos vœux vous accompagnent dans vos efforts pour régler ce qui demeure un problème interne à Vordue. »

Anheg éclata d'un rire tonitruant.

— Je pense que ça mérite un toast, hoqueta-t-il en frappant la table de ses poings.

— Et même plusieurs, renchérit Garion. Buvons aux Vordue et à leurs tentatives de maintien de l'ordre.

— Ne m'en veuillez pas, Messieurs, reprit la reine

Porenn, mais une faible femme n'est pas de taille à lutter avec les rois d'Alorie quand il s'agit de problèmes aussi sérieux.

— Vous êtes tout excusée, Porenn, acquiesça le roi de Cherek, magnanime. Nous boirons pour vous.

— Vous êtes trop aimable, murmura Porenn en se retirant.

Pour Garion, la majeure partie de la soirée devait à jamais sombrer dans les brumes et les effluves de la bière. Il crut se rappeler avoir suivi un couloir bras dessus, bras dessous avec Anheg et Brand, et ils tanguaient avec un ensemble stupéfiant, comme s'ils avaient été sur un bateau. Il lui sembla aussi se rappeler qu'ils chantaient. Et Garion, qui ne chantait jamais, avait eu l'impression, cette nuit-là, que c'était la chose la plus naturelle et la plus réjouissante du monde.

C'était la première fois de sa vie qu'il s'enivrait. Tante Pol avait toujours été contre, et il s'était rangé à son avis sur cette question comme sur presque toutes les autres. Il ne s'attendait donc pas à ce qui lui arriva le lendemain matin.

Ce'Nedra ne se montra guère compatissante, pour dire les choses sobrement (!). Comme toutes les femmes, depuis le commencement des temps, elle prit de très haut les souffrances de son mari.

— Je t'avais bien dit que tu buvais trop, grinça-t-elle.

— Assez, je t'en prie, souffla-t-il en se prenant la tête à deux mains.

— Tu l'as bien cherché, railla-t-elle.

— Laisse-moi, implora-t-il. Je voudrais être mort.

— Oh, ne t'inquiète pas, tu n'en mourras pas. Le bienheureux oubli du trépas ne te sera pas accordé.

— Pas si fort, je t'en supplie.

— Nous avons beaucoup aimé ta façon de chanter, le loua-t-elle avec vivacité. Je crois que tu as inventé des notes qui n'existaient pas jusque-là.

Garion gémit et enfouit son visage entre ses mains tremblantes.

Le conseil des rois d'Alorie dura encore près d'une semaine. Il se serait sûrement prolongé si une farouche tempête d'automne n'avait annoncé, par de furieuses rafales, que le moment était venu pour l'auguste assemblée de regagner le continent pendant que la Mer des Vents était encore navigable.

Quelques jours plus tard, le Gardien de Riva requit une audience privée de Garion. Dehors, c'était un véritable déluge et la pluie cinglait les fenêtres du cabinet où les deux hommes étaient confortablement assis de part et d'autre d'un bureau. Brand ne rajeunissait pas et Garion lui trouva l'air plus triste que jamais.

— Je peux vous parler franchement, Belgarion ? J'aimerais vous entretenir d'une affaire assez personnelle et je ne voudrais pas que vous en preniez offense.

— Vous savez que vous n'avez pas besoin de me le demander. Dites ce que vous avez à me dire ; je vous promets de ne pas m'offusquer.

— Belgarion, il y a maintenant près de huit ans que vous avez épousé la princesse Ce'Nedra, commença le Gardien en regardant le ciel gris et la pluie que le vent rabattait sur les vitres. Je ne voudrais pas vous donner l'impression de me mêler de ce qui ne me regarde pas, mais le fait que votre épouse n'ait pas encore donné d'héritier au trône est, que ça nous plaise ou non, une affaire d'Etat.

— Je sais que ça vous préoccupe beaucoup, tout comme Anheg et les autres, répondit Garion avec une moue pensive. Mais je pense que votre inquiétude est prématurée.

— Huit ans, ce n'est pas rien. Nous savons tous combien vous aimez votre femme. Elle nous est très chère, à nous aussi. Même si elle est parfois un peu difficile, ajouta Brand en esquissant un sourire.

— Vous avez remarqué, hein ?

— C'est de grand cœur que nous l'avons suivie dans sa campagne contre les Angaraks et nous recommencerions probablement si elle nous le demandait, mais je pense que nous ferions mieux de voir la réalité en face : et si elle était stérile ?

— Je vous affirme que ce n'est pas le cas, décréta fermement le jeune homme.

— Alors pourquoi ne vous donne-t-elle pas d'héritier ? Belgarion, le destin de Riva et de l'Alorie tout entière est suspendu à votre moindre souffle. On ne parle pour ainsi dire que de ça dans les royaumes du Nord.

— Je l'ignorais, avoua Garion.

— Grodeg et ses acolytes ont été virtuellement exterminés à Thull Mardu, mais les adeptes de l'Ours relèvent la tête dans les régions reculées de Cherek, de Drasnie et d'Algarie... Je pensais bien que vous étiez au courant. Mais dans les villes, certains commencent à sympathiser avec les croyances et les finalités du culte. Ces gens n'ont pas apprécié que vous épousiez une Tolnedraine. On murmure déjà à l'étranger que l'incapacité de Ce'Nedra à vous donner un enfant témoigne de la réprobation de Belar.

— C'est de la bêtise et de la superstition.

— Evidemment, mais cette idée, si elle s'enracinait, pourrait avoir des effets néfastes. On s'en fait beaucoup dans des couches de la société alorienne qui vous sont favorables. Pour dire les choses abruptement, on commence à penser un peu partout que le moment est venu pour vous de répudier Ce'Nedra.

— *Comment ?*

— Vous en avez le pouvoir. Pour tout le monde, vous feriez mieux de renier votre épouse tolnedraine stérile et de prendre une brave petite Alorienne aux hanches larges qui vous donnerait des enfants par douzaine.

— Il-n'en-est-pas-ques-tion, scanda Garion, furieux. Je ne ferais jamais une chose pareille, même si j'en avais envie. En dehors de toute autre considération, ces imbéciles n'auraient-ils jamais entendu parler des accords de Vo Mimbre ? Mon mariage avec Ce'Nedra était prévu depuis plus de cinq cents ans.

— D'après les adeptes du culte de l'Ours, Belgarath et Polgara, qui ont imposé cette décision aux Aloriens, étant fidèles à Aldur, il se pourrait que Belar n'ait même pas été consulté.

— Absurde !

— Il y a beaucoup d'absurdités dans toute religion. Il

n'en demeure pas moins que Ce'Nedra ne s'est guère fait d'amis dans la société alorienne. Même vos alliés l'apprécient peu. Vos amis comme vos ennemis aimeraient bien que vous la répudiez. Ils savent tous combien vous l'aimez, et il est probable qu'ils n'oseront jamais vous en parler, mais ils pourraient être tentés de prendre des mesures radicales et de vous débarrasser d'elle à jamais.

— Personne n'oserait faire une chose pareille !

— Les Aloriens, Belgarion, sont parfois aussi irréfléchis et aussi stupides que les Arendais, nous en sommes tous bien conscients. Anheg et Cho-Hag ont beaucoup insisté pour que je vous mette en garde, et Porenn a mis des bataillons d'espions sur la question afin que nous soyons au moins avertis si un complot se tramait contre la reine.

— Et quelle est votre position à vous, Brand ? demanda calmement Garion.

— Belgarion, répondit fermement le grand gaillard, je vous aime comme mon propre fils et je chéris Ce'Nedra comme la fille que je n'ai jamais eue. Rien au monde ne me ferait plus plaisir que de voir les appartements royaux grouiller d'enfants. Mais ça fait huit ans, maintenant. A ce stade, il faut que nous fassions quelque chose — pour protéger cette petite fille qui nous est si chère à tous les deux, sinon pour une autre raison.

— Mais que pouvons-nous faire ? demanda Garion, à bout d'arguments.

— Nous ne sommes que des hommes. Comment pourrions-nous savoir pourquoi une femme a ou n'a pas d'enfants ? Or c'est tout le problème. Garion, je vous supplie, je vous implore de faire appel à Polgara. Nous avons besoin d'elle. Et tout de suite.

Après le départ du Gardien, Garion resta longtemps assis à regarder tomber la pluie. Tout bien pesé, il ne voyait pas l'intérêt d'évoquer cette conversation avec Ce'Nedra. Il ne voulait pas l'effrayer avec des histoires d'assassins rôdant dans les couloirs obscurs, et toute allusion à un éventuel divorce pour raisons politiques risquait d'être mal reçue. Tout bien réfléchi, le mieux à faire était encore de se taire et d'envoyer chercher tante Pol. Quand il retrouva, ce soir-là, la chaleur des appartements royaux, il souriait comme si de rien n'était.

Il n'avait oublié qu'une chose.

Le silence glacial qui l'accueillit aurait dû lui mettre la puce à l'oreille. Et même s'il avait raté cette mise en garde, il aurait dû remarquer les éraflures sur l'encadrement de la porte, ou les débris de porcelaine oubliés dans les coins lors du nettoyage hâtif consécutif à une crise probable. Seulement le roi de Riva faisait parfois preuve d'une distraction fatale.

— Bonsoir, ma Ce'Nedra, dit-il d'un ton enjoué.

— *Bon*soir, tu parles ! rétorqua sa tendre petite femme.

— Tu t'es bien amusée, aujourd'hui ?

Elle se retourna et braqua sur lui un regard meurtrier.

— Comment oses-tu me poser une question pareille ?

Garion encaissa sans mot dire.

— Dis-moi, reprit-elle, quand, au juste, mon Seigneur et Maître me remplacera-t-il dans son lit par la truie aux tresses blondes qui remplira la Citadelle de ventrées de porcelets aloriens morveux et braillards ?

— Mais qu'est-ce que ? ...

— Mon Seigneur et Maître a manifestement oublié qu'il m'avait enchaînée lors de nos fiançailles. Mon Seigneur et Maître semble aussi avoir oublié de quoi l'amulette de Beldaran est capable.

— Aïe, murmura Garion, retrouvant subitement la mémoire. Aïe, aïe, aïe...

— Dommage que l'amulette soit inamovible, reprit Ce'Nedra d'un ton mordant. Tu ne pourras pas la donner à ta prochaine épouse. A moins que tu n'envisages de me faire couper la tête pour la récupérer ?

— Ça suffit, Ce'Nedra.

— Très bien, si mon Seigneur et Maître me l'ordonne... Tu as prévu de me renvoyer en Tolnedrie ou de me fiche dehors, sous la pluie, et de me laisser me débrouiller toute seule ?

— Si j'ai bien compris, tu as entendu la conversation que j'ai eue avec Brand.

— Tu as très bien compris.

— Alors si tu as entendu ça, tu as dû comprendre que Brand se contentait de m'avertir du danger que présentaient pour toi les idées délirantes de quelques fanatiques enragés.

— Tu n'aurais jamais dû l'écouter.

— Alors qu'il me prévenait qu'on risquait d'attenter à ta vie ? Voyons, Ce'Nedra, un peu de sérieux.

— En tout cas, il t'a donné une bonne idée, continua-t-elle d'un ton accusateur. Tu sais que tu peux te débarrasser de moi quand tu veux. Je t'ai vu reluquer ces Aloriennes à la tête vide, aux longues tresses blondes et à la poitrine de vache laitière. Vas-y, Garion. Laquelle vas-tu prendre ?

— Tu as fini ?

— Je vois, fit-elle en étrécissant les yeux. Je ne suis pas seulement stérile, maintenant, je suis aussi hystérique.

— Non, tu es juste un peu stupide de temps en temps, voilà tout.

— *Stupide ?*

— Ça arrive à tout le monde, ajouta-t-il très calmement. C'est la nature humaine. En fait, je suis plutôt surpris que tu n'envoies pas tout promener.

Elle jeta un petit coup d'œil coupable en direction d'un tas de débris oublié dans un coin.

— Oh, fit-il en suivant son regard. Je vois ; c'est déjà fait. Eh bien, je me félicite d'avoir manqué cet épisode. Il est difficile de discuter avec quelqu'un en tâchant d'éviter des poteries et autres objets artisanaux en vol, surtout quand la personne qui les lance se répand en invectives.

Elle devint d'une jolie couleur pourpre.

— Tu as aussi fait ça ? Il y a des moments où je me demande comment tu as acquis pareil vocabulaire.

— C'est toi qui passes ton temps à jurer, accusa-t-elle.

— Je sais, avoua-t-il. Il est vraiment injuste que j'aie le droit de jurer et pas toi.

— Je voudrais bien savoir d'où vient cet usage ridicule..., acquiesça-t-elle, puis elle s'arrêta net et plissa les yeux. Tu essaies de changer de sujet !

— Non, mon petit chou. C'est déjà fait. Cette conversation ne nous menait à rien. Tu n'es pas stérile et je ne te répudierai jamais, aussi longues que soient les tresses des Riviennes ou je ne sais quoi, alors laissons tomber.

Elle le regarda longuement.

— Oh, Garion, et si je l'étais ? souffla Ce'Nedra d'une toute petite voix. Si j'étais stérile, je veux dire.

— C'est absurde, Ce'Nedra. N'y pensons plus.

Mais le doute qui planait dans les yeux de la reine de Riva disait clairement que même s'ils n'abordaient plus ce sujet, elle n'avait pas fini de s'en faire.

CHAPITRE XII

La Mer des Vents était capricieuse en automne, et quand le messager de Garion put enfin partir pour le Val d'Aldur, un mois plus tard, les cols de l'est de la Sendarie étaient enneigés et il eut bien du mal à passer en Algarie. Avec tous ces contretemps, tante Pol, Durnik et Mission débarquèrent sur le quai verglacé du port de Riva, peu avant Erastide. Et encore, leur avoua Durnik, avaient-ils réussi à traverser grâce à ce sacré Greldik, qui ne craignait pas les coups de chien. Avant d'entreprendre la longue escalade vers la Citadelle, Polgara dit quelques mots à l'aventurier des mers, et Garion eut la surprise de le voir larguer les amarres et reprendre aussitôt le large.

Le problème qui avait amené Garion à envoyer chercher Polgara ne semblait guère la préoccuper. Elle lui en parla brièvement, lui posant tout de même quelques questions assez directes pour lui mettre les oreilles en feu. Elle s'entretint à peine plus longuement avec Ce'Nedra. Garion eut l'impression qu'elle attendait quelqu'un ou quelque chose pour intervenir.

Ils fêtèrent Erastide sans grand éclat, cette année-là. Garion était très content que Polgara, Durnik et Mission soient à Riva, bien sûr, mais il était obnubilé par le problème que Brand avait évoqué, et sa joie en était un peu ternie.

Au bout de quelques semaines, Garion n'y tint plus. Un après-midi, il entra dans l'appartement royal où

Polgara et Ce'Nedra bavardaient au coin du feu, une tasse de thé à la main.

— Tante Pol, commença-t-il.

— Oui, mon chou ?

— Il y a près d'un mois que tu es là, maintenant.

— Déjà ? C'est fou comme le temps passe quand on est avec des gens qu'on aime.

— Nous avons toujours ce petit problème, tu sais...

— Oui, Garion, acquiesça-t-elle patiemment. Je sais.

— On ne peut rien y faire ?

— Non, répondit-elle placidement. Pas encore, en tout cas.

— C'est important, Tante Pol. Je ne voudrais pas te bousculer, mais...

Il s'interrompit, à bout de mots.

La sorcière se leva et s'approcha de la porte-fenêtre qui donnait sur le jardinet privé du jeune couple. Il neigeait et les branches des deux petits chênes enlacés que Ce'Nedra avait plantés lors de ses fiançailles ployaient légèrement sous leur blanc fardeau.

— Avec le temps, Garion, tu apprendras bien des choses, et notamment la patience, dit-elle gravement. Tout le monde vit au rythme de ses saisons. La solution à ton problème n'est pas très complexe, mais le moment n'est pas encore venu de se colleter avec.

— Je n'y comprends rien.

— Alors il va falloir que tu t'en remettes à moi, pas vrai ?

— J'ai toute confiance en toi, Tante Pol, seulement...

— Seulement quoi, mon chou ?

— Oh, rien.

L'hiver tirait à sa fin lorsque le capitaine Greldik revint du Sud. Son vaisseau prenait l'eau, une des coutures ayant lâché lors d'une tempête. Il contourna le promontoire rocheux en se traînant comme un cachalot blessé et vint à quai.

— Je commençais à me dire que j'allais finir à la nage, grommela le Cheresque barbu en descendant à terre. Va falloir que je calfate ce pauvre vieux rafiot. Où est-ce que je pourrais l'échouer ?

— La plupart des marins font ça dans cette crique, répondit Garion avec un mouvement de menton.

— Je déteste mettre en cale sèche l'hiver, bougonna Greldik. A propos de sécheresse, il n'y a pas un endroit où je pourrais boire un coup, ici ?

— A la Citadelle.

— Merci. Ah, je ramène la visiteuse qu'attendait Polgara.

— Une visiteuse ?

Le marin fit trois pas le long du bâtiment et flanqua quelques bons coups de pied dans la coque au niveau de la cabine arrière.

— On est arrivés ! beugla-t-il. Je déteste prendre la mer avec des femmes, reprit-il un ton plus bas. Je ne suis pas superstitieux, mais il y a des moments où je me dis qu'elles doivent vraiment porter la poisse. Et puis on est toujours obligé de se surveiller.

— Vous avez une femme à bord ?

— Un beau petit lot, acquiesça Greldik avec un sourire mi-figue, mi-raisin. L'ennui, c'est qu'elle donnait l'impression de s'attendre à recevoir un traitement de faveur ; et quand tout l'équipage passe son temps à fond de cale, à écoper, ça ne vous laisse pas beaucoup de loisir.

— Bonjour, Garion, fit une petite voix flûtée.

— Xera ? Ce n'est pas possible !

La dryade aux cheveux de feu qui était la cousine de sa femme était debout sur le pont du navire. Elle disparaissait jusqu'aux oreilles dans de chaudes fourrures et son souffle se condensait dans l'air glacial.

— Mais si, Garion, tu vois, répondit-elle calmement. Je suis venue dès que j'ai reçu le message de dame Polgara. Dites, Capitaine, ajouta-t-elle avec un sourire suave, vous pourriez demander à vos hommes de m'apporter ces ballots ?

— De la crotte, ronchonna Greldik en se renfrognant. J'ai fait deux mille lieues sur une mer déchaînée pour transporter une gamine, deux tonneaux de flotte et quatre ballots de crotte.

— De fumier, Capitaine, rectifia Xera. Ce n'est pas la même chose.

— Je suis marin, riposta Greldik. Pour moi, de la crotte, c'est de la crotte.

— Comme vous voudrez, fit Xera avec un sourire enjôleur. Allons, Capitaine, soyez vraiment chou et faites-moi porter tout ça à la Citadelle.

Greldik s'exécuta en maugréant.

Ce'Nedra fut aux anges quand elle apprit que sa cousine était à Riva. Les deux jeunes femmes tombèrent dans les bras l'une de l'autre et allèrent immédiatement chercher Polgara.

— Elles ont l'air de bien s'aimer, hein ? observa Durnik.

Le forgeron était emmitouflé dans des fourrures et il avait aux pieds des bottes enduites de goudron. Peu après son arrivée, donc au beau milieu de l'hiver, Durnik avait découvert un trou d'eau dans le torrent qui descendait des montagnes, juste au nord de la ville. Avec une retenue stupéfiante, il avait observé le coin pendant dix bonnes minutes avant de partir à la recherche d'une canne à pêche. Il passait maintenant le plus clair de son temps à traquer, avec un fil ciré et un appât aux vives couleurs, le saumon aux flancs argentés qui le narguait sous la surface noire, turbulente. Garion avait bien cru que sa tante Pol allait se fâcher un jour qu'il sortait de la Citadelle en sifflotant, sa canne à pêche sur l'épaule, alors qu'une tempête de neige faisait rage au-dehors.

— Qu'est-ce que je fais de tout ça ? demanda Greldik avec un mouvement de menton vers les ballots et les fûts que six grands gaillards avaient montés devant les portes de la forteresse, tout en haut de la cité.

— Dites à vos hommes de mettre ça là, répondit Garion en lui indiquant un coin du hall d'entrée. Je demanderai à ces dames ce qu'elles veulent en faire.

— Parfait. Maintenant, reprit le Cheresque en se frottant les mains, vous m'avez parlé d'un coup à boire...

Garion n'avait pas la moindre idée de ce que complotaient sa femme, sa cousine et Polgara. La conversation s'interrompait généralement dès qu'il s'approchait. A sa grande surprise, les quatre ballots de fumier et les deux tonneaux de ce qui se révéla être de l'eau furent assez négligemment empilés dans un coin de la chambre à coucher royale où ils n'ajoutèrent pas grand-chose au décor. Ce'Nedra lui refusa toute explication et lui jeta un coup d'œil énigmatique, voire légèrement hargneux, lorsqu'il eut le malheur de lui demander s'il était vraiment nécessaire qu'ils soient si près de leur lit.

Tout à coup, une ou deux semaines après l'arrivée de Xera, le soleil fit une apparition subite et la température remonta sensiblement. Peu avant midi, un serviteur tout intimidé entra dans le cabinet du roi où Garion s'entretenait avec l'ambassadeur de Drasnie.

— Je vous prie, Majesté, je vous supplie de me pardonner, balbutia le pauvre homme, mais dame Polgara m'a demandé de vous ramener tout de suite auprès d'elle. J'ai essayé de lui dire que nous ne pouvions vous déranger quand vous étiez occupé, mais elle a... euh... elle a comme qui dirait insisté.

— Je crois, Majesté, que vous feriez mieux d'y aller, suggéra l'ambassadeur de Drasnie. Si dame Polgara voulait me voir, moi, j'y serais déjà.

— Allons, Margrave, vous n'avez rien à craindre d'elle, assura Garion. Elle ne vous ferait pas de mal.

— Je me garderais bien de courir le risque. Nous reprendrons cet entretien à un autre moment.

Garion suivit le domestique en fronçant légèrement le sourcil et frappa discrètement à la porte de tante Pol.

— Ah, te voilà tout de même, dit-elle fraîchement. Je m'apprêtais à t'envoyer quelqu'un d'autre.

Ce'Nedra et Xera étaient debout derrière elle. Les trois femmes étaient engoncées dans des capes doublées de fourrure dont elles avaient relevé le capuchon.

— Va chercher Durnik, reprit Polgara. Il doit être en train de pêcher. Prenez une pelle et une pioche et rejoignez-nous dans le petit jardin, devant la fenêtre de ta chambre. Allez, Garion, ne me regarde pas comme ça, et dépêche-toi, fit-elle en le congédiant d'un geste. Le soir va bientôt tomber.

— Oui, Tante Pol, répondit Garion sans discuter.

Il tourna les talons et repartit coudes au corps. Il était presque au bout du couloir quand il se rappela qu'il était tout de même le roi et n'avait peut-être pas besoin d'obéir aux ordres comme ça.

Durnik obtempéra aussitôt, bien sûr – enfin, presque. Il ne lança qu'une fois avant d'enrouler soigneusement sa ligne et de suivre Garion à la Citadelle. Tante Pol, Ce'Nedra et Xera les attendaient, debout sous les chênes enlacés, dans le petit jardin privé adjacent aux appartements royaux.

— Je voudrais, commença tante Pol d'un ton très terre à terre, que vous me creusiez une tranchée de deux pieds de profondeur autour de ces troncs.

— Euh, Tante Pol..., objecta Garion. Ça ne va pas être facile, le sol est complètement gelé.

— C'est bien pour ça que je t'ai dit de prendre une pioche, riposta-t-elle placidement.

— Ne serait-il pas plus simple d'attendre le dégel ?

— Sûrement, mais c'est maintenant que nous devons le faire. Allez, Garion, creuse.

— Ecoute, Tante Pol, il y a des jardiniers, ici. Je pourrais en faire appeler quelques-uns, reprit-il en lorgnant la pelle et la pioche avec embarras.

— A mon avis, mon chou, mieux vaudrait que ça ne sorte pas de la famille. Tu peux commencer à creuser ici, fit-elle en tendant le doigt.

Garion prit la pioche en soupirant.

Ça ne rimait à rien, se dit-il. Ils passèrent, Durnik et lui, la fin de l'après midi à piocher et à bêcher le sol dur comme de la pierre selon les directives de tante Pol. Puis ils remplirent le trou avec le fumier des quatre ballots, y versèrent l'eau des deux tonneaux, étalèrent soigneusement la terre en trop et recouvrirent le tout de neige.

— Tu y comprends quelque chose, Durnik ? demanda Garion alors qu'ils ramenaient les outils à l'appentis dans la cour, non loin des écuries.

— Non, admit le forgeron. Mais je suis sûr qu'elle sait ce qu'elle fait. Il est trop tard pour retourner à la rivière, maintenant, ajouta-t-il avec un soupir nostalgique en observant le ciel qui s'assombrissait.

Tante Pol et les deux filles allèrent tous les jours au jardin, mais pour y faire quoi, au juste, Garion ne put jamais le savoir. Et la semaine suivante, il eut d'autres chats à fouetter avec la soudaine réapparition de son grand-père. Le jeune roi était dans son cabinet et Mission lui décrivait par le menu l'entraînement du cheval qu'il lui avait donné quelques années plus tôt lorsque la porte s'ouvrit brutalement devant Belgarath le sorcier, couvert de la poussière des grands chemins et le visage sombre comme un orage d'été.

— Grand-père ! s'exclama Garion en se levant d'un bond. Qu'est-ce que...

— Ferme ça et assieds-toi, hurla le vieillard.

— Comment ?

— Fais ce que je te dis. Garion, il va falloir que nous ayons une conversation. C'est-à-dire que je vais parler, et que tu vas m'écouter. Tu as une idée de ce que tu as fait ? demanda-t-il après un instant de silence manifestement consacré à dominer une colère prodigieuse.

— Moi ? Mais de quoi parles-tu ?

— Du petit feu d'artifice dont tu as gratifié les Mimbraïques, répondit le sorcier d'une voix glaciale. L'orage que tu as déclenché devant Vo Mandor, tu te souviens ?

— Enfin, Grand-père, fit Garion aussi doucement que possible, ils allaient s'étriper. Toute l'Arendie aurait été à feu et à sang. Tu as dit toi-même que ça ne devait pas arriver. Il a bien fallu que je les arrête.

— Ce n'est pas un problème de motivation mais de moyens. Qu'est-ce qui t'a pris de déclencher un orage ?

— J'ai pensé que c'était le meilleur moyen d'attirer leur attention.

— Tu n'aurais pas pu trouver autre chose ?

— Ils avaient déjà commencé à se taper dessus. Je n'ai pas eu le temps de chercher.

— Je t'ai pourtant dit et répété qu'il ne fallait pas jouer avec le temps.

— Eh bien... c'était pour ainsi dire vital...

— Si tu penses que c'était vital, tu devrais voir les tourmentes de neige qui sont tombées sur le Val avec tes idioties, les tornades que tu as déchaînées dans la Mer du Levant, sans parler des cyclones et des ouragans qui se sont abattus sur le monde entier. Tu n'as donc aucun sens des responsabilités ?

— Je ne savais pas que ça aurait de telles conséquences, rétorqua Garion, interdit.

— Si tu ne le sais pas, qui va le savoir ? rugit Belgarath, le visage convulsé de fureur. Il nous a fallu, à Beldin et à moi, six mois de déplacements incessants et les Dieux savent combien d'efforts pour calmer un peu les éléments. Tu te rends compte que, par ton inconscience, tu as failli modifier le climat du globe ? Que tu aurais pu provoquer un désastre à l'échelle mondiale ?

— Pour un petit orage de rien du tout ?

— Espèce d'âne bâté ! Déclenché à l'endroit voulu et au moment idoine, ton petit orage de rien du tout, comme tu dis, a bien failli changer le temps à jamais, sur la terre entière !

— Enfin, Grand-père ! protesta Garion.

— Tu sais ce que c'est qu'une ère glaciaire ?

Garion secoua la tête, le visage d'une pâleur mortelle.

— C'est une époque au cours de laquelle la température moyenne descend, oh, pas de beaucoup ; juste assez pour que la neige cesse de fondre, l'hiver, dans le Grand Nord. Elle s'accumule et forme des glaciers qui avancent peu à peu vers le Sud. D'ici quelques siècles, ton petit orage de rien du tout aurait pu donner un mur de glace de deux cents pieds de haut qui aurait envahi les landes de Drasnie. Boktor et le Val d'Alorie se seraient retrouvés enfouis sous la banquise, espèce d'imbécile. C'est ça que tu voulais ?

— Bien sûr que non, Grand-père. Honnêtement, je ne savais pas. Je n'aurais jamais fait ça, si j'avais su.

— Cette idée aurait beaucoup réconforté les millions de gens que tu as failli congeler, ironisa le sorcier. Ne t'avise jamais de recommencer ! Ne touche plus à rien avant de t'être assuré que tu sais tout ce que tu as besoin de savoir. Et même alors, évite de courir des risques.

— Mais... vous avez bien fait pleuvoir sur la Sylve des Dryades, tante Pol et toi ? riposta Garion.

— Nous savions ce que nous faisions, rugit Belgarath. Il n'y avait pas de danger, à ce moment-là. Garion, ne jongle plus jamais avec les éléments, reprit le vieil homme en se maîtrisant au prix d'un effort surhumain. Pas avant d'avoir étudié pendant un millier d'années, au moins.

— Un millier d'années !

— Peut-être même deux, dans ton cas. Tu as vraiment la main heureuse. Tu réussis toujours à faire ce qu'il ne faut pas, au mauvais moment.

— Je ne recommencerai pas, Grand-père, promit Garion avec ferveur.

Il frémissait en imaginant des murailles de glace rampant inexorablement sur le monde.

Belgarath le regarda avec dureté pendant un long moment puis il changea de sujet.

— Alors, mon garçon, comment avancent tes études ? demanda-t-il plus tard, quand il fut un peu rasséréné.

Il était vautré dans un fauteuil près du feu, une chope de bière à la main. Garion connaissait son grand-père. Il savait que la bière était un bon calmant et avait pris la précaution d'en envoyer chercher dès la fin de l'explosion initiale.

— J'ai été un peu bousculé depuis quelques mois, répondit-il d'un ton penaud.

Le vieux sorcier braqua sur lui un regard furibond et Garion vit apparaître sur son cou les marbrures caractéristiques d'une élévation de température intérieure.

— Je suis vraiment désolé, Grand-père, s'excusa-t-il très vite. Mais je vais faire en sorte de trouver le temps...

— Surtout pas, coupa Belgarath en faisant les gros yeux. Tu as fait assez de dégâts comme ça avec le temps qu'il fait. Si tu te mets à tripatouiller le temps qui passe, les Dieux eux-mêmes seront dépassés.

— Ce n'est pas ce que je voulais dire.

— Alors dis ce que tu as l'intention de dire. Ce n'est pas un sujet de plaisanterie, tu sais. Et toi, gamin, demanda-t-il à Mission, qu'est-ce que tu fais ici ?

— Polgara et Durnik sont là, répondit l'enfant. Et ils ont pensé que je devais les accompagner.

— Polgara est là ? répéta Belgarath, étonné.

— C'est moi qui lui ai demandé de venir, reprit

Garion. J'avais un petit problème et elle m'aide à le régler. Enfin, je pense. Elle se comporte de façon assez énigmatique.

— Elle a parfois tendance à faire des mystères. Pour quoi as-tu fait appel à elle, au juste ?

— Euh..., fit le jeune homme avec un coup d'œil en coulisse à Mission qui les écoutait avec un intérêt poli. Je... euh... ça a un rapport avec le... euh... l'héritier du trône de Riva, balbutia-t-il en s'empourprant légèrement.

— Et quel est le problème ? insista lourdement Belgarath. C'est toi, l'héritier du trône.

— Non, je parlais du prochain.

— Je ne vois toujours pas.

— C'est qu'il n'y en a pas, Grand-père. Enfin, pas encore.

— Il n'y en a pas ? Mais qu'est-ce que tu fabriques, mon garçon ?

— Laissons tomber, répondit Garion, en baissant les bras.

Quand le printemps tant désiré arriva, Polgara ne s'intéressa plus qu'aux deux chênes enlacés. Douze fois par jour au moins elle examinait méticuleusement chacun des rameaux. Lorsqu'ils commencèrent enfin à bourgeonner, une étrange satisfaction s'inscrivit sur son visage. Ses deux jeunes compagnes, Xera et Ce'Nedra, se remirent au jardinage avec une frénésie nouvelle. Garion était un peu déconcerté, presque irrité par cette soudaine passion. Il n'avait pas fait venir sa tante Pol à Riva pour s'occuper du jardin mais d'un problème autrement plus grave.

Dès que le temps le permit, Xera rentra chez elle, dans la Sylve des Dryades, et tante Pol annonça qu'elle n'allait pas tarder à repartir avec sa nichée.

— Je ramène mon père avec moi, déclara-t-elle avec un regard réprobateur au vieux sorcier qui flirtait outrageusement avec la nièce de Brand, la rougissante Arell.

— Tante Pol, protesta Garion, et le... euh, les petits ennuis que nous avions, Ce'Nedra et moi ?

— Oui, mon chou ?

— Tu ne vas pas essayer d'y remédier ?

— C'est fait, Garion, répondit-elle platement.

— Ecoute, Tante Pol, tu as passé tout ton temps au jardin.

— Oui, mon chou, je sais.

Le jeune roi de Riva rumina l'affaire pendant plusieurs semaines après le départ de sa tante. Il en vint à se demander s'il lui avait bien expliqué le problème et si elle ne l'avait pas mal compris.

Puis le printemps éclata dans toute sa splendeur, jonchant de taches multicolores l'émeraude des prairies, au-dessus de la cité, et Ce'Nedra commença à se conduire bizarrement. Il la trouvait de plus en plus souvent assise dans leur jardin, à regarder ses chênes avec une curieuse tendresse. Parfois, elle quittait la Citadelle avec dame Arell et elles revenaient en fin de journée, les bras pleins de fleurs sauvages. Avant chaque repas, elle ingurgitait une cuillerée du liquide contenu dans un petit flacon d'argent et faisait une horrible grimace.

— Qu'est-ce que c'est ? demanda-t-il un jour.

— Un genre de fortifiant, répondit-elle en frissonnant. Il y a des bourgeons de chêne dedans et ça a un goût épouvantable.

— C'est tante Pol qui t'a donné ça, au moins ?

— Comment le sais-tu ?

— Toutes ses mixtures ont affreusement mauvais goût.

— Mmm, dit-elle d'un air absent. Tu es très occupé aujourd'hui ? s'informa-t-elle en le regardant avec insistance.

— Pas vraiment, pourquoi ?

— Je pensais que nous pourrions emporter du pain, de la viande et du fromage, et aller nous promener dans la forêt.

— Dans la forêt ? pour quoi faire ?

— Garion, dit-elle presque agressivement, j'ai passé tout l'hiver enfermée dans cette affreuse bâtisse. J'ai envie d'air frais, de soleil, et de sentir les arbres et les fleurs sauvages autour de moi à la place de ces vieilles pierres humides.

— Et si tu demandais plutôt à Arell de t'accompagner ? Je ne peux pas m'en aller toute la journée comme ça.

— Tu viens de me dire que tu n'avais rien d'important à faire, objecta-t-elle avec exaspération.

— On ne sait jamais. Et s'il arrivait quelque chose ?

— Je peux attendre, siffla-t-elle entre ses dents.

D'un coup d'œil, Garion reconnut les signaux de danger. Il réagit en douceur.

— Tu as raison, ma chérie. Je ne vois pas pourquoi nous ne pourrions pas faire un petit tour ensemble. Veux-tu que nous demandions à Arell, et pourquoi pas à Kail, si ça les tente ?

— Non, Garion, dit-elle fermement.

— Non ?

— NON.

Et c'est ainsi que, peu après le petit déjeuner, le roi de Riva quitta la Citadelle avec sa douce épouse et un panier bien garni. Ils traversèrent la prairie derrière la cité et continuèrent à monter, sous les grands conifères à l'odeur entêtante, vers les pics étincelants, couronnés de neige, qui formaient l'épine dorsale de l'île.

Dès qu'ils furent dans les bois, Ce'Nedra devint radieuse. Elle cueillit des fleurs sauvages et s'en fit une couronne. Les rayons obliques du soleil matinal passant entre les frondaisons tavelaient le sol de blondeur et d'ombres bleutées. Des oiseaux virevoltaient entre les troncs pareils à des colonnes, chantant les louanges du soleil.

Ils arrivèrent à une clairière tapissée de mousse. Un ruisseau babillait sur les pierres luisantes et se jetait dans un bassin clair comme le cristal où buvait une biche aux yeux doux. Elle leva la tête, les regarda sans crainte et s'enfonça dans la forêt, ses sabots claquant sur les pierres, sa petite queue frémissant.

— Cet endroit est parfait, déclara Ce'Nedra avec un sourire émerveillé.

Elle s'assit sur une grosse pierre ronde et commença à délacer ses chaussures.

Garion posa le panier et s'étira. Il avait l'impression de renaître.

— Je suis content que tu aies eu cette idée, dit-il en se vautrant sur la mousse chauffée par le soleil. C'est vraiment génial.

— Evidemment, reprit-elle. Je *suis* géniale.

— Je n'irais pas jusque-là. Dis-donc, Ce'Nedra, fit-il comme si une idée venait de lui passer par la tête. Il y a un moment que je voulais te demander... Le nom de toutes les Dryades commence bien par un X, comme Xera, Xantha et ainsi de suite, n'est-ce pas ?

— C'est la coutume, répondit-elle en se débattant avec ses lacets.

— Alors, pourquoi pas le tien ? Il ne commence pas par un X, que je sache ?

— Mais si, fit-elle en enlevant l'une de ses chaussures. Seulement les Tolnedrains ne prononcent pas tout à fait comme nous et transcrivent le X par Ce', comme dans mon nom. Quant aux Dryades, elles ne lisent et n'écrivent pas beaucoup et ne sont pas très à cheval sur l'orthographe.

— X'Nedra ?

— Tu y es presque. Essaie de prononcer le X un peu plus doucement.

— Il y a longtemps que je me posais la question.

— Pourquoi ne me l'as-tu pas demandé, alors ?

— Je ne sais pas. Ça ne s'est pas trouvé.

— Il y a une raison à tout, Garion, mais tu ne la connaîtras jamais si tu ne t'informes pas.

— J'ai l'impression d'entendre parler tante Pol.

— Oui, mon chou, je sais, dit-elle en souriant.

Elle ôta son autre chaussure et remua les orteils avec volupté.

— Pourquoi enlèves-tu tes chaussures ? demanda-t-il machinalement.

— J'aime marcher pieds nus sur la mousse. Et je me demande si je ne vais pas avoir envie de me baigner...

— L'eau est trop froide. Le ruisseau descend des glaciers.

— Un peu d'eau froide ne me fera pas de mal, répondit-elle avec un haussement d'épaules.

Puis, comme en réponse à un appel silencieux, elle se leva et commença à se déshabiller.

— Ce'Nedra ! Et si quelqu'un venait !

— Et alors ? fit-elle avec un petit rire argentin. Je ne vais pas mouiller mes vêtements par respect des convenances. Ne sois pas si prude, Garion.

— Ce n'est pas ça. C'est... Oh, rien...

Elle courut, telle une sylphide, vers le bassin, et y entra en soulevant des gerbes d'eau glacée qui lui arrachèrent de petits cris d'excitation. Puis elle effectua un superbe plongeon, disparut sous l'eau, nagea jusqu'à un gros bout de bois couvert de mousse qui s'enfonçait dans l'eau claire comme du cristal et refit surface avec un sourire démoniaque, les cheveux plaqués sur la tête.

— Eh bien ? demanda-t-elle.

— Eh bien quoi ?

— Tu ne viens pas me rejoindre ?

— Sûrement pas.

— Le roi des rois du Ponant aurait-il peur de l'eau ?

— Le roi des rois du Ponant ne va pas se coller un rhume pour le plaisir de patauger dans une mare. Il n'est pas assez bête pour ça.

— Garion, tu deviens positivement impossible. Enlève ta couronne et détends-toi.

— Tu vois bien que je suis tête nue.

— Eh bien, enlève autre chose.

— Ce'Nedra !

Elle éclata à nouveau de son petit rire perlé et battit des pieds, projetant dans l'air des gerbes d'eau cristalline qui étincelaient tels des joyaux dans le soleil matinal. Puis elle se renversa en arrière et ses cheveux se déployèrent comme un vaste éventail cuivré à la surface du bassin. Sa guirlande s'était démantelée lorsqu'elle avait plongé, et les fleurs flottaient sur l'eau, se soulevant au gré des ondes.

Garion se réchauffait au soleil, assis sur une bosse couverte de mousse, le dos appuyé à un tronc d'arbre. La senteur des pins, de l'herbe et des fleurs sauvages avait quelque chose d'enivrant. Une brise vagabonde lui apportait des bouffées astringentes d'air marin.

Un papillon bleu et or sortit des grands arbres et traversa la clairière. Attiré par leur couleur, leur odeur ou tout autre appât, il voleta dans l'air immobile vers les fleurs qui flottaient sur le bassin naturel. Il les explora l'une après l'autre avec curiosité, les effleurant légèrement de ses ailes frémissantes. Ce'Nedra cessa de respirer et enfonça lentement la tête dans l'eau jusqu'à ce que seul son visage affleure à la surface. En poursuivant ses investigations, le papillon s'approcha de la petite princesse et lui caressa les lèvres de ses douces ailes irisées.

— C'est parfait, s'esclaffa Garion. Voilà que ma femme fraye avec les papillons !

— Je ferais n'importe quoi pour un baiser, répondit-elle avec un coup d'œil malicieux.

— Si ce sont des baisers que tu veux, je peux m'en occuper.

— C'est une idée intéressante. Je crois que j'en voudrais un tout de suite. Mon autre amoureux semble se désintéresser de moi.

Le papillon s'était posé sur un buisson, au bord du bassin.

— Viens m'embrasser, Garion.

— Tu es trop loin du bord, et là où l'eau est la plus profonde.

— Et alors ?

— Alors, tu n'envisagerais pas de sortir, par hasard ?

— Tu m'as proposé des baisers, Garion. Tu n'y avais pas mis de condition.

Garion poussa un soupir, se leva et commença à se dévêtir.

— Nous allons le regretter, annonça-t-il d'un ton lugubre. Un rhume en été, des mois alité.

— Tu ne t'enrhumeras pas. Allez, Garion, viens ici tout de suite.

Il gémit et s'engagea virilement dans l'eau glacée.

— Ce'Nedra, tu es une femme cruelle, déclara-t-il d'un ton accusateur en tremblant de froid.

— Ne fais pas l'enfant. Viens plutôt par ici.

Il serra les dents et pataugea dans l'eau pour se rapprocher d'elle, se cognant au passage le gros orteil sur une pierre. Quand il fut près d'elle, elle glissa ses petits bras humides et froids autour de son cou et colla sa bouche sur la sienne, le déséquilibrant légèrement. Il sentit ses lèvres se retrousser sur un sourire espiègle. Il aurait dû se méfier car elle leva les jambes sans prévenir, l'entraînant sous l'eau.

Il en émergea en crachant et en jurant.

— C'était drôle, hein ? gloussa-t-elle.

— Pas vraiment, grommela-t-il. La noyade n'est pas ma distraction favorite.

Elle ignora superbement sa réplique.

— Maintenant que tu es mouillé, tu peux nager avec moi.

Ils nagèrent ensemble pendant un bon quart d'heure et ressortirent de l'eau en frissonnant, les lèvres bleues de froid.

— Fais du feu, Garion, lui demanda Ce'Nedra en claquant des dents.

— Je n'ai pas apporté de mèche ou de silex, objecta-t-il.

— Alors, fais-en de l'autre façon.

— Quelle autre façon ?

— Tu sais bien, répondit-elle en esquissant un petit geste évocateur.

— Oh, j'oubliais !

— Dépêche-toi, Garion, je gèle !

Il rassembla des rameaux et des brindilles, dégagea un petit espace dans la mousse et concentra sa volonté sur le tas de bois. Une mince volute de fumée s'en éleva bientôt, presque aussitôt suivie d'une flamme d'un bel orange. Quelques minutes plus tard, un bon petit feu crépitait juste à côté de Ce'Nedra, toute tremblante.

— Ah, ça va mieux ! fit-elle en tendant les mains vers le feu. Vous êtes, Messire, un homme utile à emmener en voyage.

— Merci, Ma Dame. Ma Dame envisagerait-elle de se rhabiller ?

— Pas avant d'être bien sèche. Je déteste enfiler des vêtements quand je suis mouillée.

— Eh bien, j'espère que personne ne viendra à passer. C'est que nous ne sommes pas vraiment dans la tenue idéale pour recevoir des visites, voyez-vous.

— Tu es vraiment collet monté, tu sais.

— Peut-être, avoua-t-il.

— Viens donc près de moi, suggéra-t-elle. Il fait beaucoup plus chaud ici.

Il ne voyait pas pourquoi il ne se serait pas approché d'elle, aussi la rejoignit-il sur la mousse chaude.

— Ah, tu vois, fit-elle en passant ses bras autour de son cou. C'est tout de même mieux, non ?

Elle l'embrassa. Un baiser tout ce qu'il y a de plus sérieux, qui lui noua la gorge et lui mit le cœur en émoi.

Quand elle eut enfin décidé de lui lâcher le cou, il regarda autour de lui avec inquiétude. Un mouvement furtif près du bassin attira son regard. Il toussota, un peu embarrassé.

— Qu'y a-t-il ?

— Je pense que ce papillon nous regarde, répondit-il en s'empourprant quelque peu.

— Ça ne fait rien, dit-elle en souriant, puis elle attira son visage sur le sien et l'embrassa à nouveau.

Cette année-là, le printemps céda la place à l'été dans un monde d'un calme inhabituel. La sécession des Vordue ne résista pas aux assauts des « brigands » mimbraïques, et la famille des Vordue finit par capituler et implorer avec une humilité presque sincère sa réintégration dans l'empire. Et les gens de Vordue qui ne prisaient guère les collecteurs d'impôts de Varana sortirent dans les rues pour accueillir ses légions lorsqu'elles revinrent.

Les nouvelles du Cthol Murgos étaient, au mieux, schématiques, mais la situation semblait bien bloquée, dans le Sud. Les Malloréens de Kal Zakath étaient maîtres des plaines tandis qu'Urgit et ses Murgos tenaient fermement les montagnes.

D'après les rapports des services de renseignements drasniens, le culte de l'Ours se bornait pour le moment à grenouiller dans les campagnes.

Garion se réjouissait de ce répit et, puisqu'il n'y avait

pas le feu, il prit l'habitude de se lever un peu plus tard, parfois de traînailler au lit jusqu'à deux ou trois heures après le lever du soleil.

Par un de ces superbes matins d'été, il rêva qu'il était à la ferme de Faldor avec Ce'Nedra et qu'ils sautaient du grenier à foin dans la paille moelleuse entassée dessous. Il fut réveillé en sursaut par sa femme qui bondit du lit et se précipita dans la pièce voisine où elle fut prise d'une violente nausée.

— Ce'Nedra ! s'exclama-t-il en la suivant précipitamment. Qu'est-ce qui t'arrive ?

— Je vomis, répondit-elle en levant son visage pâle de la cuvette qu'elle tenait sur ses genoux.

— Tu es malade ?

— Non, riposta-t-elle d'un ton sarcastique. Je fais ça pour m'amuser.

— Je vais chercher le docteur, déclara-t-il en empoignant sa robe de chambre.

— Pas la peine.

— Mais tu as mal au cœur...

— Oui, mais je n'ai pas besoin de docteur.

— Ça n'a pas de sens, Ce'Nedra. Si tu es malade, tu as besoin d'un docteur.

— C'est normal.

— *Comment ?*

— Tu ne comprends vraiment rien à rien, Garion ! Je vais probablement avoir envie de vomir tous les matins pendant plusieurs mois à partir de maintenant.

— Ce'Nedra, je ne vois vraiment pas ce que tu veux dire.

— Tu es incroyablement obtus. Les femmes dans mon état ont toujours envie de vomir, le matin.

— Ton état ? Quel état ?

Elle leva les yeux au ciel d'un air désespéré.

— Garion, reprit-elle en affectant une patience exagérée, tu te souviens du petit problème que nous avions l'automne dernier ? Le problème pour lequel tu as envoyé chercher Dame Polgara ?

— Oui, mais...

— Ah, tout de même. Eh bien, nous n'avons plus de problème. C'est arrangé.

Il la regarda en ouvrant de grands yeux pendant que l'idée s'insinuait lentement dans son esprit.

— Tu veux dire ? ...

— Oui, mon Garion, acquiesça-t-elle avec un pâle sourire. Tu vas être papa. Maintenant, si tu veux bien m'excuser, je pense que je vais vomir encore un peu.

CHAPITRE XIII

Il n'y avait rien à faire, Garion avait beau tourner et retourner les deux passages dans tous les sens, ils donnaient deux versions rigoureusement contradictoires de la même période. La bibliothèque ne lui avait jamais paru plus poussiéreuse, obscure et déprimante que par cette radieuse matinée d'automne.

Il avait abordé sans enthousiasme la tâche dont l'avait chargé Belgarath. Il ne s'était jamais pris pour un intellectuel et ne savait par où prendre ces antiques documents souvent illisibles. Mais il avait l'habitude des corvées, et il s'astreignait tous les jours à deux heures d'étude dans cette sinistre petite pièce qui sentait le vieux parchemin et le cuir moisi. Enfin, se disait-il pour se consoler, il était tout de même mieux là que dans une souillarde, à frotter des chaudrons...

Il serra les dents, plaça les deux parchemins côte à côte et les relut à haute voix, en articulant bien, comme s'il espérait saisir avec ses oreilles ce qui avait échappé à ses yeux. Le Codex darin paraissait relativement simple et clair : « Prends garde, disait-il, au jour où une lueur cramoisie embrasera l'Orbe d'Aldur, car alors sera révélé le nom de l'Enfant des Ténèbres. Et veille bien sur le fils de l'Enfant de Lumière, car il n'aura pas de frère. Puis viendra le temps où ceux qui ne faisaient qu'un seront deux, et quand ils se rencontreront, l'un d'eux cessera d'être. »

L'Orbe avait bel et bien rougi, et le nom de l'Enfant

des Ténèbres, Zandramas, leur avait été révélé. Jusque-là, ça collait. Garion avait tiqué en apprenant que le fils de l'Enfant de Lumière — *son* fils — n'aurait pas de frère. Il en avait d'abord déduit qu'ils n'auraient pas d'autre enfant, Ce'Nedra et lui, puis il avait réfléchi : la Prophétie ne disait rien de ses éventuelles sœurs. Et plus il y songeait, plus il se réjouissait d'imaginer un essaim de petites filles babillant autour de ses genoux.

Il ne comprenait rien au dernier passage, celui où il était question des deux qui n'étaient qu'un, mais il était sûr que tout finirait par s'expliquer.

Il passa au Codex mrin et le relut attentivement en suivant avec son doigt. « Et l'Enfant de Lumière rencontrera l'Enfant des Ténèbres et le vaincra. » C'était manifestement une allusion à sa rencontre avec Torak. « Et les Ténèbres reculeront. » La Prophétie des Ténèbres avait bel et bien perdu la partie à l'instant de sa mort. « Mais contemplez la pierre qui est au centre de la Lumière » — l'Orbe, de toute évidence — « car un jour... » Le mot suivant disparaissait sous une tache d'encre. Garion fronça les sourcils et tenta de deviner le mot caché sous le pâté. A ce moment, un étrange abattement s'empara de lui, comme si ce travail était aussi pénible que de déplacer une montagne. Il passa à la suite : « ... à l'Endroit qui n'est plus, où s'effectuera le choix. »

Il en aurait hurlé de frustration. Qu'est-ce que c'était que ce « choix » ? Qui devait l'effectuer ? Entre quoi et quoi ? Et comment pourrait-il se dérouler en un endroit qui n'existait plus ?

Il lâcha un juron et relut le passage à la lumière vacillante de sa chandelle. Il ressentit la même lassitude en retombant sur le pâté. Il haussa les épaules et poursuivit sa lecture. Quel que fût le mot masqué par la tache, ce n'était qu'un mot, et un mot ne pouvait revêtir une telle importance. Garion repoussa le parchemin avec irritation et réfléchit. Soit — c'était la première explication qui venait à l'esprit — à ce moment comme à tant d'autres, le prophète mrin avait sombré dans le délire. Soit l'exemplaire en sa possession n'était pas très fidèle. Le copiste avait pu laisser passer une ligne ou deux après avoir taché la page. Garion se rappela avoir fait cette bêtise, une fois, changeant un décret anodin en un arrêté particulièrement redoutable : il se proclamait dictateur militaire de tous les royaumes de ce côté de l'A-pic oriental ! Il avait brûlé la feuille en tremblant pour être sûr que personne ne la verrait jamais.

Il se leva, s'étira et s'approcha de la petite fenêtre garnie de barreaux. Le ciel était bleu, sans un nuage. Depuis quelques semaines, il gelait, la nuit, dans les prairies, au-dessus de la ville, mais les journées étaient encore chaudes. Il essaya de deviner l'heure au soleil. Il avait promis au comte Valgon, l'ambassadeur de Tolnedrie, de le recevoir à la mi-journée et il ne voulait pas être en retard. Tante Pol lui avait appris que l'exactitude était la politesse des rois, et Garion s'efforçait toujours d'être ponctuel.

Il enroula distraitement les deux parchemins en s'interrogeant sur les Prophéties et leurs disparités, puis il souffla les chandelles et quitta la bibliothèque en refermant soigneusement la porte derrière lui.

Valgon fut plus assommant et pontifiant que jamais. Les Tolnedrains devaient être viscéralement incapables de dire ce qu'ils avaient à dire sans fioritures. L'audience du jour portait sur la « préséance » des navires marchands dans le port de Riva. L'ambassadeur se repaissait manifestement de ce mot et s'arrangeait pour le placer au moins toutes les deux phrases. Il semblait par ailleurs se borner à transmettre la requête, la supplique ou Belar sait quoi des armateurs tolnedrains désireux d'obtenir un accès prioritaire au port de Riva, dont la capacité était, il faut bien le dire, quelque peu limitée.

— Je crains, mon cher Valgon, commença diplomatiquement Garion, que cette affaire n'exige...

Il s'interrompit en voyant s'ouvrir les immenses portes sculptées. L'un des gigantesques gaillards en cape grise qui montaient la garde devant la salle du trône quand le roi y siégeait entra et s'éclaircit la gorge.

— Sa Majesté Ce'Nedra, Reine de Riva, Princesse impériale de l'empire de Tolnedrie, Généralissime des armées du Ponant, épouse bien-aimée de sa Majesté Belgarion de Riva, le Tueur de Dieu, Souverain de la Mer du Ponant et roi des rois du Ponant ! annonça l'homme d'une voix qui retentit probablement jusqu'à l'autre bout de l'île.

Le planton s'effaça devant Ce'Nedra, grave et minuscule, ses petites épaules bien droites sous le fardeau écrasant de ses titres. Elle portait une robe de velours bleu canard évasée sous le corselet pour dissimuler sa taille qui allait en s'arrondissant. Ses yeux jetaient des éclairs malicieux.

Valgon se retourna et s'inclina bien bas.

La petite reine de Riva effleura le bras du garde, se dressa sur la pointe des pieds et lui murmura quelques mots à l'oreille. L'homme acquiesça d'un hochement de tête et se racla à nouveau la gorge.

— Son Altesse le Prince Kheldar de Drasnie, neveu du défunt roi Rhodar et cousin du Roi Kheva, Seigneur des Marches du Nord !

Garion se leva d'un bond, surpris.

Silk fit une entrée grandiose. Il arborait un somptueux pourpoint gris perle, des bagues à tous les doigts et un énorme saphir accroché à une lourde chaîne d'or autour du cou.

— Je vous en prie, Messieurs, fit-il avec un petit geste désinvolte. Restez assis.

Il offrit son bras à Ce'Nedra dans un mouvement ample et généreux puis ils suivirent le large tapis placé entre les fosses à feu ouvertes dans le sol.

— Silk ! s'exclama Garion.

— Lui-même, répondit-il en esquissant une courbette moqueuse. Votre Majesté a l'air assez en forme malgré tout.

— Malgré tout quoi ?

L'homme au museau de fouine lui dédia un grand clin d'œil.

— Je suis confondu d'honneur, murmura respectueusement Valgon. Son Altesse est devenue en quelques années une légende vivante. Ses exploits dans les comptoirs d'Orient font le désespoir des grandes maisons de commerce de Tol Honeth.

— Les affaires ne marchent pas trop mal, acquiesça Silk en soufflant sur un gros rubis à sa main gauche et en le polissant sur le devant de son pourpoint. Vous voudrez bien, lors de votre prochain rapport, transmettre mes salutations à votre nouvel empereur. Il a magnifiquement réglé l'affaire de la Maison de Vordue.

Le Tolnedrain s'autorisa un imperceptible sourire.

— Je suis persuadé que Sa Majesté impériale prisera infiniment l'appréciation de Son Altesse. J'imagine que Sa Majesté royale et son ami ont à parler, aussi me proposé-je, Sire, de me retirer, déclara-t-il en s'inclinant.

— Certainement, Valgon, et je vous en remercie.

L'ambassadeur quitta la salle du trône sur une dernière révérence et Ce'Nedra s'approcha du trône, le bras familièrement passé à celui de Silk.

— J'espère que tu ne nous en veux pas, Garion, commença la petite reine. Ça devait être absolument passionnant.

Le roi de Riva esquissa une grimace comique.

— Qui a eu l'idée de cette entrée spectaculaire ?

— Ce'Nedra, répondit Silk, hilare. Elle s'est dit que cette énumération de titres ronflants en mettrait plein la vue à ce cher Valgon et qu'il se sentirait obligé de s'éclipser. Nous n'avons rien interrompu d'important, au moins ?

— Il me bassinait avec des histoires de déchargement de navires, répondit Garion en levant les yeux au ciel. Je commençais à me dire que s'il prononçait encore une fois le mot « préséance » j'allais lui sauter dessus et l'étrangler.

— Oh ? fit sa jeune épouse en ouvrant de grands yeux candides. Rappelons-le tout de suite, alors !

— On dirait que vous ne le portez pas dans votre cœur, remarqua le Drasnien.

— C'est un Honeth, rétorqua Ce'Nedra avec un petit bruit inconvenant. Je méprise les Honeth.

— Si nous allions dans un endroit plus tranquille ? proposa le roi de Riva en balayant l'immense salle du regard.

— Nous sommes au service de sa Majesté, déclara Silk avec une révérence obséquieuse.

— Oh, ça suffit ! fit Garion en descendant du trône et en les menant vers une petite porte latérale.

Sitôt arrivé dans le havre de paix et de lumière des appartements royaux, il ôta sa couronne et son manteau de cour avec un soupir de soulagement

— Je crève de chaud là-dessous, fit-il en flanquant le tout en tas dans un fauteuil.

— Attention, mon chéri, ça chiffonne, protesta Ce'Nedra en pliant soigneusement le manteau et en le posant sur le dossier du fauteuil.

— Et si je te ramenais de Mallorée un manteau en satin tissé de fils d'argent ? proposa Silk. Ce serait somptueux, élégant, et sûrement moins lourd.

— Ça, c'est une idée, acquiesça Garion avec reconnaissance.

— Je devrais pouvoir te le faire à un prix très intéressant.

Il éclata de rire en voyant le regard surpris de son ami.

— Ah, Silk ! Vous ne changerez jamais ! s'exclama Ce'Nedra.

— J'espère bien que non ! se récria le petit voleur en se vautrant dans un fauteuil sans attendre qu'on l'y invite.

— Qu'est-ce qui t'amène à Riva ? s'enquit Garion en s'installant de l'autre côté de la table.

— D'abord l'affection. Vous commenciez à me manquer, tous les deux, depuis toutes ces années. J'imagine que vous n'avez rien à boire à portée de la main...

— Nous devrions arriver à trouver quelque chose, répondit le jeune homme avec un sourire confiant.

— Nous avons un agréable petit vin, proposa Ce'Nedra en ouvrant un cabinet de bois sombre. Notre Garion n'a pas droit à la bière. Il a une fâcheuse propension à pousser la chansonnette quand il en boit, expliqua la petite reine en surprenant le haussement de sourcil interrogateur du Drasnien. Nous ne voudrions pas vous imposer cette torture.

— Ça va, Ce'Nedra, coupa Garion.

— Ce n'est pas qu'il ait une vilaine voix, reprit impitoyablement sa tendre épouse. C'est plutôt qu'il a du mal à trouver certaines notes.

— Ce'Nedra, ça suffit !

Elle éclata d'un petit rire vibrant et emplit deux gobelets d'argent d'un vin tolnedrain rouge sang.

— Vous ne vous joignez pas à nous ? demanda Silk.

La jeune femme effleura doucement son abdomen rebondi.

— Le vin ne vaut rien à l'héritier du trône de Riva, dit-elle en faisant la grimace. Ou plutôt, il l'apprécie tellement qu'il me donne des coups de pied, et je tiens à mes côtes.

— Ah, fit laconiquement Silk.

— Maintenant, Messieurs, je vais vous demander de m'excuser, reprit-elle en leur apportant les gobelets. Je dois aller aux bains.

— C'est son passe-temps favori, commenta Garion. Elle marine dans l'eau pendant des heures, même quand elle n'a pas besoin de se laver.

— Ça me repose le dos. Je porte un drôle de fardeau depuis un moment, reprit-elle en posant la main sur son ventre, et j'ai comme l'impression qu'il s'alourdit de jour en jour.

— Je suis bien content que ce soient les femmes qui aient les enfants, avoua Silk. Je n'en aurais jamais eu la force.

— Kheldar, vous êtes un affreux petit bonhomme.

— Et comment ! acquiesça-t-il avec un rictus.

Elle lui jeta un regard noir et partit à la recherche de dame Arell qui l'accompagnait ordinairement aux bains.

— Elle est absolument radieuse, commenta le petit Drasnien. Et beaucoup moins acariâtre qu'on n'aurait pu croire.

— Tu aurais dû voir ça il y a quelques mois.

— Elle était à cran ?

— Tu ne peux pas imaginer.

— Ce sont des choses qui arrivent, enfin, à ce qu'on dit.

— Alors, que deviens-tu ? reprit Garion en se calant

dans son fauteuil. Tu ne nous as pas donné beaucoup de nouvelles.

— J'étais en Mallorée, répondit Silk en sirotant son vin. Yarblek s'occupe du négoce de la fourrure ; ça marche comme sur des roulettes. Il paraît qu'il y a de l'argent à faire dans les soieries, les tapis et les pierres brutes, alors je suis allé voir ce qu'il en était.

— La Mallorée n'est pas un endroit dangereux pour un commerçant occidental ?

Silk écarta l'objection d'un haussement d'épaules.

— Pas pire que Rak Goska ou Tol Honeth. Et puis, toute ma vie j'ai vécu dans des endroits dangereux.

— Tu pourrais acheter tes marchandises à Yar Marak ou Thull Zelik, à la descente des navires malloréens. Ce serait plus simple.

— Les prix sont meilleurs à la source. Chaque fois qu'un article change de mains, il coûte deux fois plus cher.

— Ça se comprend.

Garion se prit à envier son ami. Il était libre comme l'air, lui, libre d'aller où il voulait.

— A quoi ça ressemble, la Mallorée ? fit-il d'un ton rêveur. On entend toutes sortes d'histoires, mais j'imagine que ce ne sont souvent que des histoires, justement.

— Il y a un drôle de remue-ménage là-bas, en ce moment, répondit gravement Silk. Kal Zakath paraît déterminé à exterminer les Murgos et les Grolims ont perdu la boussole après la mort de Torak. La société malloréenne avait toujours été dirigée, de Mal Zeth ou de Mal Yaska, par l'empereur ou par l'Eglise, et voilà que personne ne s'occupe plus de rien. Les bureaucrates qui sont au gouvernement tentent bien de recoller les morceaux, mais les Malloréens ont toujours eu besoin d'un pouvoir fort et on assiste à de curieux phénomènes : les gens se rebellent, de nouvelles religions voient le jour...

— As-tu déjà entendu parler de « Zandramas » ? coupa Garion à qui une idée venait de traverser la tête.

— Ça, c'est marrant, fit Silk en le regardant avec acuité. Lorsque j'étais à Boktor, juste avant la mort de

Rhodar, je suis allé au quartier général des services secrets avec Mission, et il lui a posé la même question. D'après Javelin, ce serait un nom darshivien, mais il n'en savait pas plus long. J'ai essayé d'interroger les gens, quand je suis retourné en Mallorée, mais j'ai vite laissé tomber en les voyant serrer les dents et les poings. J'en ai déduit que ça avait un rapport avec les nouvelles religions exotiques dont je te parlais à l'instant.

— Et le Sardion, ou Cthrag Sardius, peut-être ? Ça ne te dit rien ?

Silk fronça les sourcils et se tapota pensivement la lèvre inférieure avec le bord de son gobelet.

— Si, vaguement, mais je ne sais pas où je l'ai entendu.

— J'aimerais que tu me dises ce que ça évoque pour toi, si ça te revient.

— C'est important ?

— Ça se pourrait bien. Grand-père et Beldin se sont donné beaucoup de mal pour découvrir ce que c'est.

— J'ai des contacts à Mal Zeth et en Melcénie. Je tâcherai de me renseigner quand j'y retournerai.

— Alors, tu vas bientôt repartir ?

— Je resterais bien un peu plus longtemps si nous n'avions un petit problème à Yar Nadrak. Figure-toi que le roi Drosta s'est senti pousser les dents. Nous lui versions de jolis paquets d'argent pour qu'il détourne pudiquement les yeux de nos activités, mais il a dû se dire que nous faisions décidément beaucoup de bénéfices et qu'il pourrait être intéressant de saisir nos biens. Il a fallu que je l'en dissuade.

— Comment as-tu réussi ce coup-là ? J'ai toujours eu l'impression que Drosta faisait plus ou moins ce qu'il voulait chez lui.

— Je l'ai menacé. Je lui ai raconté que j'étais un proche parent du roi de Drasnie et je lui ai laissé entendre que nous étions cul et chemise, Kal Zakath et moi. La perspective d'une invasion de l'Ouest ou de l'Est n'a pas dû lui paraître très attrayante et il a laissé tomber.

— Tu es vraiment en bons termes avec 'Zakath ?

— Je ne l'ai jamais rencontré, mais Drosta ne le sait pas.

— Tu lui as menti ? Ce n'est pas un peu dangereux ?

— Il y a tant de choses dangereuses ! s'esclaffa l'homme au museau de fouine. Ce n'est pas la première fois que je marche sur la corde raide. Rak Cthol n'était pas un endroit de tout repos, si tu te souviens bien, et j'étais dans mes petits souliers à Cthol Mishrak.

— Tu veux que je te dise ? fit Garion en jouant machinalement avec son gobelet. Tout ça commence à me manquer.

— Tout ça quoi ?

— Je ne sais pas. Le danger, l'excitation. Je m'encroûte. Maintenant, ma plus grande distraction consiste à faire joujou avec l'ambassadeur de Tolnedrie. Il y a des moments où je voudrais...

Il n'acheva pas sa pensée.

— Si tu m'accompagnais en Mallorée ? proposa Silk. Je pourrais te trouver un travail intéressant, avec tes dons...

— Tu es bien gentil, mais Ce'Nedra n'apprécierait pas que je m'en aille en ce moment.

— C'est l'une des raisons pour lesquelles je ne me suis jamais marié, commenta le Drasnien. Je n'ai pas à me soucier de ce genre de détail.

— Tu penses t'arrêter à Boktor, en repartant ?

— Ce n'est pas impossible. D'un autre côté, j'ai vu les gens que j'avais besoin de voir en venant de Yar Nadrak. Porenn s'en sort très bien avec Kheva. Il fera un très bon roi. Et je suis allé voir Javelin, évidemment. C'est plus ou moins la règle du jeu. Il aime recueillir nos impressions de l'étranger, surtout quand on n'est investi d'aucune fonction officielle.

— Javelin est excellent, n'est-ce pas ?

— C'est le meilleur.

— J'ai toujours cru que c'était toi ?

— Plus depuis longtemps, répondit Silk avec un sourire. Je ne suis pas assez fiable. Je peux être brillant, mais je me laisse trop facilement détourner de mon but. Javelin ne lâche pas le morceau tant qu'il n'a pas obtenu ce qu'il voulait. Il s'efforce actuellement de tirer les choses au clair avec le culte de l'Ours.

— Et il y arrive ?

— Pas encore. Il tente en vain, depuis des années, d'infiltrer les instances dirigeantes du culte. Je lui ai conseillé de mettre le Chasseur sur le coup, mais il m'a dit qu'il avait d'autres chats à fouetter et de m'occuper de mes oignons.

— Le Chasseur ? Qui est-ce ?

— Je n'en ai pas idée. Ce n'est pas un individu précis. C'est ainsi qu'on appelle le plus secret de nos espions. Il change de temps à autre. Seul le chef des services de renseignements connaît son identité et il ne la révélera à personne, même pas à Porenn. Javelin a été le Chasseur pendant un moment, il y a une quinzaine d'années. Ce n'est pas forcément un Drasnien, ni même un homme. Ça peut être n'importe qui. Ce pourrait être quelqu'un que nous connaissons, comme Barak ou Relg, ou un Nyissien.

— Pourquoi pas Mandorallen ? suggéra Garion en souriant.

— Non, conclut Silk après un instant de réflexion. Je ne pense pas que Mandorallen ait les aptitudes voulues pour ça. Mais on ne sait jamais. Il est déjà arrivé que le Chasseur soit un Murgo.

— Un Murgo ? comment peut-on faire confiance à un Murgo ?

— Je n'ai pas dit que le Chasseur devait être une personne de confiance.

— Je ne comprendrai jamais rien aux espions et à l'espionnage, fit Garion en secouant la tête, déconcerté.

— C'est un jeu. Au bout d'un moment, le jeu devient plus important que le camp auquel on appartient. On perd parfois de vue ses motivations.

— C'est ce que j'avais cru remarquer. A propos, quelle est la vraie raison de ta venue à Riva ?

— Rien que de très banal, répondit le petit voleur en lissant les revers de son pourpoint gris. J'ai compris depuis quelques années qu'un marchand nomade avait du mal à garder une vision d'ensemble des problèmes.

Pour rester maître de la situation sur place, il faut disposer d'un homme à soi, quelqu'un qui sache profiter des éventuelles opportunités. J'ai trouvé des débouchés pour certains produits riviens — la verrerie, les bottes de bonne qualité, les capes de laine, ce genre d'articles — et je me suis dit qu'il pourrait être intéressant d'avoir un représentant ici.

— Bonne idée. C'est un peu calme, en ce moment. Ces nouveaux projets apporteront un peu d'animation en ville. Et puis, ajouta Garion en voyant le sourire rayonnant de son ami, ces rentrées annexes seront les bienvenues.

— Comment ça ?

— Les taxes. Rien d'exorbitant, rassure-toi. Je suis sûr que tu comprends. Un royaume coûte très cher à entretenir…

— Garion ! s'exclama le petit Drasnien, outré.

— C'est l'une des premières choses que j'ai apprises. Les gens supportent les impôts tant que tout le monde paie les mêmes. Je ne peux pas faire d'exception, même pour un vieil ami. Je te présenterai à Kail. C'est le responsable de l'administration. Il t'arrangera ça, va.

— Oh, que je suis déçu ! fit Silk, tout déconfit.

— Comme tu dis toujours, les affaires sont les affaires. Oui ? répondit Garion comme on frappait légèrement à la porte.

— Le Gardien de Riva, Majesté, annonça un garde.

— Faites-le entrer.

Le grand gaillard grisonnant se faufila discrètement dans la pièce.

— Prince Kheldar, fit-il avec un bref hochement de tête. Majesté, je ne voudrais pas vous ennuyer, mais une affaire assez urgente vient de survenir.

— Je vous écoute, Brand. Asseyez-vous.

— Merci, Belgarion, fit le grand gaillard en se laissant tomber dans un fauteuil. Mes jambes ne sont plus ce qu'elles étaient.

— Ce sont les plaisirs de l'âge, commenta Silk. L'esprit s'améliore quand le reste commence à tomber en morceaux.

Le Gardien esquissa un bref sourire et entra directement dans le vif du sujet.

— Des troubles ont éclaté dans la garnison, ici, à la Citadelle. Je châtierai moi-même les coupables, mais je me suis dit qu'en leur parlant, vous, leur roi, vous arriveriez peut-être à empêcher toute effusion de sang.

— Qu'est-ce que c'est que cette histoire ?

— Une chamaillerie sans importance, qui a dégénéré. Des hommes se sont un peu bousculés et ont craché quelques dents, ce qui aurait dû mettre fin à la controverse, mais ils se sont défiés en combat singulier. J'ai pensé que vous n'apprécieriez pas que l'on tire l'épée.

— Absolument !

— Je pourrais leur interdire de se battre en duel, bien sûr, mais il est à craindre qu'ils se faufilent au-dehors, à la faveur de la nuit, pour vider leur querelle dans un coin discret. Parlez-leur, Belgarion. Vous parviendrez peut-être à faire cesser cette ineptie. Il se trouve parmi ces jeunes gens quelques éléments de valeur, et je pense que nous ferions mieux de les empêcher de s'entre-tuer.

— Envoyez-moi les deux coupables demain matin, à la première heure, ordonna le jeune homme, et...

Il s'interrompit en sentant son amulette frémir puis devenir brûlante, tandis qu'un curieux bourdonnement lui emplissait la tête.

— Garion ! Que se passe-t-il ? s'exclama Silk, alarmé.

Le jeune roi de Riva levait la main pour lui intimer silence et tenter de localiser l'origine de la vibration lorsque son pendentif se mit à bouger et lui flanqua un coup en pleine poitrine. Puis ce fut comme si ses oreilles se débouchaient et il entendit crier Ce'Nedra.

— *Garion ! Au secours, Garion !*

Il se leva d'un bond sous le regard stupéfait des deux hommes.

— Ce'Nedra ! s'écria-t-il. Où es-tu ?

— *Aux bains ! Garion, aide-moi !*

— Vite ! hurla-t-il. Allons aux bains, tout de suite ! Ce'Nedra a besoin de nous !

Il quitta précipitamment la pièce en empoignant au passage une épée debout dans un coin.

— Que se passe-t-il ? demanda Silk tandis qu'ils s'engageaient en courant dans le couloir.

— Je n'en sais rien. Elle m'a appelé à l'aide, répondit le jeune homme en secouant son épée pour la débarrasser de son fourreau. Il a dû se passer quelque chose aux bains.

Les bains se trouvaient dans les sous-sols de la Citadelle, au bout d'une interminable succession d'escaliers éclairés par des torches, et Garion eut l'impression qu'ils n'y arriveraient jamais. Ils descendaient les marches trois par trois. Des serviteurs et des fonctionnaires stupéfaits s'écartèrent en hâte quand ils les virent se précipiter sur eux, le visage sombre et l'arme à la main.

La lourde porte des bains était barricadée de l'intérieur. Garion concentra son pouvoir, aboya un ordre, et la porte bardée de fer pivota sur ses gonds.

L'horreur les attendait de l'autre côté. Dame Arell gisait à terre, une dague entre les épaules. Dans le bassin d'eau chaude, une grande femme osseuse, sinistre, vêtue d'une cape noire, maintenait sous la surface une forme qui se débattait faiblement au milieu d'un éventail de cheveux roux.

— Ce'Nedra ! hurla Garion en brandissant son épée.

Il bondit dans le bassin. Surprise, la femme en noir lâcha sa proie et prit la fuite en soulevant de grandes gerbes d'eau.

Le jeune roi de Riva poussa un cri d'angoisse et de fureur. Il lâcha son épée et pataugea dans le liquide tiède qui lui arrivait à la taille, les bras désespérément tendus vers le petit corps inerte qui flottait sur le ventre, juste hors de portée de ses mains.

Brand dégaina son arme avec un rugissement de rage, contourna le bassin en courant et se lança à la poursuite de la grande femme qui s'engouffrait par une porte étroite, de l'autre côté de la salle. Mais Silk l'avait devancé ; il était déjà sur les talons de la fugitive, sa dague à la main.

Garion prit le corps de sa femme dans ses bras et la tira péniblement hors de l'eau. Il s'aperçut alors avec horreur qu'elle avait cessé de respirer.

— Oh, Tante Pol, que puis-je faire ? s'écria-t-il, affolé. Que puis-je faire ?

Mais tante Pol n'était pas là. Il déposa Ce'Nedra sur le sol carrelé qui entourait le bassin. Elle ne donnait plus signe de vie ; pas un souffle ne s'échappait de ses lèvres et son visage était d'une terrible couleur bleuâtre.

— A l'aide ! Je vous en prie ! s'écria Garion en prenant la petite forme amorphe dans ses bras et en l'étreignant de toutes ses forces.

Quelque chose se mit à palpiter contre sa poitrine. Il scruta le visage sans réaction de sa femme, en guettant avidement un frémissement, mais elle ne bougeait pas. Il la serra à nouveau contre lui.

Il eut encore une fois l'impression de recevoir un coup en pleine poitrine. Il écarta Ce'Nedra et tenta de discerner la source de ce choc insolite, mais il avait les yeux pleins de larmes. C'est alors que la lueur vacillante d'une torche fixée aux murs de marbre tomba sur le médaillon d'argent de la petite reine. Et si c'était... ? Il posa ses doigts tremblants sur le médaillon. Il éprouva un fort picotement. D'abord surpris, il ôta sa main puis la referma sur l'amulette. Elle palpitait tel un petit cœur d'argent au rythme chancelant.

— Ce'Nedra ! Réveille-toi, Ce'Nedra, je t'en prie ! Ne meurs pas, Ce'Nedra ! implora-t-il, mais en vain. Tante Pol ! s'écria-t-il, le cœur brisé. Que puis-je faire ?

— Garion ? fit la voix surprise de tante Pol par-delà des lieues et des lieues de vide.

— Tante Pol ! Aide-moi !

— Que se passe-t-il ? Qu'est-ce qui ne va pas ?

— C'est Ce'Nedra ! Elle s'est... On l'a noyée !

Et la réalité le frappa dans toute son horreur, impitoyable, renversante, lui arrachant des sanglots qui lui déchiraient la gorge et le cœur.

— Arrête de pleurer ! lança tante Pol d'un ton sec comme un coup de fouet. Où est-ce arrivé ? Et quand ?

— Ici, aux bains. Elle ne respire plus, Tante Pol. Je crois qu'elle est morte.

— Cesse de bredouiller, Garion ! ordonna-t-elle d'une voix qui lui fit l'effet d'une gifle. Depuis combien de temps a-t-elle cessé de respirer ?

— Quelques minutes, je ne sais pas…

— Il n'y a pas de temps à perdre. Tu l'as sortie de l'eau ?

— Oui, mais elle ne respire plus et elle a le visage gris comme de la cendre.

— Ecoute-moi bien. Il faut que tu fasses sortir l'eau de ses poumons. Mets-la à plat ventre, pose tes mains sur son dos et pousse au rythme de ta respiration. Tâche de ne pas y aller trop fort pour ne pas faire mal au bébé.

— Mais…

— Garion, fais ce que je te dis !

Il retourna sa femme et lui appuya sur les côtes. Une invraisemblable quantité d'eau sortit de sa bouche, mais elle ne bougea pas.

Garion referma le poing sur son amulette.

— Il ne se passe rien, Tante Pol.

— Continue, ne t'arrête pas.

Il recommença à presser les côtes de Ce'Nedra. Il était sur le point de s'arrêter, désespéré, lorsqu'elle eut une sorte de hoquet. Pour un peu, il en aurait pleuré de soulagement. Il continua à lui appuyer sur le dos. Sa poitrine se contracta à nouveau, spasmodiquement, puis elle se mit à pleurer tout bas.

— Tante Pol ! elle pleure ! s'écria Garion, la main crispée sur son médaillon. Elle est sauvée !

— C'est bien. Tu peux arrêter, maintenant. Que s'est-il passé ?

— Une femme a tenté de la tuer, ici, aux bains. Silk et Brand sont en train de la pourchasser.

Il y eut un long silence.

— Je vois, dit enfin la sorcière. Maintenant, Garion, écoute-moi bien. Ce'Nedra va avoir les poumons très fragiles. Il faut lui éviter la congestion et la fièvre, et pour ça, elle a besoin de chaleur et de calme. Sa vie et celle du bébé en dépendent. Dès que sa respiration sera plus régulière, mets-là au lit. Je viens tout de suite.

Garion ramassa rapidement toutes les serviettes et tous les vêtements qu'il put trouver pour en entourer sa petite femme en larmes. Il venait de la recouvrir d'une cape lorsque Silk revint, le visage sinistre, suivi de Brand, qui soufflait comme un phoque.

— Comment va-t-elle ? demanda le Gardien, le visage crispé par l'angoisse.

— Ça devrait aller. Elle respire. La femme a réussi à s'enfuir ?

— Façon de parler, rétorqua Silk. Elle a grimpé les escaliers. En arrivant aux remparts, elle a vu qu'elle ne m'échapperait pas et elle s'est jetée dans le vide.

— Bien fait, s'exclama Garion, sans réfléchir.

— Ah, tu trouves ? Il aurait mieux valu que nous l'interrogions. Nous ne saurons jamais qui lui a dicté son geste.

— Je ne pensais pas à ça.

Brand s'agenouilla tristement près du corps de sa nièce et tenta d'ôter la dague qui dépassait de son dos.

— Ma pauvre Arell... Même dans la mort elle a servi sa reine, dit-il d'une voix vibrante de fierté. La meurtrière n'a pu récupérer son arme, ajouta-t-il en devinant l'étonnement de Garion, et c'est pour ça qu'elle a tenté de noyer Ce'Nedra. Si elle avait pu en faire usage, nous serions arrivés trop tard.

— Je découvrirai celui qui a fait ça, jura Garion en serrant les dents. Il mourra sous le fouet.

— Pas mal, acquiesça Silk. Mais je crois que je préfère le chaudron et l'huile bouillante. J'ai toujours eu un faible pour la friture.

— Garion, murmura Ce'Nedra d'une voix imperceptible, et celui-ci oublia toute idée de vengeance.

Il inclina son visage sur celui de sa femme et la serra contre lui pendant que Silk parlait tout bas à Brand.

— Quand vous aurez ramassé ce qui reste de la candidate au régicide, disait le petit Drasnien d'une voix âpre, je voudrais que vous m'apportiez toutes ses frusques. Elle n'est plus en état de parler mais nous tirerons peut-être quelque chose de son habillement. Vous n'imaginez pas ce que peuvent révéler de simples sous-vêtements... Il faut que nous sachions qui est cette femme, d'où elle venait, qui l'a envoyée ici, et ce cadavre est notre seul indice. Plus vite nous aurons la réponse à ces questions, plus vite nous pourrons faire chauffer l'huile.

— L'huile ? Quelle huile ?

— Pour faire frire l'homme qui a manigancé cette abomination, bien sûr.

CHAPITRE XIV

Polgara arriva le jour même, en fin d'après-midi. Personne ne se risqua à lui demander comment elle avait fait pour franchir des centaines de lieues en quelques heures. Tout de même, l'homme qui montait la garde en haut des remparts et qui l'accompagna à la chambre de la malade avait les yeux affolés de celui qui a vu une chose dont il préfère ne pas parler.

Lors de son arrivée, Garion mettait justement un terme à une discussion avec les médecins de la cour sur la valeur thérapeutique de la saignée : il avait pris une épée et barrait le passage aux quatre hommes qui s'approchaient, la lancette à la main, de sa jeune épouse alitée.

— Si vous osez toucher à ma femme, déclara fermement le jeune roi, moi je vous ouvre le ventre !

— Ça ira comme ça, Garion, dit fraîchement la sorcière en ôtant sa cape et en la posant sur le dossier d'une chaise.

— Tante Pol ! fit-il avec un soupir de soulagement.

— Merci de votre aide, Messieurs. Je vous enverrai chercher en cas de besoin, dit-elle d'un ton sans réplique.

Les hommes de l'art filèrent la queue basse.

— Dame Polgara, murmura Ce'Nedra.

— Oui, mon chou, répondit aussitôt la sorcière en se tournant vers la petite reine et en prenant sa main entre les siennes. Comment vous sentez-vous ?

— J'ai mal à la poitrine et je n'arrive pas à garder les yeux ouverts.

— Nous allons vous remettre sur pieds en un rien de temps, assura Polgara. Garion, va me chercher d'autres oreillers, qu'elle puisse s'asseoir, ajouta-t-elle avec un regard critique sur la couche royale.

Garion traversa le salon en courant et ouvrit la porte donnant sur le couloir.

— Vous pourriez m'apporter une douzaine d'oreillers ? demanda-t-il au planton.

— Bien sûr, Majesté, fit la sentinelle en s'éloignant.

— Euh... disons plutôt *deux* douzaines, rectifia Garion en réintégrant la chambre au pas de course.

— Je vous assure, Dame Polgara, disait Ce'Nedra d'une voix mourante. Si vous devez choisir, sauvez mon bébé. Ne songez pas à moi.

— Je vois, répondit gravement Polgara. Ça y est, vous avez dit toutes les bêtises que vous aviez sur le cœur ? Le mélodrame m'a toujours quelque peu écœurée. Ah, mais c'est bon signe, ça, continua-t-elle d'un ton encourageant en voyant la petite reine piquer un fard. Je déduis de votre rougeur que vous êtes assez en forme pour prendre conscience de certains ridicules.

— Quels ridicules ?

— L'inconcevable stupidité de cette déclaration grandiloquente. Votre bébé va très bien, Ce'Nedra. Je dirais même qu'il va mieux que vous en ce moment. Pour l'instant, il dort.

— Vous le voyez ? s'exclama la petite reine en ouvrant de grands yeux et en posant ses mains sur son ventre dans une attitude protectrice.

— Pas à proprement parler, mon chou, mais je sais ce qu'il fait et à quoi il pense.

Elle mélangea deux poudres dans un gobelet et ajouta de l'eau à la mixture qui se mit à fumer et à bouillonner.

— Tenez, buvez ça, ordonna-t-elle en tendant le verre à sa petite patiente. Tu devrais faire du feu, mon chou, suggéra-t-elle à Garion. Nous sommes déjà en automne et il ne manquerait plus qu'elle prenne froid.

Brand et Silk avaient fini d'examiner le corps disloqué de l'apprentie meurtrière et inspectaient ses vêtements lorsque Garion les rejoignit, en fin de soirée.

— Vous avez trouvé quelque chose ?

— C'était une Alorienne de trente-cinq ans environ, répondit le Gardien de sa voix de basse. Elle n'avait pas besoin de travailler pour vivre ou du moins ne faisait-elle rien de pénible car elle n'avait pas de cals aux mains.

— C'est maigre, commenta Garion.

— C'est toujours un début, remarqua Silk en examinant soigneusement l'ourlet de la robe tachée de sang.

— Bref, tout semble désigner du doigt le culte de l'Ours ?

— Pas forcément, objecta Silk en lâchant la robe et en prenant un linge de dessous. Quand on veut brouiller les pistes, la plus élémentaire précaution consiste à engager un assassin étranger. Evidemment, ce genre de stratagème est peut-être un peu subtil pour le culte de l'Ours. Voyons, où ai-je déjà vu ce genre de couture ? marmonna-t-il en fronçant le sourcil.

— Ecoutez, Brand, je suis vraiment navré pour Arell, balbutia Garion, à court de paroles. Nous l'aimions tous beaucoup.

— Ça lui aurait fait plaisir, Belgarion, répondit Brand à mi-voix. Elle aimait beaucoup Ce'Nedra.

Garion se tourna vers Silk. Il bouillait de frustration.

— Qu'allons-nous faire ? demanda-t-il. Si nous ne trouvons pas le commanditaire de la tentative d'assassinat, il est probable qu'il recommencera.

— J'espère bien, déclara le petit Drasnien.

— Hein ?

— Nous gagnerions beaucoup de temps en mettant la main sur un individu vivant. Les morts ne sont pas très bavards.

— Je regrette que nous n'ayons pas définitivement anéanti le culte de l'Ours à Thull Mardu, commenta Brand.

— A votre place, je ne me laisserais pas obnubiler par le culte, susurra Silk en se laissant tomber dans un fauteuil. N'importe qui aurait pu comploter ce crime.

— Qui d'autre pourrait vouloir du mal à Ce'Nedra ? se récria Garion.

— Ce n'est pas forcément à sa vie qu'on en voulait.

— Que veux-tu dire ?

— Que l'attentat visait peut-être son enfant. Il se pourrait que certaines personnes n'aient pas envie qu'elle donne un héritier au trône de Poing-de-Fer.

— Qui ça ?

— On pense tout de suite aux Grolims, bien sûr, mais aussi aux Nyissiens, et même à certains Tolnedrains. Je n'exclus aucune hypothèse à priori. Demain matin, à la première heure, je vais voir tous les tailleurs et toutes les couturières de la ville avec ça, ajouta-t-il en brandissant le linge taché de sang. Le tissage leur dira peut-être quelque chose et les points de couture sont assez particuliers. Si je pouvais l'identifier, ce serait un point de départ.

Brand contemplait pensivement le cadavre couvert d'un drap blanc de la femme qui avait tenté de tuer Ce'Nedra.

— Elle est bien entrée dans la Citadelle par une porte. Donc elle est passée devant une sentinelle et lui a fourni une explication. Je vais faire défiler devant le corps tous les hommes qui étaient de garde la semaine dernière. Quand nous saurons comment elle est entrée, nous pourrons peut-être remonter la filière. J'aimerais bien savoir par quel vaisseau elle est arrivée et avoir une petite conversation avec son capitaine.

— Que puis-je faire ? demanda promptement Garion.

— Prendre la place de Polgara chaque fois qu'elle quitte Ce'Nedra, même pour un instant, suggéra Silk. Elle n'est pas à l'abri d'une autre tentative d'assassinat, et nous nous sentirions tous beaucoup mieux si nous la savions sous étroite surveillance.

La petite reine de Riva passa une nuit tranquille, sous l'œil vigilant de Polgara. Le lendemain sa respiration était beaucoup plus régulière et elle commença à se plaindre du goût des potions qu'on lui faisait prendre.

— Oui, mon chou, acquiesça jovialement la sorcière après avoir écouté ses discours avec intérêt. Allons, buvez-moi ça tout de suite.

— Pourquoi faut-il que ce soit si mauvais ? protesta Ce'Nedra en réprimant un frisson.

— C'est exprès. Si les remèdes avaient bon goût, les malades pourraient être tentés de rester souffrants afin de continuer à en prendre. Plus mauvais ils sont, plus rapide est la guérison.

Silk revint dans l'après-midi, l'air complètement écœuré.

— Je n'aurais jamais cru qu'il puisse y avoir tant de façons de réunir deux bouts de chiffon, grommela-t-il.

— J'en déduis que tu as fait chou blanc, conclut Garion.

— Pas vraiment, répondit le petit homme au visage de fouine en s'affalant dans un fauteuil. J'ai recueilli quantité de conjectures et d'hypothèses. Un tailleur m'a juré sur la tête de son fils que ce point était typiquement nyissien. Une couturière m'a assuré qu'il s'agissait d'un tissu ulgo et une illuminée m'a raconté que le propriétaire du vêtement devait être marin, parce que c'était comme ça qu'on réparait les voiles déchirées...

— De quoi parlez-vous ? s'enquit Polgara en passant par le salon alors qu'elle retournait au chevet de Ce'Nedra.

— J'espérais que quelqu'un pourrait identifier la couture de ce truc-là, répondit-il avec une grimace de dégoût en agitant le chiffon taché de sang.

— Faites-moi voir... Ça vient du nord-est de la Drasnie, déclara-t-elle après un coup d'œil négligent au linge que lui tendait Silk. Des environs de Rhéon.

— Vous êtes sûre ? s'exclama le petit Drasnien en se levant d'un bond.

— Cette façon de coudre date de l'époque où tous les vêtements étaient en peau de renne dans cette partie du pays.

— C'est répugnant, ronchonna Silk.

— Quoi donc ?

— J'ai passé la journée à courir dans tous les sens, à monter et à descendre des escaliers, à entrer et à sortir de toutes les échoppes de tailleur de Riva, et il aurait suffi que je vous montre ce bout de chiffon pour apprendre ce que je voulais savoir.

— Que voulez-vous, Prince Kheldar ? fit-elle en lui

rendant son linge. Si vous n'avez pas encore appris à me soumettre les petit problèmes de ce genre, c'est sans espoir.

— Merci, Polgara, dit-il sèchement.

— Le commanditaire de l'attentat serait donc drasnien, murmura Garion.

— Drasnien du Nord-Est, précisa Silk. Ce sont des gens bizarres. Au moins autant que les habitants des marécages.

— Comment ça, bizarres ?

— Peu communicatifs, sectaires et plus mystérieux que s'ils détenaient tous les secrets d'État du monde.

— Mais pourquoi en voudraient-ils à Ce'Nedra ? demanda Garion en fronçant les sourcils.

— A ta place, je ne m'arrêterais pas au fait que la meurtrière était drasnienne. Quand on embauche un tueur — ou une tueuse — à gages, on ne va pas forcément le ou la chercher près de chez soi. Et s'il y a des tas d'assassins dans le monde, rares sont les meurtrières. J'irais tout de même bien jeter un coup d'œil du côté de Rhéon, reprit-il en faisant la moue.

Puis l'hiver et ses frimas s'annoncèrent, et Polgara déclara que Ce'Nedra était définitivement hors de danger.

— Je pense malgré tout que je ferais aussi bien de rester, annonça-t-elle. Je ne serais pas plus tôt rentrée au Val qu'il faudrait que je revienne. Durnik et Mission se débrouilleront bien tout seuls pendant quelques mois. Tu ne croyais pas que j'allais laisser quelqu'un d'autre mettre au monde le premier enfant de Ce'Nedra ? ajouta-t-elle en voyant le regard ahuri de Garion.

La neige tomba dru, juste avant Erastide, et les rues en pente raide de la cité devinrent difficilement praticables. La taille de Ce'Nedra s'arrondissait, lui rendant la marche pénible. Elle se retrouva cloîtrée à la Citadelle, ce qui ne lui améliora pas le caractère. Mais Polgara accueillait, impavide, les éclats et les larmes de la petite reine.

— Vous voulez cet enfant, n'est-ce pas ? lui demanda-t-elle sèchement lors d'une crise particulièrement violente.

— Evidemment, rétorqua Ce'Nedra, indignée.

— Eh bien, serrez les dents. Je ne connais pas d'autre moyen de remplir la chambre d'enfant.

— N'essayez pas de me raisonner, Dame Polgara. Je ne suis pas d'humeur à ça, en ce moment.

La sorcière lui jeta un coup d'œil amusé et Ce'Nedra se mit à rire malgré elle.

— Je suis vraiment insupportable, n'est-ce pas ?

— Un peu, oui.

— Vous comprenez, je me sens si grosse et si laide...

— Ça passera vite.

— Il y a des moments où je regrette de ne pas pouvoir pondre un œuf, comme les oiseaux.

— A votre place, mon petit chou, je m'en tiendrais à la procédure classique. Je ne vous vois pas assise sur un nid.

Erastide arriva et passa sans incident. L'Ile célébra la fête dans la chaleur mais avec une certaine réserve, comme si la population retenait son souffle en attendant une meilleure raison, plus importante, de se réjouir. L'hiver s'éternisait et la couche de neige, déjà impressionnante, augmentait toutes les semaines. Un mois peut-être après Erastide, un léger redoux la fit partiellement fondre, puis le froid revint en force, deux jours plus tard, congelant les bancs de neige détrempée et les transformant en une véritable banquise. Les semaines passèrent, faites d'ennui et d'attente. Et la petite reine de Riva ne décolérait pas.

— Regarde-moi ça ! fulmina-t-elle un matin, en se levant.

— Quoi donc, ma Ce'Nedra ? demanda suavement Garion.

— *Ça !* fit-elle en indiquant la fenêtre d'un air accusateur. Voilà qu'il recommence à neiger.

— Je n'y peux rien, moi, riposta-t-il, sur la défensive.

— Je n'ai jamais dit ça, rétorqua-t-elle en se retournant lourdement pour le lorgner d'un œil noir.

Sa petite taille faisait paraître encore plus gros son ventre rebondi et elle donnait parfois l'impression de le lui fourrer sous le nez comme si tout était sa faute.

— C'est insupportable, déclara-t-elle. On se gèle ici. Pourquoi m'as-tu emmenée dans ce pays…

Elle s'interrompit au milieu de sa diatribe et son visage prit une curieuse expression.

— Ça va, ma chérie ?

— Ne prends pas ce ton protecteur avec moi ! Je… Oh, Par Nedra ! hoqueta-t-elle, sans finir sa phrase.

— Que se passe-t-il ? demanda-t-il en se levant d'un bond.

— Oh Dieu ! s'écria Ce'Nedra en mettant ses mains sur ses reins.

— Qu'y a-t-il ? Qu'est-ce qui t'arrive ?

— Je crois que je ferais mieux de m'allonger, murmura-t-elle d'un ton distant, comme si elle était ailleurs.

Elle entreprit de traverser la chambre, telle une oie majestueuse, et s'arrêta net.

— Oh, Dieu de Dieu ! fit-elle avec une véhémence accrue.

Elle se retint d'une main au dossier d'un fauteuil. Elle était blême.

— Garion, va chercher dame Polgara.

— C'est… ? enfin, tu vas… ?

— Arrête de bafouiller, reprit-elle d'une voix tendue. Ouvre la porte et appelle ta tante.

— Tu veux dire que ? …

— Je ne veux pas dire, Garion, je le dis. Qu'elle vienne tout de suite.

Elle s'approcha de la porte de la chambre et s'arrêta à nouveau en haletant.

— Oh ! par tous les Dieux d'Alorie ! s'exclama-t-elle.

Garion se jeta sur la porte et l'ouvrit à la volée.

— Allez chercher dame Polgara ! ordonna-t-il à la sentinelle surprise. Tout de suite ! Allez, au trot !

— Oui, Majesté ! répondit le garde en laissant tomber sa lance et en filant, coudes au corps, dans le couloir.

Garion claqua la porte et se rua sur Ce'Nedra.

— Je peux faire quelque chose ? l'implora-t-il en se tordant les mains.

— Aide-moi à me mettre au lit.

— Le lit ! Très bien !

Il l'empoigna par le bras et commença à la tirer vers la couche royale.

— Que fais-tu ?

— Le lit, bredouilla-t-il en tendant le doigt.

— Je sais bien où il est, mais ne me traîne pas comme ça. Aide-moi, plutôt.

— Oh.

Il lui prit la main, passa son autre bras sous ses reins, la souleva et la porta vers le lit, les yeux écarquillés et la cervelle vide.

— Lâche-moi tout de suite, espèce de grande andouille !

— Le lit, insista-t-il en essayant de lui expliquer la situation avec tous les moyens encore à sa disposition.

Il la reposa par terre et se précipita vers le lit.

— Bon petit lit, dit-il en tapotant les couvertures d'un air encourageant.

Ce'Nedra ferma les yeux et poussa un soupir résigné.

— Ecarte-toi de là, Garion, ne reste pas dans mes pieds.

— Mais... ?

— Si tu rajoutais plutôt du bois sur le feu, d'accord ?

— Quoi ? coassa-t-il en regardant autour de lui comme s'il voyait la chambre pour la première fois.

— La cheminée, ce trou, là, dans le mur, avec du bois qui brûle dedans. Rajoute des bûches. Tu veux qu'il fasse bien chaud pour le bébé, non ?

Elle réussit enfin à s'asseoir au bord du lit.

Garion se précipita vers la cheminée et resta planté devant à la contempler d'un air stupide.

— Allons bon ! Qu'est-ce qui ne va pas, maintenant ?

— Le bois, répondit Garion. Il n'y a plus de bois.

— Va en chercher dans la pièce à côté.

Ça, c'était une idée de génie ! Il la regarda avec reconnaissance.

— Garion, tu vas dans la pièce à côté, répéta-t-elle lentement, en articulant bien. Tu prends du bois, tu le ramènes ici et tu le mets dans la cheminée. Tu as bien compris, là ?

— Oui ! Très bien ! acquiesça-t-il, tout excité.

Il fonça dans la pièce voisine, ramassa un petit bout de bois et revint avec comme s'il avait le diable à ses trousses.

— Du bois ! fit-il en le lui montrant fièrement.

— Très bien, Garion, approuva Ce'Nedra en grimpant laborieusement dans le lit. Maintenant, mets-le sur le feu et retourne en chercher d'autre.

— Chercher, répéta-t-il en lançant le bout de bois dans la cheminée et en repartant à fond de train.

Lorsqu'il eut ramené — une bûche après l'autre — tout le bois entreposé au salon, il regarda autour de lui comme pour arrêter une ligne de conduite et ramassa un fauteuil. S'il le jetait contre le mur, se dit-il, ça pourrait faire du bon bois de chauffage.

La porte des appartements royaux s'ouvrit devant Polgara. Elle s'arrêta et dévisagea Garion qui ouvrait de grands yeux affolés.

— Tu peux m'expliquer ce que tu comptes faire avec ce fauteuil ? lui demanda-telle.

— Du bois, expliqua-t-il en brandissant le lourd fauteuil. Du bois, pour le feu.

Elle le regarda longuement en lissant le devant de son tablier blanc.

— Je vois ce que c'est, dit-elle enfin. Il va nous faire ce coup-là. Allez, Garion, lâche ce fauteuil. Où est Ce'Nedra ?

— Au lit, répondit-il en s'exécutant à contrecœur, puis il se fendit d'un sourire rayonnant. Bébé !

Elle leva les yeux au ciel.

— Garion, reprit-elle tout doucement, comme si elle parlait à un enfant, il est beaucoup trop tôt pour qu'elle se mette au lit. Il faut qu'elle marche, qu'elle bouge un peu.

Il secoua la tête avec obstination.

— Lit, répéta-t-il. Bébé.

Il parcourut la pièce du regard et empoigna à nouveau le fauteuil. Polgara ouvrit la porte en soupirant.

— Soyez gentil, jeune homme, dit-elle en faisant signe au garde d'approcher. Emmenez Sa Majesté au tas de bois qui est dans la cour, juste derrière les cuisines et donnez-lui une hache, qu'il nous fende quelques bûches.

Garion s'émerveilla de la suggestion de sa tante Pol. Tout le monde était absolument génial, ce matin-là. Il reposa le fauteuil et partit ventre à terre dans le couloir. Le garde le suivit, quelque peu déconcerté.

Dès la première heure, il fendit près d'une corde de bois, déchaînant autour de lui une véritable tornade de copeaux. Sa hache voltigeait si vite qu'on ne pouvait la suivre du regard. Puis il s'interrompit, ôta son pourpoint et se mit vraiment à l'ouvrage. Vers midi, un cuistot lui apporta respectueusement une tranche de bœuf rôti de frais, un gros morceau de pain et de la bière. Garion engloutit deux ou trois bouchées, avala quelques gorgées de bière, reprit sa hache et attaqua une nouvelle tournée de bûches. Il serait probablement venu à bout du tas de bois et serait parti abattre d'autres arbres si Brand n'était venu le chercher peu avant le coucher du soleil.

— Félicitations, Belgarion, lui dit-il avec un grand sourire. Vous avez un fils.

Garion s'arrêta, regarda presque avec regret le reste des bûches. Puis les paroles de Brand s'insinuèrent dans sa conscience. La hache lui tomba des mains.

— Un fils ? Déjà ? Ça alors ! Je viens juste d'arriver. J'ai toujours cru que ça prenait bien plus longtemps que ça.

Brand le regarda attentivement.

— Allez, Belgarion, venez, dit-il en le prenant doucement par les épaules. Venez voir votre fils.

Garion se pencha et ramassa une pleine brassée de bois.

— Pour le feu, lui expliqua-t-il. Ce'Nedra veut une bonne grosse flambée.

— Elle sera sûrement très contente, affirma le Gardien de Riva.

En arrivant dans la chambre à coucher royale, Garion déposa soigneusement sa brassée de bois sur la table cirée, devant la fenêtre, et s'approcha du lit sur la pointe des pieds.

Ce'Nedra était pâle et paraissait épuisée, mais elle

arborait quand même un petit sourire satisfait. Un être minuscule, à la figure toute rouge et au crâne dégarni, était niché près d'elle, dans une douce couverture. Le prince héritier ouvrit les yeux, regarda gravement son père, poussa un soupir, émit un rot et se rendormit.

— Oh, Garion, regarde comme il est beau ! s'exclama Ce'Nedra d'une petite voix émerveillée.

— Oui, répondit Garion, une grosse boule dans la gorge. Toi aussi, tu es belle.

Il s'agenouilla près du lit et les serra tous les deux dans ses bras.

— C'est un superbe bébé, fit tante Pol, de l'autre côté du lit. Mes enfants, vous avez bien travaillé.

Le lendemain, Garion célébra une très ancienne cérémonie. Accompagné d'une Polgara resplendissante dans sa robe bleu et argent, il emmena son jeune fils à la cour du roi de Riva, où les attendait la noblesse du royaume insulaire. Au moment où ils entrèrent dans la salle du trône, l'Orbe d'Aldur enchâssée sur le pommeau de l'épée de Poing-de-Fer lança une grande langue de feu bleu. Garion s'en approcha comme dans un rêve.

— Voici Geran, mon fils, annonça-t-il à la foule et, dans une certaine mesure, à l'Orbe elle-même.

Garion ne s'était pas longtemps demandé comment il allait appeler son fils. Il lui donnerait le nom de son père. C'était un bon moyen d'honorer sa mémoire — si l'on peut dire, puisqu'il n'en avait aucun souvenir.

Il remit délicatement son tendre fardeau à Polgara, leva les bras, prit l'immense épée et, la tenant par la lame, tendit le pommeau vers le nourrisson. L'Orbe se mit à flamboyer. Comme attiré par cette lumière, Geran tendit sa petite menotte rose et la posa sur le joyau étincelant. Un gigantesque halo multicolore surgit de la pierre, les environnant tous les trois d'un arc-en-ciel palpitant qui illumina la salle. Un chœur triomphant emplit les oreilles de Garion, s'amplifia et devint une harmonie toute-puissante qui sembla faire vibrer le monde.

— Salut à toi, Geran ! tonna Brand. Loué soit l'héritier du trône de Poing-de-Fer et le Gardien de l'Orbe d'Aldur !

— Salut à toi, Geran ! répéta la foule en écho, et ce fut comme si le tonnerre ébranlait la cour du roi de Riva.

— *Salut à toi, Geran*, ajouta silencieusement la voix sèche qui s'adressait parfois à l'esprit de Garion.

Polgara ne dit rien, mais toute parole était inutile. Son regard en disait plus long qu'un discours.

C'était l'hiver et la Mer des Vents était déchaînée, mais tous les rois d'Alorie, de nombreux amis et de vieilles connaissances vinrent à Riva fêter la naissance de Geran : Anheg, Cho-Hag et la reine Porenn, bien sûr, mais aussi Barak et sa femme Merel, Hettar et Adara, et même Lelldorin et Mandorallen, accompagnés par leurs épouses, Ariana et Nerina.

Garion, que les récents événements avaient sensibilisé à la chose, s'émerveilla de la quantité d'enfants qu'avaient eus ses amis. De quelque côté qu'il se tournât, il ne voyait que des bébés, et les austères salles de la Citadelle retentissaient des cris et des rires d'une myriade de garçonnets et de fillettes. Kheva, l'enfant-roi de Drasnie et Unrak, le fils de Barak, furent bientôt les meilleurs amis du monde. Les filles de Nerina folâtraient avec les fils d'Adara. L'aînée de Barak, Gundred, qui était devenue une ravissante créature, se gagna le cœur d'un bataillon de soupirants riviens, sous l'œil vigilant de son énorme père à la barbe rouge. (Oh, il n'en menaça aucun à proprement parler, mais son regard disait sans ambiguïté qu'il ne tolérerait aucune privauté.) La petite Terzie, sa sœur cadette, qui sortait tout juste de l'enfance, batifolait un moment avec les bambins et jetait, l'instant d'après, des œillades ravageuses aux jeunes Riviens qui ne la lâchaient pas d'une semelle.

Les réjouissances étaient déjà bien entamées quand le roi Fulrach et le général Brendig arrivèrent de Sendarie. La reine Layla, qui n'avait pas fait la traversée, envoyait à tout le monde ses sentiments les meilleurs et les plus chaleureux.

— Elle s'apprêtait à monter à bord, leur raconta Fulrach, quand la brise vagabonde a poussé une vague sur le quai de pierre, et elle s'est évanouie. Nous nous sommes dit qu'il serait inhumain de lui imposer le voyage.

— Vous avez bien fait, acquiesça Garion.

Durnik, Mission et Belgarath vinrent du Val, bien sûr.

Les festivités durèrent des semaines. Il y eut des banquets et des présentations officielles de cadeaux offerts par les visiteurs et les ambassadeurs des royaumes alliés. On se remémora de vieux souvenirs et on but pas mal, bien sûr. Ce'Nedra était radieuse. C'était son heure de gloire.

Entre les cérémonies et les devoirs habituels de sa charge, Garion n'avait plus une minute à lui. Il aurait bien voulu trouver le temps de bavarder avec Barak, Hettar, Mandorallen et Lelldorin, mais il avait beau tenter de réorganiser ses journées, il n'y avait rien à faire.

Et puis, un soir, très tard, Belgarath vint le débusquer dans son cabinet.

— Je me suis dit que nous avions à parler, déclara le vieil homme.

— Pardon, Grand-père, je ne voulais pas te négliger, s'excusa Garion en reposant le parchemin qu'il était en train de lire, mais je ne m'appartiens plus.

— Les choses finiront bien par se tasser, fit Belgarath en haussant les épaules. Je ne sais plus si je t'ai félicité ?

— Je crois que oui.

— Eh bien, tant mieux. Ah, les bébés... J'avoue ne pas comprendre qu'on en fasse un tel plat. C'est tout visqueux, ça braille sans arrêt, ça n'a aucune conversation et ça ne t'ennuie pas que je me serve, hein ? fit-il sans transition en lorgnant une petite table où était posée une carafe de cristal contenant un vin presque translucide.

— Non, non, vas-y.

— Tu en veux ? fit-il en remplissant un gobelet.

— Non, merci, Grand-père.

— Comment trouves-tu le métier de roi ? s'enquit le vieux sorcier en s'installant dans un fauteuil en face de Garion.

— Mortel, répondit celui-ci d'un ton morose.

— Ne t'en plains pas. Quand ça devient intéressant, la plupart du temps, c'est qu'il se prépare quelque chose de *vraiment* mortel.

— Tu dois avoir raison.
— Et tes études, ça avance ?
— Je suis content que tu m'en parles, répondit le jeune homme en se redressant. Avec tout ça, j'allais oublier de te poser une question importante... A ton avis, les gens qui faisaient les copies de ces prophéties étaient-ils vraiment soigneux ?
— Sûrement, répondit Belgarath avec un haussement d'épaules. Pourquoi me demandes-tu ça ?
— Je crois qu'il manque quelque chose dans mon exemplaire du Codex mrin.
— Qu'est-ce qui te fait penser ça ?
— Il y a dedans un passage qui ne veut rien dire.
— Pour toi, peut-être, mais il n'y a pas si longtemps que tu étudies le sujet.
— Je me suis mal expliqué. Quand je dis qu'il n'a pas de sens, je ne veux pas dire que je n'en comprends pas la signification mais qu'il en manque un morceau ; le texte s'arrête net.
— Je ne savais pas que tu t'intéressais à la grammaire.
— Dans tout ce que j'ai lu, continua Garion, c'est le seul passage qui s'interrompe sans rime ni raison. Ça commence par : « Contemplez la pierre qui est au centre de la lumière, car un jour... », il y a un pâté et ça reprend : « ... à l'Endroit qui n'est plus, où s'effectuera le choix. »
— Je crois savoir à quel passage tu fais allusion, commenta Belgarath en fronçant le sourcil.
— Les deux parties ne collent pas, Grand-père. D'abord il est question de l'Orbe, si j'ai bien compris, et puis on passe à une histoire de rencontre. Je ne sais pas quel mot est caché sous cette tache, mais je ne vois vraiment pas comment il pourrait donner un sens aux deux parties de la phrase. Je crois qu'il manque quelque chose et c'est pour ça que je te demandais si tu ne pensais pas que le copiste avait pu sauter quelques lignes ?
— J'en doute. Quand il a fini son travail, quelqu'un le compare à l'original. On est toujours très vigilant avec ce genre de chose.
— Alors que peut-il bien y avoir sous la tache ?

Belgarath se gratta pensivement la barbe.

— Je ne m'en souviens pas, admit-il. Mais Anheg est là. Il le sait peut-être. Et sinon, tu pourras lui demander de recopier ce passage sur son exemplaire et de te l'envoyer quand il rentrera au Val d'Alorie.

— Bonne idée.

— A ta place, je ne m'en ferais pas trop pour ça, Garion. Ce n'est qu'un bref passage, après tout.

— Bien des choses là-dedans ne sont qu'un passage et elles se sont révélées assez importantes.

— Si ça te turlupine tant que ça, va jusqu'au bout. C'est un bon moyen d'apprendre.

— Ça ne t'intrigue pas, toi ?

— J'ai d'autres sujets de préoccupation. C'est toi qui as remarqué l'erreur alors je te laisse la gloire d'en trouver la solution et de la révéler au monde.

— Tu n'es pas très coopératif.

— Je n'essaie même pas de l'être, Garion, riposta-t-il avec un beau sourire. Tu es assez grand, maintenant, pour résoudre tes problèmes tout seul. C'est drôle, mais je trouve que ce truc-là a un petit goût de revenez-y... fit-il en louchant sur la carafe.

CHAPITRE XV

« ... Ils seront douze, car ce nombre réjouit les Dieux. Je le tiens pour vrai depuis qu'un corbeau me l'a dit en rêve. J'ai toujours aimé le douze, et c'est pourquoi les Dieux m'ont chargé de révéler la vérité à toutes les nations... »

Garion lorgna le livre d'un œil noir. Il avait eu un peu d'espoir en trouvant dans les premières pages d'obscures références aux Ténèbres et à la Lumière, puis un passage prometteur déclarant on ne peut plus clairement que : « la plus sacrée des choses sera toujours de la couleur du ciel, hormis quand d'un grand mal elle aura connaissance, car alors elle brûlera d'un feu écarlate. » Il avait continué sa lecture avec avidité, convaincu d'avoir trouvé une prophétie authentique et ignorée, mais la suite se résumait à un galimatias incompréhensible et sans intérêt. D'après la brève note bibliographique insérée au début du livre, son auteur était un riche marchand drasnien du troisième millénaire, et ces notes secrètes n'avaient été trouvées qu'après sa mort. Garion se demanda comment un tel détraqué avait pu réussir dans la société.

Il referma le livre avec écœurement, l'ajouta à la pile des délires et des divagations qui s'entassaient devant lui et prit un mince volume trouvé dans une maison abandonnée du fin fond de l'Arendie. C'était le livre de comptes d'un nobliau arendais, mais à la quatrième page, les colonnes de chiffres étaient interrompues par un message énigmatique : « L'Enfant de Lumière prendra l'épée et partira à la recherche de ce qui est caché. » Suivait le fastidieux détail d'un achat de porcs à un voisin, puis le scribe inconnu se remettait à vaticiner : « L'Enfant de Lumière partira en quête de celle qui a été privée de son âme, d'une pierre au cœur vide et de l'enfançon qui tiendra la Lumière d'une main et les Ténèbres de l'autre. » Ça paraissait prometteur. Garion rapprocha la chandelle suintante, se pencha sur le livre et en examina soigneusement chaque page. De tout le volume, c'étaient les deux seuls passages qui s'écartaient du contexte.

Garion s'appuya au dossier de son fauteuil et parcourut du regard les étagères poussiéreuses, couvertes de reliures qui sentaient le moisi, sur lesquelles étaient posés des parchemins gainés de tissu. La bibliothèque lui donnait l'impression de danser la sarabande à la lumière vacillante des bougies.

— Il y a sûrement un moyen plus rapide de faire ça, s'indigna-t-il dans un grand soupir.

— *Il y en a un, en effet,* fit la voix sèche qui lui parlait dans le secret de son esprit.

— Qu'est-ce que... ?

— *Tu disais qu'il devait y avoir un moyen plus rapide de procéder, eh bien, je te réponds : il y en a un, en effet.*

— Où étiez-vous ?

— *Çà et là.*

Garion la connaissait désormais assez pour savoir qu'elle ne lui dirait que ce qu'elle avait envie de lui dire.

— Très bien, reprit-il. Quel est ce moyen plus expéditif ?

— *Tu n'as pas besoin de lire chaque page mot à mot. Ouvre ton esprit et feuillette les ouvrages. Les informations que j'y ai disséminées te sauteront aux yeux.*

— Les prophéties sont-elles toujours mélangées avec un fatras d'inepties ?

— *Dans la majeure partie des cas.*

— Pourquoi avez-vous procédé ainsi ?

— *Pour plusieurs raisons. D'abord, je ne tenais pas à ce que mon scripteur sache ce qui se dissimulait dans ses écrits. Et puis c'était le meilleur moyen d'empêcher ces informations de tomber dans de mauvaises mains.*

— Et dans celles de vos alliés, par la même occasion.

— *Tu veux que je t'explique ou tu cherches juste un prétexte à persiflage ?*

— Ça va, soupira Garion, résigné.

— *Je croyais t'avoir dit que le Verbe donnait un sens à l'événement. Le Verbe est nécessaire, mais il n'est pas nécessaire qu'il soit à la portée de tout le monde.*

Garion fronça les sourcils.

— Alors vous avez pris la peine de parsemer tous ces ouvrages d'informations destinées à quelques personnes seulement ?

— *Ne dis pas « quelques » mais plutôt « une ».*

— Une seule personne ? Et de qui s'agit-il ?

— *Toi, bien sûr.*

— Moi ? Pourquoi moi ?

— *Voyons, tu ne vas pas recommencer ?*

— Alors c'est comme si vous m'aviez personnellement adressé une lettre ?

— *En quelque sorte.*

— Et si je n'avais pas eu l'idée d'ouvrir ces livres ?

— *Pourquoi les lis-tu, à présent ?*

— Parce que Belgarath m'a dit de le faire.

— *Et pourquoi crois-tu que Belgarath te l'a dit ?*

— Parce que... parce que *vous* le lui avez ordonné ?

— *Absolument. Je l'y ai incité, sans qu'il en ait conscience, bien sûr. Toutes sortes de gens ont accès au Codex mrin. C'est pour ça que je l'ai voulu assez hermétique. Mais si tu fais attention, les instructions qui te concernent devraient t'apparaître clairement.*

— Vous ne pourriez pas plutôt me dire ce que je suis censé faire ?

— *Je n'en ai pas le droit.*

— Comment ça, pas le droit ?

— *Nous avons certaines règles à respecter, mon adversaire et moi-même. Nous sommes de force à peu près égale, et ne pouvons rompre l'équilibre. Nous sommes convenus d'agir par le seul intermédiaire de nos instruments, et si j'intervenais en personne, en te disant ce que tu dois faire, par exemple, mon antagoniste s'arrogerait le droit de transgresser la règle à son tour. Voilà pourquoi nous œuvrons par le truchement de ce qu'on appelle des prophéties.*

— Ça paraît bien compliqué.

— *L'autre solution implique le chaos absolu. Notre puissance est illimitée. Si nous nous affrontions directement, mon adversaire et moi-même, des soleils entiers seraient anéantis.*

Garion déglutit péniblement.

— Je ne m'en rendais pas compte, avoua-t-il avec un frisson. Avez-vous le droit de me parler de cette ligne du Codex mrin — celle avec le pâté au milieu ?

— *Ça dépend de ce que tu veux savoir.*

— Qu'y a-t-il sous la tache ?

— *Plusieurs mots. Tu les liras sans mal à condition de les voir sous l'éclairage voulu. Quant à ces autres livres, essaie de faire comme je te dis. Ça devrait te permettre de gagner du temps. Tu n'en as pas tant que ça devant toi, tu sais.*

— Qu'est-ce que ça veut dire ?

Mais la voix n'était plus là.

La porte de la bibliothèque s'ouvrit devant Ce'Nedra. Elle avait passé une chaude robe de chambre sur sa chemise de nuit.

— Alors, Garion, tu ne viens pas te coucher ?

— Comment ? répondit-il en levant les yeux. Oh, si, si, tout de suite.

— Il y avait quelqu'un avec toi ?

— Personne. Pourquoi ?

— Je t'ai entendu parler.

— Je lisais, c'est tout.

— Viens te coucher, Garion, dit-elle fermement. Tu ne finiras jamais tout ça ce soir.

— Oui, ma Ce'Nedra, acquiesça-t-il.

Le printemps effleurait à peine la prairie, derrière la Citadelle, quand Garion reçut la lettre qu'il attendait d'Anheg. Il se rendit aussitôt dans la bibliothèque pour comparer cette copie à son propre exemplaire du Codex mrin. Il les posa côte à côte et lâcha un juron. Le parchemin du roi de Cherek était taché exactement au même endroit que le sien.

— Je lui avais pourtant bien dit de faire attention ! fulmina-t-il. Il savait que je voulais savoir ce qu'il y avait sous cette tache ! Je la lui ai même montrée !

Il se mit à faire les cent pas en agitant les bras et en jurant furieusement.

Ce'Nedra ne se laissa guère troubler par la quasi-obsession de Garion pour le Codex mrin. Il est vrai qu'elle s'intéressait presque exclusivement à son jeune fils et paraissait n'avoir qu'une vague conscience de ce que pouvait dire ou faire son mari. Le prince Geran était outrageusement couvé. Ce'Nedra le tenait constamment dans ses bras quand il était éveillé, et souvent même quand il dormait. C'était un bébé de bonne composition et il ne criait ou ne pleurait que rarement. Il supportait avec sérénité l'attention constante de sa mère et se laissait patiemment câliner, embrasser et dorloter. Mais Garion avait parfois l'impression qu'elle en faisait un peu trop. Il n'avait jamais l'occasion de prendre son fils. Il se retint plus d'une fois de lui demander quand ce serait enfin son tour. Il trouvait surtout injuste la façon dont Ce'Nedra disposait de son temps. C'était automatique : chaque fois qu'elle remettait Geran dans son berceau et que son jeune père faisait mine de le prendre un peu à son tour, elle commençait à déboutonner sa robe et annonçait placidement que c'était l'heure de la tétée. Pour rien au monde Garion n'aurait chipoté son repas à son fils, mais il lui semblait tout de même qu'il aurait pu attendre un peu pour manger.

Et puis, au bout d'un moment, quand il se fut habitué à leur nouvelle vie à trois, la bibliothèque reprit son emprise sur lui. La procédure que lui avait suggérée sa voix intérieure donnait d'excellents résultats. Avec un peu d'exercice, il réalisa qu'il pouvait parcourir rapidement des pages de prose sans intérêt et que ses yeux s'arrêtaient automatiquement sur les passages prophétiques dissimulés dans le texte banal. Il fut surpris d'en découvrir dans les endroits les plus invraisemblables. La plupart des rédacteurs n'avaient manifestement pas conscience d'avoir inséré quoi que ce fût dans leurs écrits. Il arrivait souvent qu'une phrase s'interrompe, cède la place à la prophétie et reprenne comme si de rien n'était. Garion était sûr qu'en se relisant, l'auteur n'aurait pas vu ce qu'il venait d'écrire.

L'essentiel se trouvait pourtant dans le Codex mrin, et à un degré moindre dans le Codex darin. Certains documents apportaient un éclairage différent ou des compléments d'information sur des points de détail, mais ces deux ouvrages offraient la version la plus longue et la moins dénaturée de la Prophétie. Garion prépara un index et poursuivit sa lecture en donnant un numéro à chaque nouveau passage puis en rapprochant ces numéros des lettres et des codes qu'il avait attribués aux paragraphes du parchemin mrin. Il découvrit ainsi que l'ensemble de ce document, ou presque, était corroboré ou expliqué par trois ou quatre lignes glanées dans les autres textes. Tout, sauf le passage crucial.

— Alors, mon Garion, tu as bien avancé dans tes recherches, aujourd'hui ? lui demanda gaiement Ce'Nedra, un soir qu'il regagnait, grognon et démoralisé, l'appartement royal.

Elle donnait la tétée à Geran et son visage rayonnait de tendresse.

— Je ne sais pas ce qui me retient de tout laisser tomber, déclara-t-il en s'affalant dans un fauteuil. Il y a des moments où je me dis que je ferais aussi bien de verrouiller la bibliothèque et de jeter la clé.

— Allons, Garion, reprit-elle avec un sourire affectueux. Tu sais bien que ça ne servirait à rien. Tu ne tiendrais pas deux jours et tu ferais sauter la porte.

— Il vaudrait peut-être mieux que je réduise tout ça en cendres, dit-il d'un ton morose. Je n'arrive plus à me concentrer sur quoi que ce soit. Je sais que quelque chose est caché sous cette tache mais je n'arrive pas à trouver une seul indication de ce que ça peut être.

— Si tu brûles cette bibliothèque, Belgarath te changera en salsifis. Il aime beaucoup les livres, tu sais.

— Ça me reposerait d'être un salsifis pendant un moment.

— Enfin, ce n'est pas difficile, ajouta-t-elle avec cette placidité exaspérante. Puisque toutes les copies à ta disposition sont maculées, pourquoi ne vas-tu pas voir l'original ? Il doit bien être quelque part, non ?

— Eh bien... j'imagine que oui, en effet, répondit-il en ouvrant de grands yeux.

— Alors trouve-le et va y jeter un coup d'œil, ou envoie quelqu'un le chercher.

— Je n'y aurais jamais pensé.

— Ben voyons. C'est tellement plus amusant de tempêter, de râler et d'embêter tout le monde.

— Tu sais que c'est vraiment une bonne idée, Ce'Nedra ?

— Naturellement. Les hommes ont le chic pour compliquer les choses les plus simples. La prochaine fois que tu auras un problème, mon chou, soumets-le moi et je te dirai comment le résoudre. Ce sera beaucoup plus simple.

Il préféra laisser passer.

Dès le lendemain matin, Garion alla au temple de Belar voir le diacre de Riva. C'était un homme au visage austère et doux. Contrairement à ses homologues des principaux temples du continent qui s'occupaient souvent plus de politique que de leurs ouailles, le chef de l'Eglise rivienne se consacrait presque exclusivement au bien-être physique et spirituel de ses fidèles. Garion l'avait toujours trouvé plutôt sympathique.

— Je ne l'ai pas vu de mes propres yeux, répliqua le diacre en réponse à la question de Garion, mais j'ai toujours entendu dire qu'il était conservé sur les berges de la Mrin, entre les marécages et Boktor, dans une chapelle érigée par les Drasniens à l'endroit où le prophète mrin était enchaîné. C'est le roi Cou-d'Aurochs qui leur a donné l'ordre, après la mort du pauvre homme, de construire une sorte de monument sur sa tombe. Le parchemin original est placé dans une grande châsse de cristal, sous la protection d'un groupe de prêtres. Le commun des mortels n'a pas le droit d'y toucher, mais je suis sûr qu'ils feront une exception pour le roi de Riva.

— Il n'a jamais bougé de là ?

— Sauf pendant l'invasion angarak du quatrième millénaire. Torak aurait bien voulu mettre la main dessus, et on a jugé plus sûr de lui faire quitter le pays. On l'a emmené en bateau au Val d'Alorie, juste avant l'incendie de Boktor.

— Sage précaution, commenta Garion. Merci pour ces renseignements, mon Révérend.

— Je suis heureux, Majesté, d'avoir pu vous rendre service.

Garion ne voyait pas quand il arriverait à partir. Cette semaine, c'était hors de question ; il avait rendez-vous avec les autorités portuaires. La semaine suivante ne s'annonçait pas mieux avec toutes ces audiences et ces réceptions officielles. Le jeune roi de Riva remonta en soupirant l'interminable escalier de la Citadelle, flanqué de son éternel garde. Il avait parfois l'impression d'être prisonnier chez lui. Il n'avait pas une minute à lui. Il songeait avec nostalgie à l'époque, pas si lointaine, où il passait rarement deux nuits de suite dans le même lit et repartait à cheval le lendemain matin. Il est vrai que, même à ce moment-là, il n'était pas aussi libre qu'il l'aurait voulu. Il repensa à cette nuit d'automne battue par les vents où il avait franchi la porte de la ferme de Faldor et s'était engagé dans le vaste monde avec tante Pol, Durnik, Belgarath. S'il avait pu se douter de ce qui l'attendait...

— Enfin, ça aussi, c'est important, marmonna-t-il entre ses dents. Brand se débrouillera bien tout seul. Et puis il serait temps qu'ils apprennent à se passer de moi.

— Pardon, Majesté ? demanda poliment le garde.

— Je réfléchissais tout haut, répondit Garion, un peu embarrassé.

Ce'Nedra n'était pas dans son assiette, ce soir-là. Elle tenait Geran sur ses genoux mais elle donnait l'impression de ne pas le voir alors qu'il jouait d'un air grave et concentré avec l'amulette qu'elle portait au cou.

— Qu'est-ce qui ne va pas, ma chérie ? lui demanda Garion.

— J'ai mal à la tête, répondit-elle laconiquement. Et un drôle de tintement dans les oreilles.

— Tu es fatiguée.

— Ça doit être ça, répondit-elle en se levant. Je crois que je vais mettre Geran au lit et me coucher. Une bonne nuit de sommeil et ça ira mieux.

— Je peux m'occuper de lui, si tu veux, proposa Garion.

— Non, dit-elle d'un drôle d'air. Je veux le mettre moi-même en sûreté dans son berceau.

— En sûreté ? s'esclaffa Garion. Ce'Nedra, on est à Riva. Il n'y a pas d'endroit plus sûr au monde.

— Va dire ça à Arell, riposta-t-elle et elle disparut dans la chambre du bébé.

Garion n'avait pas envie d'aller se coucher. Le trouble et la morosité de Ce'Nedra devaient être contagieux. Il lut jusqu'à une heure avancée de la nuit puis il finit par poser son livre et s'approcha de la fenêtre. La Mer des Vents scintillait sous la pâle lueur de la lune, loin en bas. On aurait dit un lac de mercure. Le balancement solennel des longues lames languissantes avait quelque chose d'étrangement hypnotique. Il souffla les chandelles, se glissa à tâtons dans la chambre, ôta ses vêtements et se coula dans le lit en essayant de ne pas réveiller sa femme.

Ce'Nedra s'agitait dans son sommeil et marmonnait des phrases incohérentes, des bribes de conversation sans suite.

— Non ! dit-elle d'un ton péremptoire. Je ne te laisserai jamais faire ça !

Puis elle gémit et enfonça rageusement sa tête dans son oreiller. Garion l'écoutait sans bouger quand elle se réveilla en sursaut.

— Garion ! hoqueta-t-elle. Tu as les pieds glacés !

— Oh, fit-il. Pardon !

Elle se rendormit presque immédiatement et se remit à marmonner.

Garion fut réveillé quelques heures plus tard par une voix différente et en même temps étrangement familière ; une voix de femme, grave et musicale, aux intonations apaisantes. Il resta allongé, dans une semi-torpeur, à se demander où il l'avait entendue. Il réalisa tout à coup que Ce'Nedra n'était plus à côté de lui et se réveilla pour de bon.

— Il faut que je le cache pour qu'ils ne puissent pas le trouver, disait sa femme d'une voix endormie.

Il repoussa les couvertures et se leva sans bruit.

La conversation semblait venir de la chambre du bébé. Une faible lueur filtrait par la porte ouverte. Garion s'approcha sans bruit.

— Il ne faut pas tant le couvrir, Ce'Nedra, disait l'autre femme d'un ton calme, persuasif. Ce n'est pas bon pour lui.

Garion jeta un coup d'œil par l'entrebâillement de la porte. Sa jeune épouse était debout, en chemise de nuit, le regard vide, près du berceau de Geran. Le fauteuil placé juste à côté était plein de couvertures et d'oreillers qu'elle empilait méthodiquement sur son bébé. Elle n'était pas seule.

— Arrêtez, Ce'Nedra, écoutez-moi, reprit la femme.

— Il faut que je le cache, répétait obstinément Ce'Nedra. On veut le tuer.

— Ce'Nedra, vous allez l'étouffer. Allons, enlevez-moi tout ça, je vous assure.

— Mais...

— Ce'Nedra, faites ce que je vous dis, ordonna fermement la femme. Et tout de suite.

Ce'Nedra gémit comme un chiot et commença à retirer la literie du berceau.

— Voilà, c'est mieux. Maintenant, regardez-moi bien : il ne faut pas lui obéir quand il vous dit ce genre de chose. Ce n'est pas un ami.

— Non ? fit Ce'Nedra avec un mélange de surprise et d'incrédulité.

— C'est un ennemi. C'est lui qui veut faire du mal à Geran.

— Mon bébé ?

— Votre bébé va très bien, Ce'Nedra, mais il faut que vous luttiez contre la voix qui vous parle dans la nuit.

— Qui ? ... commença Garion.

Puis la femme se tourna vers lui et il resta bouche bée. Elle avait les cheveux feuille morte, les yeux dorés, et elle portait une simple robe brune, couleur de terre. Garion la reconnut. Il l'avait rencontrée une fois, sur les landes de Drasnie, alors qu'il s'apprêtait à cette terrible rencontre dans les ruines hantées de Cthol Mishrak.

La mère de tante Pol ressemblait beaucoup à sa fille. Garion retrouvait son port de tête, fier et noble, et son visage calme, d'une beauté parfaite. Mais il percevait autour de cette silhouette intemporelle une aura de tristesse et d'infini regret qui lui nouait la gorge.

— Poledra ! hoqueta-t-il. Qu'est-ce que… ?

— Ne la réveille pas, Belgarion, fit-elle en portant un doigt à ses lèvres. Aide-la à se recoucher.

— Et Geran ?

— Il va très bien. Je suis arrivée à temps. Remets-la au lit. Elle va dormir. Cet incident ne se reproduira pas.

Garion s'approcha de sa femme et la prit par les épaules.

— Allons, Ce'Nedra, viens avec moi, lui dit-il gentiment.

Elle hocha la tête et le suivit docilement, le regard ailleurs, dans la chambre à coucher royale.

— Vous pourriez retirer ce traversin ? murmura-t-il.

— Eh non, Belgarion, je ne peux pas, répondit Poledra avec un petit rire. Tu oublies que je ne suis pas vraiment là.

— Oh, fit-il. Pardon. Je… euh…

Il repoussa le traversin du bout du pied, recoucha doucement Ce'Nedra et lui remonta les couvertures jusqu'au menton. Elle poussa un soupir, se roula en boule et se rendormit profondément.

— Retournons à côté, suggéra Poledra.

Il acquiesça d'un hochement de tête et la suivit sans bruit dans la pièce encore baignée par la lueur ambrée des braises.

— Que s'est-il passé ? demanda-t-il en refermant doucement la porte derrière lui.

— Quelqu'un, Belgarion, hait ton fils et le redoute, lui révéla-t-elle gravement.

— Mais ce n'est qu'un bébé ! protesta Garion.

— Son ennemi craint ce qu'il peut devenir, pas ce qu'il est maintenant. C'est déjà arrivé, rappelle-toi.

— Quand Asharak a tué mes parents, par exemple ?

Elle hocha lentement la tête.

— C'est à toi qu'il en voulait en fait.

— Mais comment pourrais-je protéger Geran contre sa propre mère ? Si cet homme peut imposer sa volonté à Ce'Nedra dans son sommeil et lui faire faire n'importe quoi, que puis-je...

— Ça n'arrivera plus, Belgarion. J'y veillerai.

— Mais comment pourriez-vous... Enfin, vous êtes, euh...

— Morte ? D'abord, ce n'est pas vrai, mais peu importe. Ensuite, Geran est en sécurité pour l'instant, et Ce'Nedra ne recommencera pas. Et puis, j'ai autre chose à te dire : tu es sur le point de faire une importante découverte. Je ne peux pas tout te révéler, mais tu dois absolument examiner l'original du Codex mrin. Il faut que tu voies ce qui est caché là.

— Je ne peux pas laisser Ce'Nedra. Pas maintenant.

— Tout ira bien, et tu es seul à pouvoir faire ce que je te demande. Rends-toi à cette chapelle près de la Mrin et consulte le Codex. C'est d'une importance capitale.

— Entendu, acquiesça Garion en se redressant. Je partirai demain matin.

— Une dernière chose... Emmène l'Orbe avec toi, car sans elle, tu ne verrais pas ce que tu dois voir. Tu comprendras une fois là-bas.

— Très bien, Poledra. De toute façon, ajouta-t-il en tirant un nez de six pieds de long, à quoi bon discuter ? J'ai passé ma vie à obéir à des ordres auxquels je ne comprenais rien.

— Tout s'expliquera le moment venu, lui assura-t-elle. Garion..., ajouta-t-elle d'un ton critique.

Et sa voix ressemblait tant à celle de tante Pol qu'il répondit spontanément :

— Oui ?

— ... tu ne devrais pas te promener la nuit sans robe de chambre. Tu vas prendre froid.

Il affréta à Kotu un petit bateau conçu pour naviguer sur la rivière. C'était une embarcation renflée, à fond plat, qui flottait sur l'eau comme une coque de noix. Les rameurs, de grands et solides gaillards, remontèrent à vive allure le courant paresseux de la Mrin qui serpentait dans les marécages.

Ils avaient parcouru dix lieues quand la nuit tomba. Le capitaine jugea plus prudent d'amarrer son bateau à une souche avec une corde enduite de goudron.

— Je ne tiens pas à continuer dans le noir, dit-il d'un ton d'excuse. Une erreur de rien du tout et nous pourrions errer pendant des mois dans ces marécages.

— Capitaine, c'est vous qui savez, répondit Garion. Ce n'est pas moi qui vous contredirai.

— Que dirait Sa Majesté d'une chope de bière ? proposa le capitaine.

— Ma Majesté dirait que ce n'est pas de refus.

Plus tard, il s'appuya au bastingage avec sa chope pour regarder les lucioles qui dansaient dans le noir et écouter le chœur inlassable des grenouilles. C'était une chaude nuit de printemps, et il avait le nez plein de l'odeur des marécages.

Quelque chose sauta dans l'eau, sans doute un poisson ou une otarie.

— Belgarion ? fit une drôle de petite voix flûtée mais bien distincte, de l'autre côté du bastingage.

Garion scruta les ténèbres de velours.

— Belgarion ? répéta la voix, juste en dessous de lui.

— Oui ? répondit prudemment Garion.

— Il faut que je te parle.

Il y eut encore un clapotis et le bateau se mit à tanguer légèrement. L'amarre qui le retenait à la souche fit un ventre. Une ombre grimpa furtivement dessus, franchit le bastingage d'un seul mouvement étonnamment fluide et se redressa. Garion entendit l'eau goutter sur le pont et une petite silhouette de quatre pieds de haut à peine s'approcha de lui d'une curieuse démarche chaloupée.

— Tu as grandi, dis-donc, fit cet être bizarre.

— C'est ce que tout le monde me dit, rétorqua Garion.

Il scrutait les ténèbres dans l'espoir de distinguer le visage de l'autre quand la lune émergea des nuages. Il reconnut alors le museau velu et les grands yeux d'un palustre.

— Tupik ? s'exclama-t-il, incrédule. C'est toi ?

— Tu te souviens ? fit avec ravissement la petite créature pelucheuse.

— Bien sûr que je me souviens.

Le bateau oscilla à nouveau et une seconde silhouette pareille à la première grimpa le long de l'amarre.

— Poppi ! pépia Tupik en se retournant avec irritation. Rentre à la maison !

— Non, répondit-elle tout bas.

— Fais ce que je te dis ! ordonna-t-il en frappant le pont de sa patte fourrée.

— Pourquoi ?

Tupik la regarda avec une évidente frustration et se retourna vers Garion.

— Elles sont toutes comme ça ?

— Toutes quoi ?

— Les femelles, articula Tupik avec un certain dégoût.

— La plupart, oui.

Tupik poussa un profond soupir.

— Comment va Vordaï ? leur demanda Garion.

Poppi fit un curieux petit bruit qui évoquait un gémissement de désespoir.

— Notre mère est partie, répondit-elle tristement.

— Je suis désolé.

— Elle était très fatiguée, reprit Tupik.

— Nous l'avons couverte de fleurs, ajouta Poppi. Et nous avons fermé sa maison.

— Elle aurait été contente.

— Elle a dit qu'un jour tu reviendrais, fit Tupik. Elle était très sage.

— Oui.

— Elle a dit que nous devions attendre ton retour et t'avertir qu'une force maléfique agit à ton encontre.

— Je commençais à m'en douter.

— Notre mère nous a demandé de te transmettre ce message : Le mal a bien des visages qui ne s'accordent pas toujours, mais ce qui est derrière n'a pas de visage du tout et vient de bien plus loin que tu n'imagines.

— Là, je ne te suis pas.

— Il vient d'au-delà des étoiles.

Garion le regarda sans comprendre.

— C'est bien ce que notre mère nous a priés de te dire, assura Poppi. Tupik t'a répété exactement ses paroles.

— Dis à Belgarath pour notre mère, reprit Tupik. Et transmets-lui ses remerciements.

— Je n'y manquerai pas.

— Au revoir, Belgarion.

Poppi fit un petit bruit de gorge affectueux, s'approcha de Garion de son pas dansant et lui fourra brièvement son museau dans la main.

Puis les deux petites créatures se glissèrent par-dessus le bastingage et disparurent dans les ténèbres.

CHAPITRE XVI

L'endroit était sinistre. Deux douzaines de maisons brunâtres, blotties autour de la structure carrée de la chapelle, se dressaient sur la berge de la Mrin. Derrière, c'était la plaine, une morne étendue limoneuse d'un gris malsain, semée de touffes d'herbe rêche, presque noire, et devant, par-delà une vaste boucle du fleuve, d'interminables marécages verts et bruns. Des jetées délabrées, d'une blancheur d'ossements car faites de bouts de bois arrachés au fleuve, se tendaient dans le courant comme les doigts d'une main squelettique. Les filets de pêche qui séchaient dessus emplissaient de leur odeur fétide l'air infesté de moustiques.

Le bateau accosta vers midi. Garion tourna le dos au quai branlant et s'engagea aussitôt — en faisant bien attention où il mettait les pieds — dans la ruelle boueuse, pleine d'ornières, qui menait à la chapelle. Il sentait peser sur lui et sur la grande épée du roi de Riva attachée dans son dos le regard vaguement intrigué des villageois apathiques.

Les prêtres de Belar qui gardaient la chapelle l'accueillirent avec obséquiosité, presque servilement, quand il se présenta devant les portes de bronze vert-de-grisées. Ils lui firent traverser une cour pavée de pierre, lui indiquant fièrement au passage le chenil pourrissant et le bout de chaîne rouillée pendant au gros poteau goudronné où le prophète fou de Mrin avait fini ses jours.

Dans la chapelle, l'autel était surmonté de la rituelle tête d'ours sculptée dans la pierre. Le ménage n'avait pas dû être fait depuis des lustres, les prêtres étaient d'une saleté repoussante et leur robe de bure n'aurait pas volé un bon coup de fer. Garion avait déjà constaté que l'une des premières manifestations d'exaltation religieuse était une vive aversion pour l'eau et le savon. Les lieux saints et leurs gardiens lui donnaient l'impression de toujours sentir mauvais.

Ils entrèrent dans la crypte voûtée qui abritait la châsse de cristal où reposait un rouleau de parchemin jauni : l'exemplaire original du Codex mrin. Un incident se produisit quand Garion sollicita l'ouverture du reliquaire : un illuminé aux cheveux et à la barbe pareils à une meule de paille ravagée par le vent se mit à pousser des cris stridents, presque hystériques, en roulant des yeux affolés. Par bonheur, le Père supérieur était assez avisé pour reconnaître au roi de Riva le droit d'examiner tous les objets saints de son choix (surtout quand il arborait l'Orbe d'Aldur). Garion songea une nouvelle fois qu'il était lui-même en quelque sorte sacré dans l'esprit de bien des Aloriens.

Le fanatique finit par battre en retraite en répétant dans sa barbe le mot « blasphème ». La châsse fut ouverte avec une clé de fer rouillée, on apporta une petite table et une chaise et on approcha les deux énormes cierges qui flanquaient le reliquaire, afin que le roi de Riva puisse examiner le Codex.

— Mes Révérends, je ne voudrais pas vous retenir, déclara Garion avec une certaine insistance.

Il n'aimait pas qu'on lise par-dessus son épaule et n'avait pas particulièrement envie de compagnie. Il s'assit à la table, prit le parchemin à deux mains et regarda les prêtres droit dans les yeux.

— Je vous ferai appeler si j'ai besoin de quoi que ce soit, ajouta-t-il d'un ton péremptoire.

Ils accueillirent ce congédiement d'un air réprobateur, mais ils étaient trop intimidés pour élever la moindre protestation. Ils s'éclipsèrent sans mot dire, le laissant seul avec le précieux document.

Garion était tout excité. Il tenait entre ses mains la clé de l'énigme qui le tarabustait depuis des mois. Les doigts tremblants d'excitation, il dénoua le cordon de soie et commença à dérouler le parchemin craquant. L'écriture était archaïque mais admirablement moulée. Chaque lettre avait été méticuleusement dessinée. Garion comprit aussitôt que la rédaction de ce manuscrit à nul autre pareil ait pris une vie entière à son auteur. Il lissa soigneusement le document de ses mains frémissantes et parcourut d'un œil avide les phrases maintenant familières, cherchant la ligne qui, d'un seul coup et pour toujours, résoudrait le mystère.

C'est alors qu'il le vit : le même pâté, exactement au même endroit que sur les copies. Garion ne pouvait en croire ses yeux. Pour un peu, il se serait mis à hurler de frustration.

Il relut la ligne fatale, en proie à un sentiment d'échec proche de la nausée : « Et l'Enfant de Lumière rencontrera l'Enfant des Ténèbres et le vaincra. Et les Ténèbres reculeront. Mais contemplez la Pierre qui est au centre de la Lumière, car un jour... » Et la suite disparaissait sous cette maudite tache.

C'est alors qu'une curieuse indifférence s'empara de lui. Il faisait bien des histoires pour cette rature. Quelle importance pouvait avoir un malheureux mot ? Il allait se lever, remettre le parchemin dans son étui, sortir de cet endroit nauséabond et rentrer chez lui quand il s'arrêta en pensant à toutes les heures qu'il avait passées à tenter de deviner ce qu'il pouvait y avoir sous cette tache et à tout le chemin qu'il avait fait pour venir jusqu'ici. Autant la revoir une dernière fois ; ça ne pouvait pas lui faire de mal.

Il recommença, mais son aversion devint presque insupportable. Pourquoi perdait-il son temps avec ces insanités ? C'est pour ça, pour s'user les yeux sur ce bout de parchemin pourrissant, cette peau de mouton puante et mal tannée, couverte d'un invraisemblable charabia, qu'il était venu de si loin ? Il repoussa le Codex avec dégoût. C'était absurde. Il se leva et rajusta l'épée de Poing-de-Fer sur son dos. Il allait reprendre le bateau amarré au ponton démantibulé. Avec un peu de chance, il serait à mi-chemin de Kotu avant la tombée de la nuit, et à Riva dans la semaine. Il refermerait la bibliothèque une fois pour toutes et s'occuperait de ses affaires. Allons, un roi n'avait pas de temps à perdre avec ces spéculations gratuites, démentielles. Il tourna le dos au parchemin et se dirigea d'un pas décidé vers la porte.

Il détourna le regard du parchemin et s'arrêta aussitôt. Qu'allait-il faire, voyons ? L'énigme demeurait et il n'avait même pas tenté de la résoudre. Il fallait qu'il la tire au clair. Mais à l'instant où il revenait vers le parchemin, cet insurmontable écœurement le submergea à nouveau, si fortement qu'il faillit se trouver mal. Il fit volte-face et le sentiment s'estompa comme auparavant. Il devait y avoir dans le manuscrit quelque chose qui tentait de l'éloigner.

Il commença à arpenter la crypte en évitant soigneusement le parchemin du regard. Que lui avait dit sa voix intérieure ? Qu'il y avait plusieurs mots à cet endroit, et qu'il arriverait à les lire sans mal sous l'éclairage voulu. Quel éclairage ? La voix sèche qui lui parlait dans le secret de son esprit ne faisait manifestement pas allusion aux chandelles de cette salle voûtée. La lumière du soleil ? C'était peu vraisemblable. Poledra avait insisté sur l'importance des mots cachés, mais comment pouvait-il espérer les lire quand le Codex le repoussait chaque fois que ses yeux tombaient dessus ?

Il cessa de déambuler. Elle lui avait dit autre chose... Qu'il ne pourrait les voir sans...

Il fut empli d'un tel écœurement qu'il sentit son estomac se contracter. Il tourna vivement le dos au document haïssable. Dans le mouvement, il prit la poignée de l'épée de Poing-de-Fer en plein sur le côté de la tête. Il tendit la main par-dessus son épaule pour la repousser, mais au lieu de l'arme, il effleura l'Orbe. Le sentiment de répugnance reflua aussitôt et il retrouva toute sa lucidité. La lumière ! Bien sûr ! Il n'avait qu'à lire le Codex à la lumière de l'Orbe ! C'est ce que Poledra et sa voix intérieure avaient essayé de lui dire. Il passa la main derrière son dos et saisit la pierre.

— Allez, viens, toi, murmura-t-il.

Elle se détacha avec un petit cliquetis et lui resta dans la main. L'énorme épée pesa alors de tout son poids sur son dos et il faillit tomber à genoux. Il se rendit compte que l'apparente légèreté de l'arme était un effet de l'Orbe. Il s'arc-bouta contre cette masse phénoménale, défit la boucle qui se trouvait sur sa poitrine, et l'épée de Poing-de-Fer tomba par terre dans un prodigieux vacarme.

Garion se retourna en tenant la pierre étincelante devant lui et regarda le parchemin. Il eut l'impression d'entendre un grondement hargneux, mais son esprit demeura clair. Il s'approcha de la table, déroula le parchemin d'une main et, de l'autre, éleva l'Orbe de sorte qu'elle le baigne de sa lumière bleue, immuable.

Il vit enfin ce que cachait la tache qui l'avait si longtemps tenu en échec. Le pâté n'était pas l'objet du hasard. Le texte se poursuivait dessous, intégralement, mais tous les mots avaient été écrits les uns sur les autres ! Un pan entier de la prophétie était condensé en cette unique tache. Ce fut comme si ses yeux plongeaient dans les profondeurs du parchemin, loin sous la surface, et le message qui était si longtemps resté caché s'en éleva comme une multitude de bulles.

« Contemplez, disait le passage crucial, la Pierre qui est au centre de la Lumière, car un jour elle s'embrasera d'une lueur sanglante, et ce jour-là je me ferai entendre à l'Enfant de Lumière et lui révélerai le nom de l'Enfant des Ténèbres. Alors l'Enfant de Lumière prendra l'épée du Gardien et partira en quête de ce qui est caché. Longue sera sa quête, et par trois fois il la reprendra. Il saura qu'elle a commencé quand la lignée du Gardien sera revenue à la vie. Veillez sur le fils du Gardien, car il n'en aura pas d'autre. Prenez bien garde à lui, car s'il advenait que l'Enfant des Ténèbres s'en empare et l'emmène là où demeure le Mal, d'un choix aveugle dépendrait le sort du monde. Si l'on enlevait le descendant du Gardien, l'Eternel et le Bien-aimé mènerait la quête. Il trouverait dans les Mystères le chemin qui mène au repaire du Mal. Mais chaque Mystère ne recèle qu'une partie du chemin, et il lui faudrait les trouver tous, faute de quoi il partirait sur une fausse piste et les Ténèbres triompheraient. Qu'il se hâte donc vers le moment où prendra fin la triple quête, à l'Endroit qui n'est plus, où s'effectuera le choix. »

Garion relut le passage une seconde puis une troisième fois et tandis que ces mots pénétraient et tempêtaient dans sa conscience, il se sentit envahi par un froid terrifiant. Il finit par se lever et par ouvrir la porte de la crypte.

— Apportez-moi de quoi écrire, ordonna-t-il au prêtre qui montait la garde dans la chapelle. Et faites dire au capitaine de mon bateau de s'apprêter à larguer les amarres. Dès que j'en aurai fini ici, nous repartirons pour Kotu.

Le prêtre ne bougea pas. Il contemplait, les yeux écarquillés, l'Orbe incandescente que Garion tenait dans sa main.

— Allez, mon vieux, ne restez pas planté là comme un emplâtre ! s'écria Garion. Le sort du monde dépend de nous !

Le prêtre sursauta et décampa.

Le lendemain, Garion était à Kotu, et deux jours plus tard, il arrivait au gué d'Aldur, au nord de l'Algarie. Le hasard voulut qu'au même moment, des Algarois fassent traverser du bétail à demi sauvage qu'ils menaient vers Muros. Garion partit aussitôt à la recherche du gardien du troupeau.

— J'ai besoin de deux chevaux, déclara-t-il en coupant court aux politesses. Vos meilleures bêtes. Il faut que je sois au Val d'Aldur d'ici la fin de la semaine.

L'homme, un guerrier algarois vêtu de cuir noir et au regard farouche, le contempla un moment d'un air spéculatif.

— C'est que, Majesté, les bons chevaux sont chers, risqua-t-il enfin, les yeux dans le vague.

— Ce n'est pas un problème. Je veux qu'ils soient prêts dans un quart d'heure. Et mettez-moi un peu de nourriture dans un sac.

— Votre Majesté ne veut même pas discuter du prix ? objecta l'Algarois, manifestement déçu.

— Inutile. Dites-moi combien je vous dois et je vous les paie tout de suite.

— Je vous les offre, Majesté, soupira l'homme. Vous vous rendez bien compte, au moins, que vous m'avez irrémédiablement gâché l'après-midi, ajouta-t-il d'un ton lugubre.

— Si j'avais le temps, mon ami, fit Garion avec un sourire complice, je marchanderais avec vous jusqu'au dernier sou ; j'y passerais la journée si nécessaire. Mais j'ai des affaires urgentes à régler dans le Sud. Il ne faut pas le prendre comme ça, continua-t-il en voyant la mine déconfite de l'Algarois. Allez, je dirai à tous ceux qui croiseront mon chemin que vous m'avez eu jusqu'au trognon et je traînerai votre nom dans la boue.

Le gardien du troupeau s'illumina.

— Voilà, Majesté, qui serait vraiment très aimable à vous. C'est que j'ai une réputation à préserver, poursuivit-il en remarquant le regard amusé de son interlocuteur. Les chevaux seront prêts quand vous voudrez. Je les choisirai moi-même.

Garion avançait à vive allure. Il traitait ses bêtes avec égards et en changeait toutes les deux ou trois lieues. La longue quête de l'Orbe lui avait appris bien des façons de ménager sa monture et il les mit toutes à profit. Il évitait les difficultés autant que possible. Quand il devait gravir une colline, il mettait son cheval au pas et rattrapait le temps perdu dans la descente. Il s'arrêtait tard pour dormir et reprenait la route aux premières lueurs de l'aube.

Il descendait régulièrement vers le sud, dans l'interminable houle d'émeraude qui ondoyait sous le chaud soleil printanier. Il évita la Forteresse d'Algarie, sachant que le roi Cho-Hag et la reine Silar, et sans doute aussi Hettar et Adara, insisteraient pour qu'il reste au moins un jour ou deux parmi eux, dans cette montagne construite de main d'homme. Il passa sans s'arrêter à une ou deux lieues de la maison de Poledra. Il espérait avoir le temps par la suite de rendre visite à tante Pol,

Durnik et Mission. Mais il devait d'abord aller voir Belgarath avec le passage du Codex qu'il avait soigneusement recopié et qui était maintenant dans la poche intérieure de son pourpoint.

Il arriva enfin à la tour de Belgarath et descendit de son cheval fourbu. Il était si fatigué que ses jambes tremblaient sous lui. Il s'approcha aussitôt de la grosse pierre plate qui faisait office de porte et leva la tête.

— Grand-père ! hurla-t-il en direction des fenêtres. Grand-père ! C'est moi, Garion !

Seul le silence lui répondit. La tour trapue dressée dans les hautes herbes semblait le toiser de toute sa hauteur.

— Grand-père ! appela-t-il à nouveau.

Pas de réponse. Un merle aux ailes rouges qui décrivait des cercles au-dessus de la tour se posa sur le toit, lorgna cet intrus avec curiosité et commença à se lisser les plumes.

Garion n'avait même pas envisagé la possibilité que le vieil homme ne fût pas là. Il contempla un moment, malade de déception, la pierre qui s'écartait toujours devant Belgarath. Il savait que ça ne se faisait pas, mais il n'y tenait plus. Il concentra son pouvoir, regarda fixement la muraille et dit :

— Ouvre-toi !

La pierre fit une embardée, comme si elle ne s'attendait pas à ce qui lui arrivait, et se rabattit docilement sur le côté. Garion gravit rapidement l'escalier, en pensant au dernier moment à éviter la marche descellée et jamais réparée.

— Grand-père !

— Garion ? s'exclama le vieil homme, surpris. C'est toi ?

— Il y a je ne sais combien de temps que je m'égosille, fit Garion en émergeant dans la pièce ronde, tout encombrée, en haut de l'escalier. Tu ne m'as pas entendu ?

— J'étais absorbé par quelque chose, répondit le vieil homme. Que se passe-t-il ? Que fais-tu ici ?

— J'ai fini par déchiffrer ce passage, lui expliqua Garion.

— Quel passage ?

— Le passage manquant du Codex mrin.

— Allons, gamin, qu'est-ce que tu me racontes ? rétorqua Belgarath, sur la défensive, presque méfiant tout à coup. Le Codex mrin est complet ; il n'y manque rien.

— Mais si, nous en avons parlé à Riva. Tu ne te rappelles pas ? L'endroit où il y a un pâté. Je te l'ai montré.

— Tu es venu de si loin me déranger *pour ça ?* fit-il d'un ton cinglant, avec une grimace de dégoût.

Garion le regarda fixement. Ce n'était pas le Belgarath qu'il connaissait. Jamais le vieil homme ne l'avait traité de cette façon, froide et méprisante.

— Voyons, Grand-père, qu'est-ce qui te prend ? C'est très important. Quelqu'un a réussi, je ne sais pas comment, à dérober aux regards une partie du Codex. Quand on le lit, il y a un passage qui nous échappe.

— Et tu aurais réussi à le voir, toi, un morveux qui n'a appris à lire qu'à l'âge adulte ? Il y a des milliers d'années que nous étudions ce Codex, et tu viens nous dire que nous sommes passés à côté de quelque chose ?

— Ecoute-moi, Grand-père, j'essaie de t'expliquer. Quand on arrive à cet endroit, ça agit sur l'esprit. On n'y fait pas attention ; c'est comme si on n'en avait pas envie.

— Absurde ! renifla le sorcier. Ce n'est pas un vulgaire débutant qui va m'apprendre à déchiffrer un texte !

— Tu ne veux pas jeter un coup d'œil à ce que j'ai trouvé ? implora Garion en prenant le parchemin dans sa poche et en le lui tendant.

— Non ! s'écria Belgarath en envoyant promener le document. Enlève-moi cette ineptie de là et fiche le camp !

— Grand-père !

— Sors d'ici tout de suite ! s'écria le vieil homme, la face livide de colère et les yeux étincelants.

Garion était tellement blessé par les paroles de son grand-père que des larmes perlèrent à ses yeux. Comment pouvait-il lui parler sur ce ton ?

Le vieillard était dans tous ses états. Il se mit à faire les cent pas dans la pièce en vociférant.

— J'ai du travail, des choses importantes à faire, et voilà que tu fais intrusion chez moi avec cette histoire débile de passage manquant. Comment oses-tu ? Comment oses-tu m'interrompre avec cette absurdité ? Tu ne sais pas qui je suis ? Ote donc cette abomination de ma vue ! tempêta-t-il avec un geste en direction du parchemin que le jeune homme avait ramassé et qu'il lui tendait à nouveau.

C'est alors que Garion comprit. Ce — ou celui — qui tenait à ce que le texte caché sous cette étrange tache d'encre reste invisible jouait son va-tout ; c'est lui qui provoquait chez Belgarath cet accès de rage qui ne lui ressemblait guère afin de l'empêcher de lire le passage. Eh bien, il connaissait un moyen de rompre ce curieux aveuglement. Il posa le parchemin sur une table, détacha froidement, délibérément, la lourde courroie qui lui barrait la poitrine, ôta l'épée de Poing-de-Fer de son dos et la dressa contre le mur.

— Viens avec moi, dit-il en prenant l'Orbe dans sa main.

La pierre où palpitait la vie se raviva à son contact et se détacha en douceur.

— Que fais-tu ? gronda le sorcier.

— Je vais te faire voir de quoi je parle, répondit Garion avec une sorte de tristesse. Je ne veux pas te faire de mal, Grand-père, mais il va falloir que tu regardes.

Il s'avança vers le vieil homme, lentement mais d'un pas résolu, l'Orbe tendue devant lui.

— Garion ! s'exclama Belgarath en reculant avec appréhension. Fais attention avec ça.

— Allez, Grand-père, approche-toi de la table, ordonna-t-il d'un ton sinistre, et lis ce que j'ai trouvé.

— Ma parole, mais tu me menaces ?

— Fais ce que je te dis et ne discute pas.

— Ce ne sont pas des manières, se récria le vieillard en se recroquevillant devant la pierre embrasée.

— La table, répéta Garion. Approche-toi de la table et lis.

Belgarath s'exécuta à son corps défendant, la sueur roulant sur son front, comme si cette démarche lui causait une douleur inexplicable. Il se pencha sur le parchemin et secoua la tête.

— Je n'y vois rien, déclara-t-il, bien qu'une chandelle allumée fût placée juste à côté. Il fait trop sombre, ici.

— Tiens, fit Garion en élevant l'Orbe au-dessus du document. Tu veux de la lumière, eh bien, tu vas en avoir.

L'Orbe lança un éclat plus vif qui tomba sur le parchemin et illumina la pièce.

— Allez, Grand-père, lis !

— Garion... implora le vieux sorcier.

— Lis !

Belgarath baissa les yeux sur le document déployé devant lui et eut un sursaut d'étonnement.

— Où ? ... où as-tu trouvé ça ? hoqueta-t-il.

— Sous cette fameuse tache. Tu y vois clair, maintenant ?

— Et comment, répondit-il en prenant le parchemin pour le relire attentivement. Tu es bien sûr que c'est la teneur exacte du texte ?

— Je l'ai recopié minutieusement sur l'original du Codex mrin.

— Comment as-tu réussi à le déchiffrer ?

— Comme toi, à la lumière de l'Orbe. Je ne sais pas ce qui se passe, mais ça l'éclaire.

— C'est stupéfiant. Je me demande...

Il se dirigea vivement vers un cabinet appuyé contre le mur, fouilla dedans pendant un moment et revint près de la table avec un parchemin qu'il déroula rapidement.

— Rapproche l'Orbe, s'il te plaît.

Garion éleva la pierre au-dessus du document et regarda avec son grand-père les paroles jusqu'alors invisibles remonter lentement à la surface, comme dans la chapelle.

— C'est stupéfiant, s'émerveilla Belgarath. Tout n'est pas très net, certains mots sont un peu flous, mais c'est bien ça. Tout y est. Comment se fait-il qu'aucun de nous ne l'ait remarqué auparavant, et comment l'as-tu découvert ?

— J'avais de l'aide. La voix m'a dit de le lire sous un certain éclairage, et puis...

Il hésita. Il savait la peine qu'il allait faire au vieil homme, mais il fallait qu'il le lui dise.

— Et puis Poledra est venue nous voir.

— Poledra ? répéta Belgarath d'une voix altérée.

— Quelqu'un obligeait Ce'Nedra à faire quelque chose dans son sommeil — quelque chose de très dangereux — et Poledra est venue l'arrêter. Puis elle m'a dit de prendre mon épée et d'aller lire le Codex à cette chapelle au bord de la Mrin. Quand je suis arrivé là-bas et que j'ai commencé à le déchiffrer, j'ai failli repartir. Ça paraissait si stupide... Et puis je me suis souvenu de ce qu'ils m'avaient dit et j'ai fait le rapprochement. Dès que j'ai commencé à lire à la lueur de l'Orbe, l'impression que j'avais de perdre mon temps a disparu. Grand-père, d'où vient ce sentiment d'inutilité ? Je croyais en être seul affecté, mais tu l'as éprouvé aussi.

Belgarath réfléchit un moment, les sourcils froncés.

— Ça doit être une inhibition, expliqua-t-il enfin. A un moment donné, un individu doué d'un fort pouvoir a rendu cette tache si repoussante que personne ne peut la regarder.

— Mais on la retrouve jusque sur ton exemplaire. Comment se fait-il que le copiste l'ait vue assez distinctement pour la recopier et que nous n'y soyons pas arrivés ?

— Bien des scribes de ce temps-là étaient illettrés. Il n'est pas nécessaire de savoir lire pour reproduire quelque chose. Ces scripteurs se contentaient d'imiter à la perfection les signes qui figuraient sur l'original.

— Mais cette — comment as-tu appelé ça ?

— Inhibition. C'est un mot imaginé par Beldin pour décrire ce qui se passe. Il est parfois très impressionné par son propre génie.

— Alors, cette inhibition amenait les copistes à écrire les uns sur les autres des mots dont ils ne comprenaient même pas la signification ?

— Quel que soit celui qui a fait ça, grommela Belgarath, les yeux perdus dans le vague, c'est quelqu'un de très puissant. Je ne me doutais même pas que j'étais sous influence.

— Quand est-ce arrivé ?

— Sans doute au moment même où le prophète mrin a articulé ces paroles pour la première fois.

— L'inhibition continue-t-elle à agir après la mort de celui qui l'a provoquée ?

— Non.

— Alors...

— Exactement. Son auteur est toujours vivant.

— Tu ne penses pas qu'il pourrait s'agir de ce ou cette Zandramas dont nous n'arrêtons pas d'entendre parler ?

— Pourquoi pas ? acquiesça Belgarath en ramassant le document que lui avait apporté Garion. J'arrive à le lire à la lumière ordinaire, maintenant, annonça-t-il. Il semblerait que quand on a passé outre à l'inhibition, c'est pour de bon. C'est très important, ça, Garion, dit-il en relisant attentivement le texte.

— C'est bien ce que je me suis dit, approuva Garion. Mais je ne comprends pas tout. La première partie — le passage sur l'Orbe qui devient rouge et la révélation du nom de l'Enfant des Ténèbres — est assez simple. On dirait que je vais être obligé de repartir pour une de ces équipées.

— Une longue équipée, si ce truc-là dit vrai.

— Mais c'est après que ça se complique.

— Eh bien, pour autant que je comprenne, ta quête — quelle qu'elle soit — a déjà commencé. Elle a repris à la naissance de Geran. Mais je n'aime pas le passage qui dit qu'un choix aveugle présidera à la décision, ajouta le vieil homme en se renfrognant. Je n'aime pas ça du tout.

— Qui est l'Eternel et le Bien-aimé ?

— Ça doit être moi. C'est peut-être un peu outrancier, convint-il avec un haussement d'épaules, mais il y a des gens qui m'appellent l'Homme Eternel, et quand mon Maître a voulu me donner un nouveau nom, il a ajouté le préfixe Bel à l'ancien. Ça vient du mot *beluft*, qui voulait dire bien-aimé dans le langage archaïque. Mon maître avait une façon bien à lui de manier la langue, conclut-il avec un sourire mélancolique.

— Et qu'est-ce que c'est que ces mystères dont il est question dans le Codex ?

— C'est encore un terme archaïque. On désignait jadis les prophéties sous le nom de « mystères ». Aussi impénétrables qu'ils soient parfois, il faut croire qu'ils ont un sens, après tout.

— Holà, Garion ! Belgarath ! appela une voix, devant la tour.

— Qui est-ce ? demanda Belgarath. Tu as dit à quelqu'un que tu venais ici ?

— Non, répondit Garion en fronçant le sourcil. A personne.

Il alla jeter un coup d'œil par la fenêtre. Un grand Algarois au profil d'oiseau de proie, au crâne rasé à l'exception d'une longue mèche noire, était monté sur un cheval fourbu, couvert d'écume.

— Hettar ! héla Garion. Que se passe-t-il ?

Belgarath rejoignit son petit-fils à la fenêtre.

— La porte est de l'autre côté, cria-t-il. Je vais vous ouvrir. Faites attention à la cinquième marche, l'une des pierres est descellée, reprit-il alors que le grand gaillard faisait déjà le tour du bâtiment.

— Quand vas-tu l'arranger, Grand-père ? demanda Garion.

Il sentit monter et s'enfler une vague d'énergie alors que le vieux sorcier ouvrait la porte de sa tour.

— Oh, je m'en occuperai un de ces jours.

Hettar surgit dans la chambre ronde du haut de la tour. Il était livide.

— Eh bien, fit le jeune roi. Qu'y a-t-il de si urgent ? Je ne t'ai jamais vu forcer un cheval comme ça !

L'Algarois inspira profondément.

— Il faut que tu rentres à Riva.

— Il y a un problème ? demanda Garion, glacé d'épouvante.

— Je regrette, mais j'ai une mauvaise nouvelle pour toi, soupira Hettar. Ce'Nedra m'a fait parvenir un message. Il faut que tu rentres immédiatement à Riva.

Le jeune homme se raidit intérieurement tandis qu'une douzaine d'hypothèses toutes plus terrifiantes les unes que les autres se bousculaient à son esprit.

— Pourquoi ? demanda-t-il à mi-voix.

— Garion, je ne peux pas te dire à quel point je suis désolé... Brand a été assassiné.

Troisième partie

ALORIE

CHAPITRE XVII

Le lieutenant Bledik était un de ces jeunes officiers sendariens sages et pondérés qui prennent toujours tout au sérieux. Il se rendit précipitamment à l'auberge du Lion, dans la cité portuaire de Camaar. L'hôtelier le mena aussitôt aux chambres claires et confortables où Garion et ses compagnons avaient élu domicile. Garion regardait par la fenêtre comme s'il espérait voir, par-delà les mers, ce qui se passait à Riva.

— Vous m'avez envoyé chercher, Majesté ? demanda Bledik en s'inclinant respectueusement.

— Oui, Lieutenant, entrez, fit le roi de Riva en se retournant. J'ai un message urgent pour le roi Fulrach. En combien de temps pensez-vous pouvoir être à Sendar ?

Le lieutenant réfléchit un instant en faisant la moue. Un coup d'œil avait suffi à Garion pour comprendre que le jeune homme n'agissait jamais sans réfléchir.

— En prenant au plus court et en changeant de monture à toutes les hostelleries de la route, je devrais être au palais demain, en fin d'après-midi, répondit-il en rajustant distraitement le col de son uniforme.

— Parfait. Quand vous verrez Sa Majesté Fulrach, reprit Garion en tendant au jeune officier un pli scellé adressé au roi de Sendarie, dites-lui que j'ai demandé à Messire Hettar d'Algarie de convoquer les monarques d'Alorie à une réunion du conseil, à Riva, et que je voudrais qu'il y assiste aussi.

— Oui, Majesté.
— Et dites-lui que le Gardien de Riva a été assassiné.
Bledik ouvrit de grands yeux et devint livide.
— Non ! s'exclama-t-il. Qui a pu faire une chose pareille ?
— Nous l'ignorons encore. Nous attendons d'avoir trouvé un vaisseau pour regagner l'Ile.
— Garion, mon chou, tu lui expliques tout ça dans ta lettre, fit Polgara, assise dans un fauteuil près de la fenêtre. Le lieutenant a une longue route à faire et tu le retardes.
— Tu as raison, Tante Pol. Vous n'avez besoin de rien, Bledik ? de l'argent, peut-être ?
— Non, Majesté.
— Alors, vous feriez mieux d'y aller.
— Je pars à l'instant, Majesté.
Le lieutenant salua, tourna les talons et quitta la pièce.
— Comment peux-tu être si calme ? s'étonna Garion en faisant les cent pas sur le coûteux tapis malloréen.
Vêtue d'une robe de voyage bleue, toute simple, Polgara ravaudait une tunique de Mission. Son aiguille étincelait à la lumière du soleil filtrant par la fenêtre.
— Je ne suis pas calme, mon chou, rectifia-t-elle. C'est pour ça que je fais du raccommodage.
— Mais qu'est-ce qu'ils fabriquent ?
— Allons, Garion, on n'affrète pas un navire comme on achète un pain. Ce n'est pas tout à fait la même chose.
— Qui pouvait en vouloir à la vie de Brand ? explosa-t-il.
Il ne cessait de se poser la question depuis huit jours qu'ils avaient quitté le Val. Le grand gaillard au visage funèbre n'était que dévouement envers le trône de Riva et son héritier ; il n'avait pour ainsi dire pas d'identité propre. Garion ne lui connaissait pas un ennemi au monde.
— C'est l'une des premières choses que nous nous efforcerons de découvrir sitôt arrivés à Riva, reprit la sorcière. Maintenant, je t'en prie, arrête de tourner en rond. Ça n'a jamais mené nulle part et on ne peut pas réfléchir comme ça.

Il faisait presque nuit quand Belgarath, Durnik et Mission revinrent accompagnés d'un grand Rivien aux cheveux gris, qui sentait l'eau salée et le goudron, comme tous les marins.

— Je vous présente le capitaine Jandra, annonça Belgarath. Il accepte de nous emmener jusqu'à l'Ile.

— Merci, Capitaine, dit simplement Garion.

— C'est un plaisir, Majesté, répondit Jandra en s'inclinant avec raideur.

— Vous venez de Riva ? s'enquit Polgara.

— Je suis arrivé hier après-midi, ma Dame.

— Vous avez une idée de ce qui s'y est passé ?

— On ne nous dit pas grand-chose au port, ma Dame. Les gens de la Citadelle font parfois bien des mystères — sans vouloir vous offenser, Majesté. Mais toutes sortes de rumeurs circulent en ville, et certaines sont un peu tirées par les cheveux. Tout ce que je peux affirmer, c'est que le Gardien a été assassiné par des Cheresques.

— Des Cheresques ! s'exclama Garion.

— C'est ce que tout le monde dit, Majesté. On prétend qu'ils auraient tous été tués. D'après d'autres personnes, il y aurait eu des survivants. Je ne garantis rien, mais je sais qu'on a enterré six hommes.

— Tant mieux, grommela Belgarath.

— Sauf s'ils n'étaient que six, objecta Polgara. C'est de réponses que nous avons besoin, pas de cadavres.

— Euh... je vous demande pardon, Majesté, fit Jandra, mal à l'aise. Ce n'est peut-être pas à moi de vous dire ça, mais le bruit court que ces Cheresques auraient été envoyés au Val d'Alorie par le roi Anheg en personne.

— Anheg ? Quelle absurdité !

— C'est ce qu'on raconte, Majesté. Je n'accorde pas beaucoup de foi à ces rumeurs, mais il vaudrait peut-être mieux éviter de les laisser se propager. Le Gardien était assez populaire à Riva, et bien des gens ont commencé à affûter leurs épées, si vous voyez ce que je veux dire.

— Il faut vraiment que je rentre le plus vite possible... Combien de temps vous faudra-t-il pour nous emmener à Riva ?

— Disons trois jours, si le temps se maintient, répondit l'homme après un instant de réflexion. Je n'ai pas un bâtiment de guerre cheresque, ajouta-t-il d'un ton d'excuse. Nous pourrons partir demain matin, avec la marée, si vous êtes prêts.

— Nous serons prêts, affirma Garion.

C'était la fin de l'été et la Mer des Vents était calme sous le soleil radieux. Le vaisseau de Jandra voguait grand largue en prenant un peu de gîte et tranchait les vagues étincelantes à une allure régulière. Garion passa la majeure partie de la traversée à arpenter le pont en ruminant. Quand, au troisième jour de mer, la forme déchiquetée de l'Ile des Vents apparut à l'horizon, une impatience désespérée s'empara de lui. Il avait tant de choses à faire, tant d'énigmes à résoudre qu'il trouvait intolérable de devoir encore attendre une heure pour mettre pied à terre.

Le vaisseau de Jandra contourna le promontoire rocheux et, vers le milieu de l'après-midi, il mouillait l'ancre dans le port, au pied de la ville.

— Je pars en avant, annonça Garion à ses compagnons. Suivez-moi le plus vite possible.

Il bondit sur le quai aux pierres luisantes, incrustées de sel, sans attendre que les matelots aient fini d'amarrer le bâtiment et partit à l'assaut de la Citadelle en gravissant l'escalier quatre à quatre.

Ce'Nedra l'attendait derrière le portail. Elle avait les yeux pleins de larmes et sa robe noire faisait ressortir son teint pâle.

— Oh, Garion ! s'écria-t-elle en se jetant à son cou.

— Quand est-ce arrivé, Ce'Nedra ? demanda-t-il en la serrant sur son cœur. Hettar n'a pas pu me dire grand-chose.

— Ça fait près de trois semaines, répondit-elle d'une voix entrecoupée de sanglots. Ce pauvre, pauvre cher Brand.

— Tu sais où je pourrai trouver Kail ?

— Il travaillait dans le cabinet de Brand. Il n'a pas dû beaucoup dormir depuis que c'est arrivé.

— Je vais le voir. Tante Pol et les autres ne devraient pas tarder. Tu pourrais nous les envoyer dès qu'ils arriveront ?

— Bien sûr, mon Garion, promit-elle en s'essuyant les yeux avec le dos de la main.

— Nous parlerons plus tard. Pour l'instant, il faut que je tire cette affaire au clair.

— Garion, c'étaient des Cheresques, reprit-elle gravement.

— C'est ce que j'ai entendu dire. C'est pour ça qu'il faut que j'aie le fin mot de l'histoire le plus vite possible.

Il régnait dans les couloirs de la Citadelle un silence inhabituel, pesant. Les serviteurs et les fonctionnaires s'inclinaient et s'effaçaient sobrement devant Garion tandis qu'il se dirigeait à grands pas vers l'aile ouest d'où Brand menait les affaires quotidiennes du royaume.

Kail était en grand deuil. Il avait le visage gris de fatigue et de chagrin. A voir les dossiers soigneusement empilés sur l'immense bureau, il était évident que, malgré sa douleur, le jeune homme n'avait pas seulement rempli sa tâche mais aussi celle de son père. Il se leva en voyant entrer son roi.

— Restez assis, ordonna Garion. L'heure n'est pas aux politesses. Je suis navré, Kail, reprit-il tristement. Je ne puis vous dire à quel point je suis navré.

— Merci, Majesté.

Garion s'assit de l'autre côté du bureau et sentit sa propre fatigue l'envahir comme une vague.

— Je n'ai pas réussi à avoir beaucoup de détails, reprit-il. Pouvez-vous me dire ce qui s'est passé au juste ?

— C'est arrivé il y a près d'un mois, peu après votre départ pour la Drasnie, commença Kail en s'appuyant au dossier de son fauteuil. Des envoyés commerciaux du roi Anheg sont arrivés, dans un but un peu flou, certes, mais munis de lettres de créance en bonne et due forme. Ils ont passé presque tout leur temps enfermés dans les appartements que nous avions mis à leur disposition, comme il est d'usage. Puis, tard, un soir, mon père qui rentrait chez lui après avoir discuté de certains problèmes avec la reine Ce'Nedra les a rencontrés dans le couloir menant chez lui. Il leur a demandé s'il pouvait faire quelque chose pour eux et ils se sont jetés sur lui sans raison apparente.

Il eut un soupir las et frotta ses yeux rougis. Garion vit saillir les muscles de ses mâchoires.

— Majesté, mon père n'était même pas armé. Il s'est défendu de son mieux et il a réussi à appeler à l'aide avant de tomber sous leurs coups. Nous avons aussitôt accouru, mes frères, plusieurs gardes de la Citadelle et moi-même, et nous avons tenté de prendre les assassins vivants mais ils ont résolument refusé de se rendre. On aurait dit qu'ils renonçaient délibérément à la vie, dit-il en fronçant le sourcil. Il n'y a rien eu à faire, nous avons dû les tuer.

— Tous ? demanda Garion, l'estomac noué.

— Tous, sauf un. Mon frère, Brin, lui a assené un coup de hache sur la tête. Il n'a pas encore repris connaissance.

— Tante Pol est avec moi. Si quelqu'un peut le réveiller, c'est elle. Et quand il ouvrira l'œil, ajouta-t-il avec un pâle sourire, j'aurai deux mots à lui dire.

— J'aurai quelques questions à lui poser, moi aussi, renchérit Kail. Belgarion, reprit-il après quelques instants de réflexion, ils avaient une lettre du roi Anheg. C'est pour ça que nous les avons laissés entrer dans la Citadelle.

— Je suis sûr qu'il y a une explication à ce mystère.

— J'ai la lettre. Elle porte son sceau et sa signature.

— J'ai convoqué une réunion du conseil des rois d'Alorie. Dès qu'Anheg sera là, il dissipera le malentendu.

— S'il vient, remarqua Kail d'un ton sinistre.

La porte s'ouvrit sans bruit devant Ce'Nedra et ses compagnons.

— Très bien, commença fraîchement Belgarath. Voyons comment l'affaire se présente. Y a-t-il des survivants ?

— Un seul, Vénérable Belgarath, répondit Kail. Il est inconscient.

— Où est-il ? s'enquit Polgara.

— Nous l'avons mis dans une chambre de la tour nord, ma Dame. Les médecins ont pansé ses blessures, mais ils n'ont pas réussi à le ramener à la conscience.

— J'y vais tout de suite, déclara-t-elle.

Mission traversa la pièce, s'approcha de Kail et, sans un mot, posa une main compatissante sur son épaule. Le jeune Rivien serra à nouveau les mâchoires et des larmes perlèrent à ses yeux.

— Grand-père, ils sont entrés dans la Citadelle grâce à une lettre d'Anheg, révéla Garion.

— Vous avez cette lettre ?

— Oui, Vénérable Ancien. Elle est ici, acquiesça Kail en explorant une pile de documents.

— Ça paraît être le meilleur point de départ, fit le vieil homme. L'alliance des rois d'Alorie est en jeu ; nous avons intérêt à régler le problème en vitesse.

La soirée était bien avancée quand Polgara termina son examen de l'assassin survivant.

— Je regrette, mais il n'y a rien à en tirer, annonça-t-elle d'un ton sinistre en rejoignant les autres dans les appartements royaux. Il a l'arrière du crâne complètement enfoncé. Sa vie ne tient qu'à un fil ; si j'essaie de le ranimer, il mourra aussitôt.

— J'ai besoin de réponses, Tante Pol, dit Garion. Combien de temps penses-tu qu'il mettra à se réveiller ?

— Je doute fort qu'il se réveille jamais, répliqua-t-elle en hochant la tête. Et même s'il reprend connaissance, il est peu probable qu'il tienne des propos cohérents. Il a la cervelle en compote.

— Tu ne pourrais pas... ? reprit-il, les yeux pleins d'espoir.

— Non, Garion. Il n'y a rien à tirer de ce qu'il a dans le crâne.

Le roi Cho-Hag, Chef des Chefs de Clan d'Algarie, arriva deux jours plus tard. Il était accompagné de la reine Silar et d'Adara, la grande cousine aux cheveux noirs de Garion.

— Pénibles circonstances, commença Cho-Hag de sa voix douce en serrant la main de Garion venu l'accueillir sur le quai.

— On dirait que nous ne nous voyons plus que pour les enterrements, acquiesça Garion. Où est Hettar ?

— Au Val d'Alorie. Il devrait arriver avec Anheg.

— Il faut que je vous dise... Brand a été tué par des Cheresques, reprit tout bas Garion en réponse au coup d'œil étonné de Cho-Hag. Ils avaient une lettre de créance d'Anheg.

— Anheg ne peut pas être en cause, protesta le roi d'Algarie. Il aimait Brand comme un frère. Il faut chercher ailleurs le commanditaire de ce meurtre.

— Je suis bien d'accord, mais le mécontentement gronde à Riva. On parle même de guerre. Voilà pourquoi nous devons tirer l'affaire au clair le plus vite possible, reprit Garion en voyant que Cho-Hag s'assombrissait. Il faut que nous coupions court à ce genre de soupçons avant que la situation nous échappe.

Le roi Fulrach de Sendarie arriva le lendemain sur un gros bâtiment renflé. Il était accompagné par le général Brendig, l'auguste et vénérable comte de Seline, un vieillard aux cheveux d'argent étonnamment vaillant, et — ô surprise — la reine Layla, dont la peur des voyages en mer était quasiment légendaire. Dans l'après-midi, la reine Porenn, qui portait toujours le deuil de son mari, son fils Kheva, l'enfant-roi, et le filiforme margrave Khendon, plus connu sous le nom de Javelin, débarquèrent du vaisseau drasnien peint en noir qui les amenait de Boktor.

— Oh, mon cher Garion, fit Porenn en l'embrassant à sa descente du navire. Je ne peux pas vous dire combien je suis désolée.

— Nous avons perdu l'un de nos plus chers amis, répondit Garion. Majesté, ajouta-t-il en s'inclinant cérémonieusement devant Kheva.

— Majesté, répondit Kheva avec une courbette respectueuse.

— Nous avons entendu dire qu'un mystère entourait l'assassinat, reprit Porenn. Khendon est très doué pour résoudre les énigmes.

— Margrave Khendon, fit Garion avec une inclinaison de tête.

— Majesté, répondit le chef des services secrets drasniens.

Il se retourna et tendit la main à une jeune femme aux cheveux de miel et aux doux yeux bruns qui débarquait à son tour. Elle n'en avait probablement pas conscience, mais les fossettes qui creusaient ses joues lui donnaient un petit air impertinent.

— Vous vous souvenez de ma nièce, je pense ?

— Margravine Liselle, salua Garion.

— Majesté, répondit-elle avec une révérence. Mon oncle m'a engagée comme secrétaire. Il prétend que sa vue baisse, mais je pense que c'est un prétexte pour éviter de me confier une mission digne de ce nom. Les parents d'un certain âge ont parfois tendance à couver leurs protégés, vous ne pensez pas ?

Garion réprima un sourire.

— Quelqu'un a-t-il des nouvelles de Silk ? demanda-t-il.

— Il est à Rhéon, répondit Javelin. Il s'efforce de recueillir des informations sur le culte de l'Ours. Nous lui avons envoyé des messagers, mais il est parfois difficile à localiser. J'espère qu'il nous rejoindra bientôt.

— Anheg est-il arrivé ? s'enquit la reine Porenn.

— Cho-Hag et Fulrach sont là, mais nous n'avons pas encore eu de nouvelles d'Anheg.

— Nous avons entendu dire que certaines personnes le suspectaient, reprit la petite reine blonde. Enfin, c'est impossible !

— Je suis sûr qu'il pourra se justifier dès son arrivée.

— Avez-vous réussi à prendre certains des assassins vivants ? s'informa Javelin.

— Un seul, et je crains fort qu'il ne nous dise pas grand-chose. L'un des fils de Brand lui a défoncé le crâne. Il y a peu de chance qu'il reprenne ses esprits.

— Dommage... Mais on peut livrer bien des renseignements sans mot dire.

— Les dieux vous entendent, fit Garion avec ferveur.

On conversa d'une voix étouffée, au dîner et plus tard dans la soirée. Personne n'osait évoquer ouvertement la sinistre possibilité que tous avaient à l'esprit. Aborder la question hors de la présence d'Anheg aurait pu concrétiser les doutes et les soupçons et donner à la réunion des allures de tribunal, ce à quoi nul ne tenait.

— Quand doivent avoir lieu les obsèques de Brand ? demanda Porenn à mi-voix.

— Dès l'arrivée d'Anheg, répondit Garion.

— Vous avez pris une décision concernant son poste ? s'enquit Fulrach.

— Que voulez-vous dire ?

— La charge de Gardien a été créée il y a bien longtemps pour combler le vide laissé par le meurtre du roi Gorek et de sa famille. Avez-vous vraiment besoin d'un Gardien, maintenant que vous êtes remonté sur le trône ?

— Pour être honnête avec vous, je ne m'étais pas posé la question. Brand a toujours été là. Je le croyais aussi immuable que les pierres de la Citadelle.

— Qui assume sa tâche depuis qu'il a été tué ? demanda le comte de Seline.

— Son second fils, Kail.

— Il me semble, Belgarion, que vous avez beaucoup d'autres responsabilités, souligna le comte. Vous avez vraiment besoin de quelqu'un pour gérer les affaires courantes, au moins jusqu'à ce que la crise soit passée. Mais je ne pense pas qu'il soit indispensable d'arrêter tout de suite une décision concernant la charge de Gardien. Je suis sûr que si vous le lui demandez, Kail continuera d'assumer la tâche de son père sans que vous lui décerniez un titre officiel.

— Tu sais, Garion, il a raison, intervint Ce'Nedra. Kail t'est absolument dévoué. Il ferait n'importe quoi pour toi.

— Si ce jeune homme a fait du bon travail, vous avez probablement intérêt à le laisser continuer. Vous connaissez le vieil adage sendarien : « Tu ne dois réparer ce qui n'est pas cassé », ajouta Seline avec un bref sourire.

Le lendemain matin, Garion, qui parlait tranquillement avec Javelin sur les remparts de la Citadelle, s'interrompit au milieu d'une phrase en voyant entrer dans le port un vaisseau dégingandé, aux superstructures affolantes sous des voiles manifestement trop lourdes.

— Qu'est-ce que c'est que ce bâtiment ? Je ne vois pas d'où il peut venir.

— C'est un navire arendais, Majesté. Tout ce que construisent ces gens-là finit par prendre des allures de château.

— Je ne savais pas que les Arendais avaient des vaisseaux.

— Ils en ont peu. Leurs navires ont une fâcheuse tendance à chavirer au moindre coup de vent.

— Nous ferions mieux d'aller voir qui ça peut être.

Le disgracieux bâtiment arendais amenait de vieux amis : Mandorallen, le valeureux baron de Vo Mandor, était accoudé au bastingage, revêtu de son armure étincelante. Lelldorin de Wildantor et leurs épouses, Ariana et Nerina, toutes deux richement vêtues de brocart noir, étaient debout près de lui.

— O Garion, nous sommes venus sitôt que la tragique nouvelle nous fut connue, hurla Mandorallen par-dessus les flots tandis que l'équipage arendais suait sang et eau pour accoster. Les devoirs du cœur et de l'honneur, envers Toi comme envers notre ami le Gardien si vilement assassiné, nous ont convaincus de venir T'aider dans Ta vertueuse quête de justice. En vérité, il n'est jusqu'à Korodullin qui se fût joint à nous sans la maladie qui l'a cloué au lit.

— J'aurais dû m'en douter, murmura Garion.

— Des complications en perspective ? fit tout bas Javelin.

— Vous n'avez pas idée, répondit le jeune homme en frémissant.

Deux jours plus tard, l'*Aigle des Mers*, barré par Barak en personne, contourna le promontoire rocheux et entra dans le port. De grands et gros guerriers cheresques en cottes de mailles bordaient les bastingages. Ils paraissaient sur leurs gardes et scrutaient les environs d'un œil méfiant tandis que Barak amenait son bâtiment à quai.

Quand Garion et son ami Kail arrivèrent en bas de

l'interminable escalier de pierre qui descendait de la Citadelle, une foule hargneuse s'était réunie au port. La plupart des hommes étaient armés.

— Eh bien, fit le roi de Riva, on dirait que nous avons un problème. Nous avons intérêt à faire bonne figure.

Kail regarda les visages haineux des Riviens massés le long des quais.

— Je crois, Belgarion, que vous avez raison.

— Nous allons donner à nos retrouvailles avec Anheg les allures de la plus franche cordialité.

— Vous m'en demandez beaucoup.

— Pardonnez-moi, Kail, de présenter les choses ainsi, mais je ne vous le *demande* pas. Tous ces Cheresques sont les gardes du corps personnels d'Anheg. Au moindre incident, ce sera le bain de sang, voire le début d'une guerre que personne ne souhaite. Maintenant, souriez, et allons accueillir le roi de Cherek.

Afin que personne ne manquât sa rencontre avec Anheg, Garion et le jeune Rivien montèrent à bord du vaisseau cheresque. Barak vint à leur rencontre. Il était engoncé dans un superbe pourpoint de velours vert et paraissait encore plus monumental que lors de leur dernière rencontre.

— C'est un bien triste jour pour nous tous, déclara-t-il en étreignant les mains de Garion puis de son compagnon. Anheg et Hettar sont en bas, avec ces dames.

— Ces dames ? Quelles dames ?

— Islena et Merel.

— Tu sais ce qu'on raconte ?

— C'est en partie pour ça que nous leur avons demandé de venir, rétorqua Barak avec un hochement de tête entendu.

— Bonne idée, approuva chaleureusement Garion. Un homme qui cherche la bagarre n'amène généralement pas sa femme, et nous tenons justement à placer cette affaire sous le meilleur jour possible.

— Je vais chercher Anheg, déclara le Cheresque après un rapide coup d'œil à la foule vociférante massée au pied de sa passerelle.

Anheg remonta sur le pont. Il portait son éternelle

robe bleue. Son visage aux traits grossiers paraissait hagard, presque halluciné, sous sa barbe noire.

— Anheg, mon ami, beugla Garion de sorte qu'on l'entende jusqu'au bout de l'Ile.

Il se précipita vers le roi et le gratifia d'une accolade un peu bourrue.

— Souriez, murmura-t-il. Je tiens à ce que ces gens sachent que nous sommes toujours les meilleurs amis du monde.

— Est-ce bien vrai, Garion ? balbutia Anheg d'une voix étranglée.

— Rien n'est changé, Anheg, répondit fermement le jeune homme.

— Eh bien, allons-y. La maison royale de Cherek présente ses condoléances au trône de Riva en ces pénibles circonstances, déclara solennellement Anheg d'une voix tonitruante.

— Hypocrite ! brailla quelqu'un, sur le quai.

Le visage du roi de Cherek devint d'une pâleur mortelle mais Garion s'approcha vivement du bastingage, les yeux étincelants de colère.

— Celui qui insulte mes amis m'insulte personnellement, déclara-t-il avec un calme inquiétant. L'un de vous a-t-il quelque chose à dire ?

La foule recula craintivement.

Garion se retourna vers Anheg.

— Vous avez l'air fatigué, commenta-t-il.

— Depuis que j'ai appris ce qui s'est passé, j'ai tout retourné au palais et au Val d'Alorie. Je n'ai pas trouvé *un* indice. Je vous jure, Garion, fit le roi de Cherek en le regardant bien en face de ses yeux implorants, je vous jure sur ma vie que je n'ai rien à voir dans la mort de Brand.

— Je le sais, Anheg, répondit simplement Garion, puis il jeta un coup d'œil à la foule déchaînée. Allons, il est temps d'envoyer chercher Hettar et ces dames et de rejoindre les autres à la Citadelle. Tout le monde est là. Il faut tirer cette affaire au clair. Quand nous serons là-haut, Kail, dites à vos hommes de disperser ces gens. Qu'on interdise l'accès à ce quai. Je ne veux pas d'incidents ici.

— Ça va si mal que ça ? murmura Anheg.

— Ce n'est qu'une précaution, répondit Garion. Je ne tiens pas à ce que la situation dégénère.

CHAPITRE XVIII

Les obsèques de Brand, le Gardien de Riva, eurent lieu le lendemain. La Cour du Roi de Riva était pleine de monde. Garion et Ce'Nedra, tout de noir vêtus, écoutèrent, assis sur le trône de basalte, l'oraison funèbre prononcée par le diacre de Riva.

Certains membres de la noblesse rivienne s'irritèrent de la présence d'Anheg à cette triste cérémonie. Seuls un profond respect pour Brand et le regard impitoyable de leur souverain les dissuadèrent de prendre le roi de Cherek à partie ; ils se contentèrent de murmurer au fond de la salle. Anheg suivit le service entre Porenn et Cho-Hag, puis il partit aussitôt après la cérémonie, le visage fermé.

— Je ne l'ai jamais vu comme ça, murmura Barak à l'oreille de Garion. Il n'a pas l'habitude qu'on l'accuse de meurtre et il le vit très mal.

— Personne ne l'accuse, que je sache, répondit très vite le jeune roi de Riva.

— Retourne-toi et regarde tes sujets, reprit tristement le Cheresque. On lit sa condamnation dans tous les yeux.

— Je n'ai pas besoin de me retourner, soupira Garion. Je sais très bien ce qu'ils pensent.

— Quand as-tu l'intention de réunir le conseil ?

— Attendons un peu. Je ne tiens pas à voir Anheg traverser les couloirs de la Citadelle tant que ces citoyens éplorés rôderont dans le coin, l'arme au poing.

— Très juste.

Ils s'assemblèrent en fin d'après-midi, dans la salle bleue de la tour sud. Dès que Kail eut refermé la porte, Anheg se leva et se tourna vers eux.

— Je tiens à déclarer tout de suite que je ne suis pour rien dans cette tragédie, déclara-t-il. Brand était l'un de mes plus chers amis, et j'aurais préféré me couper un bras plutôt que de lui faire du mal. Je vous en donne ma parole de roi et d'Alorien.

— Enfin, Anheg, personne ne vous accuse de quoi que ce soit, répondit Cho-Hag de sa voix apaisante.

— Ha ! je ne suis pas aussi stupide que j'en ai l'air, et en tout cas, je ne suis pas sourd. C'est tout juste si les Riviens ne m'ont pas craché à la figure.

— Je pense, intervint le comte de Seline en se redressant dans son fauteuil, que ces soupçons — sans fondement, bien sûr — viennent de la lettre de créance que les assassins ont présentée en arrivant. Ne croyez-vous pas qu'avant toute chose nous devrions l'examiner ?

— Bonne idée, approuva Garion. Kail, vous pourriez nous faire voir ce document ?

— Sire, je l'ai remis au Vénérable Belgarath.

— En effet, acquiesça le sorcier. J'allais oublier.

Il tira de sa tunique grise un parchemin plié qu'il tendit au vieux noble sendarien.

— Ça me paraît plus ou moins authentique, dit pensivement l'homme aux cheveux d'argent après l'avoir lu.

— Montrez-moi ça, fit Anheg en prenant la lettre d'un air dégoûté. C'est bien ma signature et mon sceau, admit-il, les sourcils froncés, mais je n'ai assurément jamais écrit ça.

— Lisez-vous attentivement tout ce qu'on soumet à votre signature ? suggéra Garion. Il arrive qu'on m'apporte tant de documents à parapher que je me contente d'y jeter un coup d'œil. N'aurait-on pu vous faire signer cette missive parmi d'autres sans que vous vous en rendiez compte ?

— Ça m'est arrivé une fois, rétorqua le roi de Cherek en secouant la tête, et depuis, non seulement je relis toutes mes lettres avant d'y apposer ma signature, mais encore je les dicte personnellement. Comme ça, au moins, je sais ce qu'il y a dedans. Regardez-moi ça, Garion, fit-il en indiquant le second paragraphe de la lettre. « Attendu que les échanges commerciaux sont le sang de nos deux royaumes... »Attendu que ! De ma vie je n'ai utilisé cette formule !

— Ça ne tient pas debout, reprit le comte de Seline. Le roi de Cherek a authentifié son paraphe et son sceau. Il ne signe rien sans l'avoir lu, il dicte personnellement tout son courrier et la teneur de sa lettre est entachée d'invraisemblance.

— Qu'est-ce que c'est que ce jargon, Seline ? coupa sèchement Anheg. J'ai l'impression d'entendre un homme de loi.

— Je m'efforce, Majesté, de résumer l'affaire avec concision, répondit le comte en riant.

— Je déteste les hommes de loi.

La discussion tourna encore un moment autour de la missive accablante mais aucun fait nouveau n'apparut et la séance fut levée. Garion alla se coucher, épuisé et aussi troublé qu'au début de la journée.

Il dormit mal et se réveilla tard. Il resta un moment allongé et s'efforçait de reprendre ses esprits quand il entendit des voix dans la chambre voisine. Il s'amusa à les identifier. Il reconnut tout de suite Ce'Nedra et tante Pol, bien sûr. Les fous rires de la reine Layla étaient caractéristiques, tout comme le parler ampoulé de Nerina et Ariana. D'autres voix se mêlaient aux leurs, mais elles se perdaient dans le brouhaha général.

Garion repoussa sa couette et s'assit lentement au bord du grand lit à baldaquin. Il avait l'impression d'avoir passé une nuit blanche. Il appréhendait cette nouvelle journée. Il se leva en soupirant, jeta un bref coup d'œil aux chausses et au pourpoint noirs qu'il portait la veille et secoua la tête. Pas question de continuer à porter le deuil ; on aurait pu interpréter ça comme une accusation déguisée et le roi Anheg était dans une situation si délicate que le moindre impair pouvait déclencher une catastrophe. Il choisit un pourpoint bleu dans sa garde-robe et s'habilla.

On frappa à la porte de la pièce voisine et la conversation s'interrompit.

— Vous voulez bien de moi ? demanda quelqu'un à mi-voix.

— Mais bien sûr, Islena ! s'exclama aussitôt tante Pol.

— Je me disais... commença la reine de Cherek, la gorge nouée. Je me demandais si je ne ferais pas mieux de rester dans mon coin, compte tenu de ce qui s'est passé.

— C'est ridicule, affirma la reine Layla. Entrez, voyons.

Un murmure approbateur salua cette invitation.

— Je vous jure que mon mari n'a rien à voir dans cette ignominie, reprit Islena d'un ton plus ferme.

— Personne ne dit le contraire, décréta calmement tante Pol.

— Peut-être pas ouvertement, mais d'affreux soupçons pèsent sur lui.

— Je suis sûre que Garion et les autres tireront cette affaire au clair et que tout s'arrangera, affirma Ce'Nedra.

— Mon pauvre Anheg a pleuré toute la nuit, révéla la reine de Cherek d'une voix attristée. Il a l'air un peu fruste, comme ça, mais il est très sensible, au fond. Cette affaire le rend malade.

— Nos seigneurs feront cher payer les larmes de Ton mari au vil meurtrier dont l'ombre plane sur ce forfait, déclama la baronne Nerina. Et les hommes de peu de foi qui osent douter de lui seront couverts de honte et d'opprobre une fois que la vérité éclatera au grand jour.

— Puissiez-vous avoir raison, murmura Islena.

— Voilà, Mesdames, de bien sombres préoccupations, remarqua Adara, la cousine de Garion. Et bien éloignées de la raison de notre présence ici.

— Et quelle est, douce Adara, cette raison ? s'enquit Ariana, l'épouse mimbraïque de Mandorallen.

— Le bébé, Ariana. Nous sommes venues admirer l'héritier du trône. Je suis sûre qu'il ne dort plus. Vous ne voudriez pas nous l'amener, Ce'Nedra, que nous puissions l'admirer et le câliner ?

— Je pensais que vous ne me le demanderiez jamais ! s'exclama celle-ci, ravie.

Le conseil se réunit à nouveau dans la matinée. Le soleil doré de l'été finissant jouait sur les tentures bleues et la brise marine entrait par les fenêtres ouvertes. Aucun protocole particulier ne présidait à ces réunions, et tous étaient confortablement assis dans les fauteuils de velours rouge qui garnissaient la pièce.

— Nous n'arriverons à rien en ressassant le problème de la lettre, commença Belgarath. Admettons que c'est un faux et passons à autre chose. Kail, votre père avait-il des ennemis dans l'Ile ? Des gens assez puissants et fortunés pour recruter des assassins cheresques ?

— On ne peut, Vénérable Belgarath, vivre toute sa vie sans marcher sur quelques pieds au passage, répondit le jeune homme en se rembrunissant. Mais je ne vois pas qui aurait pu lui en vouloir à ce point.

— En vérité, mon ami, je Te le dis, intervint Mandorallen, d'aucuns nourrissent leur rancœur en silence quand ils s'estiment offensés et dissimulent leur inimitié sous des dehors trompeurs jusqu'à ce que l'occasion leur soit donnée de se faire justice. L'histoire d'Arendie regorge de telles infamies.

— C'est une possibilité, acquiesça le roi Fulrach, et nous ferions peut-être mieux de partir de là au lieu d'aller chercher plus loin.

— Si nous dressions la liste de tous les habitants de l'Ile des Vents que Brand a pu offenser ? suggéra Javelin. Nous pourrions ensuite procéder par élimination et commencer nos investigations. Supposons que le commanditaire du meurtre soit un Rivien, il a bien fallu qu'il se rendre à Cherek ou qu'il entre en contact avec des Cheresques dans un passé récent.

Ils passèrent le restant de la matinée à établir la liste. Kail envoya chercher certains documents et le conseil examina toutes les décisions que Brand avait prises au cours des cinq dernières années. Le Gardien ayant rempli les fonctions de premier magistrat du royaume, il avait rendu beaucoup d'arbitrages, faisant chaque fois un ingrat et un mécontent.

Après déjeuner, ils éliminèrent de la liste ceux qui n'étaient ni assez riches ni assez puissants pour se payer des tueurs à gages.

— L'étau se resserre, commenta le chef des services de renseignements drasniens en rayant un nouveau nom. Nous avons ramené la liste à des proportions presque raisonnables.

On frappa respectueusement à la porte. L'un des gardes postés à l'entrée de la salle parlementa brièvement avec quelqu'un, au-dehors, s'approcha de Barak et lui dit deux mots à l'oreille. Le grand gaillard à la barbe rouge le suivit.

— Et celui-ci ? fit Javelin en citant un autre nom. Il revendiquait une propriété ; il y a des gens qui voient rouge dès qu'on touche à leur terre.

— Je ne crois pas, répondit Kail en se grattant la joue. Ce n'était qu'une petite pâture de rien du tout et cet homme a du bien au soleil.

— Alors pourquoi a-t-il porté l'affaire devant la loi ?

— C'est l'autre qui avait fait appel à mon père.

Barak rentra sur ces entrefaites.

— Anheg, Greldik est là, annonça-t-il. Il a quelque chose d'important à te dire.

Le roi de Cherek s'apprêtait à se lever puis il se ravisa.

— Qu'il entre, dit-il en parcourant l'assemblée du regard. Je n'ai de secret pour personne.

— Nous avons tous des secrets, Anheg, murmura la reine Porenn.

— Ma situation est un peu particulière, fit-il en rattrapant au vol sa couronne qui lui tombait sur l'oreille.

Un marin échevelé, vêtu de peaux de bêtes, écarta les gardes et entra dans la salle.

— Anheg, vous avez des problèmes au pays, grommela-t-il sans préambule.

— Quel genre ?

— Je reviens de Jarviksholm. Ils sont plutôt agités, là-bas.

— Ce n'est pas nouveau.

— Ils ont essayé de m'envoyer par le fond, insista l'homme. Tout le haut des falaises est garni de catapultes, des deux côtés du bras de mer qui mène à la ville. Pendant un moment, les boulets me sont tombés dessus comme de la grêle.

— Pourquoi ont-ils fait ça ? demanda Anheg, la mine sombre.

— Ils ne voulaient peut-être pas que je voie ce qu'ils fricotent.

— Et que fricotent-ils de si secret ?

— Ils construisent une flotte.

— Des tas de gens construisent des bateaux, à Cherek, rétorqua Anheg en haussant les épaules.

— Des centaines à la fois ?

— *Hein ?*

— J'étais trop occupé à louvoyer entre les projectiles pour les compter, mais le bout du chenal est plein de chantiers. Les carènes sont prêtes, et ils finissent les coques. Ah, et puis ils ont fait des travaux sur les murailles de la ville.

— Les murailles ? Elles sont déjà plus hautes que les remparts du Val d'Alorie.

— Eh bien, elles sont encore plus élevées à l'heure où je vous parle.

— Qu'est-ce qu'ils peuvent bien mijoter ? râla Anheg.

— D'habitude, quand on construit une flotte et qu'on renforce les fortifications, c'est qu'on se prépare à la guerre. Et quand on prend le risque de couler le bâtiment d'un ami de la couronne, c'est qu'on s'apprête à faire la guerre au roi.

— Là, il marque un point, commenta Barak.

— Qui est maître de Jarviksholm, en ce moment ? s'informa Garion avec intérêt.

— Le culte de l'Ours, répondit le roi de Cherek avec une grimace de dégoût. Il y a dix ans qu'ils arrivent de tout le pays pour s'infiltrer dans la ville.

— C'est très grave, Anheg, dit Barak.

— Et surtout totalement inattendu, intervint Javelin. C'est bien la première fois que le culte adopte une politique offensive.

— Quelle genre de politique ? s'informa Anheg.

— Disons un conflit ouvert avec la couronne.

— Eh bien, dites-le, mon vieux.

— Déformation professionnelle, fit le Drasnien avec

un haussement d'épaules. Jusque-là, le culte se contentait de saper le pouvoir de l'intérieur, d'intriguer dans l'espoir d'amener les rois d'Alorie à suivre leur politique. Mais à ma connaissance, ils n'avaient jamais osé se rebeller ouvertement.

— Il y a un commencement à tout, nota Hettar.

— Ça ne leur ressemble vraiment pas, reprit Javelin en fronçant les sourcils. C'est un renversement total de la stratégie qu'ils ont suivie pendant trois mille ans.

— Tout le monde change, remarqua le général Brendig.

— Sauf le culte de l'Ours, objecta Barak. Il n'y a pas de place dans le crâne d'un adepte du culte pour deux idées.

— A votre place, Anheg, je lèverais mon cul de là et je rentrerais dare-dare au Val d'Alorie, suggéra Greldik. S'ils réussissent à mettre ces bateaux à flot, ils seront maîtres de la côte ouest de Cherek.

— Je ne peux pas partir. J'ai quelque chose de bien plus important à régler ici.

— C'est votre royaume, fit le capitaine en haussant les épaules. Enfin, peut-être plus pour très longtemps.

— Merci, Greldik. Vous m'êtes d'un grand réconfort. Combien de temps comptez-vous mettre pour rentrer au Val d'Alorie ?

— Trois ou quatre jours ; ça dépend de la marée à la Barre.

— Eh bien, ne perdez pas de temps. Dites aux amiraux de la flotte que je leur ordonne de prendre position au large du pertuis de Halberg. Dès la fin de ce conseil, j'irai faire un petit tour à Jarviksholm. Ces chantiers navals devraient brûler comme de l'amadou.

Greldik lui répondit d'un sourire parfaitement pervers.

Lorsque la séance fut levée, en fin de journée, Kail arrêta Garion devant la porte de la salle du conseil.

— Je pense, Belgarion, que la situation mérite toute votre attention, dit-il tout bas. Ces mouvements de la flotte de Cherek ne me disent rien qui vaille.

— C'est la flotte d'Anheg. Et son royaume.

— Qu'est-ce qui nous prouve que Greldik dit vrai au sujet des chantiers navals de Jarviksholm ? insista Kail. Et le pertuis de Halberg n'est qu'à trois jours de Riva.

— Je vous trouve bien soupçonneux.

— Je suis tout à fait d'accord, Sire, pour accorder le bénéfice du doute au roi Anheg en ce qui concerne l'assassinat de mon père, mais le fait que la flotte de Cherek se retrouve, comme par hasard, à distance de frappe de Riva est une toute autre affaire. Je pense que nous devrions assurer notre défense ; simple mesure de précaution.

— J'y réfléchirai, répondit brièvement Garion en s'éloignant.

Silk arriva le lendemain, vers midi. Le petit homme arborait un somptueux pourpoint de velours gris et des bagues à tous les doigts, selon sa nouvelle habitude. Après avoir brièvement salué ses amis, il entraîna Javelin à l'écart.

Cet après-midi-là, Belgarath entra dans la salle du conseil avec le sourire satisfait d'un chat sur une barque de pêche.

— J'éprouve toujours une profonde satisfaction à résoudre une énigme, dit-il en réponse au coup d'œil étonné de Polgara. C'est bien une lettre d'Anheg, annonça-t-il à la cantonade en brandissant le document incriminé. Mais, reprit-il en levant la main pour retenir le roi de Cherek qui se levait d'un bond, le visage livide, il n'a pas écrit ce qu'on peut lire aujourd'hui. Jetez plutôt un coup d'œil là-dessus, fit-il en posant le parchemin sur la table.

Le texte qui accusait formellement Anheg de l'assassinat du Gardien de Riva était suivi de quelques lignes rédigées à l'encre rouge.

— Et qu'est-ce que ça veut dire ? s'enquit le roi Fulrach.

— Eh bien, il s'agit en fait d'une lettre adressée au comte de Maelorg concernant l'augmentation des taxes sur la pêche au hareng, répondit le vieux sorcier.

— Ce courrier date d'il y a quatre ans ! s'exclama le roi de Cherek, déconcerté.

— Exactement, acquiesça Belgarath. Et, si j'ai bonne mémoire, le comte de Maelorg est mort au printemps dernier ?

— En effet. J'ai personnellement assisté à ses obsèques.

— Il semblerait qu'après sa mort on ait fouillé dans ses papiers et subtilisé cette lettre, puis qu'on ait effacé le message original — à l'exception de votre signature, bien sûr — et rédigé à la place cette prétendue lettre de créance.

— Comment se fait-il que nous ne nous en soyons pas aperçus plus tôt ? fulmina Barak.

— Il a fallu que je la bricole un peu, avoua le vieil homme.

— A l'aide d'un sortilège ?

— Non, en employant une solution saline. Je craignais, en révélant le message primitif par sorcellerie de faire disparaître le nouveau, or il se peut que nous ayons besoin de cette preuve, par la suite. La sorcellerie n'est pas le seul moyen d'arriver à ses fins, ajouta le vieillard en remarquant la déception de Barak.

— Mais comment t'es-tu aperçu qu'il y avait deux textes superposés ? s'émerveilla Garion.

— Le produit qu'a utilisé notre ami inconnu laisse une légère odeur sur le parchemin, répondit le sorcier en faisant la grimace. Je n'ai compris que ce matin de quoi il s'agissait. Je regrette, Anheg, d'avoir mis si longtemps à vous disculper.

— Ça ne fait rien, Belgarath, répondit Anheg avec chaleur. Ça m'a permis de voir qui étaient mes vrais amis.

Kail se leva, le visage assailli par des émotions contradictoires. Il s'approcha du roi de Cherek et mit un genou en terre devant lui.

— Pardonnez-moi, Majesté, dit-il simplement. Je dois avouer que je vous ai soupçonné.

— Bien sûr que je vous pardonne ! s'esclaffa Anheg. Par les dents de Belar ! Après avoir lu cette lettre, je me serais soupçonné moi-même. Levez-vous, jeune homme. Ne vous prosternez jamais devant personne, même si vous commettez une erreur.

— Kail, faites en sorte que la nouvelle soit largement diffusée en ville et qu'on cesse d'affûter les épées, fit Garion.

— Comptez sur moi, Majesté.

— Tout n'est pas résolu pour autant, remarqua le comte de Seline. La preuve est faite que le roi Anheg n'a rien à voir dans ce meurtre, mais qui l'a commandité ?

— Nous avons un point de départ : la liste des gens qui avaient une raison d'en vouloir à Brand, intervint Lelldorin.

— Je pense que c'est une fausse piste, objecta la reine Porenn. Le meurtre du Gardien de Riva est une chose, mais tenter d'en faire porter la responsabilité au roi de Cherek, ça c'est une autre paire de manches.

— Là, Porenn, je ne vous suis pas, avoua Anheg.

— Imaginez, mon cher, que le roi d'une nation étrangère fasse assassiner un haut fonctionnaire de votre gouvernement et en même temps un de vos plus proches amis — car vous avez bien quelques amis, j'imagine. Que feriez-vous ?

— Mes navires de guerre partiraient par la première marée.

— Exactement. Brand n'a peut-être pas été assassiné par rancune personnelle mais afin de mettre le feu aux poudres entre Riva et Cherek.

— Porenn, vous êtes une femme extraordinaire, fit le monarque avec un clin d'œil.

— Merci, Anheg.

C'est alors que Silk et Javelin firent leur entrée.

— Son Altesse le prince Kheldar ici présent a une très intéressante nouvelle à nous communiquer, annonça Javelin.

— Majestés, Messeigneurs et chers amis, commença Silk en gratifiant l'assemblée d'une révérence grandiose, je ne suis pas sûr que cette information ait un rapport avec vos préoccupations du moment, mais je la crois digne d'être portée à votre attention.

— C'est fou ce que certaines personnes peuvent faire comme chichis dès qu'elles ont un peu réussi, souffla Barak.

— Ça ne m'avait pas échappé, acquiesça suavement Hettar.

— Je pensais bien que vous l'auriez remarqué.

— Bref, reprit plus sobrement le petit Drasnien avec un grand sourire à ses deux amis, je reviens de la frontière orientale de cette bonne vieille Drasnie. J'ai passé quelques mois à Rhéon. C'est une ville intéressante. Très pittoresque. Surtout depuis qu'il ont doublé la hauteur des remparts.

— Kheldar, fit la reine Porenn en tapotant fébrilement les accoudoirs de son fauteuil, vous allez en venir au fait, oui ou non ?

— Mais bien sûr, ma chère petite tante. Rhéon est une cité fortifiée située tout près de la frontière nadrake — ceci explique cela. Ses habitants sont d'un tel conservatisme que la plupart réprouvent l'usage du feu... Le culte de l'Ours y a trouvé un terreau naturel. Après la tentative d'assassinat de Ce'Nedra, l'été dernier, je suis allé voir en ville ce qui s'y passait.

— C'est une façon bien honnête de présenter les choses.

— Je traverse une phase d'honnêteté, commenta Silk en haussant les épaule. Profitez-en, parce que ça ne durera pas éternellement. Eh bien, il semblerait que le culte de l'Ours ait un nouveau chef, un dénommé Ulfgar. Le culte était plutôt démoralisé depuis que Grodeg avait pris une hache murgo dans le dos à Thull Mardu, et quand cet Ulfgar a surgi de nulle part, ils l'ont suivi comme un seul homme. Il faut croire qu'il a du bagout ; quand on pense que jusque-là le culte était dirigé par le clergé cheresque...

— A qui le dites-vous, grommela aigrement Anheg.

— Je ne pense pas qu'Ulfgar soit un prêtre de Belar. Et son quartier général est à Rhéon, en Drasnie orientale.

— Au fait, Kheldar, au fait ! répéta Porenn.

— J'y arrive, Majesté. Depuis quelques mois, notre ami Ulfgar rappelle ses troupes sans tambour ni trompette. Les adeptes du culte sortent de terre dans toute l'Algarie et rallient Rhéon. La ville grouille d'hommes armés jusqu'aux dents. Je dirais qu'Ulfgar dispose maintenant d'une force au moins égale à l'armée drasnienne.

Désolé, mon cousin, reprit-il à l'adresse du jeune roi Kheva, mais vous ne disposez plus à ce jour que de la seconde armée du royaume.

— N'ayez crainte, mon cousin, je saurai y remédier s'il le faut, rétorqua fermement Kheva.

— On dirait, ma petite tante, que votre éducation porte ses fruits, fit l'homme à la tête de fouine d'un ton flatteur.

— Kheldar, faudra-t-il que je vous soumette à la question pour vous arracher la suite de votre histoire ?

— Voyons, ma chère petite tante, vous n'y songez pas ! Ce mystérieux Ulfgar a exhumé d'antiques rituels, parmi lesquels un moyen d'identification permanente de ses fidèles : à son ordre, tous les adeptes d'Alorie se sont fait marquer la plante du pied droit au fer rouge. Si vous voyez boiter quelqu'un, il y a de fortes chances pour que ce soit un nouvel adepte du culte.

— Ça ne doit pas faire de bien, commenta Barak avec une grimace.

— Imaginez-vous que ces illuminés sont plutôt fiers de cette distinction. Enfin, quand elle a fini de cicatriser.

— A quoi ressemble-t-elle ? s'enquit le roi Cho-Hag.

— A une patte d'ours stylisée : un U dont l'ouverture est ornée de petits traits représentant les griffes.

— Quand Kheldar m'a dit ça, intervint Javelin, nous sommes allés voir l'assassin survivant. Il porte la marque du culte au pied droit.

— Eh bien, au moins, nous sommes fixés, lâcha Hettar.

— Comme vous dites, acquiesça Belgarath.

— Pardonnez-moi, coupa Mandorallen, perplexe. Me serais-je abusé en croyant que la finalité de cette obscure congrégation religieuse était la réunification de l'Alorie, le titanesque empire septentrional du temps du roi Cherek Garrot-d'Ours, le plus puissant monarque de l'Antiquité ?

— Ce n'est pas exclu, même aujourd'hui, répondit le sorcier. Si Ulfgar avait réussi à semer la zizanie entre Cherek et Riva, il lui aurait été facile de prendre le pouvoir en Drasnie, voire en Algarie. Et pendant qu'Anheg et Garion se rentraient dedans, il aurait très bien pu s'emparer de leurs deux royaumes par-dessus le marché.

— Grâce à la flotte que ses gens construisent à Jarviksholm, ajouta Anheg.

— Sa stratégie semble à la fois très simple et très compliquée, fit le général Brendig d'un ton rêveur. Mais elle a bien failli réussir.

— Un peu trop bien, renchérit Polgara. Alors, Père, qu'en penses-tu ?

— Il faut prendre des mesures, répondit Belgarath. L'ami Ulfgar n'a rien contre l'union de l'Alorie, à condition de prendre lui-même la succession de Garrot-d'Ours. On dirait qu'après trois millénaires de subversion, le culte a finalement opté pour la guerre ouverte.

— Eh bien, si c'est la guerre qu'ils veulent, ils trouveront à qui parler, rétorqua Garion, le visage blême.

— Je propose que nous buvions à cette motion, approuva Anheg. Si je puis faire une suggestion, reprit-il après un instant de réflexion, je pense que nous serions bien inspirés de raser Jarviksholm avant de donner l'assaut à Rhéon. Je ne tiens pas à ce que les adeptes cheresques du culte nous prennent à revers dans les landes de Drasnie, et encore bien moins à ce que leur flotte investisse la Mer des Vents. Même s'il n'y a que la moitié de vrai dans ce que raconte Greldik, il faut que nous brûlions ces chantiers navals avant qu'ils ne mettent leurs vaisseaux à l'eau. Je ne crois pas que Garion apprécierait, en rentrant de sa victoire sur Rhéon, de trouver l'ennemi installé à Riva.

— Très bien, fit Garion après réflexion. Réglons d'abord le problème de Jarviksholm, et allons à Rhéon dire deux mots à cet Ulfgar. J'ai vraiment hâte de voir un homme qui se croit de taille à relever le flambeau de Garrot-d'Ours.

CHAPITRE XIX

— Je regrette, Kail, annonça Garion, mais c'est ici, à Riva, que j'ai besoin de vous. J'emmène la majeure partie de nos troupes et il faut bien que quelqu'un reste dans la cité pour la défendre au cas où des vaisseaux du culte réussiraient à passer à travers les mailles du filet.

Il faisait un temps superbe, ce matin-là, et le cabinet du jeune roi était baigné d'une lumière dorée.

— Ce n'est pas la vraie raison, n'est-ce pas ? lança le Rivien d'un ton accusateur.

— Disons que ce n'est pas la seule. Je sais combien vous étiez attaché à votre père et je comprends que vous ayez envie de venger sa mort, mais quand on est aveuglé par la haine, on perd toute raison et on prend des risques inutiles. Votre famille a versé assez de sang comme ça : d'abord votre frère Olban, puis Arell, et maintenant Brand. Je n'ai pas envie d'ajouter votre nom à la liste.

Le jeune homme se leva, le visage rouge de colère.

— Votre Majesté a-t-elle d'autres instructions à me donner ? demanda-t-il sèchement.

— Non, Kail, soupira le roi de Riva. Pas pour l'instant. Vous savez ce que j'attends de vous ici ?

— Oui, Majesté.

Il s'inclina avec raideur, tourna les talons et quitta la pièce.

Belgarath entra par une autre porte.

— Ça ne lui a pas plu, commenta Garion.

— Je ne m'attendais pas à ce que ça lui plaise,

rétorqua le vieil homme avec un haussement d'épaules. Mais nous avons trop besoin de lui à la Citadelle pour le laisser risquer sa vie. Il ruminera un moment mais il s'en remettra.

— Et tante Pol, elle reste ici, elle aussi ?

— Non, elle tient absolument à nous accompagner, répondit le sorcier en levant les yeux au ciel. Enfin, les autres sont assez raisonnables pour comprendre que les femmes n'ont rien à faire sur un champ de bataille. Je pense que Mission serait mieux ici, lui aussi. Il n'a aucun sens du danger et ce n'est pas une bonne chose quand il y a du chambard. Allez, finis ce que tu es en train de faire. Nous sommes prêts à partir et la marée ne nous attendra pas.

Quand l'*Aigle des Mers* eut quitté le port, suivi par une flottille de solides navire riviens, Garion et ses compagnons descendirent sous le pont, dans la vaste cabine au plafond bas, afin d'étudier les cartes et d'affûter leur stratégie.

— Le goulet qui mène à Jarviksholm est très étroit et plus tortueux qu'un traité de commerce tolnedrain, leur signala Anheg. Nous serons obligés d'avancer à allure réduite.

— Ce qui laissera le temps aux catapultes postées sur les falaises d'envoyer la moitié de la flotte par le fond, conclut Barak d'un ton sinistre.

— La ville est-elle accessible par l'intérieur des terres ? s'informa Hettar.

— Il y a une route qui descend de Halberg, reprit le grand Cheresque, mais elle traverse, à une quinzaine de lieues au sud de la ville, plusieurs passes idéales pour les embuscades.

— Comment est le terrain, ici ? s'enquit le général Brendig en indiquant la rive sud du bras de mer.

— Accidenté, répondit laconiquement Barak. Escarpé.

— Comme presque tout Cherek, observa Silk.

— Franchissable ou pas ? insista Brendig.

— Peut-être, concéda le géant à la barbe rouge, mais on ferait des cibles idéales pour les catapultes et il y aurait un beau comité d'accueil en haut avant qu'on y arrive.

— Pas si on faisait ça de nuit, reprit le général.

— De nuit ? ironisa le grand bonhomme. Enfin, Brendig, vous vous voyez tenter l'escalade de nuit, à votre âge ?

— Si c'est la seule façon d'y arriver, riposta le manchot en haussant les épaules.

— Pardonnez-moi, Messeigneurs... commença Mandorallen en examinant la carte, le sourcil froncé. Le versant nord permettrait-il d'accéder plus aisément au sommet de la falaise ?

— Il est à pic, rétorqua Barak en secouant la tête.

— Force nous est donc de trouver un autre moyen de neutraliser les catapultes de ce côté. Or ce moyen, nous en disposons d'ores et déjà, lâcha le chevalier en souriant.

— J'aimerais bien le connaître, rétorqua le roi Fulrach.

— Rien n'est plus simple, Majesté. Il serait pénible de faire gravir le versant sud à des machines de guerre — surtout nuitamment. Ce serait, de surcroît, rigoureusement superflu puisque les engins nécessaires à la destruction des catapultes postées sur le versant nord sont déjà en place.

— Je ne vous suis pas très bien, avoua Garion.

— Moi si, intervint Hettar. Nous n'avons qu'à escalader le versant sud de nuit, nous emparer des catapultes au sommet et bombarder les engins de l'autre côté du bras de mer.

— Et pendant que vous distrairez l'ennemi, je pourrai envoyer des brasiers flottants dans le goulet afin de réduire les chantiers navals en cendres, ajouta Anheg.

— Bon, mais la cité, dans tout ça ? objecta le roi Fulrach.

Garion se leva et se mit à faire les cent pas.

— Quand les projectiles se mettront à voler de part et d'autre du bras de mer et que les brasiers flottants remonteront vers les chantiers navals, ça risque d'attirer l'attention des villageois, fit-il d'un ton méditatif. Et si tout le monde va voir ce qui se passe vers le bras de mer, les arrières de la ville devraient être plutôt dégarnis. Ne serait-ce pas alors le moment idéal pour donner l'assaut à la ville depuis l'intérieur des terres ? En frappant vite et fort, nous pourrions être dans les murs avant que les assiégés n'aient compris ce qui leur arrivait.

— Excellente idée, murmura le roi Cho-Hag.

— A condition de coordonner minutieusement notre action, remarqua Barak d'un ton pensif. Il faudrait que nous trouvions un système de communication par signaux...

— Ce n'est pas un problème, coupa tante Pol. Nous nous en chargeons.

— Eh bien, je ne vois pas pourquoi ça ne marcherait pas, déclara Anheg. Avec un peu de chance, nous devrions arriver à prendre Jarviksholm dans la journée.

— Ça tombe bien ; je n'ai jamais aimé les situations qui s'éternisent, commenta Silk en soufflant sur le chaton d'une de ses bagues.

Deux jours plus tard, ils rejoignaient la flotte cheresque au large du pertuis de Halberg, un étroit passage séparant la côte occidentale de Cherek d'un amas d'îlots semés sur les flots, juste au large de la péninsule. Des arbustes rabougris, accrochés à la roche, brandissaient leurs vertes ramures à la face immaculée des monts dressés sur le continent. Appuyé au bastingage de l'*Aigle des Mers*, Garion buvait des yeux cette farouche beauté quand il reconnut un parfum familier et un pas léger, juste derrière lui.

— C'est beau, hein ? dit Polgara.

— A couper le souffle.

— C'est toujours pareil, reprit-elle d'un ton rêveur. On part pour la plus laide des choses et on est frappé par une vision de pure splendeur. Tu feras bien attention à Jarviksholm, n'est-ce pas ? reprit-elle en le regardant avec gravité.

— Je fais toujours attention, Tante Pol.

— Vraiment ? C'est drôle, je crois me rappeler un certain nombre d'incidents, pas si lointains...

— J'étais tout gamin.

— Il y a des choses qui ne changent jamais, j'en ai peur. Oh, mon Garion ! soupira-t-elle en passant ses bras autour de son cou. Tu sais que tu m'as manqué, ces dernières années ?

— Toi aussi tu m'as manqué, Tante Pol. Il y a des moments où je regrette...

Il ne finit pas sa phrase.

— Que nous ayons quitté la ferme de Faldor ?

— Ce n'était pas un mauvais endroit.

— Non. C'était même un très bon endroit, pour un enfant. Mais tu es grand, maintenant. Tu crois vraiment que tu te serais contenté de la vie monotone qu'on menait là-bas ?

— Si nous y étions restés, nous n'aurions jamais su à quoi ressemblait la vie au-dehors.

— Mais si nous n'étions pas partis, tu n'aurais jamais rencontré Ce'Nedra. Alors ?

— Je n'avais pas pensé à ça.

— Si nous descendions ? Il ne fait pas chaud avec ce vent.

Ils trouvèrent Anheg et Barak dans une étroite coursive, juste devant la cabine principale.

— Enfin, Barak, disait aigrement le roi de Cherek, tu parles comme ma grand-mère.

— Tu peux dire ce que tu veux, grommela le géant à la barbe rouge, tu ne feras pas entrer l'*Aigle des Mers* dans ce goulet tant que ces catapultes n'auront pas été neutralisées. Je n'ai pas mis tant d'argent dedans pour qu'on lui balance des boulets dessus. C'est *mon* bateau, et c'est *moi* le chef.

— Il y a un problème, Messieurs ? s'enquit Javelin en s'approchant d'eux par l'autre bout de la coursive.

— Je rappelais quelques principes de base à notre ami Anheg, ici présent, répondit Barak avec hauteur. C'est lui qui assurera le commandement de mon bateau pendant que je prendrai la ville d'assaut avec Garion.

— Je vois. Dans combien de temps pensez-vous que nous arriverons à l'embouchure du bras de mer ?

— Les transports de troupes riviens ne sont pas aussi

rapides que nos navires de guerre, fit-il pensivement en se tiraillant la barbe. Disons d'ici une journée et demie.

— Ce qui nous amène à demain soir ? conclut le chef des services secrets drasniens.

— C'est ça. Et c'est là que la fête commencera !

— Ah, ces Aloriens ! soupira tante Pol.

Après quelques conférences au sommet (sous forme de beuglements échangés d'un bord à l'autre), la flotte au grand complet louvoya vers le nord, le long de la côte déchiquetée, en donnant fortement de la bande sous le vent qui forcissait.

Le lendemain matin, Garion, Barak et Hettar regardèrent, appuyés au bastingage, le soleil se lever et passer au-dessus des monts enneigés. Une brume bleutée tapissait les vallées, à l'ombre des pins. Les vagues étaient de saphir crêté d'argent.

Un marin cheresque qui enroulait ostensiblement un cordage derrière eux se redressa tout à coup et se jeta, une dague à la main, sur le roi de Riva.

L'attaque aurait pu être mortelle sans le cri de Durnik. Garion tourna la tête juste à temps pour voir le poignard glisser sur le pont, puis il entendit une exclamation de surprise et un bruit d'eau, comme si un paquet était tombé à la mer. Il fit volte-face et vit une main disparaître dans les flots, à une trentaine de toises par bâbord. Un coup d'œil interrogateur à Polgara ne lui apprit rien.

— J'avais oublié qu'il portait une cotte de mailles, fit le forgeron d'un ton d'excuse. Il doit être assez difficile de nager avec un maillot d'acier, hein ?

— Assez, oui, convint Barak.

— J'imagine que vous auriez voulu l'interroger ? Je peux le repêcher, si vous voulez.

— Qu'en pensez-vous, Hettar ? s'enquit le géant à la barbe rouge.

L'Algarois réfléchit quelques instants en contemplant les bulles qui remontaient à la surface.

— Nous sommes bien dans les eaux territoriales cheresques ? Alors je pense que nous devrions consulter le roi Anheg.

— Ah, il fait la grasse matinée, aujourd'hui, releva Barak en contemplant rêveusement l'océan.

— Ça m'ennuierait de le réveiller, murmura Hettar. Il a bien des soucis, en ce moment, et il n'a pas volé un peu de repos. Je vais vous dire, Durnik : à l'instant où il ouvrira l'œil, nous lui soumettrons votre problème, conclut-il, la face impavide.

— Ça va, Garion ? demanda Polgara.

— Très bien, tante Pol. Il ne m'a même pas touché, grâce à Durnik.

— C'est un homme précieux, répondit-elle en se tournant vers son mari avec un sourire affectueux. Dis-moi, tu avais déjà translocalisé quelque chose ?

— Non, pas vraiment, répondit le forgeron. Je savais comment faire, bien sûr, mais je n'avais jamais eu l'occasion d'essayer. J'y suis peut-être allé un peu fort.

— Ça viendra avec la pratique, tu verras.

— D'où venait ce gaillard ? s'informa Hettar.

— Et d'où voulez-vous qu'il vienne sinon du Val d'Alorie ? rétorqua Barak. Je l'avais toujours pris pour un brave type. Il faisait bien son boulot et il la bouclait. Je n'aurais jamais cru qu'il puisse adhérer à une secte religieuse.

— Il serait peut-être temps que nous examinions les pieds de tout le monde, suggéra l'homme au profil d'oiseau de proie. Si notre ami Silk a dit vrai, reprit-il en réponse à la question muette du Cheresque, les adeptes du culte de l'Ours ont une marque au fer rouge sous la plante du pied droit. Ça ira plus vite que de demander à Garion de présenter son dos à toutes les armes qui se trouvent à bord, non ?

Le soir tombait quand ils s'engagèrent dans la large embouchure du bras de mer qui serpentait jusqu'à Jarviksholm. Garion était debout à la proue de l'*Aigle des Mers* avec les autres rois.

— Vous ne pensez pas que nous aurions mieux fait d'attendre la nuit ? demanda-t-il.

— Nous n'avions aucune chance de les prendre par surprise, répondit Anheg en haussant les épaules. Ils nous voient venir depuis que nous avons quitté le pertuis d'Halberg. Et puis comme ça, les artilleurs postés sur les falaises n'auront d'yeux que pour les bateaux, ce qui devrait vous faciliter la tâche quand vous les prendrez à revers avec Brendig.

— Ce n'est pas bête, dans le fond.

Barak et le général Brendig s'approchèrent.

— Je propose que nous attendions minuit, fit Barak. Nous partirons en éclaireurs, Garion et moi. Nous escaladerons la paroi et nous contournerons la ville, puis Brendig et ses hommes nous suivront et s'empareront des catapultes. Dès qu'on y verra un peu plus clair, ils commenceront à bombarder le bras de mer.

— Vous pensez que ça laissera à Garion le temps de gagner sa position ? s'enquit Fulrach.

— Amplement, Majesté, affirma Brendig. D'après Messire Barak, le terrain est assez plat au sommet.

— Et les arbres devraient nous permettre d'avancer sans nous faire repérer.

— Quelle distance devrons-nous franchir à découvert lorsque nous attaquerons la cité ? demanda Garion.

— Disons cinq cents toises, répondit Barak.

— Ça fait une trotte.

— C'est à peu près la longueur maximum sur laquelle je consens à courir.

Le soir s'installa lentement sur les eaux calmes du bras de mer, empourprant les falaises abruptes. Garion mit à profit les derniers rayons de lumière pour examiner chaque pouce de la paroi qu'ils devaient escalader, ses hommes et lui, d'ici quelques heures à peine. Un mouvement au-dessus de sa tête attira son regard. Une forme fantomatique s'élevait sans bruit dans l'air immobile. Une plume blanche retomba doucement sur le pont. Hettar alla respectueusement la ramasser.

Quelques instants plus tard, tante Pol se posa sur le pont et s'approcha d'Anheg qui discutait avec Brendig.

— Prenez garde en approchant des chantiers navals, dit-elle en lissant sa robe bleue. Ils ont monté des catapultes sur les plages.

— Je m'y attendais, répondit le roi de Cherek en écartant l'avertissement d'un haussement d'épaules.

— Tu veux un bon conseil, Anheg ? gronda Barak.

Fais bien attention à mon *Aigle des Mers*, parce que s'ils me l'envoient par le fond, je t'arrache la barbe poil par poil.

— C'est une façon pittoresque de s'adresser à son roi, murmura Silk à l'oreille de Javelin.

— Comment les arrières de la ville sont-ils défendus ? intervint Garion.

— Les murailles sont hautes, répondit Polgara. Et la porte est impressionnante. Mais il n'y a pas beaucoup d'hommes.

— Parfait.

Hettar lui rendit sa plume sans un mot.

— Oh, merci ! s'exclama la sorcière. Je ne sais pas ce que j'aurais fait sans ça.

Garion avait sous-estimé la difficulté de l'entreprise lorsqu'il avait examiné la falaise depuis le pont du vaisseau. Des pierres invisibles dans la nuit roulaient traîtreusement sous ses pieds et les branches raides des buissons rabougris accrochés à la paroi abrupte semblaient lui rentrer délibérément dans la figure et la poitrine. Sa cotte de mailles était incroyablement lourde et il fut bientôt en sueur.

— Belle grimpette, observa laconiquement Hettar.

Un pâle croissant de lune brillait dans le ciel quand ils arrivèrent enfin au terme de leur escalade, et ils constatèrent que le plateau était couvert d'une épaisse forêt de pins et d'épicéas.

— Ce sera peut-être un peu plus long que je ne pensais, marmonna Barak en lorgnant les ténèbres impénétrables.

Garion ordonna la halte.

— Attendez un peu. Si nous fonçons tous là-dedans, fit-il avec un mouvement de menton vers la forêt qui leur barrait la route, nous allons donner l'alerte aux hommes postés sur la falaise. Il y a peut-être un chemin ou une sorte de piste ; je vous propose d'envoyer des éclaireurs reconnaître le terrain.

— On ne peut même pas souffler une minute, ronchonna Silk.

— Prends quelques hommes avec toi.

— Ils me ralentiraient. J'en ai pour un instant.

Le petit homme disparut entre les arbres.

— Il ne changera jamais, hein ? murmura Hettar.

— Pourquoi voudriez-vous qu'il change ? rétorqua Barak avec un petit rire.

— Combien, Messire Barak, te semble-t-il qu'il nous reste à attendre avant le lever du jour ? demanda Mandorallen.

— Deux ou trois heures, répondit le grand Cheresque. Cette montée nous a pris pas mal de temps.

Lelldorin les rejoignit à la lisière de la sombre forêt, son arc accroché sur le dos.

— Le général Brendig a amorcé l'escalade, annonça-t-il.

— Je me demande comment il va réussir à grimper avec un seul bras, remarqua le géant à la barbe rouge.

— Ne vous en faites pas pour lui, rétorqua l'Algarois. Il n'entreprend jamais rien à la légère.

— C'est un homme de valeur, acquiesça Barak.

Ils attendirent dans la chaleur de cette nuit d'été. La lune montait lentement dans le ciel. Loin, en dessous d'eux, les hommes d'Anheg s'interpellaient et faisaient du raffut pour couvrir les bruits qui auraient pu révéler la présence de Brendig et de ses hommes sur la paroi rocailleuse. Silk ressortit enfin des broussailles et revint silencieusement vers eux.

— Il y a, à un quart de lieue au sud, une piste qui va vers l'est.

— Parfait, fit joyeusement Mandorallen. Allons-y, Messires. La cité nous attend.

— J'espère bien que non ! se récria Garion. Notre but est de les surprendre.

Le chemin de Silk — une sente tracée par les bûcherons — allait bien dans la direction de Jarviksholm en serpentant dans la forêt ténébreuse. De ses soldats, Garion ne voyait rien. Seuls l'accompagnaient le cliquetis de leur cotte de mailles et leur pas régulier, traînant. A mener cette armée sans visage dans ce voyage au bout de la nuit, il éprouvait le sentiment d'obéir à une force inexorable, qui le dépassait. La tension n'avait cessé de monter en lui depuis qu'ils avaient mis pied à terre, et il était si impatient de donner l'assaut qu'il se retenait à grand-peine de courir.

Ils arrivèrent à une vaste étendue dégagée. De l'autre côté, le ruban blanc d'une route fréquentée coupait droit à travers les grands pâturages sous la lune.

— C'est la route de Halberg, annonça Barak. Nous sommes presque arrivés.

— Voyons où en est Brendig, murmura Garion.

Il scruta l'espace à la recherche de l'esprit familier de Durnik. Il parvint, en évitant les pensées de la troupe massée derrière lui, à établir le contact.

— *Durnik ?* dit-il mentalement. *Tu m'entends ?*

— *Garion ?*

— *Oui. Avez-vous réussi à neutraliser les catapultes ?*

— *Nous en avons encore une douzaine à prendre. Brendig y va doucement pour éviter tout bruit superflu.*

— *Aurez-vous fini au lever du jour ?*

— *Largement.*

— *Parfait. Dis-moi quand vous aurez pris la dernière.*

— *Compte sur moi.*

— Comment s'en sortent-ils ? demanda Lelldorin d'une voix altérée par l'excitation.

— Ils seront prêts en temps utile.

— Qu'en semble-t-il à Messire Barak ? demanda Mandorallen. Le moment n'est-il point venu de choisir de robustes troncs d'arbre utilisables comme bélier afin d'enfoncer les portes de la ville ?

— Je me charge de la porte, décréta fermement Garion.

— Tu veux dire que tu vas... ? fit le Cheresque en esquissant un geste avec sa grosse patte. Je me demande si c'est bien convenable, ajouta-t-il d'un ton réprobateur.

— Comment ça, convenable ?

— Il y a des usages à respecter. On enfonce toujours les portes des villes avec des béliers.

— Pendant que les gens qui sont dedans déversent de la poix brûlante sur les assaillants, sans doute ?

— Ce sont les risques du métier, convint Barak. Mais sans ces risques, le combat manquerait de piment.

— Eh bien, je regrette beaucoup mais nous respecterons les usages un autre jour, rétorqua Garion pendant qu'Hettar réprimait une furieuse envie de rire. Je ne vais pas envoyer des gens à la mort par souci des traditions.

Une nappe de brume irisée par la lune planait à ras du sol sur la vaste étendue déserte séparant la forêt des murailles de Jarviksholm. Loin à l'est, les premières lueurs de l'aube effleuraient le dais nocturne. A la lueur des torches fuligineuses qui brûlaient en haut des formidables remparts de la cité, Garion pouvait voir un certain nombre d'hommes en armes.

— Hé, Garion, à quelle distance de la porte dois-tu être pour la faire sauter ? murmura Silk.

— Le plus près sera le mieux.

— Il va donc falloir que nous nous rapprochions un peu, mais avec le brouillard et les hautes herbes, ça ne devrait pas être trop difficile.

— Je vous accompagne, proposa Barak. Ça va faire beaucoup de bruit ?

— C'est probable.

— Ce sera le signal de l'assaut, déclara le grand gaillard à l'attention de Hettar et de Mandorallen.

L'Algarois acquiesça d'un signe de tête.

— Très bien, fit Garion en inspirant un bon coup. Allons-y.

Les trois hommes s'engagèrent, à moitié pliés en deux, dans la plaine inculte qui les séparait de la cité. Quand ils n'en furent plus qu'à quelques centaines de toises, ils se laissèrent tomber dans les hautes herbes.

— *Garion*, fit mentalement Durnik, *nous avons pris toutes les catapultes.*

— *Vous voyez celles qui sont sur les falaises, au nord ?*

— *Pas encore, mais ça ne devrait pas tarder.*

— *Dis à Brendig de commencer dès qu'il les verra.*

Ils attendirent. Le ciel s'éclaircissait, à l'est. Enfin, des chocs sourds se firent entendre de l'autre côté de la ville, bientôt suivis par le bruit de lourdes roches fracassant des poutres, puis un concert de cris et de hurlements.

— *C'est parti !* annonça Durnik.

— *Garion* — c'était la pensée de Tante Pol —, *tu es prêt ?*

— *Oui, Tante Pol.*

— *Nous nous engageons dans le bras de mer.*

— *Dis-moi quand vous serez en vue de la ville.*

— *Prends garde à toi, Garion.*

— *Ne t'en fais pas.*

— Que se passe-t-il ? chuchota Barak sans cesser de surveiller les gardes postés sur les remparts de la ville.

— Ils ont commencé à bombarder la falaise du côté nord, chuchota Garion. Et Anheg a donné l'ordre à la flotte d'avancer.

— Je lui avais dit d'attendre que toutes les catapultes soient hors d'état de nuire, gronda Barak.

— Ne t'inquiète donc pas pour ta barcasse, murmura Silk. Si tu crois que c'est facile de viser avec une catapulte quand on tente soi-même d'éviter la dégelée !

— Un mauvais coup est vite arrivé.

Et l'attente se poursuivit dans une tension croissante. Garion ne quittait pas la porte des yeux. L'odeur salée de la mer leur parvenait par bouffées, mêlée à celle, plus forte, des pins. Il faisait presque jour, à présent.

— *Ça y est, Garion, nous arrivons en vue de la cité,* annonça tante Pol.

Des cris d'alarme retentirent de l'intérieur des murailles. Les gardes se mirent à courir, en haut des remparts. Ils se précipitaient du côté de la ville tourné vers le bras de mer.

— Prêts, les gars ?

— Prêts, répondit Silk d'une voix tendue.

Garion se leva et concentra sa volonté. Il éprouva une sensation un peu comparable à un appel d'air, puis il sentit croître en lui une force phénoménale et tout son corps se mit à le picoter. Il dégaina farouchement l'épée de Poing-de-Fer qu'il avait laissée au fourreau de crainte que l'éclat bleu de l'Orbe ne les trahisse. La pierre où palpitait la vie jeta une flamme d'allégresse.

— En avant la musique ! dit Garion entre ses dents.

Il pointa l'épée vers la porte qui se dressait, massive et invincible, à quelques centaines de toises de lui.

— SAUTE ! ordonna-t-il, libérant par son épée et sa pointe embrasée toute l'énergie mentale qu'il avait accumulée.

Il n'avait pas prévu que l'Orbe ferait du zèle. La force qui frappa la porte de Jarviksholm fut, pour employer un euphémisme, un tantinet excessive. Les rondins mal équarris, enduits de goudron, dont elle était faite se volatilisèrent purement et simplement. (On devait en retrouver des vestiges à cinq lieues de là.) La muraille elle-même fut pulvérisée, et les énormes blocs de pierre volèrent en tous sens comme des grains de sable, atterrissant jusque dans le port et le bras de mer. Les remparts du côté nord s'effondrèrent presque entièrement dans un vacarme de fin du monde.

— Par Belar ! jura Barak, stupéfait, en contemplant le désastre.

Il y eut un moment de silence, puis un grand cri s'éleva de la lisière des bois : Hettar et Mandorallen menaient les Riviens et les Cheresques à l'assaut de la cité foudroyée.

Ce ne fut pas ce que les guerriers appellent un bon combat. Il n'y avait pas que des hommes valides parmi les adorateurs de l'Ours. Le culte avait aussi attiré dans ses rangs des vieillards, des femmes et des enfants. Et comme ses adeptes étaient souvent des fanatiques enragés, les assaillants furent amenés à tuer des gens qu'ils auraient normalement épargnés. A la fin de l'après-midi, seules subsistaient quelques poches de résistance dans le quartier nord-ouest de Jarviksholm. Presque tout le reste de la cité était la proie des flammes.

Ecœuré par la fumée et le carnage, Garion se fraya un chemin entre les bâtiments embrasés, franchit la muraille écroulée et s'éloigna. Il errait depuis un moment dans la prairie, épuisé, nauséeux, lorsqu'il tomba sur Silk. Le Drasnien était confortablement assis sur une grosse pierre et observait la destruction de la ville d'un air détaché.

— C'est bientôt fini ? demanda le petit homme.

— Presque, répondit Garion. Ils ne contrôlent plus que quelques bâtiments.

— Comment c'était ?

— Moche. Des tas de vieillards, de femmes et d'enfants ont été massacrés.

— Ce sont des choses qui arrivent.

— Anheg a-t-il dit ce qu'il allait faire des survivants ? Je pense qu'il y a déjà eu assez de victimes comme ça.

— C'est difficile à dire, répondit Silk. Nos cousins cheresques sont parfois enclins à une certaine férocité. Je ne serais pas étonné qu'il se produise, dans les tout prochains jours, des choses peu ragoûtantes. Dans ce genre-là, fit-il en indiquant du menton l'orée de la forêt.

Un groupe de Cheresques s'évertuaient à redresser et à ficher en terre un poteau coupé en haut par une traverse. L'ennui, c'est qu'un homme y était attaché, les bras en croix.

— Non ! hoqueta Garion.

— A ta place, je ne m'en mêlerais pas. Anheg est ici chez lui ; il a le droit de régler comme bon lui semble le compte des traîtres et des criminels.

— C'est de la barbarie !

— Peut-être un brin, en effet. Je te disais bien que les Cheresques avaient un petit côté barbare.

— Ne faudrait-il pas d'abord interroger les prisonniers ?

— Javelin s'en occupe.

Garion regarda les soldats qui s'activaient dans les dernières lueurs du soleil couchant.

— Je regrette, dit-il, révulsé, mais ça va trop loin. Je vais tout de suite mettre fin à cette abomination.

— Tu ne devrais pas t'en mêler, je t'assure.

— Ah non ? Même quand ils se mettent à crucifier des femmes ?

— *Hein ?* fit Silk en se retournant.

Il blêmit, se leva d'un bond et courut vers le petit groupe. Garion lui emboîta le pas.

— Vous avez complètement perdu la tête ou quoi ? demanda le petit voleur avec emportement.

— Allons, Kheldar, quel est le problème ? rétorqua calmement Javelin, assis derrière une table de fortune, au milieu des soldats.

— Vous savez qui vous venez de crucifier ?

— Evidemment. Je l'ai interrogée moi-même.

Le chef des services secrets drasniens remuait les

doigts, l'air de rien, mais comme le petit Drasnien était planté juste devant lui, Garion ne pouvait voir ce qu'il racontait.

— Vous allez la descendre de là tout de suite ! hurla Silk d'une voix que le jeune roi trouva curieusement radoucie.

— Occupez-vous de vos affaires et laissez-moi faire mon travail, suggéra l'homme au visage en lame de couteau. Le prince Kheldar et le roi de Riva nous quittent, annonça-t-il froidement à un Cheresque trapu planté non loin de là. Je vous serais reconnaissant de les escorter à un bon quart de lieue d'ici, au moins.

— Je vais le tuer, fulmina Silk tandis qu'on le cornaquait, avec Garion, à distance respectable du théâtre des opérations. Je vais l'étrangler de mes propres mains.

Pourtant, dès que les soldats eurent tourné les talons, le petit homme reprit son sang-froid à une vitesse surprenante.

— Qu'est-ce que c'est que cette histoire ? s'étonna Garion.

— La fille qu'il vient de crucifier est sa propre nièce, Liselle, répondit calmement Silk.

— Tu veux rire !

— Je la connais depuis qu'elle est haute comme ça. Il m'a promis de s'expliquer plus tard. Il a intérêt à se montrer convaincant, ou je l'étripe.

Il tira une longue dague de son pourpoint et en tâta le fil avec son pouce.

Il faisait nuit noire quand Javelin vint les chercher.

— Oh ça va, Kheldar, rangez ça, fit-il d'un air écœuré.

— Dans une minute, peut-être, rétorqua Silk. Allez, Javelin, racontez-moi votre histoire. Il vaudrait mieux pour vous qu'elle soit bonne, parce que sinon, vous savez où vous allez retrouver votre boyasse ? *Là*, fit-il en indiquant de la pointe de son couteau un point situé entre les pieds de l'homme.

— Vous avez l'air tout retourné.

— Vous êtes très observateur.

— J'avais mes raisons d'agir comme je l'ai fait.

— Magnifique. Je pensais que vous faisiez ça juste pour vous amuser.

— Vous pouvez vous dispenser de vos sarcasmes. Vous devriez savoir, depuis le temps, que je ne fais jamais rien sans raison. Ne vous inquiétez pas pour Liselle. Il est probable qu'on l'a déjà libérée.

— Libérée ?

— Je devrais plutôt dire *fait évader*. Les bois grouillaient d'adeptes du culte. Si vous ne les avez pas repérés, c'est que votre vue a bien baissé. En fait, tous les prisonniers que nous avons crucifiés ont été relâchés et sont en route pour un endroit sûr, dans la montagne.

— De quoi s'agit-il au juste, Javelin ?

— C'est très simple, en vérité. Il y a des années que nous nous efforçons d'infiltrer les échelons supérieurs du culte de l'Ours. Eh bien, ils viennent de sauver une héroïne, une martyre à la cause. Elle devrait en profiter pour siéger dans leurs conseils les plus secrets. Elle est assez futée pour ça.

— Et d'abord, comment est-elle arrivée ici ?

— Elle a mis une cotte de mailles et je l'ai fait embarquer discrètement à bord du vaisseau de Trellheim, répondit Javelin avec un haussement d'épaules. Quand j'ai vu que les combats étaient sur le point de prendre fin, je l'ai mêlée aux autres prisonniers.

— Mais ses compagnons d'évasion vont bien se rendre compte qu'elle n'a jamais été en ville ? intervint Garion.

— Je pense, Majesté, que nous n'avons rien à craindre. Elle dira qu'elle habitait dans le quartier nord-est de la cité. Les autres prisonniers venaient tous du sud-ouest. Jarviksholm est une ville importante. Bien malin qui pourra dire qu'elle n'y a jamais vécu.

— Tout de même, je n'arrive pas à croire que vous ayez pu faire une chose pareille, reprit Silk.

— Elle a dû déployer des trésors de persuasion et tenir des tas de discours pour m'en convaincre, reconnut Javelin. Enfin, Silk, vous n'aviez pas compris ? C'était son idée, bien sûr.

Tout à coup, Garion perçut une sorte de rugissement,

un bruit de vagues qu'il était seul à entendre, et l'instant d'après, la voix de Ce'Nedra lui parvenait avec clarté.

— *Garion !* s'écria-t-elle, angoissée. *Reviens tout de suite à la maison ! Le bébé a été enlevé !*

CHAPITRE XX

Polgara regarda Garion d'un œil critique. Ils étaient dans une vaste prairie dégagée, sur les hauteurs de Jarviksholm. La cité brûlait toujours. Les étoiles pâlissaient devant les premières lueurs de l'aube.

— Les plumes de tes ailes sont trop courtes, dit-elle.

Garion rallongea les plumes de ses ailes.

— C'est mieux, déclara la sorcière.

Elle se concentra et se changea à son tour en faucon moucheté.

— Je n'ai jamais trop aimé ces plumes raides, murmura-t-elle en ponctuant sa déclaration d'un cliquetis de son bec incurvé, puis elle tourna ses yeux dorés, farouches, vers Garion. Allez, mon chou, tâche de penser à tout ce que je t'ai dit. Nous ne monterons pas trop haut pour ton premier vol.

Elle étendit les ailes, fit quelques pas sur ses redoutables ergots et s'éleva sans effort.

Garion s'efforça de l'imiter et tomba le nez, ou plutôt le bec par terre.

Elle revint vers lui d'un battement d'ailes.

— N'oublie pas de te servir de ta queue. C'est en battant des ailes qu'on se maintient en l'air, mais c'est la queue qui donne la direction. Essaie encore.

La seconde tentative fut moins désastreuse. Il fit une bonne cinquantaine de toises avant de rentrer dans un arbre.

— C'était très bien, mon chou. Pense juste à regarder

où tu vas. Allez, remets de l'ordre dans tes plumes et recommence.

Garion secoua la tête pour dissiper le tintement qu'il avait dans les oreilles et les papillons lumineux qui voltigeaient devant ses yeux.

— Ecoute, Tante Pol, il va me falloir des mois pour prendre le coup. Tu ne crois pas que nous aurions aussi vite fait de rentrer à Riva sur l'*Aigle des Mers* ?

— Non, mon chou, décréta-t-elle fermement. Un peu d'exercice et tout ira bien.

Son troisième essai fut nettement plus réussi. Il commençait à piger la façon de coordonner ses ailes et sa queue, mais il n'était pas encore très à l'aise et il brassait beaucoup d'air avec ses serres.

— Ne te débats pas comme ça, Garion, laisse-toi porter.

Ils firent plusieurs fois le tour de la prairie dans la clarté sans ombre de l'aube, puis il suivit Polgara selon une spirale ascendante, régulière. Des colonnes de fumée noire montaient de la ville et des carcasses de navires incendiées, dans le port. En prenant de l'assurance, Garion se sentit envahi par une exaltation farouche. L'air frais qui lui caressait les plumes avait quelque chose d'enivrant. Il s'élevait toujours plus haut, presque sans effort. Au lever du soleil, l'air n'était plus un ennemi pour lui ; il commençait à se faire aux subtils ajustements musculaires nécessaires pour tirer de ses plumes l'efficacité maximale.

Belgarath piqua vers eux, suivi à quelque distance de Durnik.

— Il s'y met ? demanda le faucon à l'œil farouche.

— Il est presque prêt, répondit Polgara.

— Parfait. Qu'il s'exerce encore un petit quart d'heure et nous y allons. J'ai repéré une colonne d'air chaud au-dessus d'un lac, par là. C'est toujours plus facile.

Il vira sur l'aile et s'éloigna selon une vaste parabole.

— Oh, Pol ! c'est vraiment merveilleux ! s'exclama Durnik. J'aurais dû m'y mettre depuis des années.

En entrant dans la colonne d'air qui montait des eaux

chaudes du lac, Garion apprit le secret du vol plané. Plus besoin de battre des ailes, il suffisait de se laisser emporter par le courant. Au fur et à mesure qu'il s'élevait, il voyait diminuer les éléments du paysage, loin en dessous de lui. Jarviksholm ne fut bientôt plus qu'un village de poupée, avec son port et ses vaisseaux miniatures. Sous le soleil, les collines et les forêts se paraient de reflets d'émeraude ; la mer étincelait comme mille saphirs et les cimes enneigées brillaient tels des diamants. Il en avait presque mal aux yeux.

Il entendait ses compagnons échanger les sifflements stridents qui étaient le langage des faucons.

— A quelle altitude sommes-nous, à votre avis ? fit Durnik.

— Plusieurs milliers de pieds, répondit Belgarath.

— Au fond, c'est comme quand on nage ; peu importe la profondeur de l'eau puisqu'on n'utilise que le dessus.

— Je n'y avais jamais songé. Bon, nous devons être assez haut, déclara le sorcier après un coup d'œil à tante Pol. Allez, on va à Riva.

Les quatre compagnons prirent au sud-ouest et, tournant le dos à la côte de Cherek, s'engagèrent sur la Mer des Vents. Ils bénéficièrent pendant un moment d'un vent arrière, puis la brise cessa vers la mi-journée et ils furent livrés à leurs seules forces. Garion avait les épaules en feu et chaque battement d'ailes lui embrasait les muscles de la poitrine, mais il poursuivait avec une obstination farouche. Loin au-dessous de lui, les vagues interminables lui paraissaient réduites par l'altitude et les rayons obliques du soleil pareils à des rides sur une peau cireuse, parcheminée.

Le soleil s'enfonçait dans la mer quand la côte déchiquetée de l'Ile des Vents apparut à l'horizon. Ils longèrent la façade orientale vers le sud et descendirent en spirale vers la Citadelle, ses austères murailles et ses tours grises, élevées vers les cieux telles de muettes prières appelant la protection divine sur Riva.

Un garde qui rêvassait, appuyé sur sa lance, au sommet des remparts, vit avec stupeur quatre faucons tachetés s'abattre sur lui, vaciller et prendre forme humaine.

— Mmm-Majesté, balbutia-t-il, les yeux exorbités, en essayant de s'incliner tout en se cramponnant à sa lance.

— Que s'est-il passé ? demanda Garion.

— Sire, votre fils a été enlevé. Nous avons bloqué toutes les issues de l'île mais nous n'avons pas encore retrouvé le ravisseur.

— Descendons, fit Garion à ses compagnons. Il faut que je parle à Ce'Nedra.

Mais elle n'était évidemment pas en état de parler. Dès que Garion entra dans l'appartement royal, elle se jeta dans ses bras et éclata en sanglots hystériques. Il étreignit son petit corps tremblant tandis qu'elle lui enfonçait ses doigts dans les bras comme si elle ne voulait plus jamais le laisser partir.

— Ce'Nedra, mon tout petit, calme-toi, je t'en prie, l'implora-t-il. Il faut que tu nous dises ce qui s'est passé.

— G-Garion, il a d-disparu, gémit-elle. Q-Quelqu'un est entré d-dans la n-nursery et l'a enlevé !

Elle se remit à pleurer.

Ariana, la blonde épouse de Lelldorin, et Adara, la brune cousine de Garion, les regardaient d'un air navré.

— Pol, vois ce que tu peux faire, murmura Belgarath. Essaie de la calmer. J'aurai à lui parler, tout à l'heure. En attendant, nous allons voir Kail.

— Très bien, Père.

Elle ôta sa cape, la plia soigneusement et la posa sur le dossier d'une chaise, puis elle s'approcha du jeune couple royal et prit doucement la petite reine éplorée des bras de Garion.

— Tout ira bien, Ce'Nedra, dit-elle d'un ton apaisant. Nous sommes là, maintenant. Nous allons nous occuper de tout.

— Oh, Dame Polgara ! s'écria Ce'Nedra en se cramponnant à elle.

— Vous lui avez donné quelque chose ? demanda tante Pol à la blonde Mimbraïque.

— Que non point, ma Dame, répondit-elle. Je crains que dans sa détresse, les calmants n'aient un effet pernicieux.

— Je pourrais jeter un coup d'œil à votre nécessaire ?

— Tout de suite, Dame Polgara.

— Garion, Durnik, venez avec moi, ordonna le sorcier, des reflets d'acier dans le regard. Allons voir Kail et essayons d'y voir un peu plus clair.

Ils le trouvèrent dans le cabinet de son père. Il avait l'air épuisé. Il examinait attentivement une grande carte de l'île étalée sur le bureau, devant lui. Ils se saluèrent brièvement puis le jeune homme leur raconta le peu qu'il savait.

— Ça s'est passé hier matin, avant le lever du soleil. La reine Ce'Nedra était allée voir son fils dans sa chambre, peu après minuit, et tout allait bien. Quelques heures plus tard, il avait disparu.

— Quelles mesures avez-vous prises ? demanda Belgarath.

— J'ai ordonné le blocus de l'île et nous avons fouillé la Citadelle du haut en bas. Celui, quel qu'il soit, qui a enlevé le prince n'est plus dans la forteresse, mais aucun vaisseau n'est arrivé ou reparti depuis que j'ai donné cet ordre, et d'après le capitaine du port, personne n'a pris la mer après minuit, hier. Je ne vois pas comment le ravisseur aurait pu quitter l'Ile des Vents.

— Parfait, approuva Garion, sentant renaître l'espoir.

— En ce moment, des troupes fouillent toutes les maisons de la cité et des navires patrouillent le long des côtes. L'Ile est complètement isolée de l'extérieur.

— Avez-vous lancé des recherches dans les forêts et les montagnes ? s'informa le vieux sorcier.

— Après en avoir fini avec la ville, je pensais isoler la cité et ordonner à la troupe de se déployer dans la campagne environnante.

Belgarath opina du chef et regarda la carte.

— Allons-y sur la pointe des pieds. Evitons de pousser ce voleur d'enfant à la dernière extrémité — pas avant d'avoir retrouvé mon arrière-petit-fils, du moins.

— La vie du prince est notre première préoccupation, décréta fermement Kail en hochant la tête.

C'est alors que Polgara les rejoignit.

— Je lui ai donné quelque chose qui va la faire dormir

et Ariana veille sur elle. Je pense qu'il vaudrait mieux la laisser tranquille et attendre un peu pour l'interroger.

— Tu as sûrement raison, Tante Pol, rétorqua Garion, mais moi, je ne dormirai pas tant que je ne saurai pas ce qui est arrivé à mon fils.

Tôt, le lendemain matin, ils se retrouvèrent chez Kail pour étudier à nouveau la carte. Le jeune roi de Riva s'apprêtait à interroger son ami sur le résultat de ses investigations dans la cité quand la grande épée attachée sur son dos lui flanqua un bon coup dans le dos. Il rajusta distraitement son baudrier, sans quitter des yeux la carte jaunie déployée sur la table, mais elle recommença, encore plus fort.

— Dis donc, Garion, fit Durnik, intrigué, l'Orbe se met-elle souvent à luire comme ça quand tu ne tiens pas l'épée ?

Le jeune roi jeta un coup d'œil par-dessus son épaule. La pierre brillait d'une vive lueur. Il n'eut pas le temps de s'en étonner car une troisième secousse manqua le flanquer par terre.

— Grand-père ! s'exclama-t-il, un peu inquiet.

— Garion, commença Belgarath d'une voix atone en le regardant avec circonspection, ôte l'épée de son fourreau. Je pense que l'Orbe essaie de te dire quelque chose.

Garion passa la main derrière son épaule, dégaina l'immense épée de Poing-de-Fer et, sans réfléchir au côté irrationnel de la chose, parla à la pierre étincelante enchâssée sur le pommeau.

— Je suis occupé, tout de suite. Ça ne peut pas attendre ?

L'Orbe lui répondit d'une traction régulière vers la porte.

— Mais qu'est-ce qui lui prend ? s'écria-t-il, irrité.

— Suivons-la, conseilla le sorcier.

Déconcerté, Garion se laissa entraîner dans le corridor. Il sentait la conscience particulière, cristalline, et la colère prodigieuse de la pierre vivante. C'était la première fois qu'une telle fureur émanait d'elle depuis la terrible nuit où il avait affronté le Dieu mutilé des

Angaraks à Cthol Mishrak. L'épée le tirait toujours plus fortement et il pressa l'allure. Les autres lui emboîtèrent le pas.

— Pourquoi fait-elle ça, Père ? demanda Polgara, intriguée. Je ne l'ai jamais vu agir ainsi.

— Je n'en sais rien, répondit le vieil homme. Enfin, nous verrons bien. Quelque chose me dit que c'est important.

Kail s'arrêta devant une sentinelle postée dans le couloir.

— Allez chercher mes frères, lui ordonna-t-il brièvement, et dites-leur de me rejoindre dans les appartements royaux.

Le garde obtempéra aussitôt.

Garion ouvrit la porte de bois sombre, luisant, de son appartement et suivit l'Orbe à l'intérieur.

La reine Layla mettait une couverture sur Adara qui s'était endormie sur le canapé. Elle leva les yeux, surprise.

— Qu'est-ce que… ? commença-t-elle.

— Chut, Layla, fit Polgara. Il se passe quelque chose que nous ne comprenons pas très bien.

Garion se raidit et entra dans la chambre. La reine Islena et Merel, la femme de Barak, étaient au chevet de Ce'Nedra qui se tournait et se retournait en gémissant dans son sommeil. Ariana somnolait dans un fauteuil, près de la fenêtre. Garion n'eut que le temps de les apercevoir, car l'épée l'attira dans la chambre du bébé. Il éprouva un pincement au cœur en voyant le petit lit vide, puis la grande épée s'immobilisa au-dessus du berceau. La pierre où palpitait la vie s'embrasa et se mit à briller pendant quelques instants d'une lueur intermittente.

— Je commence à comprendre, dit Belgarath. Je n'en jurerais pas, mais je pense qu'elle suit la piste de Geran.

— Elle peut faire ça ? demanda Durnik.

— Elle peut presque tout faire, et elle est totalement dévouée à la lignée de Riva. Laisse-la faire, Garion. Voyons où elle va te mener.

Dans le couloir, ils tombèrent sur les frères de Kail. Verdan, l'aîné, était fort comme un bœuf, et Brin, le cadet, n'avait pas grand-chose à lui envier. Ils étaient en cotte de mailles, casqués, et portaient une lourde épée au côté.

— Nous pensons que l'Orbe tente de nous mener au prince, leur expliqua sobrement Kail. Il se pourrait que nous ayons besoin de vous quand nous le trouverons.

— Alors la tête du ravisseur se retrouvera au bout d'une pique avant le coucher du soleil, déclara Brin avec un grand sourire presque enfantin.

— Pas de précipitation, rétorqua le sorcier. Je voudrais d'abord qu'il réponde à quelques questions.

— Layla, veillez à ce qu'il y ait toujours quelqu'un à côté de Ce'Nedra, demanda tante Pol à la reine de Sendarie qui les avait suivis avec curiosité. Elle se réveillera probablement dans l'après-midi et elle aura peut-être besoin d'Ariana. Laissez-la dormir pour l'instant.

— Comptez sur moi, Polgara.

— Et toi, ajouta-t-elle fermement à l'attention de Mission qui pointait son nez, je veux que tu restes ici et que tu obéisses à Layla.

— Mais...

— Il n'y a pas de mais. Ce que nous avons à faire peut présenter du danger, et c'est un mot que tu ne veux pas comprendre.

— D'accord, fit-il avec un soupir à fendre l'âme.

Entraînés par l'Orbe sur la piste invisible du ravisseur de Geran, Garion et ses compagnons quittèrent la forteresse par une petite porte de côté.

— C'est drôle, commenta le jeune roi de Riva. Je pensais que la piste nous mènerait plutôt dans la ville, et voilà qu'elle nous entraîne vers les montagnes.

— Ne te pose pas de questions, rétorqua Polgara. Contente-toi de suivre l'Orbe.

Ils s'engagèrent dans la prairie qui montait en pente raide derrière la Citadelle, puis dans la forêt de conifères où Garion et Ce'Nedra aimaient tant se promener en été.

— Vous croyez qu'elle sait ce qu'elle fait ? s'inquiéta Garion en jouant des coudes dans le sous-bois broussailleux. Il n'y a pas de sentier. Je ne vois pas qui aurait pu passer par là.

— Elle suit une piste, affirma Belgarath. Avance, va.

Ils progressèrent péniblement dans les fourrés pendant près d'une heure. Une fois, une compagnie de faisans s'envola dans un bruit de tonnerre, juste sous les pieds du roi de Riva. Son cœur se mit à battre la chamade.

— Il faudra que je me souvienne de cet endroit, déclara Brin. La chasse doit y être bonne.

— Nous traquons un autre gibier pour l'instant. Ne te laisse pas distraire de ta mission.

En ressortant des arbres, de l'autre côté de la forêt, Garion leva les yeux vers la prairie jonchée de pierres qui montait en pente raide à flanc de montagne.

— Il y a un col, là-haut ? demanda-t-il.

— A gauche de ce pic, répondit Brin. C'est par là que les bergers emmènent paître leurs troupeaux dans les vallées de l'intérieur. J'y passe quand je vais chasser le cerf.

— Et les bergères, ajouta sèchement Verdan. Mon frère ne chasse pas que du gibier à cornes.

Brin regarda Polgara à la dérobée et s'empourpra légèrement.

— J'ai toujours eu un faible pour les bergères, commenta Belgarath d'un ton suave. Ce sont souvent de gentilles filles compréhensives et qui se sentent bien seules, pas vrai, Brin ?

— Ça suffit, Père, coupa tante Pol.

Il leur fallut presque toute la journée pour franchir le col et traverser les vallées cachées derrière les montagnes. Quand ils arrivèrent à la côte ouest de l'Ile, le soleil semblait posé sur une mer d'étain fondu. Une crête jonchée de blocs de pierre dominait la longue pente rocheuse menant à la falaise sur laquelle se brisaient inlassablement les vagues écumantes.

— Vous pensez qu'un bateau aurait pu mouiller de ce côté ? demanda Garion alors qu'ils s'engageaient dans la descente.

— Il y a bien quelques criques, haleta Kail, tout

essoufflé, en s'épongeant le front avec sa manche. Il faut connaître le coin. C'est difficile et dangereux, mais c'est possible.

Le roi de Riva sentit le cœur lui manquer.

— Il aurait donc pu s'enfuir, dit-il.

— Dès que j'ai eu connaissance de la disparition du prince, j'ai envoyé des vaisseaux de ce côté, reprit Kail avec un ample geste du bras. Pour arriver ici avant eux, il aurait fallu que le ravisseur traverse l'île en volant.

— Alors nous le tenons ! s'exclama impulsivement Brin en dégainant son arme et en fouillant la pente et le haut de la falaise de ses yeux exercés de chasseur.

— Attendez ! fit Durnik d'un ton impérieux en humant le vent du large. Il y a quelqu'un là-bas, devant nous.

— Que dis-tu ? s'écria Garion avec un regain d'excitation.

— J'ai senti une odeur de corps mal lavé.

— Pol, fit Belgarath, le regard intense, si tu jetais un coup d'œil en bas ?

Elle acquiesça d'un hochement de tête et se concentra. Garion sentit et entendit le rugissement familier tandis qu'elle scrutait mentalement la pente apparemment déserte, devant eux.

— Des Cheresques, murmura-t-elle. Ils sont une douzaine, tapis derrière ces rochers, au bord de la falaise. Ils nous ont vu venir et s'apprêtent à nous tendre une embuscade.

— Des Cheresques ? se récria le jeune Brin. Pourquoi nous en voudraient-ils ?

— Ce sont des adeptes du culte de l'Ours. Qui peut comprendre les raisons d'agir de ces enragés ?

— Qu'allons-nous faire ? reprit Brin, un ton plus bas.

— Celui qui tend un guet-apens a l'avantage de la surprise, intervint Verdan, mais quand la victime sait ce qui l'attend, les rôles sont inversés.

Il lorgna la pente d'un air sinistre, son énorme main sur la poignée de son épée.

— Eh bien, descendons comme si de rien n'était et déjouons leur piège ! proposa avidement son frère cadet.

— Qu'en pensez-vous, Vénérable Belgarath ? demanda Kail. Nous avons un atout majeur. Ils croient nous surprendre, mais c'est eux qui vont être surpris. Nous pourrions en clouer la moitié au sol avant qu'ils aient compris leur erreur.

— En temps normal, je m'y refuserais. Ces escarmouches n'apportent jamais rien de bon. Mais la nuit ne va pas tarder, continua le vieux sorcier avec un coup d'œil au soleil qui s'enfonçait dans la mer. Geran est-il dans les parages ? ajouta-t-il en regardant Polgara.

— Non. Je ne le vois pas.

— Si nous tournons casaque sans leur régler leur compte, reprit le sorcier en se grattant la barbe, les Cheresques vont nous suivre, et je n'aimerais vraiment pas les avoir sur le dos, surtout dans le noir. Je crois que nous allons être obligés d'y passer, conclut-il avec un sourire qui lui donna vraiment des airs de vieux loup.

— Garde-m'en tout de même quelques-uns, recommanda Polgara. J'ai deux ou trois questions à leur poser. Et vous, jeunes gens, tâchez de ne pas vous faire amocher. Je n'ai pas envie de faire de pansements, aujourd'hui.

— Dame Polgara, il n'y aura pas de plaies à panser, promit Brin avec allégresse. Des cadavres à enterrer, peut-être, mais pas de blessés.

— Ah, ces Aloriens, soupira-t-elle en levant les yeux au ciel.

L'embuscade ne tourna pas du tout comme l'avaient prévu les adorateurs de l'Ours. Un Cheresque bondit sur Garion, rencontra son épée flamboyante et retomba sur l'herbe inondée de son sang où il se tortilla longtemps en hurlant. Kail fendit froidement la tête de l'homme vêtu de peaux de bêtes qui le chargeait tandis que ses frères se jetaient sur leurs assaillants stupéfaits et les débitaient en morceaux, sauvagement mais méthodiquement.

L'un des adeptes bondit sur un rocher, banda son arc et visa Garion, mais Belgarath esquissa un geste de la main gauche, l'archer effectua un saut périlleux arrière qui le fit passer par-dessus le bord de la falaise toute proche et sa flèche partit en l'air pendant qu'il s'abattait en hurlant dans les brisants, cinq cents pieds plus bas.

— N'oubliez pas que j'en veux quelques-uns vivants ! leur rappela âprement Polgara en voyant le carnage échapper à tout contrôle.

Kail acquiesça d'un grognement en parant le coup d'estoc d'un Cheresque désespéré. Son poing gauche décrivit une parabole et fracassa la tête de l'homme qui tournoya sur lui-même avant de s'écrouler.

Durnik, qui maniait son arme favorite — un solide gourdin de trois pieds de long —, désarma habilement l'un des adeptes et lui en flanqua un bon coup sur le crâne. Les yeux de l'homme devinrent vitreux et il tomba mollement à terre. Belgarath choisit un sujet approprié à son projet et l'éleva à une cinquantaine de pieds au-dessus du sol. L'homme parut d'abord inconscient de ce qui lui arrivait et continua à décrire des moulinets dans le vide avec son épée.

Le combat cessa bientôt, faute de combattants. Les derniers rayons du soleil couchant se mêlaient à l'écarlate du sang répandu sur l'herbe, près de la falaise. Le sol était jonché d'épées rompues et de peaux d'ours tachées de rouge.

— Je ne sais pas pourquoi, mais je me sens mieux, déclara Garion en essuyant son épée sur la dépouille d'un adepte.

Il remarqua que l'Orbe paraissait elle aussi embrasée d'une sorte de farouche satisfaction.

Polgara inspectait froidement les deux survivants inconscients en relevant la paupière de leur œil vitreux.

— Ils ne sont pas près de se réveiller... Apporte-moi le tien, Père, dit-elle en indiquant l'homme suspendu dans le vide. En un seul morceau, si possible, je voudrais l'interroger.

— Bien sûr, Pol, fit le sorcier avec un sourire qui lui allait d'une oreille à l'autre.

— Je me demande si tu seras adulte un jour.

— Enfin, Pol ! Est-ce que c'est comme ça qu'on parle à son vieux père ?

L'adepte en lévitation avait fini par comprendre ce qui se passait et lâché son épée. Il se tortillait frénétiquement, l'air affolé et les yeux exorbités. Quand Belgarath le reposa à terre, il s'effondra aussitôt, monticule agité de soubresauts. Le vieux sorcier l'empoigna fermement par le devant de sa tunique et l'obligea à se redresser.

— Tu sais qui je suis ? gronda-t-il en le regardant sous le nez.

— Vous... Je... bredouilla le captif en se recroquevillant.

— Alors ? fit Belgarath d'une voix qui claqua comme un coup de fouet.

— Oui, hoqueta l'homme.

— Tu sais que si tu essaies de fuir, je te suspendrai à nouveau en l'air et je te laisserai là. Tu sais que je le ferai, hein ?

— Oui.

— Ce ne sera pas nécessaire, Père, lâcha froidement Polgara. Il sera très coopératif, j'en suis sûre.

— Je ne dirai rien, Sorcière ! hurla le captif en roulant des yeux affolés.

— Oh si, mon ami, annonça-t-elle avec un sourire glacial. Vous parlerez. Vous parlerez pendant des semaines s'il le faut. Regardez bien, poursuivit-elle d'un ton implacable en esquissant un petit geste de la main gauche. N'en perdez pas une miette, surtout.

L'homme fixa un point dans le vide, juste devant lui. Il blêmit sous sa barbe, ses yeux lui sortirent de la tête, il poussa un hurlement d'horreur et recula, les jambes flageolantes. Polgara fit un geste comme pour le retenir, et il s'immobilisa aussitôt.

— On ne fuit pas devant *ça*, dit-elle. Et ce sera toujours devant vos yeux, jusqu'au jour de votre mort, à moins que vous n'acceptiez de parler, et tout de suite.

— Faites-le partir ! implora-t-il dans un cri démentiel, insensé. Faites-le partir, je vous en prie, je vous en supplie ! Je ferai tout ce que vous voulez ! tout !

— Je me demande où elle a appris ce tour-là, murmura Belgarath. Je n'y suis jamais arrivé. Et pourtant j'ai essayé.

— Tu peux l'interroger, Garion. Il sait ce qui l'attend s'il refuse de parler.

— Où est mon fils ? Qu'en avez-vous fait ? hurla Garion.

Le prisonnier déglutit péniblement et se redressa d'un air de défi.

— Il est quelque part où, tout Roi de Riva que vous soyez, vous ne pourrez le retrouver.

L'intéressé sentit refluer sa colère et tendit machinalement la main vers son épaule pour prendre son épée.

— Garion ! lança sèchement Polgara.

L'homme recula en grimaçant de terreur, le visage livide.

— Votre fils est en vie, reprit-il en hâte. Mais la prochaine fois que vous le verrez, ajouta-t-il d'un ton suffisant, il vous tuera.

— Qu'est-ce que vous racontez ?

— Ulfgar a consulté les oracles. Vous n'êtes pas le roi de Riva que nous attendons depuis tant de siècles. Mais le prochain roi de Riva réunifiera l'Alorie et nous mènera contre les Etats du Sud. C'est votre fils, Belgarion, qui nous dirigera parce qu'il aura été élevé dans nos croyances.

— Où est mon fils ? lui hurla-t-il en pleine face.

— A un endroit où vous ne le retrouverez jamais. Nous l'élèverons et le nourrirons dans la vraie foi, comme il convient à un monarque alorien. Et quand il sera grand, il viendra vous tuer et vous reprendre sa couronne, son épée et son Orbe ! beugla l'homme, les yeux hors de la face, le corps agité de tremblements spasmodiques et la bouche écumante. Vous n'êtes qu'un usurpateur, Belgarion de Riva, vous mourrez de la main de votre propre fils et le roi Geran mènera tous les Aloriens contre les mécréants du Sud, ainsi que l'avait ordonné Belar !

— Nous n'arriverons à rien comme ça, déclara Belgarath. Je vais essayer. Que savez-vous de cet Ulfgar ? fit-il en se tournant vers le captif qui semblait en proie à une sorte d'extase religieuse.

— Ulfgar est le Seigneur de l'Ours et il est infiniment plus puissant que toi, vieillard !

— Intéressante notion, murmura Belgarath. Avez-vous jamais rencontré ce maître sorcier, l'avez-vous seulement vu ?

— Eh bien... tergiversa le captif.

— C'est bien ce que je pensais. Alors, qui vous a dit de venir ici enlever le fils de Belgarion ?

Le captif se mordit les lèvres.

— Réponds !

— Il m'a envoyé un messager, balbutia l'homme d'un ton morne.

Une soudaine pensée traversa l'esprit de Garion.

— Est-ce votre Ulfgar qui a commandité l'attentat contre ma femme ? questionna-t-il.

— Votre femme ! railla le fanatique. Jamais un véritable Alorien n'aurait pris une bâtarde tolnedraine pour femme ! Vous, l'héritier de Poing-de-Fer, auriez dû le savoir mieux que tout autre. C'est bien nous qui avons tenté de tuer la putain tolnedraine. C'était le seul moyen de débarrasser l'Alorie de l'infection que vous y aviez amenée.

— L'ami, vous commencez à m'irriter, et c'est une chose que je ne conseille à personne, fit Garion d'un ton sinistre.

— Revenons-en à ce messager, reprit Belgarath. Vous dites que le bébé est à un endroit où nous ne le retrouverons jamais, mais vous, vous êtes encore ici, n'est-ce pas ? Se pourrait-il que le messager ait été le véritable ravisseur et que vous ne soyez que de vulgaires comparses ?

L'adepte roula des yeux fous comme un animal pris au piège et se mit à trembler de tous ses membres.

— Je pense que nous abordons un sujet que notre ami préférerait éviter, commenta Belgarath d'un ton persifleur.

Ce fut comme si le prisonnier avait reçu un coup de poing ou comme si une main avait pénétré dans son crâne pour lui malaxer, lui broyer le cerveau. Il poussa un hurlement strident, jeta un regard pathétique au vieux sorcier, tournoya sur lui-même, fit trois pas en courant et se jeta par-dessus le bord de la falaise.

— Essayez donc de m'interroger, maintenant ! hurla l'homme en plongeant dans le crépuscule et les eaux noires, tumultueuses, qui s'écrasaient sur les récifs au pied de la falaise.

Et son rire démentiel alla en s'estompant tandis qu'il s'abîmait dans le gouffre.

Tante Pol se précipitait vers le bord de la falaise quand Belgarath l'arrêta au passage.

— Laisse-le partir, Pol. Ce ne serait pas un service à lui rendre que de le sauver maintenant. On lui a fourré dans le crâne une injonction qui lui a fait perdre ses dernières bribes de raison quand on lui a posé une question précise.

— Qui a bien pu faire ça ?

— Je n'en sais rien, mais je vais tout faire pour le savoir.

Le rire strident monta encore un moment vers eux, de plus en plus assourdi, puis il s'interrompit brutalement, loin, très loin en dessous d'eux.

CHAPITRE XXI

Deux jours après le combat sur les falaises, une tempête d'été aussi soudaine que violente s'était abattue sur la Mer du Ponant, et des vents furieux, charriant des trombes d'eau, se déchaînaient sur l'Ile des Vents. Les compagnons de Garion étaient rentrés ce matin-là avec l'*Aigle des Mers*.

— Où menait la piste, au bout du compte ? demanda Javelin.

Le chef des services secrets drasniens avait répandu sa grande carcasse osseuse dans un fauteuil et tapotait machinalement le bout de ses doigts les uns contre les autres en regardant la pluie crépiter sur les vitres.

— Juste au bord de l'eau, dans une petite crique abritée, répondit le jeune roi de Riva.

— On peut donc considérer que le ravisseur a réussi à s'enfuir. De justesse, mais il pouvait tabler sur le fait que les matelots en patrouille le long de la côte n'aient d'yeux que pour la terre ferme et ne se méfient pas d'un navire qui avait pris le large bien avant leur arrivée.

— Je ne comprends pas pourquoi ces énergumènes sont restés en arrière, fit Barak en rangeant une brassée de bûches dans la vaste cheminée.Ça ne rime à rien.

— Ce sont des adeptes du culte de l'Ours, rétorqua Silk. Il ne faut pas chercher de logique dans leur comportement.

— J'en vois tout de même une, hasarda le comte de Seline. Si celui que vous avez interrogé a dit vrai, cet

Ulfgar a déclaré la guerre à Belgarion. Le rôle de ces hommes était peut-être de l'envoyer sur une fausse piste. Il était prévisible qu'il finirait par tomber sur eux.

— Cette histoire ne sonne pas juste, objecta Javelin en se rembrunissant. Laissez-moi réfléchir un peu.

— Nous nous inquiéterons de leurs motifs plus tard, intervint Garion. Le plus urgent c'est de trouver où ils ont pu emmener mon fils.

— Sans doute à Rhéon, suggéra Anheg. Jarviksholm étant détruite, ils n'ont plus d'autre place forte.

— Ce n'est pas certain, releva la reine Porenn. Le projet d'enlèvement du prince Geran était manifestement préparé de longue date et la semaine dernière Jarviksholm était encore debout. Les ravisseurs ignoraient probablement que la ville était tombée. Nous ne pouvons pas éliminer l'hypothèse que le prince ait été emmené à Cherek.

Anheg se leva et commença à faire les cent pas.

— Là, elle n'a pas tort, admit-il enfin d'un ton funèbre. Ces voleurs d'enfant étaient des Cheresques, après tout. Ils ont pu essayer de l'emmener à Jarviksholm et repartir en voyant que la cité était rasée. Il se pourrait que nous les retrouvions terrés dans un petit village de pêcheurs quelque part sur la côte.

— Alors, qu'allons-nous faire ? demanda Garion, désemparé.

— Nous allons nous répartir la tâche, répondit le roi Cho-Hag de sa voix calme. Anheg va battre le rappel et fouiller tous les villages et toutes les fermes de Cherek pendant que nous irons à Rhéon voir ce que ces gens-là ont dans le ventre.

— Le seul problème, rétorqua Anheg, c'est qu'un bébé est un bébé. Comment mes hommes reconnaîtront-ils le fils de Garion s'ils le retrouvent ?

— Ça, Anheg, ce n'est pas un problème, répondit Polgara qui sirotait une tasse de thé, confortablement installée près du feu. Garion, montre-leur ta main.

Le jeune homme leva la main droite de sorte que tous voient la marque argentée qu'il avait dans la paume.

— J'oubliais ça, grommela le roi de Cherek. Le prince Geran aurait-il la même marque ?

— Tous les héritiers du trône de Riva ont cette marque dans la paume de la main, confirma la sorcière. Il en est ainsi depuis la naissance du premier fils de Poing-de-Fer.

— Très bien. Mes hommes sauront quoi chercher, mais vous ? aurez-vous assez d'hommes pour prendre Rhéon ? Avec tous ces adeptes algarois et drasniens, c'est une véritable armée qu'Ulfgar a réunie là-bas.

Le général Brendig s'approcha de l'immense carte murale.

— En partant tout de suite pour Sendar, d'ici quelques jours j'aurai rassemblé une armée de bonne taille et en une semaine de marche forcée nous devrions être à Darine.

— Je ferai en sorte que des navires vous y attendent pour vous transporter jusqu'à Boktor, proposa Anheg.

— Et moi, je vais rassembler les clans du Sud, annonça Hettar. Nous irons directement à Rhéon.

Garion cessa un instant d'examiner la carte pour se tourner vers le roi de Cherek.

— Anheg, si vos vaisseaux pouvaient nous déposer, mes hommes et moi, à Boktor où sont stationnés les hallebardiers drasniens, nous pourrions commencer à marcher sur Rhéon pendant que vos navires retourneraient à Darine chercher Brendig.

— Ça nous ferait gagner du temps, acquiesça le général manchot.

— Avec les Riviens et les Drasniens, vous devriez être assez nombreux pour encercler Rhéon, commenta Silk. Vous ne pourrez peut-être pas prendre la ville, mais vous devriez arriver à empêcher n'importe qui d'y entrer ou d'en sortir. Puis vous n'aurez plus qu'à attendre Brendig et Hettar. Une fois qu'ils vous auront rejoints, vous aurez une force écrasante.

— Ça paraît être un bon plan, approuva Barak.

— Sitôt parvenus devant cette cité fortifiée des landes de Drasnie orientale, déclara Mandorallen en se levant à son tour, j'entreprendrai à l'aide d'engins de siège et par moult autres moyens d'affaiblir les murailles afin qu'elles nous offrent une moindre résistance lors de l'assaut final. Rhéon tombera, et d'une prompte et terrible justice nous frapperons ce mécréant d'Ulfgar.

— Pas trop prompte, j'espère, murmura Hettar. Je pensais plutôt à quelque chose d'assez prolongé.

— Il sera temps d'y réfléchir quand nous aurons mis la main dessus, gronda Barak.

La porte s'ouvrit et Ce'Nedra entra, pâle et défaite, accompagnée par la reine Layla et toutes ces dames.

— Que faites-vous là ? s'exclama-t-elle. Vous n'êtes pas encore partis retourner le monde pierre par pierre pour retrouver mon bébé ?

— Là, Ce'Nedra, tu es un peu injuste, la gourmanda gentiment Garion.

— Je n'ai jamais prétendu être juste. Je veux mon bébé.

— Moi aussi, mais courir dans tous les sens ne nous mènerait pas à grand-chose.

— Je lèverai une armée moi-même, s'il le faut, déclara-t-elle avec emportement. Je l'ai déjà fait et je n'hésiterai pas à le refaire.

— Et où la mèneriez-vous, mon chou ? demanda Polgara.

— A l'endroit où ils ont emmené mon bébé.

— Et où croyez-vous qu'il soit ? Si vous savez quelque chose que nous ignorons, vous devez nous le dire.

Ce'Nedra la regarda d'un air éperdu, les yeux pleins de larmes. Adara et Nerina l'aidèrent à s'installer près de la table du conseil.

— J'ai l'impression de passer à côté de quelque chose, marmonna Belgarath qui n'avait pas dit un mot jusque-là.

Il était vautré dans un grand fauteuil près de la fenêtre et regardait l'orage en ruminant.

— Que dites-vous ? demanda Anheg en ôtant sa couronne ébréchée et en la flanquant sur la table.

— Je disais que j'ai l'impression de passer à côté de quelque chose, répéta le vieil homme. Anheg, vous avez une belle bibliothèque, si je me souviens bien ?

— Elle ne vaut peut-être pas la bibliothèque universitaire de Tol Honeth, répondit le roi de Cherek en se grattant la tête, mais j'ai la plupart des ouvrages importants de ce monde.

— Comment votre collection se situe-t-elle en ce qui concerne les mystères ?

— Les quoi ?

— Les prophéties. Pas les Codex mrin ou darin mais les autres : les Gospels des Sibylles de Kell, les Prophéties grolimes de Rak Cthol, les Oracles ashabènes...

— Celui-là, je l'ai — le truc ashabène. J'ai mis la main dessus il y a une douzaine d'années.

— Je pense que je ferais bien d'aller au Val d'Alorie y jeter un coup d'œil.

— Enfin, Grand-père, ce n'est pas le moment de partir en vadrouille, objecta Garion.

— Ecoute, nous savons que ce qui se passe n'est pas une simple révolte fomentée par une poignée de fanatiques religieux. Le passage que tu as trouvé dans le Codex mrin est sans ambiguïté. Ça m'a appris à m'intéresser aux mystères, et je pense que si je n'approfondis pas la question, nous risquons fort de le regretter. Anheg, où est votre exemplaire des Oracles ashabènes ?

— Dans la bibliothèque, sur l'étagère du haut. Je l'avais mis au rancart parce que je n'y comprenais rien ; je me réservais d'y revenir un jour. Oh, à propos, il y a un exemplaire des Gospels de Mallorée au monastère de Mar Terrin. Le bouquin des Sibylles de Kell — c'est bien l'un des ouvrages que vous vouliez consulter, non ? ajouta-t-il en voyant le vieux sorcier encaisser le coup.

— Comment pouvez-vous savoir ce qu'il y a dans la bibliothèque de Mar Terrin ?

— J'en ai entendu parler il y a quelques années. J'ai des rabatteurs de livres rares dans tous les coins. Bref, j'ai fait une proposition assez généreuse aux moines, mais les négociations ont échoué.

— Anheg, vous êtes vraiment une mine d'informations. Vous voyez autre chose ?

— J'ai bien peur de ne pas pouvoir vous aider pour les Prophéties grolimes de Rak Cthol. Il n'en existait qu'un seul exemplaire à ma connaissance, et il était dans la bibliothèque de Ctuchik. Il a dû être enfoui quand vous avez fait dégringoler Rak Cthol de son perchoir, mais vous pourriez peut-être le déterrer.

— Merci, Anheg, fit sèchement Belgarath. Vous n'avez pas idée à quel point j'apprécie votre aide.

— Je n'en crois pas mes oreilles, tempêta Ce'Nedra. On a enlevé Geran, votre arrière-petit-fils, et au lieu d'essayer de le retrouver, vous partez en quête de je ne sais quels obscurs manuscrits !

— Je n'oublie pas votre enfant, Ce'Nedra. Je le cherche par d'autres moyens, voilà tout. Vous êtes encore très jeune et vous ne songez qu'à votre bébé disparu, ajouta-t-il avec un regard compatissant. Mais il y a deux réalités parallèles. Garion suivra la trace de votre fils dans celle-ci et moi dans l'autre. Ainsi, nous aurons exploré toutes les pistes.

Elle le regarda un instant puis elle enfouit son visage dans ses mains et se mit à pleurer. Garion s'approcha d'elle et la serra tendrement contre lui.

— Ce'Nedra, mon tout petit, dit-il d'un ton apaisant. Ça va aller, tu verras.

— Comment est-ce que ça pourrait aller bien ? fit-elle d'une voix entrecoupée de sanglots. Oh, Garion, j'ai peur pour mon bébé. Rien ne sera plus jamais comme avant.

Mandorallen se dressa devant elle, les yeux embués de larmes.

— Aussi vrai, doulce Ce'Nedra, que je suis Ton chevalier et Ton champion, je jure sur mon âme que l'infâme Ulfgar ne verra point le prochain été.

— Je crois que nous avons fait le tour de la question, murmura Hettar. Qu'attendons-nous pour aller à Rhéon, clouer cet Ulfgar à un poteau avec de longs clous très pointus ?

— Je trouve, Cho-Hag, que votre fils a une vision très saine des problèmes, observa Anheg.

— Il illumine le crépuscule de ma vie, déclara fièrement Cho-Hag.

La discussion avec Ce'Nedra commença dès qu'ils eurent regagné leurs appartements. Garion commença par la raisonner puis il tenta de la supplier et il en arriva finalement aux ordres et aux menaces.

— Tu peux dire ce que tu veux, Garion, tu ne m'empêcheras pas d'aller à Rhéon.

— Tu n'iras pas !

— Si !

— Je te ferai enfermer dans ta chambre !

— Dès que tu auras tourné les talons, j'ordonnerai qu'on m'ouvre ou je démolirai la porte mais je serai sur le premier bateau en partance.

— C'est beaucoup trop dangereux.

— Et à Thull Mardu, et à Cthol Mishrak ? Je n'ai pas flanché, que je sache. Avec ou sans toi, Garion, j'irai à Rhéon. J'irai chercher mon bébé, même si je dois démonter les murailles de la ville pierre par pierre avec mes mains.

— Ce'Nedra, je t'en prie !

— Non ! s'exclama-t-elle en tapant du pied. Quoi que tu dises, quoi que tu fasses, j'irai à Rhéon.

— Ah, les femmes ! fit-il en levant les bras au ciel.

Dès l'aube, la flotte levait l'ancre et quittait le port. La mer était mauvaise. La tempête avait abandonné derrière elle des nuages d'un gris sale, et la pluie se mêlait aux embruns.

— Si on m'avait dit que j'allais être obligé de remettre ça… marmonna Garion d'un ton morose.

Il tenait compagnie à Barak qui barrait l'*Aigle des Mers*.

— Moi, ça m'est égal de prendre la mer par gros temps, fit le grand Cheresque, la barbe ébouriffée par le vent.

— Ce n'est pas ce que je voulais dire. Je pensais qu'après la mort de Torak j'aurais un peu la paix.

— Un vrai coup de pot.

— Tu te crois drôle ?

— Tout ce qu'on récolte en temps de paix, c'est un bide comme ça et des toiles d'araignée plein le crâne, répondit sagement le grand gaillard. Parle-moi plutôt d'une gentille petite guerre de temps en temps…

Quand ils furent à quelques lieues au large, un certain nombre de vaisseaux se détachèrent du gros de la flotte et firent voile vers l'est. Ils ramenaient à Sendar le roi Fulrach, le général Brendig, le comte de Seline et la reine Layla, que Polgara avait pris la précaution d'abrutir à l'aide de ces remèdes dont elle avait le secret.

— J'espère que Brendig arrivera à Darine à temps, marmonna Anheg, accoudé au bastingage. J'aurai vraiment besoin de ces vaisseaux pour mes investigations.

— Par où pensez-vous commencer ? s'enquit la reine Porenn.

— Si les ravisseurs du prince Geran se sont réfugiés à Cherek, ça ne peut être que dans un des bastions du culte, et le culte est surtout concentré sur la côte occidentale. Je commencerai par là avant de rentrer dans les terres.

— Cette stratégie me paraît raisonnable. Vous déploierez donc vos troupes pour passer la région au peigne fin.

— Ecoutez, Porenn, fit-il d'un ton chagrin, je vous aime comme une sœur mais je vous conjure de ne pas employer de jargon militaire avec moi. Ça me fait grincer des dents d'entendre ce genre de langage dans la bouche d'une femme.

Le passage de la Barre de Cherek les retarda pendant deux jours. Greldik et quelques têtes brûlées ne demandaient qu'à braver le Maelström par le vilain temps qui avait succédé à la tempête, mais la raison prévalut.

— La mer va bien finir par se calmer, hurla Barak par-dessus le bastingage. Rhéon ne va pas s'en aller. A quoi bon perdre des navires si nous pouvons faire autrement ?

— Hé, Barak ! beugla Greldik en retour, j'ai l'impression d'entendre parler ma grand-mère !

— Anheg m'a dit la même chose juste devant Jarviksholm.

— C'est un roi avisé.

— Ce n'est pas son bâtiment.

Quand ils eurent passé la Barre et furent dans les eaux plus calmes du golfe de Cherek, le roi Anheg mit le cap au nord, vers le Val d'Alorie, avec une partie de la flotte. Avant de monter à bord d'un des vaisseaux d'Anheg, Belgarath s'entretint un moment avec Garion et Polgara.

— Dès que j'en aurai fini au Val d'Alorie, je descendrai à Mar Terrin, annonça-t-il. Si vous arrivez à Rhéon avant moi, faites bien attention. Les adorateurs de l'Ours sont de vrais enragés, et c'est à toi, Garion, qu'ils ont déclaré la guerre.

— Je veillerai sur lui, assura Polgara.

— Enfin, Tante Pol, je suis assez grand pour m'occuper de moi tout seul.

— Bien sûr, mon chou, mais tu sais ce que c'est : chassez le naturel, il revient au galop.

— Quand comprendras-tu que je ne suis plus un gamin ?

— Nous en reparlerons d'ici un millier d'années.

Il poussa un gros soupir.

— Tante Pol, dit-il en souriant, je t'aime.

— Oui, mon chou, je sais, répondit-elle en lui tapotant la joue. Moi aussi je t'aime.

A Kotu, le vaisseau qui transportait Hettar, sa femme et ses parents mit le cap vers le sud et le Gué d'Aldur.

— Rendez-vous à Rhéon dans trois semaines, brailla l'Algarois en direction de l'*Aigle des Mers*. Et ne finissez pas tous ces forcenés. Gardez-m'en quelques-uns.

— Promis, mais ne traînez pas trop, fit allègrement Lelldorin.

— Il n'y en a pas un pour racheter l'autre, murmura Polgara.

— Et si les Arendais et les Aloriens étaient de la même race, au fond ? risqua Ce'Nedra.

Tante Pol lui répondit d'un éclat de rire et considéra les quais de Kotu d'un air réprobateur.

— Venez, mon chou, fit-elle en fronçant le nez. Descendons dans la cabine. Les ports sentent toujours affreusement mauvais.

La flotte traversa Kotu et remonta à la force des rames la Mrin qui serpentait nonchalamment dans la bourbe verte des marécages. Planté à la proue de l'*Aigle des*

Mers, Garion regardait sans les voir les roseaux et les arbustes grisâtres qui défilaient le long du bâtiment.

— Ah, Garion, vous êtes là, fit la reine Porenn en s'approchant de lui. J'avais envie de vous parler un peu.

— Avec plaisir.

Le courage et l'abnégation de cette petite femme blonde. lui inspiraient une affection et un soutien sans réserve.

— J'ai l'intention de laisser Kheva au palais, à Boktor. Je doute que ça lui plaise, mais je le trouve un peu jeune pour faire la guerre. Pourriez-vous le raisonner s'il se butait ?

— Moi ?

— Vous êtes roi des rois du Ponant. Je ne suis que sa mère.

— Le roi des rois du Ponant craint fort de ne pas être à la hauteur de son titre ronflant, fit-il en se tiraillant distraitement l'oreille. Et si j'essayais de convaincre Ce'Nedra de rester à Boktor ? reprit-il d'un ton rêveur.

— Ça, c'est une autre affaire. Kheva reconnaîtra peut-être votre autorité, mais Ce'Nedra vous considère comme son mari.

— C'est juste, admit-il avec une grimace. Enfin, je peux toujours essayer. Jusqu'où le fleuve est-il navigable ?

— La Mrin supérieure rencontre une série de bancs de sable et de gravier, une vingtaine de lieues après Boktor. Nous pourrions porter les vaisseaux, bien sûr, mais ça ne nous avancerait pas beaucoup parce qu'il y a une autre zone de hauts-fonds dix lieues plus loin, après quoi on tombe sur des rapides. Nous perdrions beaucoup de temps à sortir les navires de l'eau et à les remettre à flot.

— Nous aurions peut-être aussi vite fait de mettre pied à terre dès les premiers bas-fonds ?

— Il faudra plusieurs jours à mes généraux pour rassembler la troupe, le matériel et le ravitaillement, approuva-t-elle. Je leur ordonnerai de nous rejoindre le plus vite possible, après quoi nous pourrons partir pour Rhéon et mettre le siège devant la ville en attendant l'arrivée de Brendig et de Hettar.

— Vous savez, Porenn, que vous êtes très bonne à ce jeu-là ?

— Rhodar était un grand maître, fit-elle avec un sourire mélancolique.

— Vous l'aimiez beaucoup, n'est-ce pas ?

— Plus que vous ne pouvez imaginer, soupira-t-elle.

Ils arrivèrent à Boktor le lendemain après-midi. Garion et Silk accompagnèrent au palais la reine Porenn et son fils, un peu morose. Sitôt arrivée, Porenn envoya un messager au quartier général de l'armée.

— Que diriez-vous, Messieurs, de prendre le thé en attendant ? proposa la petite reine blonde aux trois hommes confortablement installés dans une vaste pièce aux tentures de velours rouge.

— Seulement si vous n'avez rien de plus sérieux, répondit Silk avec un sourire impudent.

— Vous ne trouvez pas qu'il est encore un peu tôt ? insinua-t-elle d'un ton réprobateur.

— Ma chère petite tante, il n'est jamais trop tôt pour un Alorien.

— Je vous en prie, Kheldar, ne m'appelez pas comme ça. J'ai l'impression d'être une antiquité !

— Mais c'est ce que vous êtes, Porenn. Ma chère petite tante, veux-je dire, pas une antiquité, bien sûr.

— Vous ne pouvez pas être sérieux une minute ?

— Pas si je peux faire autrement.

Elle poussa un soupir et laissa échapper un petit rire argentin.

Un quart d'heure plus tard, un homme rougeaud, corpulent, faisait son entrée.

— Votre Majesté m'a envoyé chercher ? commença-t-il avec une courbette respectueuse.

— Ah, Général Haldar, répondit-elle. Vous connaissez Sa Majesté Belgarion, roi de Riva ?

— Nous nous sommes rencontrés brièvement, Ma Dame, aux obsèques de votre défunt époux. Majesté, fit-il en s'inclinant cérémonieusement devant Garion.

— Général.

— Vous connaissez le Prince Kheldar, bien sûr.

— Bien sûr, acquiesça le général. Votre Altesse.

— Général, fit Silk en le regardant attentivement. Mais on dirait une nouvelle décoration, dites-moi ?

Le grand gaillard rubicond balaya d'un geste méprisant la constellation d'étoiles et de médailles qui étincelait sur son uniforme orange un peu voyant.

— Que voulez-vous que fassent les généraux en temps de paix, sinon échanger des médailles ?

— J'ai peur, Général Haldar, que la trêve ait pris fin, reprit assez fraîchement Porenn. Vous savez sans doute ce qui s'est passé à Jarviksholm, au royaume de Cherek ?

— Oui, Majesté. C'était une campagne rondement menée.

— Eh bien, nous comptons réserver le même sort à Rhéon. Le culte de l'Ours a enlevé le fils du roi Belgarion.

— Enlevé ? répéta Haldar, incrédule.

— J'en ai bien peur. Je pense que le moment est venu de mettre fin aux méfaits du culte et c'est dans ce but que nous faisons mouvement vers Rhéon. Nous avons au port des bâtiments chargés de Riviens. Demain, nous remonterons la Mrin jusqu'aux hauts-fonds puis nous marcherons sur Rhéon. Je voudrais que vous rassembliez vos hommes et que vous nous suiviez le plus vite possible.

Haldar fronçait le sourcil comme si cette nouvelle le troublait.

— Vous êtes sûr, Majesté, que le Prince de Riva n'a pas été tué mais bien enlevé ?

— Absolument, répondit Garion. C'est un enlèvement.

— Ça n'a pas de sens, marmonna-t-il en arpentant la pièce, en proie à une vive agitation.

— Vous avez compris vos instructions ? demanda Porenn.

— Que... ? Oh, oui, Majesté. Je dois réunir mes hommes et rattraper le roi Belgarion et ses Riviens avant qu'ils n'arrivent à Rhéon.

— Exactement. Nous mettrons le siège devant la ville en attendant l'arrivée du reste de nos forces : des Algarois et des régiments sendariens.

— Majesté, je pars à l'instant, déclara-t-il, l'air égaré et le front plissé par une étrange préoccupation.

— Il y a quelque chose qui ne va pas, Général ?

— Comment ? Non, non, Majesté. Je vais à l'instant au quartier général donner les ordres nécessaires.

— Merci, Général Haldar. Ce sera tout.

— Il y a quelque chose qui ne lui a pas plu, observa Silk après son départ.

— Bien des choses nous ont déplu à nous aussi, ces temps derniers, rétorqua Garion.

— Ce n'était pas pareil, marmonna le petit Drasnien. Excusez-moi un instant. J'ai quelques questions à poser par-ci, par-là.

Il se leva et sortit en douce.

Tôt, le lendemain matin, la flotte leva l'ancre et repartit lentement sous un beau soleil. Puis, vers midi, un lourd couvercle nuageux venu du golfe de Cherek s'appesantit sur la lande drasnienne, la faisant paraître grise et morne.

— Pourvu qu'il ne pleuve pas, grommela Barak. Je déteste patauger dans la boue quand je cours au combat.

Les hauts-fonds de la Mrin étaient un endroit où le fleuve s'élargissait et murmurait sur des bancs de gravier.

— Vous n'avez jamais envisagé de draguer la rivière ? s'étonna Garion.

— Surtout pas, répondit la reine de Drasnie. Le fait que la Mrin ne soit pas navigable au-delà de ce point fait mon jeu. Dans l'état actuel des choses, je contrôle la route des caravanes du nord, et j'ai besoin de ces revenus. Je ne tiens pas à ce que les commerçants tolnedrains évitent Boktor. Ne le prenez pas en mauvaise part, Ce'Nedra, ajouta-t-elle avec un sourire bienveillant, mais vos compatriotes seraient trop heureux d'économiser quelques taxes.

— Je vous comprends, affirma Ce'Nedra. J'en ferais tout autant à votre place.

Ils échouèrent la flotte sur la rive nord du fleuve et Garion fit débarquer ses hommes pendant que Barak donnait ses dernières instructions à son ami Greldik.

— Tu ramènes les navires en aval, jusqu'à Darine, vu ?

— Vu. Et je ramène Brendig et ses gars d'ici huit jours.

— Parfait. Qu'ils nous rejoignent à Rhéon le plus vite possible. Pour moi, les meilleurs sièges sont les plus courts.

— Je ramène l'*Aigle des Mers* ?

Le Cheresque gratta pensivement sa barbe rouge.

— Non, dit-il enfin. Je préfère le garder ici.

— Tu peux me faire confiance, va, je ne vais pas te l'envoyer par le fond.

— Je sais, mais je préfère le savoir ici, au cas où. Tu nous rejoindras à Rhéon avec Brendig ? C'est parti pour être un beau petit combat.

— Je ne peux pas, répondit le marin d'un air lugubre. Anheg m'a demandé de rentrer au Val d'Alorie dès que j'aurai amené les Sendariens.

— Ça c'est moche !

— Amuse-toi bien à Rhéon, gronda-t-il avec amertume. Et tâche de ne pas te faire tuer.

— Je tâcherai.

Le temps que les hommes aient débarqué et que le matériel ait été déchargé, l'après-midi tirait à sa fin. Il ne pleuvait pas encore mais les nuages qui filaient dans le ciel allaient en s'assombrissant.

— Je suggère que nous établissions le campement, annonça Garion à ses compagnons. Nous n'irions pas loin, de toute façon, et nous pourrons repartir tôt demain matin après une bonne nuit de sommeil.

— Pas bête, acquiesça Silk.

— Vous avez trouvé quelque chose sur Haldar ? s'informa la reine Porenn. Je sais que son comportement vous intriguait.

— Rien de précis, répondit le petit homme à la tête de fouine avec un haussement d'épaules évasif. Mais il a beaucoup voyagé ces temps-ci.

— Il est général, Kheldar, et c'est mon chef d'état-major. Il est normal qu'un général fasse des tournées d'inspection.

— Mais d'ordinaire, les généraux ne partent pas seuls. Tandis que lui, il n'emmène même pas son aide de camp.

— Vous êtes trop méfiant.

— C'est ma nature, ma chère petite tante.

— Vous allez arrêter de m'appeler comme ça ? fit-elle en tapant du pied.

— Ça vous ennuie vraiment, Porenn ? demanda-t-il, l'œil humide de tendresse.

— Je vous l'ai dit : ça me déplaît.

— J'essaierai de m'en souvenir.

— Vous êtes absolument impossible, vous savez !

— Je sais, ma chère petite tante.

Pendant les deux journées suivantes, l'armée rivienne avança régulièrement vers l'est dans la lande de Drasnie, un désert grisâtre, stérile, qui ondulait mollement sous une maigre végétation. Des ronciers impénétrables entouraient des mares d'eau stagnante, noirâtre. Le ciel resta gris et menaçant, mais il ne tomba pas une goutte de pluie.

Garion chevauchait en tête, le visage déterminé, implacable. Les éclaireurs venaient à intervalles réguliers lui faire leur rapport : il n'y avait pas trace, vers l'avant, des forces du culte, mais pas davantage, vers l'arrière, des hallebardiers drasniens placés sous les ordres du général Haldar.

Lorsqu'ils firent halte, au milieu du second jour, Polgara s'approcha de lui avec gravité. La brise vagabonde qui lui apporta son parfum familier faisait frémir sa cape bleue.

— Marchons un peu, dit-elle calmement. J'ai à te parler.

— Très bien, répondit-il laconiquement, presque sèchement.

Elle fit quelque chose qu'elle n'avait pas souvent fait au cours des dernières années. Elle le prit par le bras avec une sorte d'affection solennelle. Ils s'éloignèrent de l'armée et de leurs amis, et gravirent une colline.

— Mon chou, je te trouve bien sinistre depuis quelques semaines, dit-elle comme ils arrivaient en haut de la butte.

— J'ai de bonnes raisons pour ça, non ?

— Je sais que tu as encaissé beaucoup de choses et que tu es fou de rage, mais il ne faut pas que tu te laisses aller à la sauvagerie.

— Ecoute, Tante Pol, ce n'est pas moi qui ai commencé. Ils ont tenté de tuer ma femme, ils ont assassiné un de mes meilleurs amis, ils ont essayé de provoquer une guerre entre Anheg et moi et ils viennent d'enlever mon fils. Tu ne crois pas qu'une petite punition s'impose ?

— Peut-être, reprit-elle en le regardant droit dans les yeux, mais ne te laisse pas emporter par la colère au point de te repaître du sang de tes ennemis. Tu as un pouvoir terrifiant et tu pourrais l'utiliser à leur faire des choses indicibles. Mais alors tu deviendrais aussi vil que Torak. Tu ne tarderais pas à prendre plaisir aux horreurs que tu infligerais et, avec le temps, tu serais possédé par ce plaisir.

Il la regarda, surpris par sa véhémence et par l'éclat soudain de la mèche blanche qui striait sa chevelure.

— Sache, Garion, que c'est un réel danger. D'une certaine façon, tu es plus menacé aujourd'hui que lorsque tu as affronté Torak.

— Je ne les laisserai pas s'en tirer comme ça, dit-il avec obstination. Je ne leur pardonnerai jamais.

— Allons, mon chou, ce n'est pas ce que je te demande. Nous serons bientôt à Rhéon, et il va y avoir la guerre. Tu es un Alorien, et je suis sûre que tu prendras plaisir à te battre. Je veux que tu me promettes de ne pas te laisser emporter par ton enthousiasme et ta soif de vengeance au-delà de la limite qui sépare le juste combat du carnage aveugle.

— Je les épargnerai s'ils se rendent, dit-il avec raideur.

— Et après ? Que feras-tu des prisonniers ?

Il fronça les sourcils. Il ne s'était pas posé la question.

— La plupart des adeptes du culte de l'Ours sont des ignorants, de pauvres gens qui ont été abusés. On leur a tellement bourré le crâne qu'ils ne peuvent même pas comprendre l'énormité de ce qu'ils ont fait. Les massacreras-tu pour les punir d'avoir été aveugles et stupides ? La bêtise est une chose déplorable, mais elle ne mérite pas un tel châtiment.

— Et Ulfgar ?

— Ah, ça, fit-elle avec un pâle sourire, c'est une autre histoire.

C'est alors qu'un faucon à bande bleue descendit des nuées et s'abattit sur eux.

— Alors, on tient un petit conseil de famille ? demanda-t-il d'un ton bourru en reprenant forme humaine.

— Eh bien, mon oncle, où étiez-vous passé ? demanda tout tranquillement tante Pol. Les jumeaux ne vous ont pas dit de nous rejoindre ?

— Je viens de rentrer de Mallorée, grommela-t-il en se grattant la panse. Où est Belgarath ?

— Au Val D'Alorie, et de là il doit aller à Mar Terrin. Il suit la piste des mystères. Ils recèleraient certains indices d'une importance capitale pour ce que nous sommes en train de faire. Vous êtes au courant des événements, je pense ?

— Pour l'essentiel. Les jumeaux m'ont montré le passage caché du Codex mrin, et je sais ce qui est arrivé au Gardien de Riva et au fils de Belgarion. Vous marchez sur Rhéon, je crois ?

— Evidemment, répondit-elle. C'est la source de cette malédiction.

— Je suis sûr, fiston, que tu es un grand stratège, reprit le sorcier bossu en braquant sur Garion un regard spéculatif, mais il faudra que tu m'expliques quelque chose. Tu t'apprêtes à attaquer une cité fortifiée défendue par une force supérieure en nombre, pas vrai ?

— On pourrait résumer la situation comme ça, répondit Garion en se demandant où ce satané Beldin voulait en venir.

— Alors, pourquoi plus de la moitié de ton armée campe-t-elle près des hauts-fonds de la Mrin, à deux jours de marche d'ici ? Tu ne penses pas que tu pourrais en avoir besoin ?

— Qu'est-ce que vous dites ? demanda âprement tante Pol.

— Je me suis exprimé clairement, il me semble : l'armée drasnienne est stationnée aux hauts-fonds et elle ne donne pas l'impression d'avoir envie de bouger. On dirait même qu'elle fortifie ses positions.

— C'est impossible !

— Va voir par toi-même.

— Il faut tout de suite informer les autres, dit gravement tante Pol. Ça ne va pas. Ça ne va même pas du tout…

CHAPITRE XXII

— Qu'est-ce qui lui prend ? tempêta la reine Porenn, en proie à une colère qui lui ressemblait bien peu. Je lui avais pourtant ordonné de nous suivre le plus vite possible !

— Je pense, fit Silk d'un ton sinistre, que nous aurions dû examiner les pieds de l'inestimable général Haldar à la recherche de certaine marque révélatrice.

— Vous n'y songez pas !

— Voyons, Porenn, il enfreint délibérément vos ordres, ce qui nous met tous en danger.

— Faites-moi confiance, je tirerai cette affaire au clair dès que je serai de retour à Boktor.

— L'ennui, c'est que nous n'allons pas à Boktor, en ce moment.

— Alors je repartirai seule aux bas-fonds et je le relèverai de son commandement s'il le faut.

— Non, décréta-t-il fermement. Vous n'en ferez rien.

Elle le regarda d'un air incrédule.

— Vous savez à qui vous parlez ?

— Oui, Porenn, mais c'est trop dangereux.

— C'est mon devoir.

— Non. Votre devoir est de rester en vie assez longtemps pour faire de Kheva un bon roi de Drasnie.

— Ce n'est pas juste, Kheldar, répondit la petite reine blonde en se mordant la lèvre.

— Il n'y a pas de justice.

— Il a raison, Majesté, intervint Javelin. Le général

s'est déjà rendu coupable de trahison en vous désobéissant. Après ce forfait, il ne reculerait probablement pas devant le meurtre.

— Il nous faudrait quelques hommes de plus, grommela Barak. Sinon, nous allons être obligés d'attendre Brendig.

— Haldar a établi le campement aux hauts-fonds, commenta Silk en hochant la tête. Si nos soupçons sont fondés, il empêchera Brendig et ses hommes de débarquer.

— Alors ? demanda agressivement Ce'Nedra. Qu'allons-nous faire maintenant ?

— Nous n'avons pas le choix, rétorqua Barak. Nous sommes obligés de faire demi-tour, de retourner aux hauts-fonds et d'arrêter Haldar pour trahison. Puis nous reviendrons avec les hallebardiers.

— Ça prendra des jours, protesta la petite reine de Riva.

— Que pouvons-nous faire d'autre ? Nous avons besoin de ces hommes.

— Dis donc, Barak, tu n'oublies rien ? reprit Silk. Tu n'as pas remarqué que ça se rafraîchissait depuis deux jours ?

— Peut-être un peu, le matin.

— Nous sommes dans le nord-est de la Drasnie. L'hiver vient très vite, par ici.

— L'hiver ? C'est le début de l'automne !

— Nous sommes très au nord, au cas où tu ne l'aurais pas remarqué. Les premiers flocons peuvent tomber à tout moment.

Le grand Cheresque à la barbe rouge éclata en imprécations.

Silk fit signe à Javelin et les deux hommes s'éloignèrent pour s'entretenir discrètement.

— Oh, Garion ! Ça va très mal, hein ? gémit Ce'Nedra, la lèvre tremblante.

— Tout s'arrangera, Ce'Nedra, affirma-t-il en la prenant dans ses bras.

— Mais comment ?

— Je ne sais pas encore, mais nous trouverons bien.

— Nous ne sommes pas en position de force, objecta gravement Barak. Nous entrons droit dans le territoire des adeptes du culte qui nous sont grandement supérieurs en nombre. Ils ne feraient qu'une bouchée de nous.

Beldin qui dévorait à belles dents un morceau de viande froide dut se sentir concerné car il leva les yeux.

— Il faudrait que quelqu'un parte en éclaireur. Je peux être assez discret quand je veux, conclut-il en se fourrant le reste dans la bouche et en s'essuyant les doigts sur le devant de sa tunique d'une saleté repoussante.

— Je m'en occupe, déclara Polgara. Mon oncle, Hettar doit venir du nord avec les clans algarois. Pourriez-vous allez à sa rencontre et le mettre au courant de la situation ? Nous avons besoin de lui le plus vite possible.

— Pas bête, approuva-t-il en se nettoyant les gencives avec un doigt. Je pensais que le conjungo te ramollirait la cervelle, mais il semblerait que seul ton postérieur soit atteint. Pour l'instant.

— Je vous en prie, mon oncle.

— Allons, je ferais peut-être mieux d'y aller, conclut-il.

Il s'accroupit, étendit les bras, puis son image se brouilla et il prit la forme d'un faucon.

— Je pars pour quelques jours, annonça Silk en revenant près d'eux. Tout n'est peut-être pas perdu.

Il tourna les talons et alla droit vers son cheval.

— Où va-t-il ? s'étonna Garion.

— Nous avons besoin d'hommes, répondit Javelin. Il va en chercher.

— Dites, Porenn, fit tante Pol en se contorsionnant pour regarder par-dessus son épaule l'endroit où son dos changeait de nom, vous trouvez que je m'empâte, vous ?

— Mais non, voyons, répondit la petite reine de Drasnie avec un doux sourire. Il a dit ça pour vous taquiner.

Polgara ôta tout de même sa cape bleue d'un air chagrin.

— J'y vais, Garion, déclara-t-elle. Continue à faire

avancer tes hommes, mais pas trop vite, que j'ai le temps de vous prévenir en cas d'embûche.

Puis son image devint floue et la grande chouette d'un blanc de neige s'éleva sans bruit, d'un coup d'ailes.

Garion fit preuve de la plus grande circonspection : il remit ses hommes en marche selon une formation défensive, doubla le nombre des éclaireurs et prit soin de gravir lui-même chaque colline du chemin pour scruter les environs. Ils avançaient désormais à l'allure désespérante de cinq lieues par jour, mais il savait qu'il ne pouvait pas faire autrement.

La sorcière revenait tous les matins leur annoncer qu'aucun danger apparent ne les menaçait et repartait silencieusement.

— Comment s'y prend-elle ? s'émerveilla Ce'Nedra. Il y a des jours qu'elle n'a pas dormi.

— Pol peut veiller des semaines sans problème, répondit Durnik, mais il ne faudrait pas que ça dure trop longtemps.

— Dis, Belgarion, fit la petite voix de Mission en s'approchant sur son étalon marron, tu sais qu'on nous observe, hein ?

— Que dis-tu ?

— Il y a des hommes qui nous observent.

— Où ça ?

— Un peu partout. Ils sont drôlement bien cachés. Et puis il y en a d'autres qui font l'aller et retour au galop entre la ville où nous allons et l'armée qui est restée au bord de la rivière.

— Ça sent mauvais, commenta Barak. On dirait qu'ils mijotent quelque chose.

Garion se tourna vers la reine Porenn qui chevauchait à côté de Ce'Nedra.

— Les troupes drasniennes nous attaqueraient-elles si Haldar leur en donnait l'ordre ? s'informa-t-il.

— Non, répondit-elle fermement. Les hommes me sont absolument dévoués. Jamais ils n'obéiraient à un tel ordre.

— Même s'ils croyaient vous sauver ? hasarda Mission.

— Me sauver ?

— Ulfgar a dû suggérer au général de leur fourrer dans le crâne que vous étiez notre prisonnière, acquiesça Garion.

— Dans ce cas, Majesté, je pense qu'ils n'hésiteraient pas à attaquer, confirma Javelin. Et si nous sommes pris en tenaille entre le culte et l'armée, ça risque de chauffer pour nous.

— Je ne vois pas comment ça pourrait aller plus mal, fulmina Garion.

— Au moins, il ne neige pas. Enfin, pas encore, rectifia Lelldorin.

L'armée se traînait à une allure de tortue, écrasée entre la grisaille de la lande et les nuages qui filaient, toujours plus menaçants, dans le ciel plombé. Le monde semblait figé dans cette immensité sans couleur et sans relief. Chaque matin la pellicule de glace qui couvrait les mares d'eau stagnantes était plus épaisse.

— Nous n'y arriverons jamais, ragea Ce'Nedra par un midi particulièrement lugubre.

— C'est en nous jetant dans la gueule du loup que nous n'y arriverions jamais, riposta Garion qui chevauchait à côté d'elle. Ça ne me plaît pas plus qu'à toi, mais nous n'avons pas le choix.

— Je veux mon bébé.

— Moi aussi.

— Alors, fais quelque chose.

— Si tu as une suggestion, je suis preneur.

— Tu ne pourrais pas ? ... insinua-t-elle avec un petit geste de la main.

— Tu sais bien qu'il y a des limites à ce genre de choses.

— Alors, à quoi ça sert ? maugréa-t-elle en resserrant sa cape grise sur ses épaules frémissantes.

La grande chouette blanche les attendait derrière une colline. Elle était perchée sur la branche cassée d'un arbre mort, d'une blancheur fantomatique, et les observait sans ciller de ses yeux dorés.

Ce'Nedra la salua aimablement d'un signe de tête.

— Dame Polgara...

La chouette lui répondit d'une petite courbette raide et solennelle. Garion éclata de rire.

L'air sembla frémir autour de l'oiseau qui devint flou, et Polgara se retrouva assise sur la branche, les chevilles croisées dans une attitude d'une grande dignité.

— Qu'y a-t-il de si drôle ? s'enquit-elle.

— C'est la première fois que je vois une chouette faire la révérence et j'ai trouvé ça drôle, c'est tout.

— Eh bien, mon chou, remets-toi et viens m'aider à descendre, dit-elle d'un ton pincé.

— Un important détachement du culte t'attend de pied ferme à deux lieues d'ici, annonça-t-elle sobrement lorsqu'elle eut regagné la terre ferme.

— Ils sont nombreux ?

— Moitié plus que nous.

— Il faut avertir les autres, décida-t-il froidement en faisant volter son cheval.

— Ne pourrions-nous les contourner ? suggéra Durnik quand Polgara eut exposé le problème.

— J'en doute. Ils savent que nous arrivons et je suis sûre qu'on nous espionne en ce moment-même.

— Il faudra donc nous résoudre à donner l'assaut, décréta Mandorallen. Notre cause est juste, la victoire nous appartient.

— C'est une superstition intéressante, commenta Barak. Moi, je crois généralement à l'avantage du nombre. Dites-moi, Polgara, quelle formation ont-ils adoptée ? Enfin, vous voyez ce que...

— Je connais ce terme, Barak.

Elle dégagea le sol avec son pied, ramassa une brindille et improvisa une carte.

— Nous nous dirigeons droit sur ces collines ; la piste que nous suivons devient un défilé peu profond d'où partent des ravines qui remontent à flanc de coteau. L'ennemi est réparti en quatre groupes distincts qui tiennent chacun un goulet. Ils ont manifestement l'intention de se jeter sur nous quand nous serons au milieu du défilé.

Durnik étudia son croquis en fronçant le sourcil.

— Nous en viendrions aisément à bout à condition de

prendre les groupes un par un, suggéra-t-il en se frottant pensivement le menton. Il suffirait que nous empêchions les autres d'approcher.

— Ça résume assez bien la situation, approuva Barak, mais je doute fort qu'ils gardent leurs distances sous prétexte qu'ils ne sont pas invités aux réjouissances.

— En effet, acquiesça le forgeron. Aussi faudrait-il que nous trouvions un moyen de les tenir à l'écart.

— Durnik, vous avez une idée derrière la tête, observa la reine Porenn.

— Quel genre de barrage pourrait dissuader ces mécréants de secourir leurs compagnons ? demanda Mandorallen.

— Du feu, peut-être, hasarda Durnik.

— Tout est encore vert, objecta Javelin avec un mouvement de menton vers la maigre végétation environnante. Ça ne brûlera jamais.

— Je ne pensais pas à un vrai feu, riposta Durnik en souriant.

— Vous pourriez faire ça, Polgara ? demanda Barak, les yeux brillants.

— Pas en trois endroits à la fois, répondit-elle après un instant de réflexion.

— Allons, Pol, nous sommes trois, rétorqua le forgeron. Tu pourrais bloquer un groupe avec un feu illusoire pendant que Garion s'occuperait du second et moi du troisième. Trois des groupes étant coincés dans leur goulet, la troupe pourrait régler son compte au quatrième, et quand elle aurait fini, nous passerions au suivant. Le seul ennui, ajouta-t-il en fronçant les sourcils, c'est que je n'ai jamais fait ce genre de chose.

— Ce n'est pas difficile, assura tante Pol. Vous y arriveriez très vite, Garion et toi.

— Qu'en pensez-vous, Javelin ? questionna la reine Porenn.

— C'est risqué. Très risqué.

— Vous avez une meilleure idée ?

— Pas à première vue.

— Alors c'est d'accord, décréta Garion. Allez expliquer notre plan à la troupe pendant que nous apprenons, Durnik et moi, à faire des feux de joie imaginaires.

Moins d'une heure plus tard, l'armée rivienne se remettait en marche dans la vilaine lande grisâtre. Les hommes avançaient avec circonspection, la main sur la garde de leur épée. Ils s'engagèrent dans les sombres collines qui se dressaient devant eux. Les herbes folles et les ronces s'arrêtaient à l'entrée d'une gorge jonchée de pierres — le défilé où les adeptes du culte les attendaient, invisibles. Garion concentra toute son énergie mentale et passa soigneusement en revue les recommandations de tante Pol.

Le plan marcha au-delà de toute espérance. A l'instant où les fanatiques du premier groupe bondissaient de leur cachette, le sabre au clair, en poussant de grands cris de joie, Garion, Durnik et Polgara bloquèrent les trois autres goulets. Les assaillants restèrent bouche bée et leur triomphe se changea en déroute lorsqu'ils virent les flammes qui empêchaient leurs acolytes de se joindre au combat. Les Riviens de Garion profitèrent aussitôt de ce moment d'hésitation. Pied à pied, le premier assaut fut repoussé au fond de la ravine.

Garion ne prêtait qu'une attention distraite au déroulement des hostilités. Assis sur son cheval, Lelldorin à son côté, il se concentrait sur le brasier imaginaire qu'il avait allumé à l'entrée de la gorge située en face de celle où on se battait. A travers les flammes qui dansaient et crépitaient de façon fort convaincante, il voyait vaguement les membres du culte se protéger le visage d'une chaleur aussi intense qu'illusoire. Puis il se produisit une chose qu'aucun d'eux n'avait prévue : les hommes emprisonnés dans le goulet de Garion firent la chaîne à partir d'une mare croupissante et se mirent à jeter des seaux d'eau sur les flammes imaginaires. Cette tentative ne fut évidemment pas suivie du sifflement, de la projection de vapeur et des autres effets attendus. Au bout de quelques instants, un membre du culte se recroquevilla sur lui-même et traversa le feu en faisant la grimace.

— Ce n'est pas un vrai feu ! hurla-t-il à ses compagnons restés en arrière. C'est de la frime !

— Tu vas voir si c'est de la frime, ça, murmura Lelldorin d'un ton sinistre en lui décochant une flèche en pleine poitrine.

L'homme leva les bras au ciel et tomba à la renverse dans le feu, sans conséquence visible sur son corps inerte. Il n'en fallait pas plus : la mèche était éventée. Quelques membres du culte qui n'avaient pas froid aux yeux foncèrent à travers les flammes illusoires, bientôt suivis d'un bataillon de fanatiques. Lelldorin leur décocha une salve de flèches, si vite qu'on ne voyait plus ses mains, mais il en venait toujours.

— Ils sont trop nombreux, Garion, hurla-t-il. Je ne peux pas les retenir. Nous allons être obligés de reculer !

— Tante Pol ! hurla Garion. Nous sommes débordés ! Ils vont réussir à passer !

— Repousse-les ! répondit-elle sur le même ton. Emploie ton pouvoir !

Il banda sa volonté et opposa un barrage d'énergie mentale au torrent humain qui se déversait dans le défilé. Il crut avoir gagné la partie, mais il était obligé de fournir un tel effort qu'il se fatigua vite. Les extrémités de sa barrière psychique commencèrent à céder et à se déliter, et les hommes ne tardèrent pas à en trouver les failles.

Il s'efforçait désespérément de maintenir son rempart lorsqu'il lui sembla entendre un roulement de tonnerre, comme si un orage grondait dans le lointain.

— Garion ! s'écria Lelldorin. Des cavaliers ! Des centaines de cavaliers !

Terrassé, Garion leva les yeux. Une horde de cavaliers surgis de nulle part venaient vers lui, de l'autre bout du ravin.

— Tante Pol ! s'écria-t-il en tendant la main derrière son épaule pour dégainer l'énorme épée de Poing-de-Fer.

Mais les nouveaux venus infléchirent brutalement leur trajectoire juste devant lui et se jetèrent de plein fouet sur les adeptes du culte qui s'apprêtaient à franchir son barrage mental. Ces alliés imprévus étaient des hommes efflanqués, bardés de cuir, et leurs yeux étaient curieusement inclinés.

— Des Nadraks ! hurla Barak, de l'autre côté du défilé. Par tous les Dieux, ce sont des Nadraks !

— Que font-ils ici ? marmonna Garion, sans attendre de réponse.

— Garion ! s'exclama Lelldorin. Regarde cet homme, au milieu des cavaliers... On dirait le prince Kheldar !

Les cavaliers se jetèrent dans la mêlée avec une énergie farouche, et le sort de la bataille tourna très vite. Ils chargèrent impitoyablement les adeptes du culte sidérés qui émergeaient des goulets et leur infligèrent des pertes terrifiantes.

Sitôt qu'il eut engagé ses cavaliers dans la bataille, Silk s'approcha de Garion et Lelldorin restés au centre du défilé.

— Belle journée, Messieurs, n'est-ce pas ? dit-il comme si de rien n'était. J'espère que je ne vous ai pas fait trop attendre ?

— Où as-tu trouvé tous ces Nadraks ? s'exclama Garion en tremblant de soulagement.

— Au Gar og Nadrak, dame.

— Mais pourquoi sont-ils venus à notre aide ?

— Parce que je les ai payés, pardi. Au fait, Garion, tu me dois une fortune.

— Comment en avez-vous trouvé autant en si peu de temps ? s'étonna Lelldorin.

— Yarblek et moi, nous avons un comptoir de fourrures juste de l'autre côté de la frontière. J'ai fait appel aux trappeurs qui avaient apporté leurs peaux au printemps et qui se prélassaient encore dans le coin.

— Tu es arrivé juste à temps, soupira Garion.

— C'est ce que j'ai remarqué. A propos, bravo pour vos petits feux. C'était très élégant.

— Jusqu'à ce qu'ils pensent à jeter de l'eau dessus. C'est pour nous que ça a bien failli chauffer. Quelques centaines de fanatiques échappèrent au carnage en escaladant les parois abruptes et en fuyant dans la lande, mais pour la plupart, il n'y eut pas d'échappatoire.

Barak ressortit de la faille où les troupes riviennes encerclaient les rares survivants de l'assaut initial.

— Tu veux leur laisser une chance de sauver leur peau ? demanda-t-il à Garion.

Garion songea à la conversation qu'il avait eue quelques jours plus tôt avec sa tante Pol.

— Je pense que ce serait préférable, décida-t-il enfin.

— Tu n'es pas obligé, tu sais, insista Barak. Compte tenu des circonstances, personne ne te blâmerait de les avoir supprimés jusqu'au dernier.

— Non, répéta Garion. Je n'en ai même pas envie. Dis aux survivants que nous leurs ferons grâce s'ils se rendent.

— C'est toi qui vois, fit Barak en haussant les épaules.

— Silk ! Espèce de sale petit voleur ! Tu m'as menti, s'exclama un grand Nadrak en houppelande de feutre, coiffé d'une extravagante toque de fourrure. Tu nous avais dit qu'ils étaient pleins aux as et couverts de bijoux. Ils sont pleins de puces et couverts de poux, oui !

— J'ai peut-être un tout petit peu exagéré, susurra Silk avec urbanité.

— Je devrais t'étriper !

— Enfin, Yarblek ! reprit Silk avec une feinte indignation. C'est une façon de parler à son frère ?

— Tu parles d'un frère ! ironisa le Nadrak en flanquant un bon coup de pied dans le cadavre qui venait de le décevoir si cruellement.

— Nous étions bien d'accord pour travailler en frères quand nous nous sommes associés.

— N'essaie pas de m'embobiner avec tes belles paroles, espèce de sale fouine. Et à propos de frère, sache que j'ai enfoncé huit pouces d'acier entre les côtes du mien pour moins que ça.

Les derniers membres du culte rendaient les armes quand Polgara, Ce'Nedra, Mission et Beldin s'approchèrent avec circonspection de Garion et de son étrange compagnon.

— Les Algarois sont encore à plusieurs jours d'ici, annonça le vilain petit sorcier. Je leur ai bien dit de se dépêcher, mais tu sais comment ils sont avec leurs chevaux. Où as-tu dégoté tous ces Nadraks ?

— C'est Silk qui les a recrutés. Moyennant espèces sonnantes et trébuchantes.

— Les mercenaires font toujours d'excellents soldats,

commenta Beldin avec un hochement de tête approbateur.

Le rugueux Yarblek considérait Polgara d'un œil allumé.

— Vous êtes toujours aussi chouette, ma poupée. Vous ne voulez vraiment pas que je vous achète ?

— Non, Yarblek. Pas encore, en tout cas. A part ça, vous êtes arrivé au bon moment.

— Ouais, tout ça parce qu'un sale petit voleur de notre connaissance m'avait promis un beau butin, grogna-t-il en foudroyant Silk du regard. Franchement, j'en aurais récupéré davantage en plumant un poulet crevé.

Il retourna le cadavre du bout du pied.

— Si tu tiens à revoir ton rejeton avant qu'il ait une grande barbe, fit Beldin en regardant Garion sous le nez, tu ferais mieux d'y aller.

— J'ai des dispositions à prendre concernant les prisonniers, objecta Garion.

— Quelles dispositions ? s'esclaffa Yarblek. Faites-les mettre en rang et coupez-leur le cou.

— Il n'en est pas question !

— A quoi bon se battre si on ne peut pas massacrer les prisonniers après ?

— Un jour, quand nous aurons le temps, je t'expliquerai, murmura Silk.

— Ah, ces Aloriens ! soupira le Nadrak en levant les yeux vers le ciel de plomb.

— Alors, Yarblek, espèce de fils de chienne galeuse ! glapit une femme aux cheveux aile-de-corbeau, moulée dans un pantalon et une veste de cuir. Tu m'avais dit qu'il y avait du blé à se faire. Il n'y a que de la vermine sur ces cadavres !

— On nous a menés en bateau, répondit le Nadrak d'un ton lugubre en jetant à Silk un regard haineux.

— Je t'avais dit de ne pas te fier à ce petit serpent à face de rat. Tu ne peux pas te contenter d'être laid, il faut encore que tu sois stupide !

Derrière cette colère irrépressible, il émanait d'elle une forte présence physique. Garion la regardait avec intérêt. Il songea à la fille formidablement sensuelle qui avait fait bouillir le sang de tous les hommes dans une auberge du bord de la route...

— Dis donc, Silk, ce n'est pas la fille qui dansait dans cette taverne, au Gar og Nadrak ?

Le petit homme acquiesça d'un hochement de tête.

— Elle avait épousé ce trappeur — Tekk — mais il a eu une explication avec un ours, et c'est l'autre qui a eu le dessus. Son frère l'a revendue à Yarblek.

— C'est la plus grosse bêtise que j'ai faite de ma vie, avoua le Nadrak d'un ton funèbre. Elle est presque aussi rapide avec ses couteaux qu'avec sa langue. Moi qui ne lui voulais que du bien, fit-il en relevant l'une de ses manches pour leur montrer une vilaine balafre rouge.

— Ha ! pouffa-t-elle. Tu connais la règle du jeu : si tu veux conserver ta tripaille bien au chaud dans ta bedaine, tu gardes tes mains dans tes poches !

Beldin la contemplait en ouvrant de grands yeux. Garion ne l'avait jamais vu comme ça.

— Voilà une femme de ressources, murmura-t-il à l'oreille de Yarblek. J'ai toujours admiré les femelles à l'esprit vif et à la langue déliée.

Un espoir insensé brûla tout à coup dans les yeux du Nadrak.

— Elle vous plaît ? risqua-t-il avidement. Je vous la vends, si vous voulez.

— Enfin, Yarblek, tu as perdu la tête ? s'indigna la femme aux cheveux d'ébène.

— Je t'en prie, Vella, nous parlons affaires, Monsieur et moi.

— Ce vieux troll dépenaillé ne pourrait pas se payer une chope de bière ; tu parles s'il va s'offrir une femme comme moi ! Hein, espèce de vautour déplumé, que tu n'as pas seulement deux pièces à faire tinter l'une contre l'autre ? reprit-elle à l'attention de Beldin.

— C'est pas vrai, elle a fichu toute la négociation en l'air ! se lamenta Yarblek.

— Tu m'intéresses, fillette, reprit Beldin avec un sourire torve, assez pervers. Et il y a longtemps que ça ne m'était pas arrivé. Mais tu devrais travailler tes invectives et tes imprécations. Le rythme est un peu faiblard. Bon, c'est pas tout ça, Pol, je crois que je ferais mieux d'aller voir ce que fabriquent nos hallebardiers drasniens. Je n'aime pas les savoir embusqués derrière nous, comme ça.

Sur ces mots, il étendit les bras, se pencha en avant, se changea en faucon et s'éloigna à tire-d'aile.

— Comment a-t-il fait ce coup-là ? hoqueta Vella, incrédule.

— Il est très fort, répondit Silk.

— Pour ça oui ! Dis-donc, Yarblek, reprit-elle, et ses yeux jetaient des flammes, pourquoi m'as-tu laissé lui parler sur ce ton ? Tu sais que c'est la première impression qui compte. Maintenant, tu peux toujours courir pour qu'il te fasse une offre décente.

— Tu as toi-même dit qu'il n'avait pas un nadrakme en poche.

— Il n'y a pas que l'argent, dans la vie.

Yarblek hocha la tête et s'éloigna en maugréant.

— Garion, fit Ce'Nedra avec une douceur trompeuse, un jour, très bientôt, il faudra que nous parlions de ces tavernes, tu sais, celles avec les filles qui dansent, et quelques autres petites choses.

Ses yeux étaient plus durs que des agates vertes.

— C'était il y a longtemps, ma douce, dit-il très vite.

— Pas assez longtemps.

— Vous n'auriez rien à manger ? demanda Vella en regardant autour d'elle. Je suis affamée comme une louve qui nourrirait une portée de dix louveteaux.

— Je devrais arriver à vous trouver quelque chose, répondit Polgara.

La Nadrake la regarda en écarquillant lentement les yeux.

— Etes-vous vraiment celle que je crois ? demanda-t-elle d'une voix tremblante.

— Tout dépend, ma chère, de ce que vous croyez.

— Il paraît que vous dansez, fit Ce'Nedra d'une voix glaciale.

— Toutes les femmes dansent, rétorqua Vella en haussant les épaules. Seulement je suis la meilleure.

— Vous m'avez l'air bien sûre de vous, M'âme Vella.

— Je regarde les choses en face, c'est tout. Vous alors, vous êtes un petit gabarit ! lâcha-t-elle en examinant Ce'Nedra avec curiosité. Vous êtes vraiment adulte ?

— Je suis la reine de Riva, riposta celle-ci en se redressant de toute sa hauteur.

— Bravo, mon petit chou ! fit la Nadrake avec chaleur en lui administrant une bonne claque dans le dos. Ça fait plaisir de voir des femmes qui réussissent.

C'était un vilain matin gris et nuageux. En arrivant au sommet d'une crête, Garion vit pour la première fois les farouches murailles de Rhéon dressées sur une haute colline couverte d'une herbe rêche, au milieu d'une vaste vallée.

— Eh bien, fit Barak d'une voix étouffée, nous y sommes.

— Je ne pensais pas que les murailles seraient aussi hautes, avoua Garion.

— Ils y ont mis le paquet, approuva le Cheresque. Regarde toutes les pierres qu'ils ont rajoutées en haut des remparts.

La bannière écarlate du culte de l'Ours claquait dans le vent glacial, une flamme rouge sang qu'ornait au centre la silhouette noire d'un ours traînant la patte. A la vue de cet étendard fièrement planté sur la ville, Garion se sentit bouillir d'une rage presque irrationnelle.

— Je ne veux plus voir ça là-haut, dit-il entre ses dents.

— C'est pour ça que nous sommes venus, lui rappela Barak.

— Ce ne sera pas du tout cuit.

— Rien d'insurmontable quand Hettar et ses hommes seront là, riposta le géant à la barbe rouge.

Mandorallen s'approcha d'eux dans son armure étincelante. Il avait examiné les fortifications de la cité d'un œil averti.

— Il appert que la ville est prenable, déclara-t-il avec confiance. Sitôt revenues les centaines d'hommes que j'ai envoyées chercher du bois dans les forêts, à quelques lieues au nord, nous entamerons la construction des engins de siège.

— Quel engin pourrait projeter une pierre assez lourde pour abattre des murailles aussi épaisses ? demanda Garion d'un ton dubitatif.

— Point n'escompte les réduire d'un coup, ô Garion, mais par une succession d'impacts, par des chocs répétés l'un après l'autre. Les engins qui encercleront la cité feront pleuvoir les pierres sur la muraille. Point n'abandonne l'espoir d'y ouvrir une ou deux brèches avant l'arrivée de Messire Hettar.

— Vous n'avez pas peur que les citoyens qui sont à l'intérieur les réparent aussi vite que vous les endommagerez ? s'informa le jeune roi de Riva.

— Pas si d'autres catapultes leur balancent de la poix brûlante dessus, reprit Barak. On a du mal à se concentrer sur son travail quand on est en feu.

— Je n'aime pas beaucoup faire brûler les gens, répliqua Garion avec une pensée fugitive pour Asharak le Murgo.

— Je ne vois pas d'autre façon de procéder, riposta sobrement Barak. Sans ça, tu vas perdre des tas d'hommes de valeur.

— Eh bien, soupira le jeune homme, s'il n'y a pas moyen de faire autrement, allons-y.

Les Riviens et les trappeurs de Yarblek se déployèrent en un vaste cercle autour de la ville fortifiée. Ils n'étaient pas encore assez nombreux pour donner l'assaut à ces sinistres murailles, mais suffisamment tout de même pour encercler efficacement la cité. La construction des engins de siège de Mandorallen ne prit que quelques jours. Dès qu'ils furent en position, le claquement et la vibration des cordes fortement tendues et relâchées, le choc phénoménal des lourdes pierres heurtant les murailles de Rhéon ne cessèrent plus.

Garion montait souvent en haut d'une colline voisine pour regarder les pierres voler en l'air et s'écraser sur ces murailles apparemment imprenables.

— C'est un bien triste spectacle, remarqua la reine Porenn en le rejoignant.

Un vent hargneux faisait voltiger sa cape noire et ses cheveux de lin tandis qu'elle observait d'un air morose les engins de Mandorallen qui bombardaient inlassablement les remparts de la cité.

— Il y a près de trois mille ans que Rhéon se dresse là, tel un roc gardant la frontière. Ça me fait un drôle d'effet d'attaquer une de mes propres villes, surtout à la tête d'une troupe composée pour moitié de Nadraks, ceux-là même dont Rhéon était censée protéger la Drasnie…

— Les guerres sont toujours un peu absurdes, murmura Garion.

— Plus qu'un peu. Oh, Polgara m'a demandé de vous informer du retour de Beldin. Il a quelque chose à vous dire.

— Très bien. Si nous redescendions ? ajouta-t-il en offrant son bras à la petite reine de Drasnie.

Le petit sorcier bossu était vautré dans l'herbe près des tentes. Il rongeait un os de pot-au-feu en échangeant négligemment des invectives avec Vella.

— Tiens, Belgarion. Tu as un problème sur les bras, mon petit vieux. Les hallebardiers drasniens ont levé le camp et marchent droit sur nous.

— Hettar est encore loin ? demanda le roi de Riva en se renfrognant.

— Assez loin pour que ça tourne à la course de vitesse, répondit le sorcier. L'issue du combat dépendra de l'armée qui arrivera première.

— Les Drasniens n'oseraient tout de même pas nous attaquer, s'indigna Ce'Nedra.

— C'est difficile à dire, répondit Porenn. Si Haldar les a convaincus que Garion me retenait contre mon gré, ça se pourrait bien. Javelin a pris un cheval et est allé voir ce qui se passe au juste.

Le jeune roi de Riva faisait les cent pas en se mordillant un ongle avec angoisse.

— Ne te ronge pas les ongles, mon chou, fit Polgara.

— Oui, M'dame, répondit-il machinalement, perdu dans ses pensées. Et Hettar ? Il a compris qu'il y avait urgence ?

— Il fait cracher à ses chevaux tout ce qu'ils ont dans le ventre, répondit Beldin.

— Si seulement nous pouvions ralentir les Drasniens.

— J'ai quelques idées sur la question, annonça le bossu. Que dirais-tu, Pol, de faire un petit tour dans les airs ? Il se pourrait que j'aie besoin de toi.

— Je ne veux pas que vous fassiez de mal à ces hommes, déclara fermement la reine Porenn. C'est mon peuple, même s'il a été fourvoyé.

— Si ce que j'ai en tête marche, personne n'aura à en souffrir, affirma Beldin en se levant et en époussetant le derrière de sa tunique crasseuse. Fillette, c'est toujours un plaisir de bavarder avec vous, dit-il à la Nadrake.

Elle lâcha un chapelet d'injures qui firent blêmir Ce'Nedra.

— Ah, vous faites des progrès, approuva-t-il chaleureusement. Je pense que vous commencez à piger le truc. Tu viens, Pol ?

Le faucon à bande et la chouette blanche s'élevèrent en décrivant de grands cercles. Vella les suivit des yeux avec une expression indéchiffrable.

CHAPITRE XXIII

En allant inspecter ses troupes, plus tard dans la journée, Garion trouva Barak, Mandorallen et Durnik en grande discussion. Le forgeron s'évertuait à expliquer quelque chose au chevalier mimbraïque.

— Enfin, Mandorallen, c'est une question de conception. Les remparts sont précisément construits pour résister au traitement que vous infligez à ceux-ci.

Mandorallen écarta l'objection d'un haussement d'épaules.

— En ce cas, Maître Durnik, nous verrons bien qui l'emportera, de ces fortifications ou de mes engins.

— L'épreuve de force pourrait durer des mois. Je pense que vous auriez de meilleures chances d'ébranler ces murailles si, au lieu de bombarder l'extérieur, vous envoyiez les pierres par-dessus pour qu'elles heurtent la paroi intérieure du mur opposé, conclut le forgeron en ponctuant son explication de grands gestes.

Le Mimbraïque fronça les sourcils comme s'il ruminait cette idée.

— Là, Mandorallen, il marque un point, commenta Barak. Normalement, les remparts sont faits pour empêcher les gens d'entrer, pas de sortir, et les contreforts sont à l'intérieur. En lançant vos projectiles sur l'intérieur des remparts, non seulement vous les prendrez à contre-pied, mais encore vous les ferez tomber vers l'extérieur, ce qui nous permettra d'entrer plus commodément dans la ville. Nous n'aurions même pas besoin d'échelles.

Yarblek s'approcha en flânant, la toque de fourrure inclinée selon un angle coquin, et se joignit à la discussion. En entendant Durnik exposer son idée, le rugueux Nadrak plissa pensivement les yeux.

— Pour moi, l'Arendais, il a raison, décréta-t-il. Et puis, quand vous aurez affaibli les murailles en les bombardant de l'intérieur, nous pourrons lancer quelques grappins en haut pour les renverser.

— Force m'est d'admettre la plausibilité de ces approches peu orthodoxes, concéda Mandorallen. Bien qu'elles aillent à l'encontre des traditions établies en matière de siège, elles permettent d'augurer un gain de temps sur le fastidieux processus de réduction des murailles. Point n'avais, jusqu'à présent, songé à user de grappins, ajouta-t-il en considérant Yarblek avec étonnement.

— On voit bien que vous n'êtes pas nadrak, reprit celui-ci avec un gros rire. Nous sommes un peuple impatient et nous ne construisons pas solidement. J'en ai renversé, dans ma folle jeunesse, des bâtiments qui paraissaient costauds comme ça.

— Attention tout de même à ne pas faire tomber trop vite les murs de cette satanée ville, observa Barak. Ses citoyens sont plus nombreux que nous, en ce moment, et je ne vois pas l'intérêt de les en faire sortir précipitamment. Vous savez que les gens n'apprécient généralement pas qu'on touche aux murs de leur ville.

Deux jours plus tard, Javelin revint sur un cheval fourbu.

— Haldar a confié presque tous les postes de commandement à des hommes à lui, annonça-t-il quand les assiégeants furent réunis dans la vaste tente bise qui leur servait de quartier général. Ils passent leur temps à haranguer les troupes et les ont à moitié persuadées que Belgarion retenait la reine Porenn prisonnière et qu'ils venaient à sa rescousse.

— Toujours aucun signe de Brendig et des Sendariens ? demanda Garion.

— Je ne les ai pas vus personnellement, mais Haldar fait avancer son armée à marche forcée et il a renforcé son arrière-garde comme s'il était persuadé que Brendig est sur ses talons. En revenant, je suis tombé sur dame Polgara et le sorcier Beldin. On dirait qu'ils mijotent quelque chose, mais je n'ai pas eu le temps d'approfondir.

Il se laissa tomber sur sa chaise, l'air épuisé.

— Vous n'en pouvez plus, Khendon, commenta la reine Porenn. Allez dormir quelques heures, nous nous reverrons ce soir.

— Ça va, Majesté, répliqua-t-il très vite.

— Allez vous reposer, Javelin, répéta-t-elle fermement. Je ne pense pas que votre contribution à nos entretiens soit très enrichissante si vous piquez du nez sur la table.

— Vous feriez mieux d'obtempérer, conseilla Silk. Elle est très maternelle, vous savez.

— Kheldar, ça suffit, coupa la reine.

— Mais vous savez bien, ma chère tantine, qu'on vous appelle « la petite mère de la Drasnie ».

— Je vous ai dit d'arrêter.

— Oui, maman.

— Là, Silk, je dis que tu t'aventures en terrain dangereux, remarqua Yarblek.

— Toujours. Ça ajoute du piment à la vie.

A la sinistre journée avait succédé un soir plus sinistre encore lorsque Garion et ses amis se réunirent à nouveau dans la vaste tente située au centre du campement. Yarblek y avait déroulé des tapis et installé des braseros de fer, emplis de braises rougeoyantes, qui ajoutaient au décor une touche farouche, presque barbare.

— Où est Silk ? demanda Garion en passant l'assistance en revue.

— En train de fouiner quelque part, tiens, répondit Barak.

— Je voudrais bien qu'il soit là où il doit être, pour une fois.

Javelin avait l'air nettement plus en forme après ses quelques heures de repos, mais il arborait une expression funèbre.

— Le temps joue contre nous, annonça-t-il. Trois

armées convergent sur cet endroit : Messire Hettar, qui remonte du Sud, le général Brendig qui vient de l'Ouest, et les hallebardiers de Haldar. Il est malheureusement à craindre que les Drasniens gagnent les autres de vitesse.

— A moins que Pol et Beldin n'arrivent à les ralentir, intervint Durnik.

— J'ai toute confiance en dame Polgara et en maître Beldin, reprit Javelin, mais je pense qu'il vaut mieux nous préparer au pire : que ferons-nous s'ils échouent ?

— Voilà, Messire, qui est sagement parlé, murmura Mandorallen.

— Or il n'est pas question de nous battre contre les hallebardiers, poursuivit le chef des services secrets drasniens. D'abord, ce n'est pas après eux que nous en avons ; ensuite, ce combat risquerait de nous affaiblir et de nous rendre vulnérables si les assiégés tentaient une sortie en force.

— Où voulez-vous en venir ? intervint Porenn.

— Je pense que nous devrions entrer dans la ville.

— Nous ne sommes pas assez nombreux, objecta Barak.

— Il s'en faut de plusieurs jours encore que nous ne parvenions à ébranler les remparts, renchérit Mandorallen.

Le chef des services secrets drasniens leva la main pour couper court à la discussion.

— En concentrant les tirs sur une seule section du mur, nous devrions en venir à bout dans la journée.

— Mais les assiégés sauraient de quel côté nous prévoyons de donner l'assaut et s'y masseraient pour nous repousser, protesta Lelldorin.

— Pas si le reste de la cité était en feu, riposta Javelin.

— C'est hors de question, décréta Garion d'un ton sans réplique. Mon fils est peut-être derrière ces remparts et je ne vais pas risquer sa vie en incendiant la ville.

— Et moi, je maintiens que nous ne sommes pas assez nombreux pour lancer une offensive, répéta Barak.

— Nous n'avons pas besoin de prendre toute la ville, Messire de Trellheim. Il suffirait que nos hommes se rendent maîtres d'un quartier et le fortifient. Nous pourrions alors repousser le culte à l'intérieur et Haldar au-dehors. Puis nous n'aurions plus qu'à tenir en attendant l'arrivée de Messire Hettar et du général Brendig.

— Ça offre des perspectives, c'est sûr, approuva Yarblek. De toute façon, nous sommes pris entre le marteau et l'enclume. Si ces hallebardiers gagnent la course, tous ce que vos amis pourront faire pour nous en arrivant, ce sera d'enterrer nos restes.

— Vous ne mettrez pas le feu à la ville, répéta Garion, inébranlable.

— Je crains fort qu'en tout état de cause, nous ne puissions entrer dans la cité tant que ses remparts seront debout, observa Mandorallen.

— Ce n'est pas un réel problème, affirma tranquillement Durnik. Aucun mur n'est plus solide que ses fondations...

— Que dis-Tu là, Maître Durnik ? riposta Mandorallen. Tout le poids de la muraille repose sur ses bases. Nul engin au monde ne pourrait ébranler une telle masse.

— Je ne parlais pas d'engins, objecta le forgeron.

— Allons, Durnik, qu'as-tu en tête ? s'enquit Garion.

— Quelque chose de très simple. J'ai bien regardé. Les fortifications ne sont pas scellées dans le roc ; elles reposent sur la terre damée. Il n'y a qu'à ramollir un peu le sol. La région regorge de nappes d'eau souterraines. En nous y mettant tous les deux, nous devrions pouvoir faire passer l'eau sous une portion du mur sans que personne dans la cité ne s'en rende compte. Une fois le sol assez détrempé, quelques douzaines de grappins devraient suffire à abattre la muraille.

— Alors, Garion, qu'en penses-tu ? questionna Lelldorin d'un air dubitatif.

— C'est envisageable, concéda Garion en réfléchissant. C'est même tout à fait possible.

— Et en opérant de nuit, nous pourrions faire irruption dans la cité sitôt les remparts abattus, approuva Barak. Nous devrions enlever la place sans perdre un seul homme.

— En tout cas, c'est une solution originale, observa Silk en pointant le nez sous le rabat de la tente. Peut-être pas très morale, mais assurément novatrice.

— Où étais-tu, misérable fouineur ? s'exclama Yarblek.

— A Rhéon, lâcha-t-il comme si de rien n'était.

— Dans la cité ? insista Barak, sidéré.

— Ben oui, confirma le petit homme en haussant les épaules. Je me suis dit qu'avant de mettre la ville en mille morceaux, nous ferions peut-être mieux d'en tirer une de nos amies.

Il s'effaça avec une courbette ironique, révélant une jeune fille aux cheveux de miel : la margravine Liselle.

— Beau petit lot, commenta Yarblek, admiratif.

Liselle lui dédia un sourire radieux qui ensoleilla ses joues.

— Comment as-tu réussi à passer ? s'exclama Garion.

— Je ne pense pas que la réponse te plairait, éluda le petit homme à la tête de fouine. Il y a toujours moyen d'entrer ou de sortir d'une ville, quand on y tient vraiment.

— Tu ne sens pas très bon, remarqua Yarblek.

— Ça vient du chemin que nous avons pris, avoua la jeune fille en fronçant le nez.

— Compte tenu des circonstances, tu m'as l'air en pleine forme, fit Javelin sur le ton de la conversation.

— Merci, mon oncle. Majesté, reprit-elle en se tournant vers Garion, les rumeurs qui circulent en ville sont-elles fondées ? Votre fils aurait été enlevé ?

— Juste après la prise de Jarviksholm, acquiesça Garion en se rembrunissant. C'est la raison de notre présence ici.

— Le prince Geran n'est pas à Rhéon, déclara-t-elle.

— Vous en êtes sûre ? insista Ce'Nedra.

— A peu près, Majesté. Les adeptes de Rhéon sont abasourdis. Ils ignorent manifestement l'identité du ravisseur.

— Il se pourrait qu'Ulfgar ne l'ait pas crié sur les toits mais que ses intimes soient au courant, fit Javelin.

— C'est possible, évidemment. D'un autre côté, je n'ai pas réussi à l'approcher d'assez près pour m'en assurer, mais il a l'air d'un homme dont les projets ont mal tourné. Il ne s'attendait manifestement pas à ce que vous investissiez Rhéon. Le renforcement des fortifications est une manœuvre désespérée plus qu'autre chose, et les murailles sont loin d'être aussi imprenables qu'il y paraît du dehors, surtout au nord. S'il était impliqué dans l'enlèvement, il se serait préparé à la riposte. A moins, bien sûr, de s'être figuré que vous ne remonteriez jamais jusqu'à lui.

— Que voilà, gente Damoiselle, d'aimables nouvelles ! louangea Mandorallen. A présent que nous sommes au fait de la défaillance du mur nord, nous n'aurons cure de porter nos efforts à d'autre endroit. Si le plan de Maître Durnik s'avère réalisable, l'affaiblissement des fondations nous permettra sans nul doute de l'abattre aisément.

— Que savez-vous d'Ulfgar ? intervint Barak.

— Je ne l'ai vu que de loin. Il passe le plus clair de son temps enfermé et seuls ses plus proches fidèles sont admis dans son entourage. Mais il a fait, juste avant de vous envoyer ses troupes de choc, un discours véhément qui a subjugué la foule, et je peux vous affirmer que ce n'est pas un Alorien.

— Hein ? fit Barak, déconcerté.

— Il a un visage indéfinissable et je n'ai pas réussi à deviner d'où il venait, mais je peux vous dire que sa façon de parler n'est pas celle d'un Alorien.

— Le culte aurait accepté un étranger pour chef ? s'étonna Garion.

— Les adeptes ignorent manifestement qu'il n'est pas des leurs. Il écorche légèrement certains mots, mais il faut avoir une oreille exercée pour s'en apercevoir. Si j'avais réussi à l'approcher, j'aurais peut-être pu l'amener à prononcer des mots qui m'auraient révélé son origine. Je regrette de ne pouvoir vous en dire davantage.

— Quelle emprise exerce-t-il sur les adeptes du culte ? questionna Javelin.

— Ils lui mangent dans la main. Il leur ferait faire n'importe quoi. Pour eux, c'est une sorte de dieu.

— Il faut absolument que nous le prenions vivant, déclara Garion d'un ton sinistre. J'ai des questions à lui poser.

— Je crains, Majesté, que ce ne soit difficile, répondit-elle gravement. A Rhéon, on le tient généralement pour un sorcier. Je n'en ai pas eu la preuve moi-même, mais j'ai parlé avec des gens qui l'ont eue, ou prétendent l'avoir eue.

— Vous nous avez rendu un grand service, Margravine, déclara la reine avec reconnaissance. Nous nous en souviendrons.

— Merci, Majesté, répondit Liselle avec une génuflexion. D'après ce que j'ai pu voir, reprit-elle en se tournant vers Garion, les effectifs du culte de Rhéon seraient beaucoup moins importants qu'on n'aurait bien voulu nous le faire croire. Il y a parmi eux un grand nombre de jeunes gens et de vieillards. On dirait qu'ils comptent désespérément sur une force qui avance vers la cité sous le commandement d'un adepte occulte de l'Ours.

— Haldar, lâcha Barak.

Elle acquiesça d'un hochement de tête.

— J'en reviens à ce que je disais tout à l'heure : il faut absolument que nous entrions dans la ville, insista Javelin. A votre avis, Durnik, combien de temps vous faudra-t-il pour saper le sol sous le mur nord ?

Le forgeron s'appuya au dossier de son fauteuil.

— Si nous voulons les prendre par surprise, commença-t-il en contemplant le toit de la tente d'un air méditatif, mieux vaudrait éviter tout jaillissement d'eau intempestif, au moins au début. Une imprégnation insidieuse serait bien plus discrète, même si elle est plus lente.

— Si cet Ulfgar est vraiment sorcier, ajouta Garion, il faudra que nous prenions garde à ne pas faire de bruit ; autrement il risque de nous entendre.

— Ça fera assez de bruit quand le mur dégringolera, assura Barak. Et si tu le faisais exploser, comme à Jarviksholm ?

— Pendant quelques instants, après avoir déchaîné son pouvoir, on est très vulnérable aux attaques des autres sorciers objecta Garion. Je préférerais rester en vie et sain d'esprit pour le jour où je retrouverai mon fils.

— Combien de temps vous faudra-t-il pour saper le sol sous le mur ? reprit Javelin.

— Disons ce soir et toute la journée de demain, répondit Durnik en se grattant la joue. La nuit prochaine, les fondations devraient être bien minées. Et puis, juste avant l'attaque, nous pourrions, Garion et moi, augmenter le flux afin qu'il emporte la majeure partie de la terre. Si elle est complètement détrempée, comme je le pense, et si le courant est suffisant, il l'entraînera d'un seul coup, laissant le mur posé sur du vide. Quelques projections de pierres sur la paroi intérieure de la muraille, des grappins pour tirer dessus de l'extérieur et il ne devrait pas résister longtemps.

— A votre place, l'Arendais, je dirais aux artilleurs de reprendre les tirs, que les habitants de la ville s'habituent à voir des blocs de pierre tomber du ciel, suggéra Yarblek. Comme ça, quand vous vous remettrez à bombarder leurs remparts, demain soir, ils n'y feront même plus attention.

— Alors, demain, minuit ? fit Barak avec insistance.

— Demain minuit, confirma Garion.

— Dis-moi, Liselle, te souviens-tu de la configuration du quartier nord de la ville ? questionna Javelin.

Elle acquiesça d'un hochement de tête.

— Tu pourrais nous en faire un croquis, que nous sachions où ériger nos défenses quand nous serons dans les murs ?

— Quand j'aurai pris un bain, mon oncle.

— Nous avons besoin de cette esquisse, mon petit.

— Pas tant que moi de mon bain.

— Et vous donc, Silk ! fit Porenn d'un ton sans réplique.

— Je n'ai pas besoin qu'on me frotte le dos, Kheldar, susurra Liselle en surprenant le regard spéculatif du petit homme à la tête de fouine. Je me débrouillerai très bien toute seule, merci.

— Viens, Durnik, dit Garion en se levant. Nous aussi nous allons chercher de l'eau. Enfin, de l'eau souterraine.

Le forgeron le suivit aussitôt.

Il faisait nuit noire. Les nuages qui obscurcissaient le ciel depuis plus d'une semaine masquaient la lune, évidemment. Garion et Durnik s'engagèrent à tâtons dans la vallée semée de broussailles qui les séparait de la cité assiégée.

— Qu'est-ce qu'il fait froid ! murmura le forgeron.

— Hmm, acquiesça Garion. Tu penses que nous serons obligés de chercher très bas pour trouver de l'eau ?

— Sûrement pas. J'ai demandé à Liselle si les murs de Rhéon étaient profondément enfouis dans le sol et elle m'a dit que non. Je pense que nous devrions tomber dessus à moins de vingt-cinq pieds.

— Dis-moi, où es-tu allé pêcher cette idée ?

— Quand j'étais tout jeune, commença Durnik avec un petit rire, j'étais au service d'un fermier qui se donnait de grands airs. Il croyait impressionner ses voisins en se faisant creuser un puits dans sa maison. Nous avons passé l'hiver à forer le sol et puis nous sommes tombés sur un puits artésien. Trois jours plus tard, sa maison s'effondrait. Tu penses s'il était content !

— J'imagine, en effet.

Le forgeron leva les yeux sur les murs qui les dominaient de toute leur hauteur.

— N'allons pas plus loin, proposa-t-il. Nous risquons d'avoir du mal à nous concentrer s'ils nous voient et se mettent à nous cribler de flèches. Commençons par la façade nord.

— D'accord.

Ils redoublèrent de précautions pour ne pas faire bruire les herbes rêches.

— Ça devrait aller, décréta Durnik. Voyons ce qu'il y a là-dessous.

Garion s'insinua mentalement dans la terre durcie, au pied de la muraille nord de la cité. Il fut un peu perturbé, pendant les premiers pieds, par les taupes et les vers de terre. Un babillage courroucé lui apprit qu'il avait dérangé un blaireau. Puis il rencontra une strate rocheuse et en explora mentalement la surface, à la recherche d'éventuelles fissures.

— Juste à ta gauche, murmura le forgeron. Tu ne crois pas que c'est une faille ?

Le jeune homme la trouva et l'explora. Il lui sembla que le sol était de plus en plus humide au fur et à mesure qu'il descendait.

— Il y a de l'eau, en bas, chuchota-t-il, mais la faille est tellement étroite qu'elle a du mal à remonter.

— Elargissons la fracture, mais pas trop ; juste assez pour laisser suinter un filet d'eau.

Garion banda sa volonté et sentit Durnik joindre son pouvoir au sien. En unissant leurs efforts, ils parvinrent à écarter les deux lèvres de la roche. L'eau emprisonnée dans les profondeurs jaillit avec force. Les deux hommes se rétractèrent au même moment, juste après avoir senti la voie d'eau souterraine éroder le remblai et s'infiltrer sous la muraille.

— Fichons le camp d'ici, souffla Durnik. L'idéal ce serait de recommencer en six ou sept endroits le long du mur, que le sol soit bien détrempé, et demain soir, nous ouvrirons les vannes en grand.

— Mais tout le remblai va être plein d'eau ? objecta tout bas Garion.

— Il y a des chances.

— Ça ne va pas faciliter les choses pour nos hommes quand ils vont donner l'assaut.

— Ils risquent d'avoir les pieds mouillés. Mais ils préféreront sûrement attraper un rhume plutôt que d'escalader les remparts sous un déluge d'huile bouillante, tu ne crois pas ?

— Ça, sûrement.

Ils poursuivirent leur travail de sape dans les ténèbres glaciales. Puis une petite chose froide et mouillée effleura la joue de Garion. Il tenta de la traiter par le mépris mais le phénomène se reproduisit et il ne put l'ignorer plus longtemps. Il éprouva une sensation très désagréable au creux de l'estomac.

— Allons bon, murmura-t-il. La neige, maintenant !

— Il me semblait bien, aussi. C'est tout ce qui nous manquait.

Il neigea toute la nuit et le lendemain matin. Le vent

rabattait des bourrasques de neige sur la sinistre forteresse, mais la chute était intermittente et les flocons ne tenaient pas sur le sol où ils se changeaient aussitôt en une boue brunâtre.

Peu avant midi, Garion et Lelldorin revêtirent d'épaisses capes de laine et de grosses bottes, sortirent du camp et allèrent rôder vers le secteur nord des fortifications. Arrivés à deux cents pas de la colline de Rhéon, ils adoptèrent un pas de promenade et se donnèrent un mal fou pour avoir l'air d'inoffensifs soldats en patrouille. Le jeune roi de Riva leva les yeux sur les murailles et se sentit à nouveau envahi par une colère irrationnelle en voyant la bannière rouge et noir du culte.

— Tu es sûr que tu arriveras à reconnaître tes flèches dans le noir ? demanda-t-il. Le sol en est tellement criblé, par ici...

Lelldorin banda son arc et décocha un trait qui monta haut dans le ciel, décrivit une superbe parabole et se ficha dans la neige, à une cinquantaine de pas du pied de la butte.

— C'est moi qui les ai faites, dit-il en prenant une autre flèche dans son carquois et en l'encochant. Je les reconnaîtrais les yeux bandés. Comment c'est, sous le mur ? s'informa-t-il en se cambrant et en bandant son arc.

Garion explora mentalement le flanc de la colline. C'était froid, humide, et ça sentait le moisi, mais c'était encore très dur. Il le lui dit.

— Il est presque midi, remarqua gravement le jeune Asturien en encochant une troisième flèche. Je sais que ce bon Durnik ne fait jamais rien à la légère, mais tu crois vraiment que ça va marcher ?

— Ça ne se fait pas comme ça. Il faut d'abord que les couches inférieures du sol s'imbibent puis que l'eau remonte sous le mur et commence à saturer la terre. Ça prend du temps. Mais si l'eau se mettait à jaillir par tous les terriers de lapin, les gens qui montent la garde sur les remparts commenceraient à se poser des questions.

— Et les lapins, donc ! s'esclaffa Lelldorin en décochant une quatrième flèche.

Ils poursuivirent leur chemin, le jeune archer continuant à marquer avec une désinvolture trompeuse la ligne de départ de l'assaut prévu pour la nuit.

— Bon, reprit Garion. Je suis rassuré sur un point : tu reconnaîtras tes flèches dans le noir, mais *nous* ? Pour moi, toutes les flèches se ressemblent.

— C'est très simple, répondit le jeune archer. Je m'approcherai en rampant du pied de la colline et je réunirai mes flèches les unes aux autres avec une cordelette. Quand tu rencontreras mon fil, tu t'arrêteras, tu attendras l'écroulement du mur et tu donneras le signal de l'attaque. Il y a des centaines d'années que les Asturiens procèdent ainsi avec les fiefs mimbraïques.

Il neigea toute la journée. Garion et Durnik s'approchaient périodiquement de la butte, au nord de la cité fortifiée de Rhéon, afin d'en vérifier le degré d'imprégnation.

— Le sol est presque saturé, déclara le forgeron alors que le crépuscule s'annonçait. Regarde, au pied de la colline, l'eau suinte déjà à travers la neige.

— Encore heureux qu'il fasse bientôt noir, commenta Garion en se tortillant sous sa cotte de mailles.

Il n'aimait pas les armures, quelles qu'elles soient, et la perspective du combat à venir l'emplissait d'un curieux mélange d'impatience et d'anxiété.

Son vieil ami Durnik braquait sur lui un regard compréhensif qui vouait à l'échec toute tentative de dissimulation.

— Que font deux braves garçons de ferme sendariens au beau milieu de la Drasnie orientale, par un temps de chien ? fit-il avec un sourire un peu torve.

— La guerre. Et ils la gagnent. Enfin, j'espère.

— Nous gagnerons, Garion, affirma le forgeron en posant affectueusement la main sur son épaule. Les Sendariens finissent toujours par l'emporter.

Une heure avant minuit, Mandorallen commença à déplacer ses engins de siège, en prenant bien soin d'en laisser quelques-uns sur les flancs est et ouest, pour faire diversion. Le moment fatidique approchait. Garion, Durnik, Lelldorin et Silk rampèrent vers la colline de

Rhéon, les mains tendues devant eux, à la recherche de la ligne formée par les flèches fichées dans la neige.

— J'en tiens une, chuchota le forgeron.

— Attendez, murmura l'archer asturien, laissez-moi voir.

Il s'agenouilla près de lui, dans la neige fondue, et palpa le trait.

— C'est bien une des miennes, dit-il tout bas. Elles devraient être à une dizaine de pieds l'une de l'autre.

Silk s'approcha rapidement des deux hommes.

— Montrez-moi à quoi vous les reconnaissez, souffla-t-il.

— A leur empennage, répondit Lelldorin. J'attache toujours les plumes avec du boyau torsadé.

Le petit Drasnien tâta le bout emplumé de la flèche.

— Très bien, dit-il. Je ne risque pas de me tromper.

— Vous êtes sûr ?

— Si mes doigts arrivent à lire les points d'une paire de dés, ils doivent être capables de faire la différence entre le boyau et le fil de lin, rétorqua Silk.

— Très bien. On va partir d'ici, chuchota Lelldorin en attachant le bout d'un peloton de cordelette au fût de la flèche. Je vais par ici ; vous, vous allez par là.

— D'accord.

Silk noua à son tour l'extrémité de sa cordelette à la flèche et se tourna vers Garion et Durnik.

— Ne faites pas de folies avec l'eau, vous deux, recommanda-t-il. Je n'ai pas envie de finir noyé dans un torrent de boue. Surtout dans cette partie du monde.

Puis il s'éloigna à croupetons et partit à la recherche de la flèche suivante. Lelldorin serra brièvement l'épaule de Garion et disparut dans la direction opposée.

— Le sol est complètement saturé, à présent, murmura Durnik. Si nous ouvrons des brèches d'un pied de large dans la roche, toute la terre qui supporte les remparts sera emportée par l'eau.

— Parfait.

Ils sondèrent mentalement le sol détrempé, localisèrent la strate rocheuse et scrutèrent sa face supérieure, rugueuse, à la recherche de la première fissure. Garion éprouva une curieuse sensation en s'insinuant psychiquement dans la fente par où l'eau remontait des profondeurs. C'était un peu comme s'il avait enfoncé dans la pierre un bras invisible, incroyablement long et doté de doigts minces et souples qui s'enfonçaient dans la fissure.

— Tu y es, Durnik ?

— Je crois.

— Alors c'est parti, fit Garion en se concentrant.

Lentement, dans un effort qui fit perler des gouttelettes de sueur à leur front, les deux hommes écartèrent les lèvres de la faille. Un craquement étouffé, qui leur parut assourdissant dans le silence, retentit tout à coup dans les profondeurs de la colline détrempée : la roche s'était brisée sous la force de leurs volontés combinées.

— Qui va là ? demanda une voix en haut des remparts.

— Tu crois qu'elle est assez large ? murmura Garion, ignorant l'alerte.

— L'eau monte beaucoup plus vite, répondit Durnik après avoir un instant sondé les profondeurs. On dirait qu'elle est sous pression, là-dessous. Allez, à la suivante.

La puissante vibration d'une corde fortement tendue et relâchée retentit tout à coup quelque part derrière eux, puis quelque chose passa au-dessus de leur tête avec une sorte de chuintement : l'un des grappins de Yarblek avait été catapulté vers le secteur nord des remparts. Ils entendirent le bruit métallique des crochets qui raclaient la paroi intérieure du mur, puis un crissement lorsque ses pointes se logèrent dans les interstices de la muraille.

Pliés en deux, en essayant d'amortir le bruit de succion de leurs pieds, Garion et Durnik se déplacèrent lentement vers la gauche et scrutèrent mentalement le sol à la recherche de la seconde fissure. Quand Lelldorin les rejoignit, ils avaient encore ouvert deux failles sous le talus saturé d'eau. Un fort gargouillement se fit alors entendre derrière eux, un peu plus haut, puis un torrent de boue jaillit du flanc de la butte et dévala la pente.

— Ça y est, annonça tout bas le jeune Asturien. Je suis allé jusqu'au bout de ma rangée de flèches. La cordelette est en place de ce côté.

— Parfait, répondit Garion, le souffle coupé par l'effort. Va dire à Barak de mettre ses troupes en position.

— J'y vais, acquiesça Lelldorin.

Il tourna les talons et disparut dans une soudaine bourrasque de neige.

— Là, il faut faire attention, murmura Durnik en fouillant mentalement le sol. La roche est complètement fendillée et si nous appliquons une trop forte poussée, nous allons la briser en mille morceaux et libérer un véritable fleuve.

Garion acquiesça d'un grommellement et tendit son bras psychique vers la fissure.

Ils arrivaient à la dernière de leurs sources souterraines quand Silk réapparut derrière eux, dans le noir, ses pieds légers ne faisant aucun bruit dans la boue.

— Qu'est-ce que tu fabriquais ? chuchota Garion. Tu n'avais que quelques centaines de toises à parcourir.

— Je vérifiais l'état du talus, répondit Silk. Toute cette saleté commence à sourdre à travers la neige comme de la sauce de gigot froid. Et puis je suis monté jusqu'au pied des remparts et j'ai poussé du pied sur une des pierres de la muraille. Elle a remué comme une dent déchaussée.

— Eh bien, fit Durnik avec satisfaction, ça a marché, tout compte fait.

Il y eut un instant de silence dans les ténèbres blanchâtres de cette nuit de neige, puis Silk déglutit péniblement.

— Vous voulez dire que vous n'en étiez pas certain ?

— Je savais que ma théorie était bonne, répondit le forgeron d'un petit ton désinvolte, mais on ne peut jamais être sûr que ça marche dans la pratique tant qu'on n'a pas essayé.

— Je crois que je commence à être trop vieux pour ça.

Un second grappin siffla au-dessus d'eux.

— Nous avons encore une faille à ouvrir, murmura Garion. Barak ne va pas tarder à monter à l'assaut. Tu ne veux pas retourner dire à Yarblek de donner le signal à Mandorallen ?

— Avec plaisir, acquiesça le petit Drasnien. Tout plutôt que de prendre un bain de boue.

Il s'en alla sans demander son reste.

Dix minutes plus tard, la dernière fissure avait été ouverte et le versant nord de la colline n'était plus qu'une masse de boue visqueuse lavée par un torrent d'eau. Alors une boule de feu, ou plutôt de poix enflammée, fila haut dans l'air au-dessus de la cité. En réponse à ce signal, les engins de Mandorallen redoublèrent la cadence et projetèrent une avalanche de pierres par-dessus les toits de Rhéon, sur la paroi intérieure du mur nord. En même temps, les mercenaires nadraks cravachèrent leurs chevaux pour les écarter du mur et les filins accrochés aux grappins de Yarblek se tendirent. On entendit d'horribles craquements, un grondement monstrueux et la muraille ébranlée commença à vaciller en haut de la colline.

— Vous pensez qu'elle va tenir longtemps ? fit Barak en sortant des ténèbres et en les rejoignant, Lelldorin à son côté.

— Sûrement pas, répondit Durnik. Le sol commence à lâcher dessous.

Le craquement devint effroyable. Les chocs répétés s'accrurent comme les catapultes de Mandorallen accéléraient la cadence de leur pluie mortelle. Puis, dans un vacarme d'avalanche, une section du mur s'effondra avec un curieux mouvement sinueux, la partie supérieure se renversant vers l'extérieur tandis que le bas s'enfonçait dans le sol détrempé. Les énormes blocs de pierre dégringolèrent dans la boue visqueuse du talus avec un formidable grondement accompagné d'un bruit de succion.

— On ne devrait jamais rien construire sur de la terre, observa Durnik d'un ton critique.

— Compte tenu des circonstances, je suis bien content qu'ils l'aient fait, lui avoua Barak.

— Peut-être, admit le forgeron, mais on ne peut pas faire n'importe quoi n'importe comment.

— Durnik, vous êtes vraiment en or ! s'esclaffa le grand Cheresque.

Une nouvelle section du mur s'effondra et se répandit sur la pente. Des cris d'alarme, des tintements de cloche commencèrent à retentir dans les rues de la ville fortifiée.

— Hé, Garion, tu veux que je fasse donner la charge ? demanda Barak d'une voix que l'excitation rendait rauque.

— Attendons que le rempart soit complètement tombé. Je ne voudrais pas que les hommes le reçoivent sur la tête.

— C'est parti ! fit Lelldorin dans un grand éclat de rire en tendant le doigt vers la dernière section du mur qui s'ébranlait.

— Donne le signal, ordonna Garion d'une voix âpre, en passant la main derrière son épaule pour prendre la grande épée attachée sur son dos.

Barak inspira profondément et poussa un rugissement de tonnerre.

— Chaargez !

D'un seul mouvement, poussant un même cri, les Riviens et leurs alliés nadraks plongèrent dans la boue et la neige fondue, escaladèrent les fortifications éboulées et entrèrent dans la ville.

— Allons-y ! hurla Barak. Dépêchons-nous ou nous allons rater le meilleur !

CHAPITRE XXIV

Le combat fut bref et souvent sordide. Javelin et sa nièce avaient donné des instructions précises aux hommes de Garion, et chacun savait ce qu'il avait à faire. Ils avançaient sans hésiter dans les rues enneigées, éclairées par des torches, et occupaient les maisons qui leur avaient été spécifiquement désignées. D'autres unités se déversaient dans la cité par les deux côtés de la brèche, prenaient position le long d'une ligne que Javelin avait tracée sur la carte de Liselle et démolissaient les bâtiments afin de barricader les rues avec les pierres.

La première contre-attaque survint juste avant l'aube. Des adeptes du culte hirsutes, vêtus de peaux de bêtes, surgirent des ruelles situées au-delà du périmètre défensif et se précipitèrent en hurlant sur les débris de leurs maisons. Ils furent accueillis par un déluge de flèches décochées du toit et des étages supérieurs des bâtiments voisins. Ils battirent en retraite après avoir subi des pertes terrifiantes.

Quand l'horizon s'éclaircit, à l'est, et que l'aube se leva, blême et grise, sur la ville enneigée, les dernières poches de résistance avaient cédé dans le secteur défini par Javelin. Le quartier nord de Rhéon était tombé. Garion était debout devant une fenêtre aux vitres brisées, au dernier étage d'une maison située à la limite de la zone occupée et d'où il avait un point de vue privilégié sur les environs. Il contemplait en ruminant de sombres pensées les cadavres qui gisaient sur la barricade, mannequins difformes, figés dans des positions grotesques et déjà saupoudrés de neige.

— Ce n'était pas un si mauvais combat, après tout, déclara Barak en entrant dans la pièce, l'épée encore ensanglantée.

Il laissa tomber son bouclier ébréché dans un coin et s'approcha de la fenêtre.

— Moi, je ne trouve pas, répondit Garion en lorgnant la barricade de chair humaine. Tuer des gens n'est pas la meilleure façon de les faire changer d'idées.

— C'est eux qui l'ont voulu, après tout.

— Non. C'est Ulfgar qui l'a voulu. Et c'est lui que je veux.

— Ne t'inquiète pas, on va te le trouver, promit le Cheresque en essuyant son épée avec un bout de chiffon.

La journée fut marquée par plusieurs contre-attaques désespérées, menées de l'intérieur de la ville. Le résultat était toujours le même. Les positions de Garion étaient fermement assurées, bien couvertes par les archers, et ne risquaient pas grand-chose de ces sorties sporadiques.

— Ils ne savent pas se battre en groupe, remarqua Durnik du haut de leur nid d'aigle.

— La discipline n'est pas leur spécialité, commenta Silk. Individuellement, ils sont plus féroces que des lions, mais la notion d'action concertée ne leur est pas encore venue à l'esprit.

Le petit homme à la tête de fouine était vautré sur un lit effondré, dans un coin de la pièce, et pelait soigneusement une pomme avec sa dague.

Lelldorin décocha un trait par une vitre cassée.

— Magnifique ! s'exclama Barak.

— Un jeu d'enfant, répondit l'Asturien. Maintenant, l'acrobate qui rampe sur ce toit-là... Hum, ça va être plus difficile.

Il encocha une flèche, banda son arc et tira, le tout dans un seul mouvement fluide.

— En plein dans le mille, constata Barak, admiratif.

— Normal.

Le soir tombait lorsque Polgara et Beldin revinrent au camp, devant les murailles de la cité.

— Allez, fit le petit sorcier bossu en tendant ses mains difformes vers l'un des braseros de Yarblek. Les hallebardiers devraient vous fiche la paix pendant un bon moment.

— Vous ne leur avez pas fait de mal, au moins ? s'exclama Porenn.

— Noon, reprit-il avec un sourire affreux à voir. Ils sont juste un peu enlisés. Nous avons détourné une rivière alors qu'ils traversaient une vallée marécageuse, et maintenant ils sont perchés sur des buttes de terre ou dans les branches des arbres et ils attendent que l'eau se retire.

— Ça ne risque pas de retarder Brendig ? objecta Garion.

— Il a pris bien soin de contourner la vallée, le rassura Polgara, assise près de l'un des braseros. Il devrait être ici d'ici quelques jours. Vella, votre thé est vraiment excellent.

— Merci, Dame Polgara, répondit la Nadrake. Si j'avais des cheveux comme ça, fit-elle avec un soupir d'envie, Yarblek pourrait me vendre deux fois plus cher…

Elle ne pouvait détacher son regard des boucles cuivrées de Ce'Nedra qui étincelaient à la lueur des braseros.

— Je me contenterais de la moitié, marmonna Yarblek. Rien que pour arrêter de prendre des coups de poignard.

— Arrête de pleurnicher, Yarblek. Ce n'était qu'une égratignure.

— Tu parles, je saignais comme un cochon !

— Alors, Vella, vous avez travaillé vos invectives ? s'enquit Beldin.

Elle le gratifia d'une petite démonstration.

— Ah, vous faites de gros progrès !

Pendant deux jours, les troupes dressèrent, le long du périmètre formé par les démolitions, des barricades destinées à prévenir toute contre-offensive un peu sérieuse sur le quartier nord de Rhéon. Garion et ses amis observèrent l'avancement des travaux depuis le dernier étage de la maison dont ils avaient fait leur quartier général.

— Je ne connais pas leur chef, mais je peux vous dire qu'il n'a pas les moindres rudiments de stratégie, nota Yarblek. Il n'essaie même pas d'élever des barricades de son côté pour nous empêcher d'entrer dans le reste de la ville.

— Vous savez que vous avez raison ? approuva Barak en se renfrognant. Il n'aurait rien dû avoir de plus pressé quand ce quartier est tombé.

— Il a peut-être trop d'orgueil pour penser que nous pourrions avoir envie de nous étendre, hasarda Lelldorin.

— On ne sait pas ce qu'il nous réserve par-derrière, objecta Durnik.

— Ça, c'est bien vrai, acquiesça le grand Cheresque. Nous avons intérêt à réfléchir avant de lancer d'autres offensives.

— Avant de projeter quoi que ce soit, il faudrait que nous sachions quel genre de pièges Ulfgar nous réserve au juste, renchérit Javelin.

— Très bien, soupira Silk en faisant la grimace. Quand il fera noir, j'irai jeter un coup d'œil.

— Ce n'est pas ce que je voulais dire, Kheldar.

— Bien sûr que non.

— Mais c'est une très bonne idée. Je suis heureux que vous l'ayez eue.

Peu après minuit, le petit voleur les rejoignait à leur quartier général.

— Ce n'est pas une nuit à mettre un Drasnien dehors, dit-il en grelottant.

Il s'approcha de la cheminée et se frotta les mains.

— Alors, qu'est-ce qu'ils nous préparent ? s'informa Barak en portant une chope de cuivre à ses lèvres.

— Des tas de choses. Ils construisent des murs en travers des rues, à quelques pâtés de maisons de notre périmètre, et ils s'arrangent pour les placer derrière les coins des bâtiments, afin qu'on ne les voie qu'en arrivant dessus.

— Avec des archers et des chaudrons de poix bouillante dans toutes les maisons voisines ?

— Probablement. Tu n'aurais pas un peu de bière pour moi ? Je suis transi jusqu'à la moelle des os.

— Il faudra que nous y mettions bon ordre, fit Javelin d'un ton rêveur.

— Bonne chance, répondit aigrement Barak en s'approchant du tonneau de bière. Je déteste les combats en zone urbaine. Parlez-moi plutôt d'un bon champ de bataille…

— C'est dans les villes que se trouve le butin, objecta Yarblek.

— Tu ne penses qu'à ça ?

— Mon ami, nous sommes sur cette terre pour gagner de l'argent, rétorqua le Nadrak en écartant l'objection d'un haussement d'épaules.

— J'ai l'impression d'entendre Silk.

— Je sais. C'est pour ça que nous sommes associés.

Il neigea pendant toute la journée du lendemain. Les citoyens de Rhéon lancèrent quelques timides attaques sur le périmètre défensif de Garion, mais ils se bornèrent pour l'essentiel à tirer des flèches sur tout ce qui bougeait.

Dans la matinée du surlendemain, Mission se faufila on ne sait comment dans les décombres des remparts effondrés et entra sans rien demander à personne dans la maison d'où Garion dirigeait les opérations. Il était à bout de souffle, mais son jeune visage exprimait une profonde exaltation.

— C'est excitant, dit-il.

— Quoi donc ? s'inquiéta Garion.

— D'éviter les flèches

— Tante Pol sait que tu es là ?

— Je ne pense pas. Je suis venu voir la ville.

— Tu sais que tu vas nous attirer de gros ennuis, toi ?

— Un sermon de plus ou de moins… riposta Mission en haussant les épaules. Et puis il fallait que je te dise : Hettar est là. Enfin, il devrait arriver d'ici une heure ou deux. Il n'est plus qu'à quelques lieues au sud.

— Ah, tout de même ! fit Garion avec un gros soupir. Comment le sais-tu ?

— J'ai emmené Cheval faire un petit tour. Il s'énerve

quand on le laisse trop longtemps au corral. Bref, nous sommes montés sur cette grande colline, au sud, et nous les avons vus.

— Si nous allions à leur rencontre ?

— Pourquoi pas ?

Au sommet de la colline, un spectacle grandiose attendait Garion et son jeune ami : des vagues successives d'hommes de clan algarois déferlaient à vive allure sur les landes enneigées. Un cavalier se détacha de cette marée d'hommes et de chevaux et fonça vers eux au galop, sa longue mèche noire flottant derrière lui comme la queue de ses chevaux.

— Bonjour, Garion, fit tranquillement Hettar en retenant sa monture. Ça va ?

— Couci-couça, répondit Garion en grimaçant un sourire.

— Il a neigé, par ici.

— Tiens, c'est vrai, nota-t-il en regardant autour de lui avec un feint étonnement. Je n'avais pas remarqué.

Un second cavalier venait vers eux, un homme emmitouflé dans un capuchon dépenaillé.

— Où est ta tante, Garion ? demanda-t-il dès qu'il fut à portée de voix.

— Grand-père ! Je pensais que tu avais prévu d'aller à Mar Terrin ?

— J'en reviens, rétorqua le sorcier avec un bruit obscène. J'ai perdu mon temps, là-bas. Je te raconterai ça plus tard. Et vous, où en êtes-vous ?

Garion leur relata rapidement les événements des dernières semaines.

— Vous n'avez pas dû vous ennuyer, commenta Hettar.

— Ça, je dois dire que nous n'avons pas vu le temps passer.

— Pol est donc en ville ? insista Belgarath.

— Non. Elle est restée avec Ce'Nedra et ces dames dans le camp que nous avions dressé en arrivant. Les adeptes du culte tentent parfois des actions de commando et je me suis dit qu'il ne serait pas prudent de les faire entrer dans la cité.

— Sage décision. Tu pourrais réunir tout le monde au camp ? Nous avons des choses à voir ensemble.

— Entendu.

Peu après midi, ils se retrouvaient dans la grande tente du campement rivien, devant les murailles de la ville.

— Alors, Père, tu as trouvé quelque chose d'intéressant ? s'enquit Polgara en voyant entrer le vieux sorcier.

— Quelques allusions énigmatiques, c'est tout, répondit-il en se laissant tomber dans un fauteuil. A mon avis, les Oracles ashabènes d'Anheg sont une version soigneusement édulcorée, probablement dès l'origine. Les coupes n'ont pas été effectuées sur son exemplaire mais sur le texte de départ.

— Les prophètes n'ont pas pour habitude de manipuler leurs propres présages, objecta Polgara.

— Celui-ci ne s'embarrassait pas de scrupules. Surtout si des passages de sa prophétie disaient des choses auxquelles il n'avait pas envie de croire.

— Qui était-ce ?

— Torak. J'ai presque tout de suite reconnu son style et la tournure caractéristique de ses phrases.

— Torak ? s'exclama Garion, glacé d'effroi.

Belgarath acquiesça d'un hochement de tête.

— Selon un vieux mythe malloréen, après avoir détruit Cthol Mishrak, le Dieu maudit se serait fait construire un château à Ashaba, dans les monts karandaques. Une fois là-bas, il serait entré en transe et aurait composé les Oracles ashabènes. La légende dit encore qu'en reprenant conscience, Torak aurait été pris d'une violente colère, certains passages de sa prophétie lui ayant déplu. Voilà qui pourrait très bien expliquer ces remaniements. Nous savons tous que le Verbe cristallise l'événement.

— Tu pourrais faire une chose pareille, toi ?

— Non. Mais Torak était d'une telle arrogance... Il s'y est peut-être cru autorisé.

— En tout cas, nous sommes dans une impasse, remarqua Garion, désespéré. Le Codex mrin disait d'aller voir dans tous les mystères, et si les Oracles ashabènes ont été trafiqués...

Il écarta les mains dans un geste d'impuissance.

— Il y en a forcément quelque part une version non expurgée, répondit Belgarath d'un ton confiant. Sans ça, le Codex nous aurait donné d'autres instructions.

— Vous agissez sur la foi de votre seule conviction, fit Ce'Nedra d'un ton accusateur.

— Toujours, quand je n'ai pas de solution de repli.

— Et à Mar Terrin ? Tu as trouvé quelque chose ? reprit Polgara.

— Les moines de là-bas sont peut-être très doués pour réconforter les esprits des Marags assassinés, mais sûrement pas pour conserver les manuscrits, fit le vieux sorcier, accompagnant sa réponse d'un juron choisi. Le toit de leur bibliothèque prend l'eau et les Gospels de Mallorée étaient évidemment sous la fuite. Le manuscrit était complètement détrempé. J'ai eu toutes les peines du monde à le dérouler et l'encre avait coulé, en maculant la majeure partie. Il était presque complètement illisible. Je vous prie de croire que les prêtres m'ont entendu. Il semblerait que je sois obligé d'entreprendre des recherches un peu plus approfondies, conclut-il en se grattant la joue.

— Alors tu n'as rien trouvé du tout ? demanda Beldin.

— Si : un passage des Oracles disant que le Dieu des Ténèbres va revenir.

Garion sentit son sang se glacer dans ses veines.

— Torak ? Est-ce possible ?

— C'est une interprétation, bien sûr, mais dans ce cas, pourquoi se serait-il donné tant de mal pour détruire les autres passages ? Si le but des Oracles était d'annoncer son retour, j'imagine qu'il aurait été trop heureux de les laisser intacts.

— Encore aurait-il fallu que le grand brûlé ait toute sa tête, grommela Beldin. Je ne l'ai jamais trouvé très rationnel.

— Là, je ne suis pas d'accord, protesta Belgarath. Il agissait de façon tout à fait logique… en fonction d'un postulat de base selon lequel il était la raison d'être de la Création. Non, pour moi, ce passage veut dire autre chose.

— As-tu réussi à déchiffrer une partie des Gospels de Mallorée ? insista tante Pol.

— Juste un bref fragment qui faisait allusion à un choix entre la Lumière et les Ténèbres.

— Ça, ce serait nouveau, fit Beldin dans un reniflement. Les Sibylles de Kell ne se sont pas mouillées *une* fois depuis le commencement des temps. Il y a des millénaires qu'elles attendent de voir d'où vient le vent.

En fin d'après-midi, l'armée sendarienne apparut au-dessus d'une colline enneigée, à l'ouest. Garion éprouva une curieuse fierté à voir ces grands gaillards solides qu'il avait toujours pris pour ses compatriotes marcher avec détermination vers la cité condamnée de Rhéon.

— Nous aurions pu arriver plus vite, s'excusa le général Brendig en venant à sa hauteur, si nous n'avions dû contourner le bourbier où les hallebardiers drasniens sont enlisés.

— Comment vont-ils ? demanda très vite la reine Porenn.

— Très bien, Majesté, répondit le manchot. Ils ne peuvent pas avancer, mais c'est tout.

— Combien de temps la troupe devra-t-elle se reposer avant de pouvoir prendre part aux hostilités ? s'informa Belgarath.

— Une journée devrait suffire, Vénérable Ancien.

— Très bien ; ça nous laissera le temps de fignoler nos projets. Dites à vos hommes d'établir le bivouac et de manger quelque chose. Garion va vous expliquer la situation.

Au cours de la réunion de stratégie qui se déroula ce soir-là dans la tente principale au décor inquiétant, ils peaufinèrent leur plan de bataille, relativement simple au demeurant. Les engins de siège de Mandorallen continueraient à pilonner la cité pendant toute la journée du lendemain et la nuit suivante. Le surlendemain matin, profitant d'une manœuvre de diversion montée contre la porte sud, les forces stationnées dans le quartier nord de Rhéon devaient en sortir et commencer l'occupation maison après maison des bâtiments entourant l'enclave fortifiée. Pendant ce temps — et c'était une suggestion particulièrement inspirée du général Brendig — une autre unité passant sur le toit des maisons avec des échelles descendrait tomber derrière les murailles nouvellement érigées dans la ville.

— Notre but essentiel est de prendre Ulfgar vivant, insista Garion. Nous avons des questions primordiales à lui poser. Je veux savoir quel rôle il a joué dans l'enlèvement de mon fils, et où est Geran.

— Et moi, combien d'officiers de mon armée il a détourné de leur devoir, ajouta la reine Porenn.

— Ça va lui en faire des choses à dire, nota Yarblek avec un vilain sourire. Au Gar og Nadrak, nous avons des façons très distrayantes de délier la langue des gens.

— Pol s'en occupera, décréta Belgarath. Elle saura leur tirer les vers du nez sans tomber dans des excès regrettables.

— Je ne vous savais pas le cœur si tendre, ironisa Barak.

— Tendre comme le granit, répondit le vieux sorcier sur le même ton. C'est plutôt que si nous laissons faire notre ami Yarblek, ici présent, ça risque de dégénérer, et même Pol ne sait pas faire parler les cadavres.

— Et... après ? demanda avidement Yarblek.

— Après, vous pourrez en faire ce que vous voudrez.

Le lendemain, Garion se réfugia derrière une toile tendue dans un coin de la tente principale et se pencha une nouvelle fois sur ses cartes et ses listes pour voir s'il n'avait rien oublié. Il commençait à se dire qu'il n'était pas de tout repos d'avoir une armée sur les bras quand Ce'Nedra vint le débusquer dans son repaire.

— Garion, commença-t-elle, des amis viennent d'arriver. Les trois fils de Brand et Joran, le souffleur de verre.

— Que font-ils ici ? s'exclama-t-il en fronçant le sourcil. Je leur avais bien dit de rester à Riva.

— Ils ont quelque chose d'important à te dire.

— Alors qu'ils viennent, soupira le jeune roi de Riva.

Les quatre hommes entrèrent et s'inclinèrent gravement devant lui. Leurs capes grises étaient tachées de boue et ils avaient l'air vidé.

— Nous regrettons d'avoir dû transgresser vos ordres, Belgarion, mais nous avons découvert quelque chose de très important et nous avons pensé qu'il était de notre devoir de vous en informer, annonça Kail.

— Vraiment ? Et de quoi s'agit-il ?

— Quand Votre Majesté a quitté Riva avec l'armée, poursuivit Verdan, le frère aîné de Brand, nous avons décidé de fouiller minutieusement la côte occidentale de l'Ile. Nous redoutions d'avoir laissé échapper des indices lors de nos premières investigations.

— Et puis, ajouta Brin, nous n'avions rien d'autre à faire.

— Bref, continua Verdan, nous avons trouvé le vaisseau qui avait emmené ces Cheresques dans l'Ile.

— Leur vaisseau ? s'exclama Garion avec un sursaut. Le ravisseur de mon fils n'a donc pas quitté l'Ile à bord ?

— Non, Majesté, reprit l'aîné des trois frères en secouant la tête. Le navire a été rempli de pierres et délibérément sabordé à coups de hache dans la coque. Cinq fois nous sommes passés dessus sans le voir, jusqu'à un jour de grand calme où il n'y avait pas de vagues. Il reposait par une trentaine de pieds de fond.

— Alors comment les ravisseurs ont-ils quitté l'Ile ?

— Comme nous n'avions pas de réponse à cette question, fit Joran, nous nous sommes dit que contre toute vraisemblance, les voleurs d'enfant étaient peut-être encore dans l'Ile des Vents. Nous avons repris les recherches. Et c'est ainsi que nous avons trouvé le berger.

— Le berger ? Quel berger ?

— Il gardait son troupeau, tout en haut des prairies, à l'ouest de l'Ile, continua Kail. Il ignorait ce qui s'était passé en ville. Bref, nous lui avons demandé s'il avait remarqué quelque chose d'inhabituel vers le moment où le prince Geran avait été enlevé, et il a dit avoir vu, à peu près vers cette époque, un voilier entrer dans une crique abritée de la côte ouest et quelqu'un monter à bord avec un paquet enroulé dans une couverture. Puis le vaisseau avait repris la mer, laissant les autres sur la terre ferme. Belgarion, c'était la crique où nous avait menés l'Orbe.

— Par où le vaisseau est-il parti ?
— Vers le sud.
— Ce n'est pas tout, Belgarion, ajouta Joran. Le berger est catégorique : c'était un vaisseau nyissien.
— *Nyissien ?*
— Il est formel. Il a même décrit la bannière au serpent qui flottait en haut du mât.
— Ne bougez pas d'ici, s'exclama Garion en se levant d'un bond.
Il souleva le rabat de la cloison de toile et appela son grand-père et sa tante Pol.
— Qu'y a-t-il, mon chou ? demanda Polgara en entrant dans son cabinet improvisé, suivie de Belgarath et de Silk, toujours aussi fouineur.
— Kail, dites-leur ce que vous venez de me raconter.
Le second fils de Brand répéta brièvement son histoire.
— Salmissra ? suggéra Polgara.
— Pas forcément, rétorqua le vieux sorcier. La Nyissie est le royaume des intrigues et la reine n'est pas nécessairement à l'origine de toutes les ignominies, surtout depuis le traitement que tu lui as administré. Pourquoi un Cheresque abandonnerait-il un de ses propres bateaux pour monter à bord d'un rafiot nyissien ? Ça ne tient pas debout.
— Et une question de plus pour Ulfgar quand nous mettrons la main dessus, susurra Silk.
Le lendemain matin, à l'aube, un énorme contingent composé d'éléments de toutes les forces assiégeantes s'engagea dans la vallée au sud de la ville, vers la colline de Rhéon. Les hommes portaient ostensiblement des échelles d'escalade et des béliers pour faire croire aux défenseurs qu'il s'agissait d'un assaut majeur.
Pendant ce temps, dans le quart de la cité occupé par les troupes de Garion, Silk menait un détachement dans le dédale des toits pour supprimer les archers du culte et leurs compagnons aux chaudrons de poix bouillante qui tenaient les deux côtés du mur censé protéger le reste de la ville.
Garion, Barak et Mandorallen, attendaient dans une rue enneigée, non loin du secteur occupé.

— C'est ce que j'aime le moins, fit le jeune roi d'une voix tendue. L'attente.

— Force m'est d'avouer que je trouve moult angoissant ce contretemps qui précède la bataille, acquiesça Mandorallen.

— Je croyais que les Arendais aimaient la bagarre, commenta Barak avec un sourire entendu.

— C'est notre délassement favori, admit le grand chevalier en resserrant l'une des boucles de sa cuirasse. Mais ce moment d'accalmie, juste avant que de rejoindre l'ennemi, est fort impatientant. De mélancoliques pensers viennent divertir l'esprit de son propos.

— Mandorallen, s'esclaffa Barak, si vous n'existiez pas, il faudrait vous inventer.

La silhouette ténébreuse apparut au bout de la rue et s'approcha d'eux. C'était Yarblek. Il avait troqué sa houppelande de feutre contre un lourd pectoral d'acier et s'était muni d'une hache fort inquiétante.

— Tout est paré, annonça-t-il à voix basse. Nous pourrons y aller dès que ce petit voleur nous fera signe.

— Vous êtes sûr que vos hommes arriveront à faire tomber les murs ? demanda le géant à la barbe rouge.

— Ces gens n'ont pas pris le temps de sceller les pierres au mortier, grommela le Nadrak en secouant la tête. Avec nos grappins, elles vont descendre en deux temps trois mouvements.

— On dirait que vous appréciez particulièrement cet instrument, observa Barak.

— J'ai toujours pensé que la meilleure façon de passer à travers un mur était encore de le flanquer par terre, déclara Yarblek avec un haussement d'épaules.

— Les Arendais ont une prédilection pour le bélier, glissa Mandorallen.

— Ce n'est pas mal non plus, approuva le Nadrak en connaisseur, mais l'ennui, avec le bélier, c'est qu'on est juste sous le bâtiment quand il tombe. Je n'ai jamais trop aimé recevoir des matériaux de construction sur le crâne.

L'attente se poursuivait.

— Quelqu'un a-t-il vu Lelldorin ? s'enquit Garion.

— Il est parti avec Silk, répondit le Cheresque. Il avait l'air de penser qu'il ferait de meilleurs cartons du haut des toits.

— Grand a toujours été son enthousiasme, fit Mandorallen avec un sourire. Je dois, quant à moi, avouer que je n'ai jamais vu son égal au tir à l'arc.

— Voilà le signal ! s'exclama Barak en leur indiquant une flèche enflammée qui montait au-dessus des toits.

Garion inspira profondément et carra les épaules.

— Très bien. Sonnez la charge, Mandorallen, et allons-y.

La trompe d'airain du chevalier mimbraïque ébranla le silence. L'armée sortit des maisons et se déversa dans les rues et les ruelles pour livrer l'assaut final à Rhéon. La neige crissait sous les bottes des Riviens, des Algarois, des Nadraks et des robustes Sendariens qui se déployaient, les armes à la main, vers la limite du secteur occupé. Trois douzaines de Nadraks reconnaissables à leurs vêtements de cuir se détachèrent de la troupe en courant, leur grappin tournoyant au-dessus de leur tête.

Garion et Barak sortirent du quartier nord en escaladant les fortifications jonchées de cadavres raidis par le gel. Les rares adeptes qui avaient échappé à la fouille minutieuse des bâtiments entourant la zone occupée lançaient des flèches sur la troupe dans le vain espoir de retarder son avance. Sur ordre de Brendig, ses hommes tournaient à droite et à gauche et entraient dans chaque maison pour neutraliser définitivement les derniers récalcitrants.

La plus extrême confusion régnait derrière les barricades. L'armée de Garion progressait inexorablement, protégée par un mur de boucliers, nettoyant les rues des adeptes du culte désormais aux abois. L'air était noir de flèches et retentissait d'imprécations. Le toit de plusieurs maisons vomissait déjà des flammes.

Arrivés devant les murs élevés à la hâte par les adorateurs de l'Ours, les mercenaires nadraks firent voltiger leurs grappins et les obstacles tombèrent sans résistance, conformément aux prévisions de Yarblek.

L'armée poursuivait son avance impitoyable. L'air

retentissait du tintement des épées. Dans la confusion, Garion fut séparé de Barak et se retrouva à côté de Durnik, au fond d'une sinistre ruelle. Le forgeron brandissait une lourde massue.

— Je n'aime pas sentir la lame rentrer dans le corps de l'ennemi, dit-il d'un ton d'excuse en abattant son adversaire d'un coup à assommer un bœuf. Au moins, comme ça, la victime a des chances de s'en sortir et puis on ne patauge pas dans le sang.

Ils s'enfoncèrent vers le cœur de la ville en repoussant devant eux ses habitants démoralisés. A en croire le vacarme, de rudes combats se déroulaient dans le quartier sud de la cité. Silk et ses hommes avaient manifestement réussi à ouvrir la porte aux troupes massées devant — ces troupes dont l'action de diversion avait été fatale aux adeptes car elle les avait obligés à diviser leurs forces.

Puis, en suivant la ruelle, Garion et Durnik débouchèrent sur la place centrale de Rhéon. Partout la bataille faisait rage mais du côté est un groupe d'adeptes entourait une charrette à roues hautes où se tenait un barbu au teint de papier mâché, vêtu d'un pourpoint de brocart d'une vilaine couleur rouille.

Un Nadrak au visage émacié, armé d'un javelot, se cambra et projeta son arme vers l'homme à la barbe noire. Mais celui-ci leva la main, esquissa un geste particulier et la lance du Nadrak, déviée de sa trajectoire, retomba sur les dalles de pierre couvertes de neige. Garion entendit distinctement le rugissement assourdi qui ne pouvait signifier qu'une chose.

— Durnik ! s'écria-t-il. Le barbu, dans la voiture, c'est Ulfgar !

— Il faut nous emparer de lui, déclara le forgeron en étrécissant les yeux.

A la vue de l'homme qui était la cause de ces combats mortels, de ce carnage et de toutes ces destructions, Garion se sentit envahi d'une inextinguible colère, et sa fureur se communiqua à l'Orbe enchâssée sur le pommeau de son épée. La pierre où palpitait la vie s'embrasa et l'épée de Poing-de-Fer lança une flamme bleue.

— C'est lui ! C'est le roi de Riva ! s'écria l'homme au pourpoint couleur de rouille. Tuez-le !

Garion croisa un instant le regard de l'homme debout dans la voiture. Ses yeux étaient pleins de haine, mais ils reflétaient aussi une irrépressible angoisse, comme si le jeune roi de Riva lui inspirait une terreur mystérieuse. Obéissant aveuglément à son ordre, une douzaine d'adeptes du culte se jetèrent sur Garion, l'arme au clair, puis ils tombèrent les uns sur les autres dans la neige détrempée, le cœur percé d'une flèche.

— Holà, Garion ! hurla joyeusement Lelldorin, perché sur le toit d'une maison voisine.

Et ses mains devinrent floues comme il recommençait à larder de flèches les adeptes qui chargeaient son ami.

— Holà, Lelldorin ! répondit Garion sur le même ton, tout en s'élançant parmi les hommes vêtus de peaux de bêtes pour les fouailler de sa lame embrasée.

Le groupe qui entourait la voiture n'avait d'yeux que pour le spectacle horrifique du roi de Riva et de sa fabuleuse épée. Ils ne virent pas Durnik le forgeron qui se déplaçait avec la souplesse d'un chat le long d'une maison voisine.

L'homme dressé au-dessus de la mêlée leva une main, fit surgir une boule de feu du néant et la projeta désespérément sur Garion. Les yeux rivés à ceux du sorcier ennemi, le jeune roi la détourna d'un revers de lame et continua à avancer en se frayant, à coups d'épée, un chemin dans la masse des énergumènes vêtus de peaux d'ours qui tentaient de lui barrer le passage. Pris de panique, Ulfgar s'apprêtait à lever la main pour la troisième fois quand, subitement, il dégringola à bas de la voiture et s'effondra, face contre terre, dans la boue brunâtre. Une massue venait de s'abattre sur l'arrière de son crâne.

Un immense cri de douleur salua sa chute. Ses hommes tentèrent de le relever, mais Durnik les étendit pour le compte en décrivant de grands moulinets avec sa massue. D'autres tentèrent de lui faire un barrage de leur corps, mais ce mur humain fondit sous l'averse des flèches de Lelldorin. Garion, qui se sentait étrangement loin, indifférent au carnage, continuait à frapper d'estoc et de taille les survivants désorganisés. Il ne sentait même plus l'impact écœurant de sa lame tranchant la chair et les os. Une demi-douzaine d'adeptes du culte étaient tombés sous ses coups quand les autres rompirent les rangs et prirent la fuite au galop.

— Il est toujours vivant, j'espère ? s'exclama Garion d'une voix haletante.

Le forgeron retourna le chef du culte sur le dos, lui releva une paupière et jeta à sa prunelle un regard averti.

— Il est encore de ce monde, confirma-t-il. Tu penses que j'ai fait attention à ne pas frapper trop fort.

— Parfait. Attachons-le et bandons-lui les yeux.

— Pour quoi faire ?

— Nous l'avons vu faire usage de la sorcellerie, ce qui répond au moins à cette question, mais je pense qu'il doit être assez difficile d'utiliser son pouvoir quand on n'y voit rien.

Durnik ligota le sorcier inconscient tout en ruminant.

— Je crois que tu as raison, dit-il enfin. Ça ne doit pas être facile.

CHAPITRE XXV

Après la chute de son chef, le culte ne résista pas longtemps. Quelques enragés moururent en combattant mais la plupart des adeptes rendirent les armes. Les hommes de Garion rassemblaient les survivants sur la place centrale de la ville où le sang et la neige fondue se mêlaient en une horrible boue rougeâtre.

Silk et Javelin interrogèrent brièvement un captif morose, à la tête entourée d'un chiffon ensanglanté, et rejoignirent Garion et Durnik qui montaient bonne garde sur Ulfgar, toujours évanoui.

— C'est lui ? Il n'est pas très impressionnant, comme ça, nota Silk en astiquant distraitement le chaton d'une de ses bagues sur son pourpoint gris.

— C'était sa maison, déclara Javelin en leur indiquant un grand bâtiment cubique, couvert de tuiles rouges.

— Eh bien, maintenant, c'est la mienne, rétorqua le jeune roi de Riva.

— Je la ferai fouiller à fond, reprit le chef des services secrets drasniens avec un bref sourire. Les gens oublient parfois de détruire des choses importantes.

— Et si nous y ramenions Ulfgar pour l'interroger ? suggéra Garion. Là ou ailleurs...

— Je vais chercher les autres, proposa Durnik en ôtant son casque en forme de chaudron. La ville devrait être assez sûre pour Pol et ces dames, maintenant. J'ai entendu dire que les derniers bastions de résistances étaient circonscrits au quartier sud-est de la ville.

Garion, Silk et Javelin ramassèrent l'homme à la barbe noire et le transportèrent dans la maison. Garion s'arrêta au milieu de l'escalier et jeta un coup d'œil à la bannière du culte qui flottait toujours en haut de son mât.

— Vous voulez me faire une faveur ? demanda-t-il à un soldat rivien qui montait la garde sur un groupe de prisonniers. Faites-moi descendre ce truc-là.

— Tout de suite, Majesté, répondit-il avec un grand sourire. J'aurais dû y penser plus tôt.

La première porte qu'ils ouvrirent donnait sur une pièce luxueusement meublée où tout était sens dessus dessous. Les fauteuils étaient renversés et il y avait des bouts de parchemin dans tous les coins. On en avait entassé une grande quantité dans une vaste cheminée, mais l'âtre était froid.

— Parfait, marmonna Javelin. Il n'a pas eu le temps de les brûler.

Ils laissèrent tomber leur prisonnier sans ménagement et Silk parcourut la pièce du regard. Les murs disparaissaient sous de somptueuses tapisseries ; le sol était couvert d'un épais tapis vert sur lequel étaient disposés des chaises et des fauteuils tendus de velours écarlate. Des chandelles étaient fichées dans des bras de lumière en argent.

— Il avait le sens du confort, murmura le petit homme.

— Ramassons tout ça, dit Javelin. Je veux jeter un coup d'œil à ces documents.

Garion ôta son casque, son épée et sa cotte de mailles puis il se laissa tomber sur un divan moelleux.

— Je n'en peux plus, dit-il. J'ai l'impression de ne pas avoir dormi depuis une semaine.

— C'est l'un des privilèges du commandement, commenta Silk avec un haussement d'épaules désinvolte.

La porte s'ouvrit devant Belgarath. Il repoussa le capuchon de sa vieille pèlerine dépenaillée et alla flanquer un coup de pied à la forme abandonnée dans un coin de la pièce.

— Il n'est pas mort, au moins ?

— Non, assura Garion. Durnik l'a caressé un peu rudement avec sa massue, c'est tout.

— Pourquoi lui avez-vous bandé les yeux ?

— J'ai pensé que ça valait mieux. Il a fait acte de sorcellerie juste avant que nous le capturions.

— S'il est vraiment très bon à ce jeu-là, ça ne servira pas à grand-chose, mais enfin... Durnik a envoyé des soldats prévenir les autres et il est allé chercher Pol au campement.

— Vous pourriez le réveiller ? intervint Silk.

— Attendons Pol, je préfère. Elle a plus de doigté que moi pour ça, et je ne voudrais surtout pas l'amocher.

Trois quarts d'heure plus tard, ils étaient enfin réunis. Belgarath prit une chaise et s'assit à califourchon devant Ulfgar.

— Allez, Pol, dit-il en serrant les dents. Réveille-le.

Polgara ôta sa cape, s'agenouilla auprès du prisonnier et plaça une main de chaque côté de sa tête. Garion entendit le rugissement familier et se sentit caressé par une vague d'énergie mentale. L'homme se mit à gémir.

— Vous pourrez l'interroger d'ici quelques minutes, dit-elle en se relevant.

— Il risque de se faire tirer l'oreille, pronostiqua Brin avec un grand sourire.

— Le contraire me décevrait, acquiesça Silk en fouillant dans les tiroirs d'un grand cabinet de bois ciré.

— M'avez-vous aveuglé, barbares ? murmura le captif en se redressant péniblement.

— Non, répondit Polgara. Nous vous avons seulement bandé les yeux pour vous empêcher de nuire.

— Aurais-je été enlevé par des femmes ? cracha-t-il avec mépris.

— Par une femme, au moins, déclara Ce'Nedra.

Elle écarta légèrement le pan de sa cape.

C'est le ton de sa voix qui alerta Garion et sauva la vie d'Ulfgar. Ses yeux jetant des éclairs, elle saisit l'une des dagues que Vella avait à la ceinture et se jeta sur l'homme à la barbe noire. Garion n'eut que le temps d'arrêter son bras et de lui arracher son arme.

— Rends-moi ça ! hurla-t-elle.

— Non, Ce'Nedra.

— Il a volé mon bébé ! Je vais le tuer !

— Tu ne feras pas ça. Nous n'en tirerons rien si tu lui coupes le cou.

Il lui passa un bras autour de la taille et rendit sa dague à la Nadrake.

— Ulfgar, nous avons quelques questions à vous poser, commença Belgarath.

— Vous risquez d'attendre longtemps les réponses.

— Je suis content qu'il ait dit ça, murmura Hettar. Qui veut commencer à le découper en rondelles ?

— Faites-moi ce que vous voudrez, railla le captif. Rien de ce qui touche à la chair ne saurait m'affecter.

— Il se pourrait que nous vous fassions changer d'avis, susurra Vella d'une voix à la suavité inquiétante tout en éprouvant le tranchant de sa dague avec son pouce.

— Que voudriez-vous savoir, Belgarath ? demanda Mission qui examinait avec curiosité une statue de bronze placée dans un coin. Je peux vous répondre à sa place, si vous voulez.

Le sorcier regarda attentivement le petit blondinet.

— Tu sais ce qu'il a dans la tête ? riposta-t-il, sidéré.

— Plus ou moins.

— Où est mon fils ? questionna très vite Garion.

— Ça, ça fait partie des choses qu'il ne sait pas, déclara Mission. Il est étranger à sa disparition.

— Alors qui l'a enlevé ?

— Il n'en est pas sûr, mais il pense que c'est Zandramas.

— Zandramas ?

— Tiens donc, fit Silk.

— Sait-il qui est Zandramas ?

— Pas vraiment. C'est juste un nom qu'il a entendu prononcer à son Maître.

— Et qui est son Maître ?

— Il en a tellement peur qu'il n'ose le nommer, révéla l'enfant. C'est un homme au visage tavelé.

— Des mensonges ! hurla l'homme en luttant désespérément contre ses liens. Ce ne sont que des mensonges !

Mission ignora ses cris et ses hurlements.

— Cet homme était chargé par son Maître de veiller à ce que vous n'ayez pas d'enfants, Ce'Nedra et toi, ou qu'ils meurent, si vous en aviez. Il est manifestement étranger à la disparition de ton fils, Belgarion. S'il avait réussi à se glisser dans sa chambre, à Riva, il ne l'aurait pas enlevé, il l'aurait tué.

— D'où vient-il ? demanda curieusement Liselle en ôtant sa cape écarlate. Je n'arrive pas à situer son accent.

— C'est sans doute qu'il n'est pas vraiment humain, révéla Mission. Pas complètement, en tout cas. Il se souvient avoir été une sorte d'animal.

Ils ouvraient de grands yeux et considéraient Ulfgar avec une curiosité renouvelée lorsque la porte se rouvrit devant Beldin. Il était sur le point de parler quand son regard tomba sur le prisonnier aux yeux bandés. Il traversa la pièce, se pencha sur lui, arracha le chiffon qui l'aveuglait et le regarda bien en face.

— Alors, chien ! s'exclama-t-il. On est sorti de sa niche ?

— Toi ? hoqueta Ulfgar, la face blême.

— Urvon te dévorera le cœur pour son petit déjeuner quand il verra ce gâchis, continua plaisamment le bossu.

— Vous connaissez cet homme ? s'écria Garion.

— Et depuis longtemps, pas vrai, Harakan ?

Le prisonnier lui cracha au visage.

— Je vois que tu n'as pas oublié les bonnes manières, s'esclaffa le sorcier difforme.

— Qui est-ce ? insista le jeune roi de Riva.

— Il s'appelle Harakan. C'est un Grolim de Mallorée, un des chiens d'Urvon. La dernière fois que je l'ai vu, il lui léchait les bottes en gémissant.

Tout à coup, le captif disparut.

Beldin lâcha une bordée d'injures, son image se brouilla et l'instant d'après il n'était plus là.

— Qu'est-il arrivé ? hoqueta Ce'Nedra. Où sont-ils passés ?

— Tout compte fait, Beldin n'est peut-être pas aussi futé que je le pensais, insinua Belgarath. Il n'aurait jamais dû lui enlever son bandeau. Notre prisonnier s'est translocalisé.

— C'est possible ? s'étonna Garion. Sans savoir où on va ?

— C'est très risqué, mais Harakan n'avait plus rien à perdre. Beldin l'a suivi.

— Il va le rattraper, hein ?

— Difficile à dire.

— J'avais encore des questions à lui poser.

— Si tu veux, Belgarion, je peux y répondre à sa place, fit la petite voix de Mission.

— Tu veux dire que tu sais ce qu'il a dans la tête, alors qu'il n'est plus là ?

Le jeune garçon acquiesça gravement.

— Et si tu commençais par le début ? suggéra Polgara.

— Très bien. Ce Harakan — je pense que c'est son vrai nom — a été envoyé ici par son Maître, celui que Beldin appelle Urvon, pour s'assurer que Belgarion et Ce'Nedra n'auraient pas d'enfants. Harakan a pris la tête du culte de l'Ours et il a commencé par monter une cabale contre Ce'Nedra dans l'espoir d'amener Belgarion à la répudier et à prendre une autre femme. Puis il a appris qu'elle allait avoir un bébé et il a envoyé quelqu'un pour la tuer, mais ça n'a pas marché. Alors il a paniqué. Il redoutait cet Urvon. Une nuit, il a essayé de suggestionner Ce'Nedra pour qu'elle étouffe son bébé, mais quelqu'un — il ne sait pas qui — est intervenu et l'en a empêchée.

— C'était Poledra, murmura Garion. Je l'ai vue.

— C'est sûrement là qu'il a eu l'idée d'assassiner Brand et de faire porter le chapeau au roi Anheg, présuma Brendig.

— Brand est mort par accident, rectifia Mission, le sourcil froncé. Il est tombé par hasard sur les adeptes du culte alors qu'ils s'apprêtaient à faire ce pour quoi Harakan les avait véritablement envoyés à Riva.

— Et... qu'était-ce ? demanda Ce'Nedra.

— Vous tuer, le bébé et vous, et se donner la mort, ce qui devait déclencher la guerre entre Belgarion et le roi de Cherek. Seulement, rien n'a marché comme prévu : Brand est mort à votre place et nous avons compris que c'était un coup du culte et non d'Anheg. Harakan n'a pas osé avouer son échec à Urvon. Puis Zandramas a enlevé votre enfant et a pris la fuite, mais il n'a pas eu le temps de les suivre que Belgarion marchait déjà sur Rhéon, le prenant au piège ici.

— Le vaisseau nyissien, Belgarion ! s'exclama Kail. Zandramas a enlevé votre fils et fait voile vers le sud en nous laissant patauger ici, en Drasnie.

— Et les prétendus aveux du Cheresque, juste après l'enlèvement ? objecta Brin.

— Les adorateurs de l'Ours ne brillent pas par l'intelligence, reprit Kail. Zandramas n'a pas dû avoir de mal à les convaincre qu'ils agissaient sur l'ordre d'Harakan ; ce genre d'illuminés était tout prêt à croire ces histoires de prince élevé dans le culte pour un jour revendiquer le trône de Riva.

— Voilà donc pourquoi ils étaient restés là, acquiesça Garion. Nous les avons capturés, comme prévu, et ils nous ont débité la fable qui devait nous amener ici, à Rhéon, pendant que Zandramas prenait le large avec mon fils.

— Nous avons tous été manipulés, Harakan comme nous, commenta Javelin en triant les parchemins qu'il avait entassés sur une table.

— Nous savons aussi faire preuve de ruse, répliqua Belgarath. Je ne pense pas que Zandramas sache que l'Orbe peut suivre la trace de Geran. En faisant vite, nous pourrions lui sauter sur le poil sans prévenir.

— *Ça ne marchera pas sur la mer*, fit laconiquement la voix intérieure de Garion.

— *Comment ?*

— *L'Orbe ne pourra suivre la piste de ton fils sur l'eau. Le sol ne bouge pas, mais la mer n'arrête pas de se déplacer au gré du vent et des marées.*

— *Vous en êtes sûre ?*

Mais la voix n'était plus là.

— Il y a un problème, Grand-père, déclara Garion. L'Orbe ne peut suivre une trace sur l'eau.

— Comment le sais-tu ?

— *Elle* vient de me le dire, fit-il en se tapotant le front.

— Ça va encore compliquer les choses.

— Pas tant que ça, intervint Silk. La plupart des monarques n'aiment pas trop voir entrer des drogues et des poisons dans leur royaume, et je ne connais pas beaucoup de ports où un vaisseau nyissien peut relâcher sans être fouillé du fond de la cale au nid de pie. Je doute fort que Zandramas ait pris le risque de se faire pincer avec l'héritier du trône de Riva.

— Il y a, le long de la côte arendaise, des quantités de criques à l'abri des regards indiscrets, souffla Lelldorin.

Silk secoua la tête.

— Je ne pense pas que le bateau ait fait escale. Zandramas avait envie de s'éloigner le plus vite et le plus loin possible des royaumes d'Alorie. Si la ruse qui nous a envoyés ici avait fait long feu, Garion aurait lancé tous les hommes valides et tous les navires du Ponant à la recherche de son fils.

— Et le sud du Cthol Murgos ? hasarda le général Brendig.

— Non, objecta Javelin en faisant la moue. C'est la guerre, là-bas, et des vaisseaux murgos patrouillent tout le long de la côte occidentale. Le seul endroit sûr pour un vaisseau nyissien, c'est la Nyissie.

— Ce qui nous ramène à Salmissra, insinua Polgara.

— A mon avis, Dame Polgara, ça ne peut pas venir de là, rétorqua Javelin. Les instructions seraient forcément passées par Sadi, le chef eunuque de la reine-serpent, or il fait l'objet d'une surveillance de tous les instants. Si quelqu'un, au palais, était mêlé à cette affaire, de près ou de loin, mes gens l'auraient appris. J'ai des oreilles partout, là-bas.

Beldin revint, le visage sombre comme un nuage d'orage.

— Par tous les Dieux ! tempêta-t-il. Il m'a semé !

— Semé ? répéta Belgarath. Comment ça ?

— En arrivant dans la rue, il s'est changé en faucon. J'étais juste derrière lui, mais il a disparu dans les nuages et s'est à nouveau métamorphosé. Il en est ressorti mêlé à un troupeau d'oies sauvages. Dès qu'elles m'ont vu, elles se sont dispersées en piaillant, bien sûr, et comme je ne savais pas laquelle c'était...

— Tu deviens gâteux.
— Et si tu la bouclais, Belgarath ?
— Enfin, ça n'a plus beaucoup d'importance, reprit le sorcier. Nous en avons tiré ce que nous voulions.
— J'aurais préféré le savoir mort. D'autant que la perte d'un de ses chiens favoris aurait irrité Urvon, et que je donnerais n'importe quoi pour le mettre en rogne.
— Pourquoi l'appelez-vous toujours *le chien* ? questionna Hettar en haussant un sourcil.
— Parce que c'est un Chandim, c'est-à-dire un mâtin de Torak.
— Vous pourriez nous expliquer ça ? insista Porenn.
— Ce n'est pas très compliqué, commença Beldin en inspirant profondément pour reprendre son calme. Quand il leur a fait construire la cité de Cthol Mishrak, en Mallorée, Torak a confié à certains de ses Grolims la tâche de garder la cité. Et pour ça, ils se sont changés en chiens.

Garion frissonna au souvenir insoutenable des monstres canins qu'ils avaient rencontrés dans la Cité de la Nuit.

— Enfin, poursuivit le petit sorcier bossu, quand Torak a sombré dans son sommeil millénaire, après la bataille de Vo Mimbre, Urvon est retourné à la cité interdite et a réussi à persuader une partie de la horde qu'il agissait pour le compte de l'autre grand brûlé. Il les a ramenés avec lui à Mal Yaska et les a progressivement ramenés à l'état de Grolims. Il en a perdu la moitié au passage, mais les survivants se font appeler Chandim — ce qui est une sorte d'ordre secret au sein de l'Église grolime. Ils sont tout dévoués à Urvon. Ce sont souvent d'habiles sorciers, et parfois même des magiciens. Mais au fond, ce sont toujours des chiens, serviles et beaucoup plus dangereux en meute que tout seuls.
— Et maintenant, Belgarath ? coupa la reine Porenn.
— Nous allons suivre la trace de Zandramas, bien sûr. Nous avons perdu pas mal de temps sur cette fausse piste, mais nous arriverons bien à rattraper notre retard.
— Vous pouvez compter sur moi, déclara Garion. J'ai déjà eu affaire à l'Enfant des Ténèbres et je suis prêt à

recommencer s'il le faut. Tu sais pourquoi Urvon voulait tuer mon fils ? demanda-t-il à Mission.

— Ça vient d'une sorte de livre qu'il a trouvé, selon lequel Zandramas pourrait employer ton fils à faire une certaine chose s'il tombait entre ses mains. Quelle que soit cette chose, Urvon préférerait détruire le monde que de la laisser arriver.

— Et tu sais ce que c'était ? demanda Belgarath, le regard intense.

— Harakan lui-même l'ignorait. Tout ce qu'il savait, c'est qu'il avait échoué dans la tâche qu'Urvon lui avait confiée.

Le sorcier esquissa un petit sourire glacial, comme un sourire d'hiver.

— Ne perdons pas de temps à le poursuivre, conclut-il. Ça n'en vaut pas la peine.

— Nous allons lui laisser la vie sauve ? se récria Ce'Nedra. Après tout le mal qu'il nous a fait ?

— Urvon lui réglera son compte à notre place, et il lui réservera un traitement auquel nous ne songerions même pas.

— Qui est cet Urvon ? s'enquit le général Brendig.

— Le dernier disciple de Torak, répondit Belgarath. Ils étaient trois : Ctuchik, Zedar et Urvon. C'est le seul survivant.

— Nous ne savons toujours rien de Zandramas, grommela Silk.

— Nous avons tout de même appris quelques petites choses. Que c'est maintenant l'Enfant des Ténèbres, par exemple.

— Ça ne colle pas, Belgarath, tonna Barak. Pourquoi Urvon a-t-il pris le risque de contrecarrer les projets de l'Enfant des Ténèbres ? Ils sont du même bord, non ?

— Apparemment pas. On dirait plutôt qu'il y a des dissensions dans les rangs de nos adversaires.

— C'est toujours ça.

— Je préfère attendre d'en savoir un peu plus pour me réjouir.

Vers le milieu de l'après-midi, le dernier carré d'adeptes du culte capitula dans le quartier sud-est de

Rhéon et les prisonniers dépités rejoignirent leurs collègues sur la place centrale de la cité en flammes.

Garion et le général Brendig bavardaient avec la petite reine de Drasnie, sur le balcon de ce qui était naguère la maison de Harakan.

— Quel sort comptez-vous leur réserver, Majesté ? demanda le général Brendig en contemplant les prisonniers terrifiés.

— Eh bien, Brendig, je vais leur dire la vérité et les laisser repartir. Evidemment, ils n'apprécieront peut-être pas de savoir qu'ils se sont fait rouler dans la farine et qu'ils auraient trahi l'Alorie pour un Grolim de Mallorée, ajouta-t-elle devant son air interdit.

— Je doute qu'ils vous croient.

— Je réussirai toujours à en convaincre quelques-uns et ils répandront la bonne parole, répondit-elle calmement en rajustant le col de sa robe noire. Quand on saura un peu partout que le culte était tombé sous la domination de ce Harakan, ils auront du mal à faire de nouvelles recrues, vous ne pensez pas ?

— Vous avez peut-être raison, convint Brendig. Mais ceux qui ne voudront pas vous écouter ? vous les ferez châtier ?

— Ce serait de la tyrannie, Général, et la tyrannie est une chose à éviter, surtout quand elle n'est pas indispensable. Une fois que la vérité sera connue, ceux qui s'obstineront à raconter que la mission divine de l'Alorie est de subjuguer les royaumes du Sud risquent fort d'être accueillis à coups de pierres.

— Très bien. Mais quels sont vos intentions concernant le général Haldar ? s'informa-t-il, la mine sombre. Vous n'allez pas le laisser s'en tirer comme ça, tout de même ?

— Ça, c'est une autre affaire. C'est un traître à la couronne, et ce genre d'attitude doit être découragé.

— Quand il saura ce qui s'est passé ici, il tentera probablement de prendre la fuite.

— Les apparences sont parfois trompeuses, Général Brendig, reprit-elle avec un petit sourire inquiétant. J'ai peut-être l'air d'une faible femme, mais j'ai le bras long.

Haldar n'ira jamais assez loin et ne courra jamais assez vite pour échapper à ma vindicte. Quand mes hommes mettront la main sur lui, il sera ramené, les chaînes aux pieds, à Boktor pour y être jugé, et je pense que l'issue du procès est assez prévisible.

Garion prit aimablement congé d'eux sous prétexte de chercher Belgarath et descendit au rez-de-chaussée. Silk et Javelin fouillaient les coffres et les cabinets de la pièce au tapis vert.

— Avez-vous trouvé quelque chose d'utile ?

— Pas mal de choses, en effet, acquiesça Javelin. Le nom de tous les membres du culte d'Alorie, par exemple.

— Comme quoi j'ai raison de dire qu'on ne devrait jamais rien écrire, lâcha Silk en continuant sa lecture.

— Vous savez où je pourrais trouver Belgarath ?

— Va voir aux cuisines, derrière la maison. Je crois qu'il a parlé de manger et que Beldin l'a suivi ventre à terre.

Les cuisines avaient échappé à la mise à sac. Les hommes de Yarblek paraissaient plus intéressés par le butin, comme ils disaient, que par la nourriture. Les deux vieux sorciers étaient attablés devant une fenêtre cintrée et s'apprêtaient à faire un sort à un poulet rôti.

— Ah, Garion, mon garçon ! s'exclama Belgarath avec enthousiasme. Assieds-toi.

— Vous pensez qu'il y a quelque chose à boire dans cette baraque ? fit Beldin en s'essuyant les doigts sur sa tunique.

— Ça devrait, répondit Belgarath. C'est une cuisine, non ? Regarde donc dans le garde-manger.

Garion se pencha et regarda par la fenêtre les maisons qui brûlaient de l'autre côté de la rue.

— Voilà qu'il recommence à neiger.

— Nous n'avons pas intérêt à nous éterniser, grommela son grand-père. Je n'ai pas envie de passer l'hiver ici.

Un petit rire triomphant se fit entendre dans le garde-manger et Beldin en ressortit avec un tonnelet de bois.

— Attends d'y avoir goûté, conseilla Belgarath. C'est peut-être du vinaigre.

Le bossu posa le tonneau par terre, fracassa le dessus d'un bon coup de poing, se lécha les doigts et fit un bruit de baiser. Ce n'était pas du vinaigre.

Il fouilla dans un placard voisin et en sortit trois chopes de grès.

— Alors, vieux frère, reprit Belgarath en amputant le poulet d'une aile. Quels sont tes projets ?

— Je vais quand même essayer de retrouver la trace de Harakan, annonça Beldin en plongeant une chope dans le tonneau. Je voudrais en finir avec lui avant de retourner en Mallorée. Je n'aimerais pas le retrouver derrière moi dans un coin sombre.

— Alors tu retournes là-bas ?

— A mon avis, c'est le seul endroit où nous avons une chance de trouver quelque chose d'un peu sérieux sur Zandramas.

— D'après Javelin, ce serait un nom darshivien, mentionna Garion.

— C'est toujours ça, grommela Beldin avec un rot sonore. J'essaierai de partir de là, cette fois. Je n'ai rien trouvé à Mal Zeth, et ces crétins congénitaux de Karandaques tombaient en pâmoison chaque fois que je prononçais son nom.

— Tu n'es pas allé à Mal Yaska ?

— Je n'ai pas osé. Urvon avait fait placarder une description de moi sur tous les murs. Je ne sais pas pourquoi, mais on dirait qu'il a peur que je me montre un jour pour lui crever la bedaine.

— Je me demande bien pourquoi.

— Ça doit être parce que je le lui avais promis.

— Donc tu vas à Darshiva ?

— Dès que j'aurai réussi à mettre Harakan en lieu sûr, à six pieds sous terre. Si je trouve quelque chose sur Zandramas, je te le ferai savoir.

— Regarde aussi si tu ne pourrais pas mettre la main sur un exemplaire inexpurgé des Gospels de Mallorée et des Oracles ashabènes. D'après le Codex, ils recèlent des indices.

— Et toi, que vas-tu faire ?

— Je pense que je vais aller en Nyissie voir si l'Orbe arrive à retrouver la trace de mon arrière-petit fils.

— Le fait qu'un berger ait vu un vaisseau nyissien au large de Riva est une maigre piste.

— Je sais bien, mais je n'en vois pas de meilleure pour l'instant.

Garion picora distraitement quelques miettes du poulet déjà mis à mal et s'aperçut tout à coup qu'il mourait de faim.

— Tu emmènes Polgara avec toi ? demanda Beldin.

— Je ne pense pas. Nous ne serons pas faciles à joindre, Garion et moi, et il faut bien que quelqu'un reste ici, dans le Nord, pour veiller au grain et tenir la bride haute aux Aloriens. Ils sont d'humeur belliqueuse, en ce moment.

— C'est leur état normal. Polgara n'appréciera pas que tu la laisses sur la touche.

— Je sais, répondit Belgarath d'un ton funèbre. Je lui laisserai peut-être un mot. Ça avait bien marché, la dernière fois.

— Assure-toi quand même qu'elle ne le lira pas à proximité de quelque chose de fragile, du genre grande ville ou chaîne de montagnes. J'ai eu des échos de ce qui s'est passé la dernière fois.

Barak passa la tête par l'entrebâillement de la porte.

— Ah, ah, fit-il. Je vous tiens. Il y a des gens qui voudraient vous voir, dehors. Mandorallen les a trouvés devant les remparts. Des gens très bizarres.

— Comment ça, bizarres ? s'enquit Garion.

— L'homme est aussi grand qu'une maison et il a des bras comme mes cuisses, mais il ne parle pas. La fille serait assez jolie, seulement elle est aveugle.

Les deux sorciers échangèrent un rapide coup d'œil.

— A quoi avez-vous vu qu'elle est aveugle ? releva Belgarath.

— Elle a les yeux bandés, rétorqua le géant à la barbe rouge avec un haussement d'épaules évasif. J'en ai déduit que...

— Nous ferions mieux d'y aller, coupa Beldin en se levant. Pour qu'une sibylle vienne dans cette partie du monde, c'est que ça doit être important.

— Une sibylle ? répéta Garion.

— Une des femmes de Kell, expliqua son grand-père. Elles ont toujours les yeux bandés et sont accompagnées de guides muets. Allons-voir ce qu'elle a à nous dire.

Ils trouvèrent les deux étrangers dans la pièce au tapis vert. Leurs compagnons les observaient avec curiosité. La sibylle était une mince jeune fille en robe blanche, aux cheveux blond cendré. Elle avait les yeux bandés et un sourire serein effleurait ses lèvres. Elle attendait calmement, debout au milieu de la pièce, devant le plus grand gaillard que Garion ait jamais vu. Hettar avait l'air tout petit à côté de lui. Il portait une sorte de tunique sans manche de tissu écru, rugueux, qui laissait voir ses bras monstrueusement musclés, et il tenait un solide bâton de bois poli. Il couvait sa petite maîtresse d'un regard attentif, étrangement protecteur.

— Elle vous a dit son nom ? demanda calmement Belgarath.

— Non, répondit Polgara. Seulement qu'elle avait une révélation à vous faire, à Garion et à toi.

— Elle s'appelle Cyradis, fit une petite voix.

— Tu la connais, Mission ? s'exclama Garion.

— Nous nous sommes rencontrés une fois, au Val. Elle avait envie de me voir, alors elle est venue et nous avons parlé.

— Que te voulait-elle ?

— Je l'ignore.

— Tu ne le lui as pas demandé ?

— J'ai pensé que si elle avait voulu me le faire savoir, elle ne s'en serait pas privée.

— J'ai à Te parler, ô Vénérable Belgarath. Et à Toi aussi, Belgarion, dit la sibylle d'une voix claire, musicale.

Ils se rapprochèrent.

— On m'a accordé de trop brefs instants afin de vous énoncer certaines vérités. Sachez d'abord que votre quête n'est point accomplie. La Nécessité exige une nouvelle rencontre entre l'Enfant de Lumière et l'Enfant des Ténèbres. Ensuite, écoutez bien mes paroles : cette rencontre sera la dernière, car alors s'effectuera l'ultime choix entre la Lumière et les Ténèbres.

— Et quand, Cyradis, cette rencontre doit-elle avoir lieu ? s'enquit Belgarath, l'air tendu comme la corde d'un arc.

— En présence du Sardion, à l'endroit qui n'est plus.

— Et... où n'est-il plus ?

— Le chemin qui mène à ce terrible endroit est indiqué dans les mystères. A Toi, Vénérable Ancien, de l'y trouver. Ton cœur saigne, Belgarion, reprit-elle avec une profonde compassion en tendant son bras mince vers Garion. Car Zandramas, l'Enfant des Ténèbres, T'a ravi Ton fils et vole à présent vers le Sardion. Il T'incombe de lui barrer la voie, car la terre et les étoiles proclament que la puissance des Ténèbres habite cette pierre, tout comme le pouvoir de la Lumière réside en l'Orbe d'Aldur. Si Zandramas parvient à la Pierre Noire avec l'enfançon, les Ténèbres triompheront, et ce triomphe durera jusqu'à la consommation des siècles.

— Comment va mon bébé ? demanda Ce'Nedra, le visage livide et les yeux agrandis par l'épouvante.

— Ton enfant est sain et sauf, Ce'Nedra. Zandramas le protègera contre tout mal — non point par amour, mais par Nécessité. Il faut pourtant armer Ton cœur, continua la sibylle, et son sourire se figea, car s'il n'y avait d'autre moyen d'empêcher Zandramas de parvenir au Sardion avec lui, il T'incomberait, ou à Ton époux, de mettre Ton enfant à mort.

— Tuer mon enfant ! s'exclama Ce'Nedra. Jamais !

— Alors les Ténèbres l'emporteraient, dit simplement Cyradis. Le temps me manque, ajouta-t-elle en se tournant vers Garion. Prends garde à mes paroles. Ne Te laisse point dicter par Tes affinités le choix des compagnons qui T'accompagneront dans ta quête ; seule doit Te guider la Nécessité. Un mauvais choix Te ferait échouer dans Ta quête, et Zandramas Te vaincrait. Ton fils serait à jamais perdu pour Toi et le monde que Tu connais cesserait d'exister.

— Allez, fit sèchement Garion, le visage blême. Dites ce que vous avez à dire.

La seule idée qu'ils pourraient être amenés, Ce'Nedra ou lui, à tuer leur enfant, l'emplissait d'une soudaine colère.

— Tu quitteras cet endroit avec le Vénérable Belgarath et sa vénérée fille. Tu emmèneras le Porteur de l'Orbe et Ton épouse.

— Absurde ! tempêta-t-il. Je n'exposerai pas Ce'Nedra et Mission à un tel danger.

— Alors Tu échoueras assurément.

Il la regarda d'un air désespéré.

— Tu devras être accompagné par le Guide, l'Homme aux Deux Vies et par un troisième homme dont je te révèlerai le nom. D'autres Te rejoindront plus tard : la Chasseresse, l'Homme qui n'est pas un Homme, le Vide et la Femme qui Regarde.

— Elles parlent toutes le même charabia, ces sibylles, marmonna aigrement Beldin.

— Ces paroles ne m'appartiennent pas, doux Beldin. Ce sont les noms de tes compagnons tels qu'ils sont écrits dans les étoiles et dans les prophéties. Le royaume intemporel des deux Nécessités adverses qui sont au centre de tout ce qui est et de ce qui sera jamais ignore les noms qui leur ont été incidemment donnés lors de leur naissance en ce monde. Chacun d'eux a une tâche à accomplir, et toutes les tâches devront être menées à bien avant la rencontre décisive, faute de quoi la Prophétie qui a guidé Tes pas depuis le commencement des âges cesserait d'être.

— Quelle sera ma tâche, Cyradis ? demanda fraîchement Polgara.

— Celle qui a toujours été la Tienne, Sainte Polgara : guider, nourrir et protéger, car Tu es la mère comme le Vénérable Belgarath est le père. Il arrivera, Belgarion, que d'autres T'aident dans Ta quête, continua la fille aux yeux bandés, et un léger sourire effleura ses lèvres. Mais ceux que j'ai nommés devront être à tes côtés lors de l'ultime confrontation.

— Et nous ? intervint Barak. Nous, Hettar, Mandorallen, Lelldorin et moi ?

— Chacun de vous a mené sa tâche à bien. La responsabilité pèse désormais sur les épaules de vos enfants. Si vous deviez, L'archer, le Seigneur des Chevaux, le Chevalier Protecteur ou Toi-même, plus

Redoutable des Ours, vous joindre à Belgarion, vous seriez la perte de sa quête.

— Ridicule ! tonna le grand bonhomme. Si vous croyez que je vais les laisser partir sans moi ! ...

— Il ne T'appartient pas d'en décider.

Puis elle posa la main sur l'énorme bras de son protecteur muet et se tourna vers Garion.

— Voici Toth, dit-elle, et il leur sembla qu'elle ployait sous le fardeau d'une immense lassitude. Il a guidé mes pas chancelants depuis le jour où, cette autre vision s'étant imposée à moi, je me suis celé les yeux pour voir. J'en suis au désespoir, mais il faudra nous séparer pour quelque temps. Je lui ai ordonné de T'aider dans Ta quête. Le destin du Silencieux — car tel est son nom dans les étoiles — est de T'accompagner. Ta quête sera fertile en graves dangers, continua-t-elle en frémissant comme si elle était à bout de forces, et l'un de Tes compagnons y laissera la vie. Prépare Ton cœur à cette douleur, car lorsque ce malheur arrivera, Tu ne devras pas flancher mais Te hâter vers l'accomplissement de la tâche qui T'a été assignée.

— Qui... balbutia-t-il, qui d'entre nous doit mourir ?

— Son nom ne m'a pas été révélé. Souviens-toi de moi, dit-elle en se redressant au prix d'un grand effort. Nous nous reverrons bientôt.

Sur ces mots, elle disparut.

— Où est-elle passée ? s'exclama le général Brendig.

— Elle n'était pas vraiment là, répondit Mission.

— C'était une projection, précisa Belgarath. Mais l'homme, Toth, est bien réel. Je me demande comment elle a réussi ce coup-là. Tu le sais, Mission ?

— Je ne pourrais le dire, mais toutes les sibylles de Kell on dû combiner leur pouvoir, assura Mission avec un haussement d'épaules.

— C'est complètement ridicule ! éclata Barak en assenant un grand coup de poing sur la table. Rien au monde ne pourrait m'obliger à rester en arrière !

Déclaration saluée par les vigoureux hochements de tête de Mandorallen, Hettar et Lelldorin.

— Elle nous a peut-être menti ? hasarda Garion.

— Cyradis ? Non, affirma Polgara. Les sibylles ne mentent jamais. Il se peut qu'elle nous ait dissimulé certains faits, mais elle nous a dit ce qu'elle avait vu dans les étoiles.

— Comment peut-on voir les étoiles avec un bandeau sur les yeux ? objecta Lelldorin.

— Je n'en sais rien, avoua Polgara avec un geste évasif. Nous ne comprenons pas vraiment la façon dont les sibylles perçoivent les choses.

— Elle les a peut-être mal interprétées, suggéra Hettar.

— Les sibylles de Kell n'ont pas pour habitude de se tromper, grommela Beldin. En tout cas, je ne parierais pas ma tête là-dessus.

— Eh bien, ça règle la question. Je partirai tout seul, décréta Garion.

— *Tout seul !* hoqueta Ce'Nedra.

— Tu as entendu ce qu'elle a dit. Si vous venez avec moi, l'un de vous mourra.

— L'idée nous accompagnait déjà, ô Garion, que le trépas pouvait frapper à tout moment, dit doucement Mandorallen.

— Ce n'était qu'une possibilité, pas une certitude.

— Je ne te laisserai pas partir tout seul, déclara Barak.

Garion eut l'impression curieuse qu'on le bousculait sans ménagement et il entendit, sans pouvoir réagir, une voix qui n'était pas la sienne s'exprimer par sa bouche.

— Allez vous enfin cesser ce bavardage ? s'exclama la voix. Vous avez reçu vos instructions, alors suivez-les.

Ils regardèrent Garion comme s'ils n'en croyaient pas leurs oreilles. Il écarta les mains devant lui en signe d'impuissance, dans l'espoir de leur faire comprendre qu'il n'était pas maître des paroles qui sortaient de ses lèvres.

Belgarath accusa le coup.

— Ça doit être important pour que vous décidiez de vous adresser directement à nous, dit-il à la conscience qui avait tout à coup usurpé la voix de Garion.

— Ce n'est pas le moment d'épiloguer, Belgarath. Tu

as un long chemin à parcourir et plus beaucoup de temps devant toi.

— Cyradis aurait donc dit vrai ? s'enquit Polgara.

— Dans une certaine mesure. Mais elle n'a pas encore pris parti.

— Alors, pourquoi est-elle venue ? objecta Beldin.

— Elle a un rôle à jouer, et sa visite en faisait partie. Elle doit aussi instruire Zandramas de son devoir.

— J'imagine que vous ne nous donnerez aucune indication sur l'endroit que nous sommes censés trouver ? risqua néanmoins le sorcier.

— N'insiste pas, Belgarath. C'est indigne de toi. Arrête-toi à Prolgu, en descendant vers le Sud. Une chose nécessaire va se produire là-bas. Le temps coule comme de l'eau. Ne le laisse pas filer.

— Vous ne cessez de parler du temps. Ne pouvez-vous nous en dire davantage ?

— Elle est partie, Grand-père, annonça Garion.

Il avait retrouvé le contrôle de sa voix.

— C'est toujours pareil avec elle, se lamenta Belgarath. Au moment où la conversation devient intéressante, elle s'en va.

— Tu sais pourquoi elle fait ça, lâcha Beldin.

— Certes, soupira le sorcier. Eh bien, vous avez entendu ? Nous allons être obligés d'obéir à cette Cyradis.

— Vous n'allez tout de même pas emmener Ce'Nedra avec vous ? protesta Porenn.

— Un peu, qu'ils vont m'emmener ! décréta Ce'Nedra en relevant fièrement le menton. N'importe comment, j'y serais allée, quoi que cette aveugle ait pu dire.

— Mais elle a dit qu'un des compagnons de Garion allait mourir.

— Je ne suis pas l'un de ses compagnons, Porenn. Je suis sa femme.

— Que pourrais-je dire pour te faire changer d'avis ? implora Barak, les yeux embués.

Garion sentit à son tour les larmes lui piquer les yeux. Le grand gaillard à la barbe rouge était l'un des rocs, l'un des piliers de son existence et il éprouvait un grand vide à l'idée d'entreprendre cette quête sans lui.

— Nous n'avons pas le choix, Barak, tu sais bien, répondit-il la mort dans l'âme. Si ça dépendait de moi...

La voix lui manqua et il ne put terminer sa phrase.

— Voilà, ô doulce Ce'Nedra, qui me déchire le cœur, déclama Mandorallen en s'agenouillant devant la petite reine de Riva. Je demeure pour toujours et à jamais Ton chevalier, Ton champion et Ton protecteur, et pourtant ne puis T'accompagner en Ta périlleuse équipée.

Deux perles de cristal roulèrent tout à coup sur les joues de Ce'Nedra. Elle se jeta impulsivement au cou du Mimbraïque.

— Cher, bien cher Mandorallen, dit-elle d'une voix brisée en lui plantant un baiser sur la joue.

— Bon, Yarblek, j'ai mis des gens au travail sur deux ou trois choses en Mallorée, commença Silk. Je te donnerai une lettre pour eux, afin qu'ils te tiennent au courant. Ne prends pas de décisions à la légère, mais tâche de ne pas laisser passer trop d'opportunités tout de même.

— Je n'ai pas besoin de tes conseils, rétorqua le Nadrak. Je sais aussi bien que toi faire marcher la boutique.

— Evidemment, mais tu as toujours tendance à t'emballer. Tout ce que je te dis, c'est d'essayer de garder la tête froide. Allez, Durnik, ajouta-t-il sans transition, je crois que nous devrions faire nos paquets.

Puis il baissa le nez et contempla tristement son pourpoint de velours et ses somptueux bijoux.

— Enfin, j'arrivais bien à m'en passer avant... Voyons, Garion, reprit-il devant le regard perplexe de son ami, tu as entendu ce qu'a dit Cyradis ? Eh bien, Durnik est l'Homme aux Deux Vies, Mission, le Porteur de l'Orbe, et au cas où tu l'aurais oublié, je suis le Guide.

Le jeune roi de Riva ouvrit de grands yeux.

— Evidemment que je viens avec toi, reprit le petit voleur avec un sourire impudent. Comment trouverais-tu ton chemin, sans moi ?

Ici s'achève le Chant I de la Mallorée.

Le Chant II, Le Roi des Murgos,
voit s'amorcer la quête du fils de Garion
dans d'étranges contrées, vers l'endroit qui n'est plus
et l'affrontement final des Nécessités adverses
qui décidera du sort de l'homme
et de la Création.

Achevé d'imprimer en février 1999
sur les presses de l'Imprimerie Bussière
à Saint-Amand (Cher)

POCKET - 12, avenue d'Italie - 75627 Paris Cedex 13
Tél. : 01-44-16-05-00

— N° d'imp. 274. —
Dépôt légal : septembre 1992.

Imprimé en France

Les Galaxies de la Science-fiction

HERBERT
La maison des mères

Les Planètes de la Science-Fantasy

McCAFFREY
Le dragon blanc

Les Univers de la Fantasy

MOORCOCK
La quête de Tanelorn

Les Abîmes de la Dark Fantasy

LOVECRAFT
La trace de Cthulhu